名誉主编　葛红兵
主　　编　许道军　易永谊　梁慕灵

中国创意写作研究

第十一辑

易永谊　执行主编

中国出版集团　東方出版中心

图书在版编目（CIP）数据

中国创意写作研究. 第十一辑 / 易永谊主编. 一上海：东方出版中心，2023.12
ISBN 978-7-5473-2296-3

Ⅰ. ①中… Ⅱ. ①易… Ⅲ. ①中国文学一当代文学一文学创作研究 Ⅳ. ①I206.7

中国国家版本馆 CIP 数据核字(2023)第 223232 号

中国创意写作研究(第十一辑)

执行主编　易永谊
责任编辑　黄　驰
封面设计　余佳佳

出 版 人　陈义望
出版发行　东方出版中心
地　　址　上海市仙霞路 345 号
邮政编码　200336
电　　话　021-62417400
印 刷 者　昆山市亭林印刷有限责任公司

开　　本　787mm × 1092mm　1/16
印　　张　17.25
字　　数　306 千字
版　　次　2023 年 12 月第 1 版
印　　次　2023 年 12 月第 1 次印刷
定　　价　68.00 元

指 导 单 位

世界华文创意写作协会

中国报告文学学会

主 持 单 位

上海大学中国创意写作研究院

温州大学人文学院

香港都会大学田家炳中华文化中心

支 持 单 位

上海何建明文学研究院

中国报告文学学会创意写作研究分会

卷首语

创意写作在中国的创生和发展，首先要感谢大时代的社会氛围，尤其是激励创新和宽容探索的社会思想氛围；它是改革开放这个充满活力和机遇的时代的产物，无论是作为写作的创意写作还是作为学科的创意写作，都是如此。改革开放的时代氛围为创意写作提供了合适的市场空间和社会基础、学术氛围，给了创意写作合适的尊重支持，在这个时代氛围中，创意写作被认作是一种有价值的文化活动，是一种促进创作进步、学术发展的力量，这是创意写作的幸运。

其次，要感谢中国高校中文学科鼓励创新、激励变革的学术风尚，创意写作学科在创生之初，的确采取了相对尖锐的反叛姿态，对传统中文学科建制的批判是比较激烈的，但是，中文学科接纳了它的批判，进而也接纳了它的创生。中文学科是一个底蕴深厚、内涵丰富的学科，它承载了中华民族的文化遗产和精神传统，肩负着推动中华文化与世界文化交流互鉴，增进中华文化创新发展、自强自立的重要使命，创意写作能被接纳，进入这个大家庭，何其幸焉。中文学科正在不断地提高对创意写作在培养人才、推动创作、服务社会等方面价值作用的重视程度，在为创意写作提供知识储备、理论指导和实践经验的同时，更给予了创意写作以必要的资源、平台和机制支持，这使创意写作为中文学科带来新鲜的视角、方法和成果提供了有力的保障。

作为开放时代的产物、创新学术的结果，创意写作学科应对此保持激情，为时代开放和学术创新持续地贡献自己的力量；这是创意写作学人回馈当代社会和中文学科应尽的义务。要做到这一点，保持自己的人文艺术特质、学术创新精神，创意写作就需要与极端民粹化和过分技术化两种倾向作斗争。

我们需要一种人本主义的创意写作。

创意写作坚持“人人能写作”的学科理念,言说的权利、写作的权能不是圣人和天才的特权。“人人能写作”是一种创作上的平民主义和人民主义,这种平民主义和人民主义,在互联网出版技术的加持下,也的确得到了验证。21世纪以来,我们的文学创作者增长数倍,文学创作品的年创作量也得到了千倍万倍的增长(2022年中国网络文学作品新增311.1万部,网络文学作品累计3 516.1万部),这是“人人能写作”的创意写作学科信念的实证,是平民主义和人民主义写作的胜利。但是,“人人能写作”的口号,并不是说任何人都可以随意写出任何东西,而是说任何人都有可能通过努力和学习,提高自己的写作水平和能力,创造出有价值和有意义的文学作品。

虽说人人能写作,但是“写作”仍然有门槛,需要“努力学习,提高水平能力”才能入门。这一点在互联网以文字为主要传播载体的阶段,并不难理解,虽然写作从纸面搬到了网上,但写作依然是一种文字工作,依然依靠文字。

如今,互联网已经进入了以视频(短视频)为主要传播载体的阶段。这是人类历史上的一件大事,人类曾用文字定义文明,曾几何时,主要以文字体现文明的创造、传承,但是,今天,这一定义似乎正在被改写,视频尤其是短视频时代,文明的创造和传承似乎正在被短视频改写——艰苦的文字表达、书面表达训练似乎变得多余,书写不再是表达的主流样式、表现的主要载体,它似乎已经被短视频创作及传播取代;与短视频创作的无门槛相呼应的是表达和传播领域的“民粹化”,表达和传播的人文艺术品格被严重削弱的同时是表达和传播的价值高标和精神高蹈被嘲笑摒弃。

这是个问题,是创意写作面临的全新挑战,这种挑战现在不是来自传统的文学学术界和文学创作精英界(之前十余年来创意写作学界的假想敌),而是来自民间无数的短视频创作者,他们正以十倍百倍的创作量及吸睛能量,挤压着创意写作的生存空间,同时也在用他们的民粹主义嘲笑着创意写作的精神信仰(当初创意写作对精英学术和创作的攻击似乎被他们用于攻击创意写作本身)。在这种挑战面前,我能说的是,创意写作要坚持自己的专业性和品格性,创意写作不是一种随意的、随心的、随便的活动,而是一种有规律的、有方法的、有技巧的活动。创意写作要求作者具备一定的文学素养、审美能力和批判思维,要求作者遵循一定的文学规律、原则和范式,要求作者掌握一定的文学技巧、方法和策略。创意写作不是一种简单的复制或模仿,而是一种复杂的创造或创新。创意写作不是一种孤立的或封闭的活动,创意写作要求作者不仅关注现实还要坚守理想、不仅关注本土还要胸怀世界,不是拘泥于短视的眼前主义和物质主义,而是用人本主义的光辉照亮自己的写作。创意写作唯有如此，唯有不断地高举人本主义旗帜，和民粹主义斗争，才能坚持自己的品格，在短视频的主潮时期获得生存的资格和存在的意义，自身也才能获得不断前进的动力。

创意写作也正史无前例地遇到人工智能写作的挑战。在人工智能写作面前，创意写作只有不断地强调和坚持其人文性和艺术性，才能不因科技的发展而失去其灵魂和魅力。科技是一种工具，它可以帮助创意写作提高其效率和质量（这一点毋庸置疑也无需抵触），但它不能代替创意写作的本质和核心，不能代替作者的想象力，不能代替作者的情感，不能代替作者的个性和风格。创意写作是一种艺术，它不仅要传递信息和知识，还要传递美感和情感，还要传递价值和理念。在人工智能写作时代，创意写作要保持其"人本主义"特质，作为人与人之间沟通和交流、人与自己之间探索和发现、人与世界之间认识和改变的桥梁而存在，它才具有真正的价值。

以上与创作者、研究者诸君共勉。是为序。

葛红兵

2023年8月10日于海南

创意写作前沿

“创意写作是什么”：不同的提问与回应*

许道军**

摘　要： 创意写作是什么，不同的提问会产生不同的回应。完整的创意写作包括“写作”“学科”和“学术”三个层面，作为写作实践活动，它已经走出了“文学写作”中心，衍生出或渗透进多种写作形态；作为学科，它以培养创意能力和创意作家为主要目标，形成了包含课程体系、教学法、学位等在内的学科制度；作为学术，它主要是指创意写作学，是包含了独特研究领域、使用新研究范式等在内的知识系统，它为创意写作实践活动和学科目标达成服务。相对于其他成熟的学术科目，创意写作仍旧处于生长状态，因此，它在三个层面呈现的面貌处于不稳定状态，导致对“创意写作是什么”的提问反复发生，而回答也难以统一。

关键词： 创意写作；写作；创意写作学科；创意写作学；创意写作研究

“创意写作是什么”，这个问题被人不断提出。它似乎不言而喻，每个人都知道它是“不同于传统写作”的新事物，但当我们在谈“创意写作”的时候，又很难取得共识，更有可能谈的不是同一个对象。原因有很多，比如创意写作走出校园、走出美国以及走出文学写作之后，它的追求目标、发展途径和存在形态就相对于“哈佛大学时期”“爱荷华大学时期”要复杂得多，甚至今天的创意写作的内涵与外延，在很大程度上已经超越了爱默生当初的设想。另一方面，很可能是我们在提问“创意写作是什么”的时候，没有注意到提问的角度和答案预期，换句话说，我们此时已经把作为“写作”的创意写作、作为“学科”的创意写作和作为“学术”的创意写作混为一谈，以至于出现答非所问的现象。

“写作”“学科”和“学术”构成完整创意写作的三个层面，或者创意写作的三个指向，在分别回答它们的时候，我们需要在具体的语境中讨论。但作为一个整体，这三个层面不可分割，谈及其中任何一个层面，都会同时牵涉另外两个。

一、作为“写作”的创意写作

创意写作在美国高校兴起的时候，以及在以后一百多年里，在很大程度上都指的是

---

* 本文是国家社科基金一般项目“创意写作与当代中国文学生态研究”（编号：20BZW174）阶段性成果。

** 许道军，上海大学文学院中文系教授，文学博士，创意写作博士生导师。

“文学写作”,无论是马克·麦克格尔的《创意写作的兴起:战后美国文学的“系统时代”》、D. G. 迈尔斯的《大象教学》等有关创意写作历史的回溯,还是格雷姆·哈珀的《创意写作研究》、黛安娜·唐纳利的《作为学术科目的创意写作研究》、艾伦·泰特的《什么是创意写作》等有关创意写作的专题研究,以及在马修·莫里森的《创意写作的核心概念》、温迪·毕肖普与大卫·斯塔基的《创意写作关键词》等工具书那里,创意写作基本上指的是“诗歌”“小说”“剧本”“故事”等文学文体的写作,或者更具包容性的“虚构写作”和“非虚构写作”。许多人在描述美国创意写作工作坊的时候,都会提及类似“美国所有的创意写作班都是一半小说家一半诗人,很均匀的”的现象,①且不说在爱荷华大学、东英吉利大学等创意写作名校那里,创意写作的确以文学写作为主要教学内容,培养了许多文学作家。而文坛也的确因创意写作受益:“美国战后小说取得的成就,涌现的优秀作品,超过了战前任何一个时期,这与创意写作项目带动的集体努力密不可分。”②

在中国,也有相当多的高校(如复旦大学、中国人民大学、北京师范大学、首都师范大学、同济大学、南京大学、浙江大学等)中的相关学者倾向于将“创意写作”理解为“文学写作”,主动借鉴和续接爱荷华大学、东英吉利大学、斯坦福大学等名校的传统,尽管他们有的将“creative writing”翻译为“创意写作”,有的翻译为“创造性写作”。同济大学MFA创意写作专业负责人张生认为:“其实,它从爱荷华大学最早开始设置这个学位开始,在美国的原始定义就是‘文学性写作’,而非我们后来所理解的无所不包的和文化产业相关的所谓‘创意写作’。”③北京师范大学文学院教授张莉称:“在我们的理解里,Creative Writing是更具有文学性的创造性写作,而不是创意写作。”④因此,他们在人才培养上也坚持“文学性”中心:“致力于首先培养优秀的、有独立审美追求的写作者,也旨在培养一批真正懂文学规律与文学审美的研究者与批评家、致力于培养一批懂文学创作、有文学审美能力的文学编辑。”⑤而这些大学的创意写作课程,也的确集中在文学写作相关课程方面,引以为豪的培养成果也是“文学作家”和他们在读以及毕业后的文学成就。

但通过对创意写作的历史回溯和共时考察,我们发现,作为“写作”形态,创意写作已经从文学写作辐射到更为广阔的写作领域,衍生出或渗透进更多样式的事务性写作,比如视频脚本写作、歌词写作、行业故事写作、文旅写作、策划文案、数字交互写作、食品介绍、博客写作、儿童读物写作等,以及与原创相关的二度创意写作等。一般来说,在美

① 哈金.在美国,每一位作家都上创意写作班[J].鸭绿江.下半月刊,2019(1):21.

② 张芸.创意写作与美国战后文学[J].书城,2009(12):83.

③ 中国高校创意写作十年:是否培养作家,依然是个问题[N].澎湃新闻,2019-12-17.

④ 中国高校创意写作十年:是否培养作家,依然是个问题[N].澎湃新闻,2019-12-17.

⑤ 北京师范大学文学创作与批评专业一览[J/OL].钟山,中国创意写作合作推广计划. https://www.zhongshanzazhi.com/send.html?id=493.

国和英国的高校，尤其是名校，文学写作形态倾向更明显一些，而英国、澳大利亚等国家的高校，则偏向于文化产业、出版、传媒等方向；在高校，文学写作为主，但在社区大学、社会培训机构、社区工作坊，偏向于事务写作、跨媒体写作、跨文体写作更多一些，而这些一般又被划归为“非虚构写作”。这些写作中，有很多时候它以“策划”“设计”的形式出现，而写作不过是创意的外在显现和过程的记录：“很多这种新的创意活动都与写作相关，但是，它既不是严格意义上的实用性写作，也不是严格意义上的文学性写作，Facebook 是目前这类写作最明显的例子。”①

因此，我们认为，作为写作活动，“创意写作是指以写作为活动样式、以作品为最终成果的一种创作性活动”。② 这句话包含几个要点：① 强调“写作为样式”，是说明无论是文学写作还是其他样式写作，无论是校园写作还是深入社区，无论是个人写作还是服务公共文化事业，“写作”是创意写作基本的形式、工具、渠道；② 强调“一切”，说明它超越文学写作中心，涵盖多种形态的写作样式；③ 强调“创造性”，是与那些“合规性写作”“无效性写作”③区分开来，更强调写作的创意属性；④ 强调“一切创造性活动”是指创意写作既包括一度创意的原创写作，也包括跨文体、跨媒介、跨业态的二度创意写作。当然，它还有一个隐在前提，所有这些都发生在文化创意产业和公共文化服务背景之下，换句话说，“一切创造性活动”主要是面向文化创意产业和公共文化服务。实际上，今天的写作以及与写作相关的职业之所以存在，就是因为它们已经成为文化创意产业和公共文化服务的一部分、分工合作链条上的一个环节，而创意写作能够不断生长，也是因为后者给它提供了工作机会、就业市场和项目支持。

同一切有效的艺术创新一样，文学写作是一种创造性活动，在内容构思和文字形式上体现出相对于他人及同类型作品的超越与陌生化。但我们不能就此说，创意写作“古已有之”，因为创意写作只能是现代社会的产物，唯有造纸业、印刷术的普及及产业工人、现代传媒包括今天的网络数字技术的出现，才能为它提供产品需要、内容输出和技术支持，驻校作家、签约作家、职业作家以及包括“写手”“策划师”“剧本医生”这些新生从业人员也才能作为一个社会阶层而存在。换句话说，只有在现代社会，社会才有职业作家的需要，而职业作家也才有生存的可能。当然，这里的作家不会仅仅限于文学作家。因此我们可以说：“创意写作首先是一种创造性活动，涵盖了传统文学创作但又远远超越于传统文学创作，它既一如既往地致力于传统文学的‘写作的创意’，又适应文化产业化发展新变化，面向现代文化创意产业，开展‘有创意的写作’。”④

---

① 史蒂夫·希利.超越文学：为什么创意素养很重要[M]//黛安娜·唐纳利，格雷姆·哈珀.创意写作基础研究.范天玉，王岚，雷勇，李枭银，译.上海：上海大学出版社，2022：95.

② 葛红兵，许道军.中国创意写作学学科建构论纲[J].探索与争鸣，2011(6)：68.

③ 许道军.论无效写作现象及其克服[J].语文教学通讯，2021(21).

④ 葛红兵，许道军.中国创意写作学学科建构论纲[J].探索与争鸣，2011(6)：67.

二、作为“学科”的创意写作

当我们讨论“写作如何教学”“作家如何培养”以及“创意写作能够培养作家”的时候,我们是在讨论创意写作的“学科”属性,因为只有在学科层面,“写作教学”“作家培养”才可以落实。传统写作回避这个问题,一是它们夸大了“写作”和“成为作家”的神秘性,将“写作教学”和“作家培养”问题搁置;或者只讨论,不付诸实践,因而讨论的成果无法得到实践的反馈,失去优化和改进的机会;二是它们在写作教学和人才培养的专业性、科学性上准备不足,缺乏相关的专业师资储备和跨学科的写作、教育、心理等方方面面的综合研究,或者缺乏合适的角度将它们打通。

作为“学科”的创意写作,自然也包括“教学实践”和教学实践中的随堂工坊写作、课后写作训练,甚至包括考核过程的即时写作等,但作为“写作形态”的创意写作和作为学科形态的创意写作,指涉的是两个不同的领域,有学者这么描述:

> “创意写作”(Creative Writing)——大写的“C”和大写的“W”——一种制度性的实践活动:
>
> ——它是一套官僚主义的、教育体制内的程序。
>
> ——它是一系列学习方法和学习策略,输入和输出的东西都要经过验证,并附带了评价标准。
>
> ——它是一套教条和规训。
>
> ——它是一个计划,通过学习修得学分,最后获取学位。
>
> 而“写作”就是指作家所干的事情,我觉得它经常跟制度性的规章相抵触。一部分原因是:它经常以“未知”为前提,基于努力想象过去未曾想象的东西、表达过去未曾表达的东西、前往不易到达的所在……①

这里“大写的‘C’和大写的‘W’”涉及作为学科的创意写作,它是包括“程序”“评价标准”“教条和规则”“学分”“学位”以及师资、课程体系、教学法在内的现代学科制度,其中“驻校作家制度”“创意写作工作坊方法”“产学研一体化”等是其显著要素,而培养“创意作家”或者说培养学生的“创意能力”是区别传统写作学科的主要所在。

“驻校作家制度”解决的是创意写作学科的师资问题,着眼创意写作教育教学的专业性,“小说家教学小说”“诗人教学诗人”是其传统,但在今天文化创意产业实业家、创意写作研究学者也是创意写作学科的重要师资补充。“创意写作工作坊方法”是创意写作学科的“标志性教学方法”,解决的是创意写作教学的科学性问题,因其民主化、互动性、合作性、及时反馈等动态教学特征,一百多年来深受学生和教师欢迎,在今天依旧是

---

① 安德鲁・考恩.东英吉利大学的创意写作课[J].陶磊,译.鸭绿江.下半月刊,2019(2):18.

创意写作主流的教学方法。① “产学研一体化”是创意写作学科当下新的人才培养举措，着眼的是创意写作的实践性和产业面向。

在人才培养目标上，创意写作既培养“作家”也培养“能力”“创意素养”。但这里的“作家”不仅仅是传统意义上的“文学作家”，还包括文学作家在内的能为文化创意产业各领域、各环节提供创意和写作支持的人才。对于今天的文化创意产业来说，它在数量、质量、层次、类型上对“作家”都提出了要求，因此，创意写作学科的培养目标自然也分成了“高目标”和“低目标”两种，②因而在培养过程中因材施教，不会出现都是奔着培养“文学作家”“诗人”的方向，也不会扼杀一个文学爱好者的“天才”和“积极性”，反过来说，今天的文学的创作、发表、出版、改编、跨业态转化，早已属于文化产业的一部分，没有必要也没有可能将所谓坚持纯文学创作的“文学作家”和面向文化创意产业的“创意作家”对立起来。因为某种决绝的理念，坚决“规避”文化创意产业，坚持所谓“纯文学写作”，坚持“严肃刊物”定位，这样的选择实则举步维艰。不排除在这个时代依旧有人像堂·吉诃德一样“大战风车”，但很有可能他们把自己在写作上的失败归结为市场，进而转化成另一种“反市场的市场化作秀”。实际上，文化创意产业视野下的创意写作，最不应该担心的是自己的写作过于市场化，而应担心自己的写作是否有市场：是否讲述一个好的故事，是否提供了好的人生启示……

在培养“创意作家”过程中，创意写作学科会自然而然地提高创意写作学习者的创意能力、创意素养、写作能力，甚至在创意写作向中小学深化推广过程中，自然而然地提高社会整体创造能力，这在美国已经是事实，马克·麦克格尔这样描述：“超过50年的大学创意写作训练让社会整体的创造力得到提升……”③专业化、科学化的培养，大众化的全民写作，激发以及解放了全民创意热情，提升了全民写作的生产力，这无疑会提升一个国家的文化软实力和创造能力，对于“全民创新”“万众创业”大业而言，也不无裨益。

与培养目标多样性、层次化、类型化相适应的是，创意写作学科的课程体系也相对于传统写作学科发生了巨大变化，不仅数量空前，而且类型丰富，仅就美国纽约哥谭作家工作坊课程来看，已经超过一百门，结合全世界高校学科、项目、机构发展现状来看，这个数量还会继续增加。这些课程中，有的偏向于传统文学写作，有的偏向于新产业的需要，有的适应数字技术发展，如出版流程、写作管理、IP出售、跨形态跨业态改编、二度创意等。当然，与“文学写作”相关的课程，比如文学史、文学批评等，它们也构成了创意

---

① 许道军.“作家如何被培养”——作为教学法的创意写作工作坊探讨[J].华东师范大学学报(哲学社会科学版),2020(2).

② 许道军,葛红兵.核心理念、理论基础与学科教育教学方法——作为学科的创意写作研究(之一)[J].写作,2016(5).

③ 马克·麦克格尔.创意写作的兴起——战后美国文学的“系统时代”[M].葛红兵,郑周明,朱喆,译.桂林：广西师范大学出版社,2012：13.

写作的基础课程。

创意写作不是一门课程,也不是几门课程,甚至不是简单的作家教学,而是一个具有体系性的现代学科制度。作为学科,它的使命是通过科学的方法,培养大批量的专业人才,以应对产业发展,并为全民写作、提升社会整体创造创新能力提供专业支持,在这个过程中,它也会反馈写作者和写作学科,让有创意写作能力的人才能够保持持续的创造活力,不至于因为耗尽"生活"素材而出现写作难以为继、"一本书作家"现象,也避免像《红楼梦》这样的作者在创作出优秀作品后,却生活在贫困之中。

经过一百多年的课程实践、近九十年的学科建设,以及伴随着创意写作研究的兴起,创意写作已经在高校学院常规化存在,不再作为"异类"存在。作为学科而言,它具有一般学术科目所具有的特征,但也有区别与其他学科,尤其是相近学科(比如传统写作学科)的独特性,简单说,创意写作是一个具备"跨学科/新学科交叉""培养新型复合型创新人才""创新人才培养范式""自觉承担新任务,发展新功能""创造新知识"的新文科,它不断成长同时又主动适应新技术、承担新使命,在新文科建设浪潮中又一次大放异彩。①

三、作为"学术"的创意写作

"创意写作是什么"这个问题之所以像幽灵一样缠绕着创意写作,根本原因是"创意写作学"不成熟、不深入的结果。作为"学术"的创意写作,它要建构包括发生论、发展论、本体论、实践论、方法论及与"创意""产业"相关的创意论、产业论等在内的基本的"知识系统"与理论体系,确证自己的研究对象、研究领域、创新研究范式,进而回答包括"创意写作是什么"等相关的问题,以确证自己的学科合法性。

葛红兵教授认为,"当前生产力和文化发展条件下人类以语言为媒介的原创力的养成及实现规律",是创意写作学首要的研究对象,因为"当前生产力和文化发展条件下人类以语言为媒介的原创力的养成及实现,既是创意写作学研究的逻辑起点,也是其逻辑终点……"。② "原创力"既是我们所说的"创造力""创意能力","养成"及"实现"则同时涉及"写作实践"和"学科培养"。作为写作实践,它涉及个人的写作,即使在社会公共服务领域,它也是通过写作指导或者鼓励公民自己写作,发出自己的声音,达到交流或心理治疗的作用。而在创意国家、创意城市的创建过程中,创意写作的字眼也频频出没其间。换句话说,创意写作的公共文化服务方式也是建立在写作活动的基础之上的。在学科层面,它是"写作教育实践",担负着写作教学、创意素养提升和作家培养的任务。同时"创意写作教育不只是写作教育,也是广义上的文学教育"③,还是"文学教育实践"。因此,研究创意写作的写作规律、创意规律、教育教学规律、教学法、公共文化服务途径

① 许道军.新文科为创意写作"正名"[J].中国社会科学报,2021(6).

② 葛红兵,冯汝常.创意写作学科的基础理论与实践问题[J].山西大学学报(哲学社会科学版),2019(4):17.

③ 何平,张怡微.访谈:"创意写作不只是写作教育,也是广义上的文学教育"[J].花城,2019(4):156.

等，也是创意写作实践论和方法论的重要内容。

进行创意写作研究、建构新的"创意写作学"，需要有新的研究范式。这个研究范式首先要超越"文学/文字本位论"，建立创意本位的批评和研究范式。即使是文学写作，我们也不认为它的本质属性是社会/文化本位、读者本位、文本本位、作者本位，是基于摹仿论、实用论、客观论、表现论等传统理论的产物，而是基于创意本质的人类创造性实践。[①] 在认可创意写作的创意本位的共识基础上，我们再系统建构和更新创意写作的概念、术语、批评模式。当然，这个过程肯定与传统写作、文学理论，甚至与作文写作有着千丝万缕的关系，势必接触或者深入到创意学、教育学、心理学、心灵学、产业学等领域。

有两种研究创意写作的方式：一种是比照传统学术研究的思路，进行常规的"创意写作研究"(creative writing research)，建构创意写作的知识系统；另一种是坚持创意写作的"实践"特性和独特学科属性，认为创意写作作为实践活动，自然"结合了创造性实践和批判性理解"和"高度情境化"，创造了与"公共知识"相对的"个人知识"，因此，创意写作本身即是研究(creative writing as research)。[②] 前一种研究范式有助于建构创意写作学的常规学术身份，发现它一般性的学术规律；后一种研究范式则有可能在某种程度上更深刻地发掘出创意写作的独特性。它提醒我们，当我们给创意写作活动的神秘化"去魅"的同时，也要充分注意到创意写作的个性化、情境化、灵性化特征。

"创意写作是什么"关乎到本体论，但"本体"也是形成和不断变化的。不存在一个静静地在某个地方等待我们去描述的创意写作，也不存在一个开始就形象清晰、界限分明、目标明确、方法成熟的创意写作。我们首先要以历史回溯而非概念推演的方式回到历史现场，以"历史同情"的态度去还原"为什么会有创意写作"，进而去考察"创意写作怎样产生"，而不将创意写作作为一个天然的、自然而然之物去描绘它。在这个基础上，我们再沿着历时的线索，逐一去勾勒创意写作在演变过程中的不同形态的轮廓。事物总是以我们当下看到的形态面世，但当下的形态只是它多种变化形态中的一种，比如创意写作最初的形式就是"英语写作"，而今天的创意写作正在走出"文学写作"中心，经历着从文学本位或者说艺术本位向创意本位的转变。作为一个存在已久但依旧保持旺盛生命力，还在不断发展的事物，我们应持开放的态度，一方面勾勒它"已然"的形式，进行事实陈述；另一方面又要在"已然"中寻找它"应然"的线索，去推测它"可能"的形式。

什么是创意写作，如何研究创意写作，是一个根本而复杂的命题，它需要不断开始，不断发展。当然，任何一个有生命力、发展中的新生事物都是这样，我们对它的认识既要切身，又要随行，方可不断地去捕捉和深入认识。

---

① 葛红兵，高翔.创意本位的文学批评论纲[J].名作欣赏，2017(11).

② 格雷姆·哈珀.创意写作研究[M]//黛安娜·唐纳利，格雷姆·哈珀.创意写作基础研究.范天玉，王岚，雷勇，李枭银，译.上海：上海大学出版社，2002：152－156.

诗人的沸腾：创造性和社会性*

珍·韦伯** 莫妮卡·卡罗尔***/文

向雨昕/译 雷勇****/审校

摘 要：本文探讨当代诗歌的社会和文化地位，以及孤独天才的不朽神话。通过对诗人的访谈以及对创造性文献的研究，我们分析了"孤独"这一特质对于诗学的有效性，并将诗人记叙下的独居生活与社群关系中的物质条件进行了比较。此前关于创造性的研究表明了社区和人际关系在建构创造性思维和能力方面的重要性，据此，我们调查了76位当代诗人的采访记录，将他们的经历与其他群体的经历进行比较。我们的研究结果表明，在享有盛名的诗人中，社会和人际关系对他们而言尤为重要。

关键词：创意写作；创造性；诗歌；社会性

一、引言：与世隔绝的神话

孤独的天才如何从自我的深处实现超越，诸如此类的设问早已为大众所熟知。诗人尤其容易受到这样一种说法的影响：像诗人这样的创造性身份，被视作既罕见又高度个性化的再现，而这种观念普遍存在于创造性的文学作品和独具匠心的天才中。心理学家安东尼·斯托尔在《孤独：自我的回归》一书中写道："失落和孤独感可以激发一个人成为作家的天赋"，在任何情况下，"有创造力的人都习惯于独处"①。科学家兼科幻小

---

* 译文说明：本文翻译和发表授权已经得到澳大利亚的写作与项目联盟(AAWP)的期刊《文本》(*TEXT*)和作者珍·韦伯、莫妮卡·卡罗尔的许可。原文地址：http://www.textjournal.com.au/speciss/issue40/Webb&Carroll.pdf.

** 珍·韦伯，堪培拉大学创意实践特聘教授，创意与文化研究中心的负责人，ARC项目"对创造性的卓越作出理解"和"所以你要做什么：追寻澳大利亚和英国具有创造力的毕业生的足迹"的主要研究人员，曾出版《创意写作研究》《艺术与人权》《看世界》《档案中的遣词造句》等著作。

*** 莫妮卡·卡罗尔，堪培拉大学哲学诗学双博士，创意和文化研究中心的研究员，主要的研究方向包括现象学、诗歌和移情，发表多篇散文和诗作。

**** 向雨昕，西北大学创意写作硕士研究生；雷勇，西北大学创意写作硕士研究生导师。

① STORR A. Solitude: a return to the self[M]. New York: Ballantine Books, 1989: 120 - 129.

说家艾萨克·阿西莫夫也得出了类似的结论，“就我而言，孤独是创造力所必要的条件之一”①，因为“他人的存在只会约束”创造性工作的实施。哲学家玛莎·努斯鲍姆也坚持肯定独处的重要性，她认为“充分社交”的价值在于它赋予个人“更充分的独处能力，从而获得独处时沉思的快感”②。因此，孤立，或至少是孤独，常被假定为获得创造性成功的先决条件。

对此，许多作者也达成一致：弗吉尼亚·伍尔夫援引了“一个人的房间”[1]的价值，苏珊·桑塔格声称“一个人永远不可能孤独到去写作”③[2]，尼采还指出，“像歌德和贝多芬这样思想更深刻的人，需要并主动寻求独处”④。诗人过分夸大孤独对创造力的贡献，这一点在浪漫主义者和先验主义者的作品中得以体现，例如，华兹华斯的《独自漫步》和梭罗的《丝绸之网》[3]，以及更多近期的作品皆可为例。例如，威廉·卡洛斯·威廉姆斯关于（暂时的）孤独的诗《俄罗斯舞》，其基调是轻松愉悦的，但在埃得里安娜·里奇的《歌》中，孤独被肯定为一种自由的模式。

对当代作家来说，孤独的状态与话语相结合，而话语赋予我们作为个体的特权。对于极具创造力的人而言，他们享有着特权并被广为接受，正如米歇尔·福柯在他著名的文章《作者是什么？》中所提及的那样，他概述了写作进程的谱系，将“作者”这个概念定义为“思想史、文化史、文学史、哲学史和科学史上个体化的特权”⑤。做一个现代的有创造力的作家，就是做一个独立的人，成为与世隔绝的天才往往只有一步之遥。

哲学家布兰德反对以上的观点，认为将创造力与基于个人心理活动的独创性这一概念联系起来，只是复刻了对艺术家个人和天才的文化偏见。她的观点得到了学术界的普遍支持，而这也表明两种创造性的社会状态或身份之间存在着持续的张力，在有创造力的个人周围，总是存在着一个有创造力的群体。所以，格拉维努写道，“创造力从来不是一件孤立的事情”⑥，而对于格哈特·费舍尔和他的同事来说，“艺术创新源于不同人之间的共同思考、热烈交谈和并肩奋斗，并进一步强调创造力的社会维度的重要性”⑦[4]。这些类似的研究表明，与孤独相比，交往和社会性更能起到激发创造力的作用。

---

① ASIMOV I. On creativity[J]. MIT Technology Review, 2014: 120-129.

② NUSSBAUM M C. Upheavals of thought: the intelligence of emotions[M]. Cambridge: Cambridge University Press, 2001: 149.

③ SONTAG S. As consciousness is harnessed to flesh: journals and notebooks, 1964-1980[M]. New York: Farrar Straus and Giroux, 2012: 199.

④ NIETZSCHE F. The will to power[M]. New York: Vintage, 1968.

⑤ FOUCAUL M. What is an author? [M]. New York: Pantheon Books, 1984: 141.

⑥ GLAVEANU V P. Creativity as cultural participation[J]. Journal for the theory of social behaviour, 2011, 41(1): 48-67.

⑦ FISCHER G, GIACCARDI E, EDEN H, SUGIMOTO M, YUNWEN Y. Beyond binary choices: Integrating individual and social creativity[J]. International journal of human-computer studies, 2005, 63(4/5): 482-512.

当然,写作群体的绝大多数都被恰当地命名为“社区”,因为它们的成员享有合理的、与写作相关的实践,包括合著以及其他形式的合作。我们认为,孤独作者的神话仅仅只是一个神话。① 然而,当提及诗歌时,情况就复杂多了。有一些著名的合著作品,例如 T. S. 艾略特和埃兹拉·庞德之间的合作,或者艾略特和薇薇恩·海格伍德之间的合作。但这些作品都是在编辑的意见下反复修改的产物,而不是真正的合著作品,例如,庞德从未被视为《荒原》的作者,尽管他参与提供了编辑建议,但这些想法和实践都是属于艾略特一个人的。而且,虽然有很多小说家、编剧和记者合作创作文本的例子,但对文学作品的广泛研究表明,只有极少数诗歌能以这样的形式进行创作,其中一位便是 19 世纪的诗人迈克尔·菲尔德,这是凯瑟琳·哈里斯·布拉德利和她的侄女伊迪丝·库珀的笔名,她们合作创作的诗歌包罗万象,以至于她们经常分不清各自的诗。丹尼斯·杜哈曼和莫琳·西顿也出版了合著的诗集,他们的创作生成是一个使用既定合作模式的过程:例如超现实主义艺术家的“优美尸骸”游戏,或是日本的连歌传统。尽管他们因共同实践而得益,但他们也承认,合作诗歌很少出现在超现实主义等实验性集体的框架之外,如超现实主义、垮掉派诗人,或者 20 世纪 70 年代的女性主义作家,他们甚至很少出版此类作品。

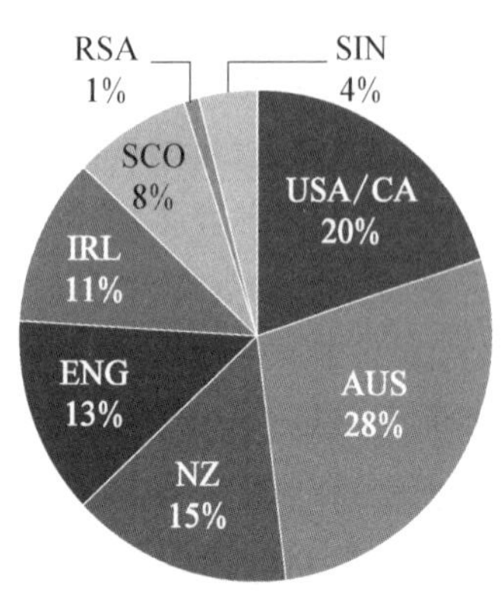

图 1 按居住国家划分的诗人,$n=76$

在这样的背景下,是否可以说存在一个诗人群体?并且,在作为“诗人”的身份定位缺失后,或者没有正式成立诗歌流派的情况下,这一群体如何得到身份的确认呢?本文报道了最近一项研究项目的一个方面,该项目采访了来自 9 个不同国家的 76 位诗人(见图 1)[5],并提出了一个问题:社区在极具创造力个体的生活和工作中起到了什么作用?

有趣的是,在我们拜访的 76 位各个国家的诗人中,只有一位诗人给出了合著的经验:来自爱丁堡的诗人肯·考克伯恩与亚力克·芬利合作并共同写作。他们的共同实践已经延续了数年,并且在此期间完成了多个项目,包括共同编辑和出版、创作受委托的公共艺术,以及最近的一个主要合作项目:《向北的路》。这部作品记录了日本俳句诗人松尾芭蕉的伟大作品《通往深北的狭路》,以及他和河合曾良在 1689 年跨越日本的旅行。芬利和考克伯恩将这一概念搬到了苏格兰,并在 2010 年至 2011 年致力于研究文化景观中的结构,将研究过程中的照片、艺术品糅合在一起,创作出一本书长度的诗集[6]。

76 位诗人中有一位把自己定义为合作者:如果有人打赌诗人与其他创作群体一样

① WEBB J, MELROSE A. 2015 Writers Inc: Writing and collaborative practice[M]//PEARY A, HUNLEY T C. Creative writing studies: an introduction to its pedagogies, Carbondale Ill: Southern Illinois University Press, 102 - 125.

具有协作性和社群导向，那么这种可能性就不大了。但专家们并不认为诗人一定是孤立的：玛莎·伍德曼西写道，孤独诗人的概念既似是而非，又具有近代化的特点。她认为这可以追溯到华兹华斯于 1815 年的作品《随笔，序言补充》，并认为华兹华斯在这部作品中引入了"神秘化"①的成分，因此证明了诗人的概念是个性化的，推翻了对诗歌更为既定的"集体态度"②。伊沃·因迪克认为，诗人可能看起来比小说家更孤立、更独立，但这只是一个感知的问题：基于"诗人在当代文学市场中基本上是无形的这一事实的感知"③。在以上学者的带领下，我们决定更深入地挖掘对 76 位诗人的采访记录，并试图评估他们真正孤独的程度，依据越来越多关于协作和创造力关系的证据，来分析孤独和社交两种状态之间的张力。

二、有形的和无形的

诗歌是最早的书写形式和交流方式之一，而书写在美索不达米亚的起源似乎与记录、行政和法律有关④⑤⑥，希腊人对写作的贡献几乎从一开始就集中于自我表达和诗歌创作（森纳，1989）。然而，尽管人们对诗歌已有数千年的研究，但在当代，诗歌的创作者——诗人本身——却远不是人们关注的焦点。也许这是因为在许多方面，诗人并不完全符合传统生产的逻辑，他们的实践在很大程度上，已经远远超出了娱乐或经济交换的规范。诗歌既不能用于收藏也不能进行展出（就像视觉艺术一样），也很少能吸引大批观众或经济效应（就像电影或通俗小说一样），诗歌必须与主流文化共存，而不是只在主流文化内部运转。

诗歌不是唯一存在于边缘地带的艺术形式，例如，爵士音乐同样不属于主流音乐范畴，它和诗歌一样，往往在小型场所或在节日里才以现场的形式演出。而其他形式的音乐（歌剧、交响乐）实践在国家级别的公共资助下，得以建立相关网络和机构，或者能够从中获得可观的收入、（摇滚、流行乐）则在广播网络上享有一席之地。参与爵士创作和诗歌创作的成员也有相似之处，高水平的爵士音乐家和高水平的诗人一样罕见。然而，尽管爵士乐是一种更年轻的形式，但它和诗歌在社会和经济地位上依然有显著的区别，但在澳大利亚，至少它得到了广泛的公众支持，并由公共资助为其打造的 24 小时广播

---

① WOODMANSEE M. On the author effect：recovering collectivity[M]// The construction of authorship：textual appropriation in law and literature，Durham NC：Duke University Press，1994：16.

② WOODMANSEE M. On the author effect：recovering collectivity[M]// The construction of authorship：textual appropriation in law and literature，Durham NC：Duke University Press，1994：24.

③ INDYK I. On novelists and poets[J]. The sydney review of books，2015.

④ DRIVER G R. Semitic writing：from pictograph to alphabet[M] Oxford and New York：Oxford University Press，1948.

⑤ GOODY J. The interface between the written and the oral[M] Cambridge and New York：Cambridge University Press，1987.

⑥ POWELL B B. Writing：theory and history of the technology of civilization[M] Chichester：John Wiley and Sons，2009.

频道。作为削减经济成本措施的一部分，澳大利亚广播管理局取消了《诗学》这档唯一的全国性广播节目(该节目从1997年到2014年，每周播出一次，时长一小时，由迈克·拉德制作)，这让诗歌从公共视野中消失。因此，诗歌倾向于以快闪式的方式运作，扰乱咖啡馆、书店或酒吧的既定空间，然后再次消失。不出意外，诗歌的经济效益微乎其微：几乎没有一家大型出版社与当代诗人签约，甚至连诗歌的印发数都非常之少，也很少有报纸或其他出版商安排诗歌评论的板块，尤其在与散文出版物的评论率相比时，诗歌就显得更加微不足道。不管这是原因还是结果，诗歌仍有一小部分忠实的读者，那些人也会定期阅读各种诗歌，但很少有写诗的人能够将自己的作品出版成专业刊物，坚持几十年的写作实践，或者通过自己的努力赚到更多的钱。

尽管前景黯淡，但诗歌仍然是文化的一部分，这可能取决于雷切尔·布劳·迪普莱斯所说的“诗歌的普遍化、规训化、人性化的要求，以及围绕着‘诗意’这个词的光环”①。当然，即使是那些通常不会主动去找诗的人，也会在情绪高涨的时刻去读诗，并期望从诗的字句中寻求安慰或鼓励。尽管诗人们说他们缺乏物质层面的支持，缺乏社会的认可，以及作为这个群体的成员所感受到普遍的社会尴尬，但他们仍然深深投入其中，并认识到他们所属群体的范围和规模之大，这个群体可以追溯到萨福和《圣经·诗篇》的作者，并始终期待着尚未付诸实践的诗歌模式。

但是，“社会性”这个词是否适用于这个群体呢？我们对采访记录的分析表明，这个术语的使用是有理可循的，也就是说，参与这个群体是成功诗人的一个核心特征，也许还会因此成为高水平创造力的一个普遍的特性。为了说明这一点，我们将目光转向社会学家兰德尔·柯林斯的工作和他对哲学家群体的研究，他将其描述为“创造性的知识领域”②。和诗人一样，哲学家使用的语言受众有限，得到的回馈也相应减少，哲学家们也常常在依赖集体表述的同时，又崇尚个人身份的独立性。因此，诗人和哲学家占据社会地位、履行社会智识功能的方式，也许能为在没有经济或任何外部回报这一情况下，如何产生高质量的创造性工作提供深刻的见解。

柯林斯对哲学家群体生态学的调查表明，绝大多数极具影响力的创造者或智力实践者都是某一个群体的成员，其中最杰出的是那些在整个领域拥有联系链条的人：“垂直联系”③，也就是所谓的代际联系，特别是类似于师徒关系的水平联系，即与同事和竞争对手的当代联系。事实上，他发现无论是当代社会网络或者是师徒链中，几乎没有一个杰出的人是孤立的。

---

① DUPLESSIS R B. Social texts and poetic texts：poetry and cultural studies[M]// NELSON C. The Oxford handbook of modern and contemporary American poetry. Oxford and New York：Oxford University Press，2012：53.

② COLLINS R. A micro-macro theory of intellectual creativity：the case of German idealist philosophy[J]. Sociological theory，1987，5(1)：47 - 69.

③ COLLINS R. The sociology of philosophies：a global theory of intellectual change[M]. Cambridge MA：Harvard University Press，1998：68.

柯林斯确定了这种关联性的三个核心因素，这些因素可能生成高质量的成果。第一是可归结为“文化资本的传承”①——或者是群体成员之间如何进行思考和创造；第二是“情感能量的转移”②，因为当智慧的火花相互碰撞时，所有的参与者都会得到激励；第三是竞争，因为当成员之间相互竞争时，他们的思考和见解会更加深刻，从而有可能发展真正的创新。

因此，柯林斯项目的核心是他的“社会归因理论”③，他承认个人及其经历的重要性，以及政治、文化和经济背景在智力生产及发展中的作用。但在他的分析中，更重要的是哲学家群体的结构，因为正是在这个更广泛的知识群体背景下，不受时间或地点限制，网络、关系和参与模式都会出现。在我们的分析中，也确定了与柯林斯所描述的相似的关键结构要素和模式。尽管我们对数据的初步分析显示与柯林斯的发现有一些偏差，但仍然证实了他的研究中所概述的创造力的结构条件：“决定智力生产长期模式的条件。”④

三、诗人与哲学家的比较

当然，我们的研究并不是对柯林斯的理论进行复刻，第一个区别便是研究的规模。前者是一个非常大的项目，包括数百位跨越千年的哲学家，他们具有不同的文化背景，如印度的吠陀时期、中国的明朝、古希腊和中世纪的伊斯兰教。我们的项目则比较精细化，只涉及一个特定的时间点，研究群体也只控制在英语诗人中（尽管他们所代表的9个国家有着非常独特的文化差异），涉及的主题也不到100个。由于我们研究对象的规模小，且只关注在世的诗人，所以我们无法根据占主导地位成员的长期影响得出结论，也无法对未来几代人对研究中个体的看法作出预测。

第二个区别则是分类，柯林斯将他所研究的哲学家从高到低分为了“四个等级”⑤：一等哲学家是那些深植于杰出人物网络中的、极具影响力的个人，类似于福柯的“文本场的奠基人”⑥；二等哲学家的文献被广泛引用，并与其他知名学者有密切的联系，这样的联系对智力发展有重大影响；三等哲学家有一定的背景，与主流学者有一定的联系，但他们并没有真正深入社会；末等哲学家与有影响力的人际关系网之间联系最少。而我们

① COLLINS R. The sociology of philosophies: a global theory of intellectual change[M]. Cambridge MA: Harvard University Press, 1998: 71.

② COLLINS R. The sociology of philosophies: a global theory of intellectual change[M]. Cambridge MA: Harvard University Press, 1998: 71.

③ COLLINS R. Toward a theory of intellectual change: the social causes of philosophies[J]. Science technology and human values, 1989, 14(2): 107-140.

④ COLLINS R. Toward a theory of intellectual change: the social causes of philosophies[J]. Science technology and human values, 1989, 14(2): 107.

⑤ COLLINS R. Toward a theory of intellectual change: the social causes of philosophies[J]. Science technology and human values, 1989, 14(2): 117.

⑥ FOUCAULT M. What is an author? (trans J. Harari)[M]// RABINOW P. The foucault reader. New York: Pantheon Books, 1984: 114.

的研究将诗人群体分为了三类：国际诗人、地区诗人和本地/新兴诗人(见图2)。第一类的诗人在国际上名闻遐迩，他们的作品在诗坛内外被广泛引用和译介，还获得过国家、地区和国际级的荣誉，因此在文学界享有盛誉和美名。第二类的诗人在国家或地区有很高声望，他们是州和联邦主要奖项的获奖者，诗集被广泛出版、选集和翻译，在其他人眼里也是行业标杆。第三类的诗人由新兴的、不太引人注目的诗人组成：他们极有可能创作出高质量的诗歌，但他们的知名度并不高，因此在社区内外，都不足以影响人们对诗歌的态度。

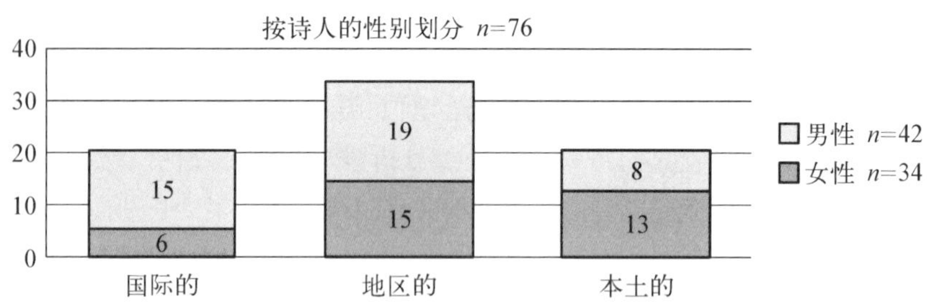

图2　按数量和性别划分的诗人类别

柯林斯的研究与我们的另一个区别是，在他的研究中，地理位置并不会对哲学家的思想产生影响。事实上，他观察到，特定的社会背景和哲学思考模式之间没有相关性，古希腊社会或经济模式和其哲学焦点之间的关系便是如此。① 而我们的研究结果恰恰相反：地理位置是影响诗人一生的关键因素。这一点可以在受访者对他们所读诗歌的看法中表现得尤为明显，他们在哪里发表了自己的作品，他们如何利用语言和材料来获得灵感并以此撰文，所有这些都会因地理位置的不同而大相径庭。如图3所示，北美诗人更普遍提及论其他(在世的和去世的)北美诗人，而不是其他国家的诗人(研究中只有两名北美诗人提到的非美国诗人多于来自其地域背景的诗人)，生活在其他国家的诗人也同样如此。

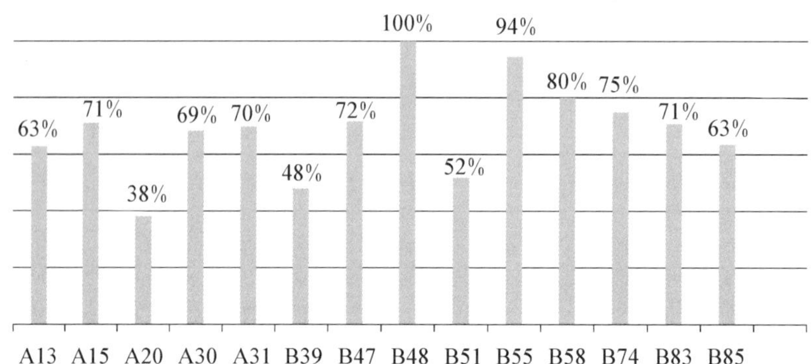

图3　研究中被提名的北美诗人占比情况

① COLLINS R. Toward a theory of intellectual change: the social causes of philosophies[J]. Science technology and human values, 1989, 14(2): 108.

与此相关的是，惊人数量的诗人以自己的国家、地区或地理位置来定义自己——作为一个“新加坡诗人”，或是一个“中西部诗人”，甚至是“21 世纪诗人”，而不是将自己视为跨国和跨历史的诗人。因此，尽管研究中的诗人表达了相似的激情和关注点，使用了共同的语言和行文技法，但正如柯林斯所发现的，地理和时间背景似乎更能催生诗歌创造力，而不是智力创造力。

最后一点区别是，在这两个创造性社区中，柯林斯所称的“师徒链”的角色定位，“这种关系既开创了该学科的新实践，又确保了该学科的世代连续性”①。他发现，最杰出的哲学家也与他们的前辈有着最紧密的联系（无论是他们自己的老师还是该领域更古老的专家）、与他们同时代的人也有联系（通常是地位相同的同龄人，而不仅仅是同时代的其他哲学家），还有以未来为导向的联系——与自己学生之间的联系，以及他们与未来的人对话的证据：后世的哲学家阅读它们、引用它们，从而使他们的工作保持活力。

诗人当然会受到前辈的影响，他们一旦确立了自己的地位，往往就会成为新兴诗人的“支配者”。然而，他们往往不把这种关系描述为“师徒关系”，相反，他们使用“启蒙者”之类的术语形容这样的关系，或称“学徒关系”或“导师关系”。柯林斯将“支配”定义为个人和社区关系的一个重要特征，而诗歌中的关系则与支配无关，更多的是关于博爱和慷慨。在我们采访的诗人中，有惊人数量的人形容资深诗人和他们的同龄人都有“慷慨大方”的性格。在柯林斯的研究中，人们似乎不像哲学家那样，把诗歌的世界看作是一种需要通过斗争才能赢得的奖品。

用数据来解释这种差异并不容易，但可能对文化生产领域的发展提供一些见解。皮埃尔·布尔迪厄对创作领域的描述构建了一个创作实践领域的模型，它被分为以商业为导向的工作和没有市场的工作：自主的，或“为艺术而艺术”的实践。② 这是大多数当代诗歌的归属，在一个几乎完全致力于自主生产的子领域，并不需要一个明确的师徒关系，因为没有这样的工作可以让学生参与其中，诗歌创作中的“好学生”也不能学习一个既定的论点来产出新的知识产品[7]。因此，总体来说，新诗人不像哲学家那样需要“教育”，但他们确实需要导师的指导、支持和反馈，因为他们需要学习如何表达自己独特的声音，并学习如何生成和评估新的创造性作品。这可能由一种实际的或想象的关系所提供：后者是诗人与“祖先”而不是与（在世的）“前辈”联系在一起的地方。奥登鼓励新兴诗人采用这种方法，一旦他们度过了起始阶段，他写道：“年轻诗人的下一个阶段是移情于某个特定的诗人，与他产生一种亲近感……在模仿大师的过程中，年轻的诗人发现，只有一个词、节奏或形式是正确的，无论他如何钻研。”③

---

① COLLINS R. Toward a theory of intellectual change: the social causes of philosophies[J]. Science technology and human values, 1989, 14(2): 108, 110.

② BOURDIEU P. The field of cultural production: essays on art and literature[M] Cambridge: Polity, 1993.

③ AUDEN W H. Phantasy and reality in poetry[M]// BUCKNELL K. & JENKINS N. (eds.) In solitude, for company: W. H. Auden after 1940, unpublished prose and recent criticism. Oxford: Clarendon Press, 1995: 191.

当然,在我们的研究中,许多诗人谈到了他们从未谋面但又对他们创作产生影响的前辈,尤其是在他们早期的创作中。研究中的大多数诗人,尤其是那些在国际或地区享有盛誉的诗人,都说自己很重视前人,无论是古代的还是近代的,同时也重视那些曾经或现在是当地文化的一部分的人。例如,一位新西兰诗人描述了他发现当地有诗歌历史时的"释然":他认为新西兰确实有人写诗,而且他们不仅仅是来自海外的天才。他们的存在为他提供了诗歌实践的模式,也为他提供了作为新西兰诗人的合法性。我们项目中的许多其他诗人都表示,他们希望与在世的长者以及他们的同龄人有接触。一位来自美国的诗人强调了这种水平和垂直联系的重要性,他说:"真的有一种诗人社区。我不知道这是不是因为当代诗歌是一种被边缘化的艺术,所以诗人们之间经常往来。"一位澳大利亚诗人也指出了导师的作用,以及他在诗人个人创作成长中的意义:"人们向你提出挑战,要求你进入一个新的空间,这是一个非常具有创造性的挑战,可以启发你的心智。"

四、诗人与哲学家

虽然在诗人和哲学家之间,或者我们的研究结果和柯林斯之间有这些明显的差异,但这两种研究成果在竞争的生成效应领域是一致的。尽管在我们的研究中,许多诗人都描述了这种紧密联系和慷慨特质,但这依然是一个充满冲突的领域。以不同方式或形式进行创作的诗人之间存在着深厚的差异:例如,在抒情诗人和语言诗人之间便是如此。有时,诗人和诗歌流派之间也会公开争论,这可能是不同审美价值的结果,如同20世纪70年代英国保守主义者和激进派之间的诗歌战争。① 就像2012年在澳大利亚发生的那场纠纷一样,他们可能是在争夺这一领域的版图,杰弗里·莱曼和罗伯特·格雷站在一边,彼得·明特和约翰·特拉特站在另一边,为澳大利亚诗歌选集而争斗。② 其他冲突似乎更符合柯林斯所描述的以田野为基础的统治模式,而不是诗歌本身。在另一场"澳大利亚斗争"中,安东尼·劳伦斯和罗伯特·亚当森站在一边,约翰·金塞拉站在另一边,辩驳的一部分是用诗歌进行的,最后以限制令和诽谤诉讼的威胁告终,这是社区中不和谐竞争的又一个例子。③ 2012年显然是澳大利亚诗歌的惨淡之年,导演和澳大利亚诗歌有限公司的董事会成员之间发生了重大冲突。

虽然这些斗争往往被媒体视为可笑的闹剧,但它们标志着个人在这一领域的投入,以及为展现和承认关于诗歌及其传统价值所做的努力。我们采访的每一位诗人都提到

---

① BARRY P. The poetry wars[M]. Cromer: Salt Publishing, 2006.

② ROBERTS M. A new front opens in the "Poetry Wars"— John Tranter, David McCooey and Peter Minter on "that anthology" (Australian poetry since 1788)' [EB/OL] (2012-02-07) [2015-11-22]. http://rochfordstreetreview. com/2012/02/07/a-new-front-opens-in-the-poetry-wars-john-tranter-david-mccooey-and-peter-minter-on-that-anthology-australian-poetry-since-1788/.

③ BENNIE A. War, blood, courts: it's poets at arms[EB/OL](2012-08-08)https://www.smh.com.au/entertainment/books/war-blood-courts-its-poets-at-arms-20060808-gdo4ob.html.

了其他诗人的名字，艾略特、叶芝、奥登、庞德、弗罗斯特、希尼和莎士比亚的名字最常被提及(研究中 38%的诗人提到或引用了艾略特，参见图 4)。

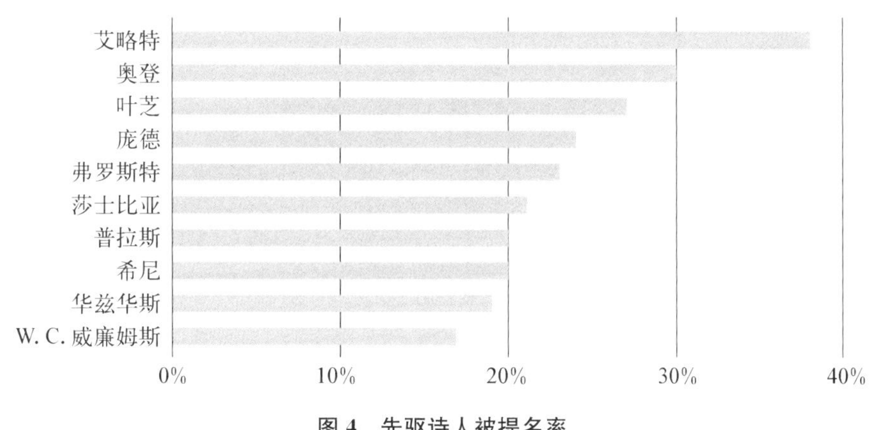

图 4　先驱诗人被提名率

这份名单是我们从研究中的 76 位诗人中选出的，其中包括最著名、最广为人知的英文诗人：提名这些诗人并不意味着他们拥有专业知识。一种更有力的"竞争"——或者说是专业程度的体现——在我们察看那些被归类为第一类的诗人的名字时是显而易见的：这些诗人已经获得了国际声誉。虽然他们也提到了诗歌的明星，但他们在我们的研究对话中展示出了更广泛、更深入的专业性：这类诗人平均提到了 4.2 位重要但不知名的诗人，而在其他两类诗人中，这个数据只有平均 1.5 位而已。

五、社区与创造力

尽管持续频繁地引用其他诗人的诗歌可能是诗歌影响力的一种体现，但它确实表明了我们项目的参与者和他们认同的诗歌社区之间高度的共通、重合与交织，也表明了沿垂直和水平轴运行的个人联系链的存在。在柯林斯看来，这些链条的价值在于，它们使知识或"智力资本"①在整个社区得以传播。他提出的观点令人信服：虽然文化知识是通过出版物进行交流的，但构成知识群体基础的是个人联系，是个人寻求以及个人参与，因为这既提供了"情感能量的传递"②，也推动了个人竞争的实践。在阅读抄本的过程中，我们发现特别有趣的是，当代诗人在极大程度上谈论那些生于他们之前的人——那些在他们出生前很久就去世的人——就好像他们之间有一种联系。这种我们称为"想象中的关系"的现象，似乎对我们研究的诗人产生了深远的影响，虽然他们不可能见过这些前辈，也不可能成为他们的门徒或对手，但当他们谈起这些前辈时，就好像他们

---

① COLLINS R. The sociology of philosophies: a global theory of intellectual change[M]. Cambridge MA: Harvard University Press, 1998: 71.

② COLLINS R. The sociology of philosophies: a global theory of intellectual change[M]. Cambridge MA: Harvard University Press, 1998: 74.

关系匪浅一样。借助质性研究软件 NVivo,我们分析了刻录实例的转录本,其中有一个深刻的个人关系,然后将这些实例聚在一起,以找到与说话者出生前很久就去世的人的关系。图 5 仅提供了一个诗人的例子,用图表现这个人与前辈之间的"想象关系"。

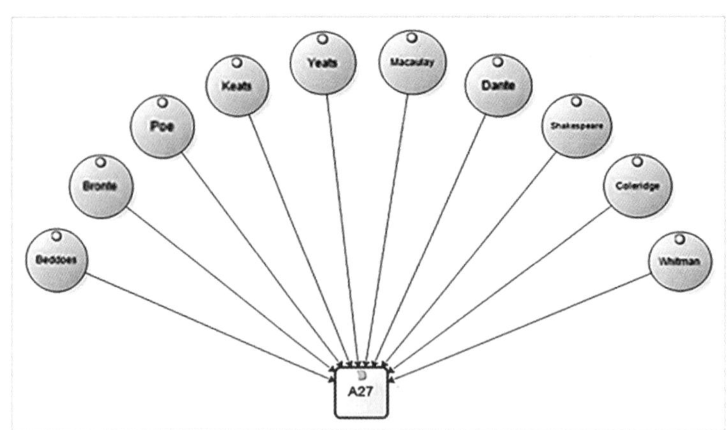

图 5　诗人 A27,生于 1933 年:"想象中的关系"

同样重要的是我们研究中的诗人与其他在世诗人的联系程度:与他们的同时代人和他们的同龄人(见图 6)的联系。在国际或地区知名的诗人中,没有一个人把自己描述为孤独的、孤立的人,或者说他们的生活中不存在其他诗人:只有本地和新兴的诗人体现出这种孤独。而且,有趣的是,没有一个国际著名的诗人是最近才加入一个写作团体的,尽管他们中的许多人要么曾经是这个团体的成员,要么与一个团体有长期的关系。这类诗人中有不少人评论说,他们根本不需要经常参加某个团体。例如,一位英国诗人曾说,"我认为这达到了一定的程度,你要知道,你从团体中学到的和你将要学到的一样多";而一位美国诗人几年前曾寻求对自己作品的确认或澄清,现在她说:"我倾向于觉

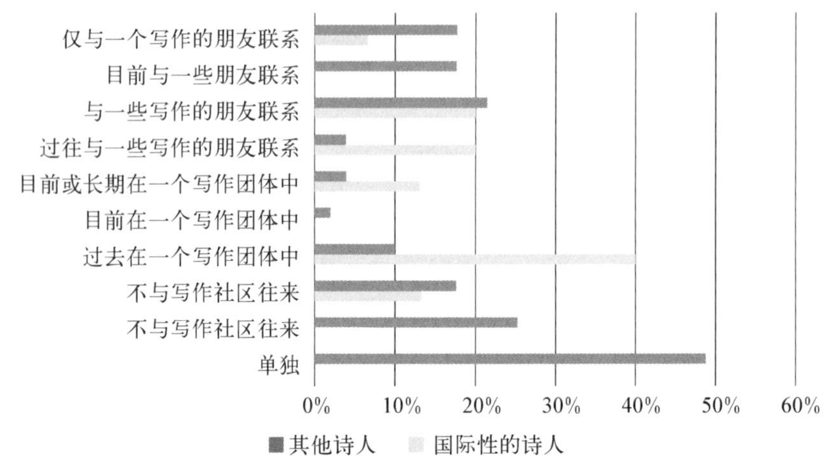

图 6　诗人与他人联系状态的比较

得，即使我不知道自己在做什么，在我生命的这个阶段，灵感和反馈也会来自我的内心，而不是来自写作小组或其他师徒关系。”这并不是说这类诗人都是孤立工作的：他们通常把稿子给一个或几个长期信任的朋友和同事看。一位加拿大资深诗人说，这是因为“你无法找到那种全身心投入工作的感觉，你甚至不知道自己到底在哪儿”。一位美国诗人承认：“我从不认为一首诗已经完成了，除非有朋友看过它，并在上面加上了额外的标注。”这些例子并不直接指向教学或师徒关系，也不是关于肯定或被肯定；相反，它们与职业信任有关。这些关系往往是与几个写作朋友、其他诗歌创作者的持久依恋，据他们说，这些人在多年的创作过程中相互支持，激励着彼此的实践。“诗人需要彼此”，一位美国诗人说：“写作是孤独的，诗人需要互相理解。”

这样的说法支持了柯林斯的论点，即创意社区中的著名成员并非组织上的孤立者。他们是前辈和启蒙链的成员，也是当代诗人圈子的成员。如果我们把外界的认可和出版社对作品的肯定计算在内的话，想要在这个领域取得“成功”，那么重要的不仅是要认识其他人，还要与其他知名人士保持联系。同样重要的是，拥有这样一段关系并且能够证明，前辈与发起者之间的关系是双向的：回到过去和走向未来。这包括一种形式的社会和文化资本，即从过去继承的和从未来获得的一样多。最后，这表明，创造卓越的条件不在于拥有个人天才，而在于有效地培养和利用社区内成员之间的联系链条。“这是链条本身，社会条件使之成为可能，”柯林斯写道，“它将特定的个人提升到创造性天才的地位，我们在思想史中将他们分离出来，并进行特殊处理。”①

六、结论

最后，让我们回到艾略特和埃兹拉·庞德，他们虽不是共同作者，但就像我们研究的那些国际著名诗人一样，他们依靠彼此，用对方视野的“额外凝视”来打断作者的“雪盲症”。杰克·斯蒂林格在关于“孤独的天才”问题的文章中，讨论了艾略特和庞德的关系，试图建立他所谓的“多重作者”的论述：作品是社会互动、相互关系、联合实践、复合活动以及互文性的产物。他写道：“在《荒原》的创作中，首先需要一个诗歌天才来创作这 434 行，另一个天才去删减围绕和遮蔽它们的几百行低劣的诗句。”②他认为，这部作品只被认为是艾略特的作品，而这部作品和其他作品的实际联合创作通常被忽略，主要是因为当代市场要求它被忽略。但市场不会改变该领域的运作方式，也不会改变为真正创造性开发提供支持的结构、因素和关系。尽管孤立天才的叙述在一些学术和实践领域里继续占据着主导地位，但我们认为，社会角色和其功能提供了一个更有力、更有说服力的解释。因为，毕竟，“无论它们看起来多么抽象，人类共同体的结构都塑造了生

① COLLINS R. Toward a theory of intellectual change: the social causes of philosophies[J]. Science, technology and human values, 1989, 14(2): 120.

② STILLINGER J. Multiple authorship and the myth of solitary genius[M]. New York: Oxford University Press, 1991: 128.

命体的世界"①。

尾注

[1] 弗吉尼亚·伍尔夫对孤独的渴望,既与她认为女性在努力实现自己的身份和抱负时所面临的困难有关,也与她认为孤独与天才之间存在联系的观点有关。

[2] 这句经常被引用的台词出自她的日记,是她对结束一段关系的反思的一部分,所以它更有可能是自我安慰,而不是对写作所需的真正见解。尽管如此,对于一个作家来说,她还是经常在她的作品中谈及孤立和群体之间的矛盾。例如,"孤独是痛苦的,但当我进入这个世界时,感觉就像道德沦丧"。②

[3] 在威廉·华兹华斯的许多诗歌中,例如1798年《水仙花》和《我像一朵云一样孤独地漫游》的歌词中就有所体现。梭罗写道:"在孤独中,我为自己编织了一张丝网或茧,像仙子一样,不久将迸出一个更完美的生命体,去适应更高的社会。"

[4] 在有关创意产业的文献中,我们也能找到大致相同的观点,它们指出社会网而非个人的中心地位。例如,加纳姆、卡弗斯、赫斯蒙德霍等人的文章。

[5] 澳大利亚、加拿大、英格兰、爱尔兰、新西兰、苏格兰、新加坡、南非、美利坚合众国。

[6] 该合作网站,包括博客条目、音频材料和图像的链接,以及单个诗歌元素的链接,可登录http://www.theroadnorth.co.uk/查看。

[7] 虽然一些传统的和已确立的诗人占据着高度神圣的领域,而更流行的或社区特定的模式——丛林诗、押韵或感伤诗、喜剧诗——可能存在于另一面(商业化),诗歌通常位于商业化的自治(为艺术而艺术)领域。

致　谢

该研究得到了澳大利亚研究理事会"发现项目"资助计划的支持,项目编号为DP130100402。我们感谢所有的合作者、教授迈克尔·比格斯和凯文·布罗菲,以及保罗·马吉副教授,并感谢已故的桑德拉·伯尔博士在项目最初阶段提供的巨大支持。

① KELEN C. Poetry, consciousness and community[M]. Chicago: University of Illinois Press, 2009: 13.

② SONTAG S. As consciousness is harnessed to flesh: journals and notebooks, 1964-1980[M]. New York: Farrar Straus and Giroux, 2012: 277.

文学桥梁：创意写作、创伤和证言*

珍·韦伯　米拉·阿特金森**　乔丹·威廉姆斯***/文

胡双梅***/译　雷勇/审校

摘　要：在公共话语中，艺术与科学——或者更广泛地说，学术研究——存在一个往好了说不可调和，往坏了说是相互对立的两种倾向。但是，在创意写作中对创伤、恢复力和幸福的阐释不仅是科学传播的问题，也是文学实践的问题。它包括写下研究人员描写和处理现象的意义，利用这些工作的叙事性和诗意性，并明确认知和情感，经验证据和感觉体验。在虚构性作品、创意非虚构作品、诗歌以及混合作品，如结合回忆录和学术研究的叙事作品中，这种情况十分明显。这种多样化的文学表达方式并不一定是为了扩展理论或提供实验数据，而是提供一种新的机会，让人们可以用另一种方式来看待和理解这些材料内容，并明确将想象力和情感体验参与纳入其中。在理想的情况下，这样的作品具有鲜明的情感性，融合了微观与宏观两个层面，它有可能帮助我们实现某些学术研究的去神秘化，将相关问题个人化和人性化，以及直面否定和轻视，并在 C. P. 斯诺所说的“两种文化”之间架起桥梁。本文首先考虑了斯诺关于重新思考科学和文学如何运作的建议，接着讨论了混合和多线的知识和实践——在小说、回忆录和个人写作以及疗愈工坊中——可以在知识领域和社会文化之间建立桥梁，并从个人、社会和环境创伤中恢复。

关键词：生态小说；韧性；回忆录；创伤；创意写作

一、引言

桥梁作为一种提供通道、实现过渡的结构，可以连接两个空间。我们谈论“文学的

* 本文翻译和发表授权已经得到澳大利亚的写作与项目联盟（AAWP）的期刊《文本》（TEXT）和作者珍·韦伯、米拉·阿特金森、乔丹·威廉姆斯许可。原文地址：https://textjournal.scholasticahq.com/article/29558.

** 米拉·阿特金森，堪培拉大学创意与文化研究中心研究员，文学作家、跨学科研究者和教育家。国防部资助的艺术恢复、复原、团队和技能（ARRTS）项目和其他资助的创造性项目的学术带头人。

*** 胡双梅，西北大学创意写作硕士研究生；雷勇，西北大学创意写作硕士研究生导师。

桥梁”的概念时,不难联想到这些物理结构的类比。文学之桥旨在跨越文化间的鸿沟,跨越地理的、时间的距离,以及意识形态和学科之间的隔膜。它提供了跨隐喻、意识形态或学科空间连接的机会,也是一个改变思维、观察和行为方式的机会。

在本文中,我们集中于联结创意写作和科学的文学桥梁,尤其是关于创伤的话题。回溯到20世纪中期,已有学术文献中讨论过在艺术和人文学科与人文和自然科学之间建立桥梁的必要性,其中最著名的可能是C. P. 斯诺将艺术和科学描述为“两种文化”。这一观点最早出现在1959年的里德讲座中,并在同年以书籍的形式出版。“我相信整个西方社会的知识分子生活正日益分裂成两个两极群体,”他认为,“文学知识分子在一端,另一端是科学家……在两者之间是互不理解的鸿沟。”①斯诺指出,首先,以文学艺术家不受科学方法的约束为切入点,他们不像科学家被要求对糟糕的思维进行阐释;其次,科学家的“想象力理解”由于缺乏艺术表达的途径而变得贫乏②,最令人担忧的是,两种文化之间的鸿沟阻碍了我们以更具创造性和可操作性的方式解决当代问题。

在斯诺提出“两种文化”之后,这种情况并没有太大改善,我们的教育继续按照自己的模式进行,很少和其他学科产生联系,彼此是相互孤立的。作家们对科学的特殊性的认知仍需要完善,科学家们基本上对艺术不感兴趣。直到20世纪中期,第三种文化从艺术与科学的二元对立中以新的面貌诞生,科学家们不再需要专业作家的翻译技巧来与公众交谈,而是自己写作和公开演讲。其中包括海洋生物学家雷切尔·卡森、灵长类动物学家简·古道尔和天体物理学家卡尔·萨根,他们凭借出版的书籍,激发了公众的想象力,有些还被翻译成电影或电视作品。随后其他一些重要的科学家,他们展示了在科学和学术之外进行交流的能力:例如天体物理学家尼尔·德格拉斯·泰森,流行病学家(兼小说家)苏尼特拉·古普塔,或神经学家克里斯蒂安·凯瑟斯。约翰·布罗克曼观察到,这些科学传播者“正在取代传统知识分子,使我们生活的深层意义变得可见”③。诚然,随着互联网的出现,越来越多有创造力的作家开始探索文学创作的混合模式,研究科学发现的任务变得更容易实现,非科学家创作的文学作品趋向于将更多的科学材料纳入其叙事结构的一部分;或者明确地参与科学领域,以及它的著作和关注。

在本文中,我们将探讨科学家和有创造力的作家如何跨越文化边界,建立知识和理解,并在各自的社会领域之外提高人们的认识。这些书籍和文章避免说教的冲动,反而引起了公众的注意力和读者的共鸣。我们探索建立这样的桥梁(在科学和艺术之间;在专家交流和面向普通受众的交流之间),主要有两个视角:第一个是由科学家和小说家创作的环境题材作品,这些作品使人们更清楚地感受到物质世界的现象学影响,并敦促

---

① SNOW C P. The two cultures and the scientific revolution[M]. Cambridge: Cambridge University Press, 1959: 11.

② SNOW C P. The two cultures and the scientific revolution[M]. Cambridge: Cambridge University Press, 1959: 7-8.

③ BROCKMAN J. Third culture: beyond the scientific revolution[M]. New York: Simon & Schuster, 1995: 17.

人们在日益恶化的环境面前采取个人行动；第二个侧重于创伤，同样结合对情况的高度认知的工作，旨在通过叙事艺术的使用产生集体和个人行动。无论创伤是个人的还是集体的，是社会化的、结构性的还是环境性的，科学和文学文化中的研究机构都指出，创意写作对于理解、管理创伤的影响和可能的康复都有效用。我们将从两个部分讨论这一问题：第一部分考察一些被公认为作家的个人创作的作品；第二部分阐述那些没有接受过写作训练，也没有被认为是作家的人提供写作工作坊和叙事环境的部署，让他们开始自己的疗愈过程。不过，前提是我们需要考察两种文化中发生了什么，并根据斯诺对“相互不理解的鸿沟”的担忧来反思这种做法。

二、文学桥梁与物质世界：生态科学、生态写作、生态实践

进入 21 世纪，与大规模社会和环境变革产生相关的不断变化的需求和新技术，暴露出斯诺二元逻辑的局限性和弊端。其一是斯诺认为文学艺术家应该扮演公共知识分子的角色，传播社会价值和科学信息。尽管文学写作的角色问题仍在争论，但斯诺对公共利益或社会责任这一特定且有限概念的关注，现在可以被视为有倾向性，尚未能理解个人为何选择写作以及文学可能(或应该)达到什么目的。①

其二是，斯诺认为文学作家创作科学作品的必要性显然是短视的。作为芝加哥艺术学院院长的物理学家，沃尔特 · 梅西和斯诺一样，对两种文化都有所观察。他指出，两种文化之间的差距正在迅速缩小，因为“人文主义者对科学有着相当活跃和正向的兴趣，反之亦然”②。梅西将这归因于科学学科之间更大的跨学科，更熟悉艺术和人文学科的科学“语言”；此外，由于科普写作和电视的普及，公众获得科学思想的渠道变得愈加广泛。③ 因此，他写道，艺术家和科学家之间的合作已经超越了艺术家仅仅提供科学发现的通俗描述的惯例，转向“更有趣的艺术—科学合作，旨在发现艺术家或科学家单独工作无法揭示的新见解”④。

由此可见，文学桥梁的概念不是连接两个学科的简单线性结构，而是在共同创造我们所居住的世界、塑造和代表了“我们生活的深层意义”多种多样的文化。这意味着一种创造性的写作实践，它既借鉴科学思维，又与科学思维合作——补充、交融，有时还会产生复杂的科学观点。上述的实践跨越了斯诺的艺术和科学两种文化之间的桥梁，不仅成为科学或文学，也成为其他文化与更广泛的社会的见解和知识的翻译者。它还制定了新的存在方式和交流方式，开始了一种写作实践，探索具有迫切的社会和环境重要性的构建和关注——实际上，通常是具有全球重要性的。此类写作可以为理解和批判

① ORTOLANO G. Breaking ranks：C. P. Snow and the crisis of midcentury liberalism，1930－1980[J]. Interdisciplinary science reviews，2016，41(2－3)：124. https://doi.org/10.1080/03080188.2016.1223577.

② MASSEY W E. C. P. Snow and the two cultures，60 years later[J]. European review，2018，27(1)：68.

③ MASSEY W E. C. P. Snow and the two cultures，60 years later[J]. European review，2018，27(1)：69.

④ MASSEY W E. C. P. Snow and the two cultures，60 years later[J]. European review，2018，27(1)：70.

性反思提供认知和情感的桥梁,重振作者或读者与自己的过去、文化史和整个世界的联系,并重申为了保护自然和文化的未来,与他人联系的必要性。

有思想的、有道德的、通俗易懂的文学作品并不是那些受过训练的、被称为创意作者的人的专利。天体物理学家普里亚姆瓦达·那塔拉詹印的抒情作品《宇宙新图景》①以创造性非虚构的方式创作,一本探讨神话和想象与科学探索交织在一起的研究卷。肿瘤学家悉达多·慕克吉的《万病之王:癌症病》②获得了包括2011年普利策奖在内的多项文学奖。迈克尔·陶西格的《我发誓我看到了》③,被芝加哥大学出版社描述为"有远见的人类学家"对哥伦比亚20年研究过程中产生的田野工作笔记的记录,它以令人眼花缭乱的散文体写成,经常在创意写作课上使用。

被认为是创意作者的人也同样地演绎或展现科学知识。安妮·迪拉德的《听客溪的朝圣》④(1974)——另一位普利策奖得主——是一位作家对一个地方的自然世界的观察和探索,以及她对生活、科学和艺术的思考。其他作者,尤其是那些从事文学和推理小说的作者,对拒绝将科学融入日常理解和文化变革的后果提出忠告。这类故事是不受约束和不可持续的经济增长所带来的创伤见证模式的例证。

例如,玛格丽特·阿特伍德的《疯狂亚当》三部曲⑤开始于一个人类社会被暴力分裂的历史时刻,它远远超出了道德政府、工业或家庭结构的基本原则。在一个以技术科学为特征的世界,在这种背景下,技术创新是主要价值,跨国公司胜过国家法律或利益,文化实践和人际关系受到轻视和贬低⑥⑦⑧。《疯狂亚当》的第一卷开篇的是构建一个后人类世界,这是基因学家克雷克故意设计并释放的一种病毒的后果,他认为大规模死亡是这个破碎世界的唯一补救办法。他童年的朋友,雪人吉米,似乎是唯一活着的人,照顾着克雷克设计的"新人类",为生物政治、超级资本主义和失范科学的结合,并为导致毁灭世界的大流行病提供了证据。在后面的两卷中,这种毁灭性的场景被稀释,其他幸存者出现并开始创建一个新的社会。这个社会依赖于过去的书面与口头证词而合作;这为幸存者和下一代提供了学习作为自然的一部分而生存的能力,从而在这个不可能发

---

① NATARAJAN P. Mapping the heavens: the radical scientific ideas that reveal the cosmos[M]. Gurgaon: Harper Collins India, 2016.

② MUKHERJEE S. The emperor of all maladies: a biography of cancer[M]. New York: Scribner, 2010.

③ TAUSSIG M. I swear I saw this: drawings in fieldwork notebooks, namely my own[M]. Chicago: University of Chicago Press, 2011.

④ DILLARD A. Pilgrim at Tinker's creek[M]. New York: Harper's, 1974.

⑤ ATWOOD M. The maddaddam trilogy[M]. New York: Random House, 2014.

⑥ LATOUR B. Science in action. How to follow scientists and engineers through society[M]. Cambridge: Harvard University Press, 1987.

⑦ LYOTARD J F. The postmodern condition: a report on knowledge (trans G. Bennington & B. Massumi)[M]. Manchester: Manchester University Press, 1979.

⑧ HOTTOIS G. Le signe et la technique[M]. Paris: La philosophie à l'épreuve de la technique: Aubier, 1984.

生变化的环境中，以尽可能小而有限的方式治愈创伤。

亚历克西斯·赖特的《天鹅书》[①]讲述了一个反乌托邦的未来，故事发生在澳大利亚北部边缘的一个萧条、堕落的土著社会，这里已成为监狱兼检疫站。和阿特伍德的故事一样，赖特的故事世界也被一种病毒感染了——在这种情况下，这种病毒是怀旧的——并被导致"气候战争"的超级资本主义和技术科学破坏，导致了北半球难民的不断涌入。赖特的反乌托邦不是基于技术科学，而是基于气候变化的影响，因为它经历了种族主义、性暴力和政治压迫的历史。故事的重点是通过一位年轻的哑女奥利维亚，经历过被强奸和拒斥，以及她所处在的土著社会和自然世界：受虐待的共同历史，以及当权者拒绝听到另类故事的共同经历。天鹅推动了情节，同时也是证言的呈现者。这一点可以从把欧洲难民带到安全但不确定性的海湾的白天鹅身上看到，也可以从目睹环境创伤和因无主地的谎言而导致大量死亡的暴力所造成的持续创伤的黑天鹅身上看到。更乐观一些来说，奥利维娅的天鹅让她能够或多或少地保留她的过去和现在，并开始创造一个与自然世界协调的未来，在那里人们倾听属于这片土地的故事，并让这片土地的故事有了持续性。

理查德·鲍尔斯的获普利策奖的小说《树语》[②]通过文学演绎所有生命形式至关重要的相互联系，将树木的生命、树种间的关系和作用概念化。与C.P.斯诺和沃尔特·梅西一样，鲍尔斯是将艺术和科学结合的人，在他的职业生涯中（迄今为止他著有12部小说），他的写作技巧展现了艺术和文化实践领域与科学和技术领域之间搭建了桥梁。如阿特伍德和赖特的小说一样，《树语》探讨了人类与自然世界之间的关系，并考虑了科学、技术和超级资本主义不仅对人类，而且对整个地球的影响。它概括了我们在这篇文章中提到的几个趋势：多种文化之间的桥梁、文学小说具有激发人们对科学知识理解的潜能；它同样有能力质问晚期资本主义的影响，以及当强加给人类和地球的破坏性创伤不被承认、不被补救时，揭露其对人类和地球的摧残。叙述在特定的树木群落和认识它们的人之间转换，而证言的工作既由树木本身提供，也由人类提供。例如，在小说的结尾，当艺术家尼克在森林里工作时：

> ……他听到了一些声音。一个声音，真的。它重复着几十年来一直在对他说的话，甚至在说话者去世后也是如此。他从未完全领会过的话无法愈合的伤口。[③]

唯一的慰藉是尼克从一片被砍倒的森林里倒下的树枝上创作的艺术：一个词，一个诗意的手势，"字母拼出一个巨大的词，从太空都能读懂：STILL"[④]。当然，如果让森林

---

① WRIGHT A. The swan book[M]. Penrith: Giramondo, 2013.

② POWERS R. The overstory[M]. New York: Norton, 2018.

③ POWERS R. The overstory[M]. New York: Norton, 2018: 492.

④ POWERS R. The overstory[M]. New York: Norton, 2018: 501.

自己利用资源,它会再生,但是:

> 再过两个世纪,这五个活着的字母,也将面对旋转的图案,变化的雨水、空气和光线。然而——但仍然——它们会在一段时间内拼出生命从开始以来一直在说的这个词。①

尼克和他的同事们所承受的创伤,森林所承受的创伤,并不是通过一个小小的艺术干预行为,一个诗意的时刻就能治愈的;但它确实直面了生活,并为生活提供了一丝丝慰藉——尽管生活被历史改写,一切将继续。

这三部小说都指出了建立桥梁通向更可持续、更少创伤的未来的可能性;连接人类和人类以外的世界;并在掩盖创伤、压制情感、阻碍创造性创新的"无休止、无序的话语嗡嗡声"②之上或下方提供通道。

这类小说重新聚焦感知的写作实践,并探索经济发展和政治权力游戏的替代叙事。

这些作品提供的是一个不受"真相"规则约束的见证故事。我们认为,无论写作方式如何,它都有一个真理。人们很容易将创造性表达视为"不真实的",是编造出来的。但创意写作并不只处于这一种状态的;科学证据的真伪可以由读者来判断,不管读者是否具备作出这种判断的能力,也不管读者在他们的思考中是否保持内在的一致性或连贯性。任何一种写作模式,无论是小说、报告文学还是科学证据,都必须考虑到受众、叙事结构、论点和其他交流的构成部分。

三、文学桥梁:创伤研究和证言之间

创意写作不仅是一座桥梁,还可以被视为一系列桥梁和路径,跨越并连接个人经验和社会历史、实证主义和建构主义认识论、艺术疗法和神经科学,以及构成人类活动蜘蛛网的许多其他元素。创伤长期以来一直是文学的宏大主题,也是一个多世纪以来科学研究的焦点。我们写这篇文章的时候,是作为一个国家和全球社会的一员,去应对创伤,向科学寻求处理火灾、洪水和流行病带来的危机的答案,向创造性的工作寻求安慰和忍耐的能力。

证言作为一种特定的传播方式,在20世纪下半叶出现在学术界。这是在第二次世界大战的破坏之后兴起的大屠杀研究的中心原则。然而,文学创伤理论的创始人凯西·卡鲁斯认为这是一个矛盾的问题:从字面上讲,创伤经历是不可理解的,因此不能

---

① POWERS R. The overstory[M]. New York: Norton, 2018: 502.

② FOUCAULT M. The archaeology of knowledge and the discourse on language (trans A. M. S. Smith)[M]. New York: Pantheon, 1972: 229.

按照传统的方式编码在记忆中，也不能作为一种叙事联系起来。① 尽管证言对治愈至关重要，但创伤性记忆无法完全解释或见证创伤性经历及其表达；因为不可言说的东西怎么能用语言表达出来呢？正如朱迪斯·巴特勒所写的那样，“创伤对叙事产生了影响”②。在缺乏可表达性语言的情况下，创伤性痛苦往往表现为“创伤性重复”③，而不是治愈性发音；患者不能轻易地逃离创伤性重复的状态，或从创伤性的自我转移到一个“坚持自己的存在”的自我④，并找到打破创伤循环的语言和形式。

最近越来越明显的是，创意写作为创伤性证言和打破创伤性重复的循环提供了独特的支持⑤⑥，这种表达方式在日益科技化和全球化的21世纪环境中仍然高度相关。正如基尔比和罗兰在《证言的未来》一书的引言中所说，“作为暴力和文化的交汇点，证言的未来是有保证的”⑦。但是，他们继续说，“更难以预测的是，我们将如何理解它持续的重要性”。理解的关键是，作为回忆录的证言往往与自白写作和布兰登·奥尼尔所描述的“点燃痛苦”⑧相一致，这种形式经常被诋毁为“伤感”或“可悲的自怜”⑨，或未能从创伤周期中提供必要的突破，成为“与代表和纪念创伤记忆和经历有关的自传体叙述”⑩。虽然这些批评可能对某些作品有一定的有效性，但我们的重点是超越自白写作和“悲惨照明”边界的回忆录证言。这些文本不仅仅是对过去苦难的叙述，更确切地说，是试图写出个人或文化历史的灾难性时刻，并通过这个见证过程找到意义和解决方案。

虽然很多通常被称为证言的写作倾向于非虚构，但人文学科数十年的研究和批评表明，就可证明的事实或保证准确的回忆而言，每一种这样的叙述至少多少有些不可靠。例如，目击者在回忆的过程中记忆有所腐化；回忆录则是由作者对如何建构自我和作品的选择构成的。生活本身太大、太乱、太杂乱无章，无法简单而忠实地去讲述和理解。就像琼·狄迪安在她的散文集《白色影集》⑪开篇所明确指出的那样，如果要让它变

---

① CARUTH C. Trauma：explorations in memory[M]. Baltimore：Johns Hopkins University Press，1995：153－155.

② BUTLER J. Undoing gender[M]. London：Routledge，2004：154.

③ BROCHARD R P.，& TAM B. Who speaks from the site of trauma？[J]. Diacritics，2019，47(2)：55.

④ BUTLER J. Undoing gender[M]. London：Routledge，2004：31.

⑤ ATKINSON M. The poetics of transgenerational trauma[M]. London：Bloomsbury Academic，2017.

⑥ SCHWAB G. Haunting legacies：violent histories and transgenerational trauma[M]. New York：Columbia University Press，2010.

⑦ ROWLAND G.，& KILBY J.（Eds.）The future of testimony：interdisciplinary perspectives on witnessing[M]. London：Routledge，2018.

⑧ O'NEILL B. Misery lit ... read on[EB/OL].（2007－04－17）[2015－06－01]. http://news.bbc.co.uk/2/hi/uk_news/magazine/6563529.stm.

⑨ BRIEN D L. “First the misery，then the trauma”：the Australian trauma memoir[J]. TEXT journal of writing and writing courses，2017，31(1).

⑩ TRANTER R. “Without solution of continuity”：Beckett's “That Time” and trauma memoir[J]. Samuel beckett today/aujourd'hui，2015，27(1)：115.

⑪ DIDION J. The white album：essays[M]. London：4th Estate，2017.

得有意义,就必须精心组织:

我们的生活,特别是如果我们是作家,完全是通过将叙事线强加在不同的图像上进行的,通过“想法”,我们学会了用这些“想法”来冻结我们的实际经验——不断变化的变幻无常。

至少有一段时间是这样的。

狄迪安的“叙事线”及其表面上的稳定性无法让我们度过每一刻;但尽管如此,在写作中仍然存在一种可感知的真理,可以说,因为它以语言的形式呈现,发展心理学家保罗·哈里斯和他的合著者提到,这是人类用来“作出可信的断言”①——因此,它在科学解释和可理解的解释之间构建了一座桥梁。对于创意作者来说,用于创造吸引读者、批判社会形态并寻求对抗过去创伤的“可信断言”任务的工具主要是艺术形式的材料:单词和句子、叙事结构、文学流派②。流派包括各类文体:诗歌、科学写作、反乌托邦小说和创造性非虚构形式,还包括回忆录和混合回忆录。

混合回忆录从创意非虚构的总体性类型中涌现出来③,比标准回忆录更明确的是,它融合了创意策略和学术研究,以探索微观和宏观经验之间的联系,以及个人、文化和结构现实之间的联系。微型见证是混合回忆录的核心元素,它融合了个人和主观经验;微型见证反映了政治和公共领域。在混合回忆录中,微观与宏观的融合生动地表达了将个人与社会或政治分离的不可能性(毕竟,个人也总是政治的,正如卡罗尔·哈尼施在 1970 年所断言的那样)。混合回忆录的两个例子都以分离转换性障碍为中心,一个是希莉·哈斯特维特的《颤抖的女人抑或我的神经史》④,另一个是卡特琳娜·布莱恩特的《歇斯底里:历史上疾病、力量和女性故事的回忆录》⑤。分离转换性障碍的正式名称是癔症(患者经历了无法用医学检查解释的神经症状),精神分析的奠基人对此进行了密切研究和激烈辩论。弗洛伊德的导师让-马丁·夏科特认为,这是一种由真实事件引发症状的遗传倾向,鉴于初步研究表明创伤可能会通过表观遗传的方式跨代传播,这一点特别有趣。⑥

---

① HARRIS P L., KOENIG M., CORRIVEAU K., & VIKRAM J. Cognitive foundations of learning from testimony[J]. Annual review of psychology, 2018, 69: 253.

② WEBB J. “Let the writing be of words”: from writing stories to writing materials[J]. Writing in practice, 2020, 6: 8.

③ MAC ADAMS A. Any other mouth: writing the hybrid memoir[D]. West Yorkshire: University of Huddersfield, 2017.

④ HUSTVEDT S. The shaking woman or a history of my nerves[M]. Hacienda Heights: Sceptre, 2010.

⑤ BRYANT K. Hysteria: a memoir of illness, strength and women's stories throughout history[M]. Randwick: New South Books, 2020.

⑥ YEHUDA R., DASKALAKIS N P., BIERER, L M., BADER H N., KLENGEL T., HOLSBOER F., & BINDER E B. Holocaust exposure induced intergenerational effects of FKBP5 Methylation[J]. Biological psychiatry, 2016, 80(5): 372-380.

弗洛伊德最初的解释是，这些症状有社会根源，特别是儿童创伤和儿童的性侵犯经历。[①] 当这一理论遭到了强烈的质疑时，他重新定义了不那么激进的歇斯底里理论，更易被社会接受但现在却备受争议的指责受害者的诱惑理论[②]（弗洛伊德，1962），该理论提出，歇斯底里的受试者隐藏着被压抑的性幻想，而这些幻想催生了他们的症状。对这段历史的进一步分析超出了本文的范围，但它确实在说明歇斯底里仍然与创伤密切相关的过程得到了承认；如果不是在病因的意义上，那就是在转换症状的创伤性经历上，以及历史上有问题的，经常是创伤性治疗的回应上。

在被标榜为神经学回忆录的《颤抖的女人》抑或《我的神经史》中，赫斯特福德描述了一种导致剧烈癫痫发作的神秘疾病的传奇故事。她的跨学科写作遇到了关于大脑和思维的区别、记忆的本质以及自我构成的问题，这些问题在本质上既是科学的，也是哲学的。赫斯特福德记录了历史上不同学科治疗创伤性悲伤症状的方法，讨论了嵌入个人探索的科学解释。她的个人经历与她在科学和历史上的逗留难以区分：在书页上，它们被解读为交织在一起的，而她的自我则是科学实验。“一个人得了癌症，”她在书的开头写道，“然而，神经系统疾病和精神疾病是不同的，因为它们经常攻击人们想象中的自我的源头……颤抖的女人感觉像我，但同时又不像我。”从下巴往上看，我还是那个熟悉的自己。从脖子以下，我是一个发抖的陌生人。[③]

该书的其余部分描述了她在医学、哲学和历史文献以及她的个人经历中寻找那个“颤抖的陌生人”的过程。她叙述这一寻找过程的语言直白而直接，而不是传统意义上的“文学”，然而她作为文学散文家的技巧明显体现在她对高度复杂和多方面材料的把控上，以及她的句子结构简洁，但却充满了无声的情感。

澳大利亚作家卡特琳娜·布莱恩特在探索歇斯底里症时采取了明显不同的方法。她这部五章节的著作每一章都以历史上一个歇斯底里的女人命名，因为她们受到当时医学和机构的影响和帮助。最后一章“卡特琳娜”巩固了她对其他女性生活和疾病探索的回忆录。和赫斯特福德一样，布莱恩特的叙事涉及发现和和解的双重弧线，但她的日记式回忆录不太关注支撑科学知识和认识论的哲学难题，更关注精神疾病的性别特征及其治疗。

科比的散文有日记的性质，邀请人们进入她内心深处的苦难和她对历史歇斯底里的痴迷。叙事的声音是现在时，除非涉及女性的过去，但即使这样，她们也没有在历史中有固定的位置。她们跨越了时间，跨越了她们的生活经历，而科比的处理方式，暗示了一种将过去作为静态事物的共振性质疑。将公共生活中的人物和事件“既非在世也

---

① BREUER J., & FREUD S. Studies in hysteria (trans AA Brill)[M]. Philadelphia: Nervous and Mental Disease Publishing, 1937.

② FREUD S. The aetiology of hysteria[M]. London: The Standard Edition of the Complete Psychological Works of Sigmund Freud, Volume III (1893 - 1899). Vintage, 1962: 191 - 223.

③ HUSTVEDT S. The shaking woman or a history of my nerves[M]. Hacienda Heights: Sceptre, 2010: 7.

非死亡,既非在场也非不在"的方式理论化,用德里达的术语来说,这些历史中的女性"幽灵化"[①],体现了德里达的幽灵学概念,他将其描述为"创伤的政治逻辑"[②]。

本文作者之一撰写的《创伤》探讨了结构性、社会化创伤背景下的个人创伤。它是一本混合回忆录,将个人叙事、科学研究、公共评论、流行文化和哲学交织在一起,试图扭转通常对创伤的描述,即起源于个人历史,然后对社会产生负面影响。[③] 在《创伤》一书中,阿特金森认为,创伤的起源在很大程度上是社会性的,尽管它是由个体携带并在个体体内循环的。

这本书以对记忆的反思开始,展开对记忆研究的探索,而在背景中潜伏着性别暴力的流行。它的进展是在现在重新叙述过去的创伤经验,通常是诗意的散文,抒情贯穿作者的一生。然后,当叙述达到了个人叙述所能达到的极限时,文本转向科学,转向具体的发现和主观经验之外的世界。将证据与扩展、跨学科的细微差别与对话、交叉学科的研究——创伤研究、神经科学、心理学、精神病学和公共卫生研究——结合起来,是一种从兔子洞里捉兔子的做法,从中挑出最有用的东西,并将其折叠成文本。之后,当科学耗尽了它的功能,它将由叙事再次转向内部,深入挖掘破碎的记忆的水库。

横跨不同的语域和重复的节奏进行多层写作需要灵活性,而这种模式的成功取决于有一个强大的和多维度的叙事声音,将读者吸引到通常具有挑战性的叙事交织和代码转换中。对这些书的评论清楚地表明,这种交织叙事和记录的策略与它们的影响有很大关系。《纽约时报》的一篇评论总结道:"赫斯特福德提出了一个强有力的理由,认为大脑障碍不仅应该被视为科学现象,而且应该被视为人类的叙事,她提出了一些关于神经生物学研究局限性的有用修正。"[④]瑞秋·罗伯逊为《澳大利亚书评》写评论,思考布莱恩特的过渡性混合是否可能带来更广泛的同情和对边缘化身体经验的理解。她写道:"如果那些生活在'井之王国'(如苏珊·桑塔格所言)的人现在开始认识到幸福通常是偶然的、暂时的本质,这是否会使人们对那些长期患有慢性病或残疾的人有更深的理解?"[⑤]在《悉尼书评》中,乔斯林·亨格福德写道:"《创伤》通过记忆、文本分析和阿特金森对创伤的系统性、周期性模式清晰而细致的解释,引导了一个零碎的、非线性的过程。这是对读者的一种极大的服务,因为这本书同时也是对从学术到大众的许多有用资源

---

① DERRIDA J. Specters of marx: the state of debt, the work of mourning, and the new international (trans P. Kamuf)[M]. London: Routledge, 1994: 51.

② DERRIDA J. Specters of marx: the state of debt, the work of mourning, and the new international (trans P. Kamuf)[M]. London: Routledge, 1994: 97.

③ ATKINSON M. Traumata[M]. Queensland: University of Queensland Press, 2018.

④ MORRICE P. Seized[EB/OL]. [2010-04-04]. https://www.nytimes.com/2010/04/04/books/review/Morrice-t.html.

⑤ ROBERTSON R. Hysteria: a memoir of illness, strength and women's stories throughout history, by K. Bryant[J]. Australian book review, 2020, 421.

的谨慎的指南和介绍。”[①]简而言之，这是一种需要作者的专业知识和愿意分享痛苦的个人经历的写作模式。

四、文学桥梁与治愈：创意写作对抗创伤

这产生了一个新的问题：很明显，科学家绝对可以做到有效的公共沟通（斯诺担心科学家几乎无法与不同科学学科的人交流，更不用说与非科学家了）；作者有能力利用并阐述科学知识来创作小说或文学类作品。但是，对于那些没有接受过创意写作训练的人，那些在表达性写作过程中缺乏经验的人，以及那些没有接受过充分科学训练的人，如何才能让创意写作成为沟通、创造性思维和康复的桥梁呢？在最后一节中，我们不再关注斯诺的焦点（精英——科学家、文学作家），而是考虑这些类别之外的人是如何获得写作的启示的。我们特别考虑那些患有疾病或有患病风险的人，和/或正在遭受创伤性经历或历史影响的人。在本节中，我们借鉴了与创意写作工作坊相关的研究和实践，为遭受外部创伤经历的个人和社会服务。这些人，作为工作坊的作者，是见证的承担者；尽管他们既不是斯诺设想的文学专家，也不是科学家，但他们遭遇过灾难，忍受过灾难的余波，并尝试过为恢复而写作的可能性。

在治疗环境中使用创造性活动来“治疗”创伤性休克已经有一个多世纪的历史。第二次世界大战后，这样的治疗被正式称为“艺术治疗”，现在已是一种完善的临床干预。并非所有经历过创伤或其他压力源的人都会选择参与部分医疗实践，或在补救的背景下回顾他们的创伤经历。但许多人和团体一直渴望（或至少愿意）参与非治疗性的创意工作坊——在这些工作坊中，他们以创意和表达的方式接受一些培训，并进行实践。

因此，我们从一个故事开始。在2018年的一场国际健康科学会议上，一家大型研究机构的首席科学家——我们姑且称他们为X博士吧——观看了上述创造性项目参与者的表演。X博士在那次全体会议上说：“这个项目拯救了生命。你必须去看看。”当然，该项目评估的量化数据显示，在一系列心理社会测量中，统计上有显著的改善：这是科学，支持该方法。但是X博士“挽救生命”的说法并不符合用于评估该项目的科学标准。毕竟，我们怎么知道它能救命呢？从事创造性的艺术是如何产生这种“被拯救的生命”现象的呢？

从根本上说，证据是这些项目参与者提供的证言。X博士相信，有各种心理和身体疾病的人以创意写作、视觉艺术和表演的形式提供的证言是“挽救生命”的结果，而这个项目实现了这一结果。但是，接受仅仅基于说话人断言的真理或事实证明存在认识论上的困难。X博士显然接受了项目参与者的创造性证言，并相信该项目挽救了（他们的）生命。他的信念很可能是建立在参与者声称以构成个人真理的方式了解自己的经

① HUNGERFORD J. On trauma memoirs[EB/OL].[2019-05-20]. https://sydneyreviewofbooks.com/review/atkinson-traumata-lilley-oysters-get-bored/.

历的基础上;以创造性的方式表达的主张,无论是虚构的或非虚构的,可作为一种证明。

社会心理学家詹姆斯·彭尼贝克的工作似乎支持X博士的信心,即关于个人创伤的创造性证言将会改善健康状况。从20世纪80年代开始,彭尼贝克就写作对健康的益处进行了各种实验①,结果表明,写下记忆的参与者需要医疗预约更少,并报告增加了幸福感。其他的表达方式——舞蹈、视觉艺术——当然也能改善幸福感,但"仅仅是对创伤的表达不足以带来长期的生理变化",佩尼贝克和西格尔写道:"增进健康似乎需要将经验转化为语言。"②

近十年来,彭尼贝克总结出关于表达性写作和幸福的研究,回忆起在20世纪90年代,他的假设是"秘密是有毒的",而通过将秘密带到世界的光明中,表达性写作必然对写作者的健康有好处。尽管那些早期的研究表明,表达和幸福有很强的认知方面,但他指出,仍然没有确凿的证据证明抑制的负面影响③(他幽默地说:"有抱负的科学家提醒:理论是伟大的,但永远不要把它们太当真。它们的重要性在于指导研究。如果你的数据不支持你的理论,那就相信数据,而不是你的理论。")。

彭尼贝克的研究对象写下了自己的记忆和自己的经历。我们中的一员(乔丹·威廉姆斯)在过去几年里对X博士的假设和彭尼贝克的研究发现进行检验,同时与现役军人、退伍军人、受干旱影响社会的成员和被森林大火摧毁的社会开展了创意写作讲习班④。她采用了创意写作的教学模式,而不是艺术治疗的模式,凭借这种方法让受创伤的参与者立即接受个人经验的潜在首要地位。如果研讨会的主持人是作者而不是治疗师,参与者的诊断问题实际上是不重要的;参与者不需要也不可能透露他们的健康状况(甚至不知道),因为讲习班的"合同"是创造性地工作以产生有表现力的结果。促进者和参与者因此能够共同构建新的桥梁,使得受创的参与者找到恢复的路径,重建社会网络和相关资本,并对未来建立更大的信心。此外,这种讲习班对参与者来说是既有的诊断(如果有)、正在进行的医疗和心理社会协议(如果有)、参与者对自身情况的了解以及在讲述自己故事的过程中所获得的启迪之间的双向桥梁。通过这种方式,教授或促进工作坊的作者利用了创伤研究的科学在艺术和科学之间构建另一个更含蓄的桥梁,一个参与者可能没有(也不需要)意识到具有科学元素的桥梁。

威廉姆斯在过去十年中所进行的项目获得成功,参与者的证言以及心理健康专家

---

① PENNEBAKER J W., & SEAGAL J. D. Forming a story: the health benefits of narrative[J]. Journal of clinical psychology, 1999, 55(10): 1243-1254.

② PENNEBAKER J W., & SEAGAL J.D. Forming a story: the health benefits of narrative[J]. Journal of clinical psychology, 1999, 55(10): 1248.

③ PENNEBAKER J. Expressive writing in psychological science[J]. Perspectives on psychological science, 2018, 13(2): 227.

④ BULLOCK O, WILLIAMS J, DRAYTON I, & GREY G. Creative arts by artist educators: an intensive creative program for injured and ill military personnel in Australia[J]. Australian and New Zealand Journal of Art Therapy, 2019, 14(1): 110-119.

提供的统计证据足以能够证明。换言之，文学艺术家和科学家联合起来测试了创意写作对那些急需手段来面对创伤的人的可承受性。其研究与彭尼贝克的不同之处在于，没有指导参与者写下他们的秘密、创伤或痛苦。他们被要求做的就是写作；有些人选择讲述自己的个人经历，而另一些人——似乎也取得了同样积极的结果——则为孩子们创作故事、诗歌、散文、小说和剧本，什么都可以。对他们来说，以个人创造性表达的形式书写的语言似乎足以搭建从创伤通往新的健康的桥梁。

五、总结

我们已经讨论了四种独立的写作模式：通俗的，或者至少是通俗的科学；利用科学发现进行政治评论的文学小说；由知名作家撰写的混合回忆录；而非专业人士的写作则是一种从创伤中恢复的方式。它们在不同程度上皆满足了斯诺所描述的公共知识分子著作的标准。每一种模式都利用了知识领域中材料的构建和传播过程。这包括对思想的检验；推理：证据或理解的引出；分析：分析和/或反思的程度。这是一种桥梁的模式，它关注的是对公理的质疑，并重新定义我们人类如何理解意义。

我们讨论的写作模式涵盖了虚构和非虚构创作的作品，它们本身就连接了科学和艺术、知识领域和情感际遇。我们没有讨论的是这些不同模式的真实程度，尤其是那些被归类为“证言”的作品。社会习俗认为证言是“真实的”或“基于事实的”，因此值得信赖，而小说或不确定的回忆录是“编造的”，或“只是一个故事”。虽然从表面上看，这似乎是一个有效的批评，但大卫·休谟拒绝这种评判真理价值的方法。对于休谟来说：“我们之所以信任证人和历史学家，并不是因为我们在证言和现实之间感知到任何先天的联系，而是因为我们习惯于在它们之间找到一致性。”①他的观点是，证言之所以有说服力是因为归纳推理，而不是因为它的证据内容；真理价值必须建立在经验证据的基础上，而不是建立在记忆或对历史文献的解读上。

C. A. J. 科迪对休谟提出了一个令人信服的反驳，指出了习惯性从众的价值。毕竟，当我们通过问到“你为什么相信那个?”或者“你怎么知道的?”而获得“琼斯告诉我的”的答案可以和“我看到了”或“我记得”、“是这样发生的”或“通常是这样发生的”一样恰当。②

因此，他继续说：“证言在许多我们通常认为是合理信念的形成中是非常重要的。”③阿克塞尔·格尔费特也撰文支持“合理信念”，他观察到，证言是：

> ……知识的主要来源，通过证言，我们了解我们直接经验狭窄领域之外的经验世界，了解我们所生活的社会，以及我们在这两个领域中的地位。在功能上，它是

① HUME D. Of miracles[M]. McLean：Open Court Publishing，1985：29.

② COADY C A J. Testimony：a philosophical study[M]. Oxford：Oxford University Press，1992.

③ COADY C A J. Testimony：a philosophical study[M]. Oxford：Oxford University Press，1992：7－8.

> 人们交换信息的主要手段,它是知识劳动分工的关键,它是确保文化传统连续性的工具。①

我们从中得出的结论是,尽管我们可以接受休谟的批评,即小说和回忆录都不能明确地传达经验证据,但我们可以断言,回忆录或小说可以作为证言、知识而形成以及处理和交流创伤的一种方式。通过这种写作方式,可以激发对社会、个人和环境创伤的一些原因的理解,从而建立起桥梁,可能提供路径,增加能动性和韧性,从而导向更好的现在。

在理想的情况下,"桥梁"文学承认了其局限性和可见性。这些作品能窥见艺术和科学之间的冲突,以及它们融合的能力。它们可以承认失败,但仍然致力于实现理想;它们还可以呈现一种情感见证的形式,这种形式有可能揭开传统知识的神秘面纱,从而使宏观问题个性化和人性化。无论是虚构还是非虚构、是回忆录还是个人表达,这些模式下的创意写作都有能力面对现实,质问否定和最低限度的实例,并在人类与非人类世界、和平与危机之间、文化与自然之间架起桥梁。而且,最重要的是,它所建立的桥梁可以为那些遭受创伤的人提供一条走出过去的牢笼,进入更持久、更丰富的生活的道路。

尾注

[1] 例如,考虑这样一个普遍现象:一个公民会接受气象学家告诉他们的关于今天天气预报的信息,但拒绝接受关于全球变暖的科学共识。

① GELFERT A. Beyond the "Null Setting": the method of cases in the epistemology of testimony[J]. Epistemology & philosophy of science, 2019, 56(2): 65-66.

作家和写作元知识：创意写作中的阈值概念*

贾奈尔·阿德西特**/文

李秋雨***/译　刘卫东****/审校

摘　要：阈值概念已成为学术研究教学和学习中的重要工具。本文提出了12个创意写作的阈值概念：强调审美感受力、文本多样性、技艺传统的历史知识以及写作过程的复杂性。

关键词：教育学；教学；写作；文学价值；课程设计；评估

创意写作的课程和学习注重的是新经验、新视角的生成，旨在促进学生看待文学、从事文学创作方式的变革，产生变革性的体验(transformative experience)是它的重点。当学生们结束创意写作课程时，他们可以获得以前没有的对于文字世界的敏感性和批判性的思考习惯。但是，是什么提供了这种更强的敏感性和新的视角呢？学生又是通过哪些视角，用什么角度来把握和理解，完成一个有创意的作品呢？找出这些视角，就是要找出塑造创意写作教学的阈值概念。

"阈值概念"一词最早出现在教学学术研究(Scholarship of Teaching and Learning, SoTL)中。研究员让·梅耶尔教授和雷·兰德教授于2003年引入了阈值概念①，该术语是对各学科教学中由课程所提供的独特的元知识结构的一种挑战。梅耶尔和兰德提出了一系列方法定义阈值概念，这么做的困难主要在于，它会对学习者过去的理解和模式构成突出的潜在挑战。大体上，发展性、边界性、综合性，以及不可逆转性，是其主要特点。其中，发展性体现在它们不能在单一的情况下被推断，而是要经过一系列阈限的阶段才能达到；边界性在于它们概括和描述了某一个领域最具权威性的观念；综合性在

---

* 译文说明：本文已经得到英国泰勒弗朗西斯出版集团授权翻译、发表的许可。原载于《新写作：创意写作实践与理论国际期刊》(*New Writing: The International Journal for the Practice and Theory of Creative Writing*).

** 贾奈尔·阿德西特，加州理工大学洪堡分校英语系主任，创意写作助理教授。她的研究重点是创意写作教学法和高等教育中的劳工问题。

*** 李秋雨，上海大学中国创意写作中心博士研究生。

**** 刘卫东，文学博士，温州大学人文学院讲师，《中国创意写作研究》执行编辑。

① MEYER H F. Threshold concepts and troublesome knowledge: linkages to ways of thinking and practising. [R/OL]. ETL Project Occasional Report 4. http://www.etl.tla.ed.ac.uk/ docs/ETLreport4.pdf.

于它们可以使每个有界限的概念都与构成学科框架的其他概念相关联;并且一旦习得就不可逆转——也就是说,它们从根本上转变了学习者的实践方式、对自己和世界的理解方式或看待存在的方式。

学习者具有"转变"的理念是关键。学习意味着经历一种变化,肯·贝恩(Ken Bain)在他的《如何成为卓越的大学教师》(*What the Best College Teachers Do*)一书中指出:"学习者必须:① 面对他们的心智模式无法发挥作用的情况(即不会帮助他们解释或完成某事);② 要注意其无法发挥作用的程度,以停止和解决眼前的问题;③ 能够处理有时伴随着对长期信仰的挑战而产生的情感创伤。"[①]在创意写作中,上述的三个过程是如何产生的呢?是什么样的想法和概念促成了它呢?

尤其是在2016年,一系列学科都在致力于确定其课程的核心阈值概念。[②③④⑤] 阈值概念是一种在写作研究中得到较多关注的工具,尤其是与关于写作的写作方法相结合使用时。写作研究理论家琳达·阿德勒·卡斯纳(Linda Adler-Kassner)和伊丽莎白·沃德尔(Elizabeth Wardle)编辑整理的著作《命名我们所知道的》(*Naming What We Know*)于2015年出版,书中列出了由45位修辞学和写作研究人员组成的小组所提出的写作研究的阈值概念列表,包括以下内容:

> 写作是一种社交和修辞活动。
> 写作是一种知识创造活动。
> 写作是面向、召唤和/或创建受众。
> 写作是一种调节活动。
> 写作不是天生的。
> 写作涉及道德选择。
> 写作通过特定的形式来展现情景。
> 写作是促进学科实践的一种手段。

虽然这些阈值概念中可能有部分或全部适用于创意写作,但在这里我的目的是提出一组针对文学写作课程的阈值概念——是对关于创意写作课程的意义和旨在实现的

① BAIN K. What the best college teachers do[M]. Cambridge MA: Harvard University Press, 2004: 27-28.

② ADLER-KASSNER L, ELIZABETH W. Naming what we know: threshold concepts of writing studies [M]. Boulder: University Press of Colorado, 2015.

③ BRAVENDER P, HAZEL M, GAYLE S. Teaching information literacy threshold concepts: lesson plans for librarians[M]. Washington,DC: American Library Association, 2015.

④ CLARK T. Ecocriticism on the edge: the anthropocene as a threshold concept [M]. New York: Bloomsbury Academic, 2015.

⑤ LAUNIUS C, HOLLY H. Threshold concepts in women's and gender studies: ways of seeing, thinking, and knowing[M]. New York: Routledge, 2015.

内容的一种补充。在提出这套概念时，我重新制定了创意写作的基准声明，该声明由英国全国教育作家协会（National Association of Writers in Education, NAWE）的高等教育委员会于 2008 年制定，该协会是英国创意写作的国家层面的学科协会。由高等教育质量保证机构（Quality Assurance Agency for Higher Education, QAA）授权的 2008 年基准声明的修订版已于 2016 年出版。这些“基准”并非以阈值概念为框架，而是更侧重学习成果方面。下面提出的阈值概念是对这些“基准”的补充。

一、创意写作中的阈值概念

下列是我在自己的教学工作中所重视的一些阈值概念。我在此列出它们，是为了推动对创意写作的深度探讨，关于研究该学科为何以及如何为不同学习者提供变革性教育。我提出这些概念，既反映了创意写作教学的趋势，也是对创意写作教学未来的预测。不可避免的是，这样的列举是不完整的，我在这里提出它，主要是为了能够进一步讨论阈值概念如何在我们设想自身作为作家和教师的实践中发挥作用。

概念一：注意力

创意写作涉及特定的注意力模式，因为作家们要学习成为与这个世界密切且具有批判性的观察者。作家们通过研究和观察，学会在感知和重塑世界的过程中将伦理层面的思考纳入其中。

这个阈值概念侧重于研究其在创意写作中的地位。研究主要涉及创作和文本的生成，此外它也关注文本内容与外部世界的关系。“research”（研究）一词源自 16 世纪后期的法语术语，表示深入探究的意思。有几本书是关于创意写作研究的，包括珍·韦伯（Jen Webb）的《研究创意写作》（*Researching Creative Writing*）；杰里·克罗尔（Jeri Kroll）和格雷姆·哈珀（Graeme Harper）编辑的《创意写作研究方法》（*Research Methods in Creative Writing*）；劳特利奇出版社出版的《开展定性研究》（*Developing Qualitative Inquiry*）系列；以及荷兰圣智出版社出版的一系列关于诗歌和叙事研究的书籍。这些文稿以及它们所代表的创意写作的研究方法构成了创意写作课程的重要部分，它们的重点旨在教导作家超越自我和自身所接受的知识。而研究的目的可以是收集灵感，验证细节和记忆，并产生意想不到的联系。

我们的学生可以提高他们的能力，去发现一首诗或一个故事预先的表达方式是否是有问题的（例如：某些被强化了的刻板印象）。他们可以学会以新的方式去关注这些表达，以及其中所构建或代表的现状。这项工作应该贯穿到课程中——在指导学生的工坊中、在学生的阅读材料中，以及他们的创作练习中和教导学生解决文稿命题的过程中，并对“会发生什么”（what comes）持一种怀疑的态度。有些固定的、刻板的观点以固定的话语形式出现，它们无处不在，如果不作出一些新的改变，而是继续沿用那些话语，无疑就是有问题的。

概念二：创造力

对创造力方面原则的研究和揭示，有助于使作家们掌握更多不同的才能和技巧。作家们将会受益于这样一个强大的工具包，其中包括用于创作文本的应用理论框架和创作过程方面的方法。

在写作过程中学习到的灵活性使作者能够适应特定文本的要求，并在遭遇"瓶颈"时能够即兴创作。学生们开始将创作过程视为递归的过程，并学会关注文本的意图，以及创作过程中出现的非预期性的因素。

创造力这个阈值概念有很多方法可以转化为实践：学生可以写日志记录过程，包括自己的和其他作者的创作过程的信息以及写作技巧。这个日志可以是独立的，也可以与收集写作的材料、灵感、研究和信息材料的期刊整合在一起。学生也可以负责向全班展示新的创作过程的想法，理解来自创造力心理学的发现，并熟悉创意阶段的理论：例如，准备、孵化、暗示、启发和验证这五个阶段是如何转化和运用到创意写作的。

借鉴创造力和创造力心理学研究，我曾邀请学生去进行一些实验，看看是什么培养了他们的创造性思维。一项任务是要求他们舍弃自己习惯使用的东西，探究如何在没有它的情况下进行写作。这可能意味着他们要使用非惯用手法去写作，不使用钢笔或铅笔去写作，或者不用他们在学校学到的字母表来创作。

当我们在讨论了在不同情况下为自己创造一个支持创意的环境意味着什么的时候，我们可以回顾苏珊·斯特雷特(Susan Straight)于 2014 年 4 月发表在《洛杉矶时报》上的文章，关于在没有自己房间的情况下学习写作。我们探讨了我们每个人需要如何来为自己的工作腾出时间和空间，从而认识到我们的环境有多么不同。我们为此分享资源和策略，并讨论如何在此实践中相互支持。

概念三：作家的身份

作家的身份是由一系列的文化力量构建的。当我们获得建立写作生涯的资源时，可以对有关作家身份和生活方式的文化信息进行批评性反思。

在创意写作课程中，作家和其写作生涯的构建可以有效地成为批判、分析和基于方法的研究(methods-based study)对象。如果学生将自己视为作家，他们或许可以更为充分地参与写作，但这并不意味着他们必须不加批判地接受这一角色，或者在没有对其主体地位是什么以及它是如何被构建进行综合了解的情况下接受这个角色。

为了更好地理解构成作家的这些概念的含义——以及反过来，它们在权力网络中的定位——我们需要问一个基本的问题：作家是什么？历史上，创意作家的主体地位中嵌入了哪些假设？作家身份及写作生涯是如何通过我们在学院内外接触的话语建构起来的？我们把什么与文学作家的形象联系在一起？我们的关联分析意味着什么？这些关于作家的预想是如何转化为与写作相关的先入之见的？当我们坐下来写作时，潜在的观念是如何影响我们的？作家的形象与哪些具体化相关联，谁被排除在主体位置之外？从我们了解到的关于作家和写作生涯的假设中，谁会失去，谁会受益？作家如何构建身份、职业和生活方式以支持自己的文学创作，如何思考一系列的物质环境和关系，从而挑战我们寻求限制或排斥文化观念的方式？这样的目的是发现那些我们自以为是的假设，而这些假设在写作过程中可能对我们不利。

我们关注作家在流行文化和各种媒体中的具体表现——例如将作家描绘成主人公的电影、电视剧和书籍。让我们来看一系列呈现作家主角的好莱坞电影片段，例如《死亡诗社》(*Dead Poets Society*, 1989)、《写诗的贾斯廷斯》(*Poetic Justice*, 1993)、《天才接班人》(*Wonder Boys*, 2000)、《寻找佛罗斯特》(*Finding Forrester*, 2000)、《改编剧本》(*Adaptation*, 2002)、《午夜巴黎》(*Midnight in Paris*, 2011)、《恋恋书中人》(*Ruby Sparks*, 2012)、《妙笔生花》(*The Words*, 2012)和《壁花少年》(*Perks of Being a Wallflower*, 2012)。作家的哪些形象在流行媒体中传播，例如在电影、面向大众的创意写作相关书籍和互联网用语中？作家的建构可以转化为具体信息，比如文学界需要什么。因为作家以这种方式来获取认可。"作家"，作为一种新的概念独一无二地存在着。

在探索这个阈值概念时，我们阅读了莱斯利·马蒙·西尔科（Leslie Marmon Silko)在2004年出版的《印第安人视角的语言和文学》(*Language and Literature from a Pueblo Indian's Perspective*)中列出这篇文章所涉及的一些常见的西方对作家的假设。① 西尔科将讲故事的画面呈现为"一种完整的存在方式"。在西尔科的文章中，故事不属于讲故事的人，而是在一个社区中被共同创造的，并由一个群体维系。在印第安的文化中，讲故事的人不是把作家想象成故事的发起者和所有者，而是有责任"奉献"并与群体分享。讲故事的人以叙事的形式讲述了一个事实，而这个故事就拥有了自己的生命，并由群体传播。这反驳了殖民时期的观念，即知道真相的主体(在这里指的是作家)向被动的听众传递真相。西尔科提供了一个有故事的情景，作为对意义共同创造的邀请。学生作者们应该将这一现实的方式放在工作坊讨论桌上进行探讨。

概念四：语言

语言的选择必然涉及权力问题。支持一个多语言和多模式文学群体，需要作家在每个写作场合时刻关注。

多语种创作作为一个值得注意的研究方向，在创意写作课程中具备重要的价值。创意作家们应该了解语言，将之作为他们工作时使用的材料，这与身份、文化、历史和权力息息相关。

因为有了阈值概念，学生作者们可以问：我们如何在重视多元性的同时扩大文学写作的可能性？作家如何支持语言多样性？当作家们用非母语或方言写作时，可能出现

① SILKO L M. Language and literature from a pueblo indian perspective[J]. In contemporary creative nonfiction: I & Eye, 2004: 179 - 185.

的问题和机遇是什么？他们可以带着殖民历史的意识来写作，我们也需要思考，殖民主义是如何通过抹去文化语言和强制采用占支配地位的代码来实现操控的？

创意写作是一个我们可以用来思考，用来谈论可使用词汇的空间。安扎尔杜阿(Anzaldúa)的《如何驯服野蛮的舌头》(*How to Tame a Wild Tongue*)为这次讨论提供了有效的方法。① 在这篇文章中，安扎尔杜阿呼吁人们注意有关语言的使用的观念："我们的西班牙说得很糟糕"；"我们被告知我们的语言是错误的"。我要求创意写作的学生在黑板上列出他们自己听到或使用过的短语，用来评估他人的语言使用情况："她的写作有缺陷"；"他需要参加英语辅导班"；"这篇文章需要'清理'"；"她是个糟糕的作家"；"他的文章漏洞百出——简直是可怕的语言暴行"；"这简直违背了良好的言论"。我会问他们：你会把"可怜的""错误的""不足的""缺乏的""清理的""干净的"等这些词与什么联系在一起？这些词还在哪些其他的语境中使用？这些词是否将"良好的言论"和"良好的性格"联系起来？

我们注意到在《如何驯服野蛮的舌头》中，安扎尔杜阿通过代码转换，使得说英语单语的读者适应她的语言。安扎尔杜阿写道："我必须迁就说英语的人，而不是让他们迁就我，不然我的语言就是不合理的。"②而她的这篇文章的结构(如形式、语言的使用)支撑了她的观点。通过对这篇文章的分析，给予了创意写作的学生一个思考的机会，即用创造他们历史和身份的语言去写作对他们而言意味着什么，而他们写出的角色与语言的联系又意味着什么。这一领域的复杂性一直存在于创意写作领域，甚至许多课堂讨论都跳过了这一领域。这是我们去关注语言是如何变化的，历史是如何制约其变化的基础。

概念五：体裁

"好文章"没有统一的标准；然而，一些特定的体裁也有既定的惯例。

我经常在教学时引用唐纳德·默里(Donald Murray)的说法，他表示，在写作中"没有规则，没有绝对，只有选择"③。默里的主张引入了惯例的概念——以及惯例在特定体裁和写作情境下的作用。

创意写作课程可以扩大学生作者们的选择范围，通过提供一个窗口，让学生们了解多样的、庞大的且不断增加的文本类型来加强他们评估这些选择的能力。与此同时，创意写作也为我们提供了各体裁的传统及产生的历史，这些传统和历史也有助于我们选择写作体裁。批判性创意写作课程强调叙事学和诗学，以便让学生在接受极简主义短篇小说或抒情诗的惯例时感受到他们所涉及的体裁和传统。这让作家们更好地了解采

① ANZALD G. Borderlands/La frontera: the new mestiza[M]. San Francisco: Aunt Lute Books, 2007.

② ANZALD G. Borderlands/La frontera: the new mestiza[M]. San Francisco: Aunt Lute Books, 2007: 81.

③ MURRAY, DONALD M. Teach writing as a process not product[M]//VICTOR VILLANUEVA. Cross-talk in comp theory: a reader, 2nd ed. Urbana, IL: NCTE, 2003: 6.

用这些惯例意味着什么，在延续这些惯例的过程中，可能带有什么样的政治问题。

概念六：技艺

技艺的选择会对读者的阅读体验产生影响。虽然无法完全预测这些影响，但是作者可以权衡使用每种技艺中面临的风险和机遇。

作者可以分析他们作出的技艺选择，并预测这些选择会带来的潜在影响。思考一种技艺的选择（例如，选择用闹钟开始一个故事）从它可能带来的风险和可能带来的后果的角度去思考，从而将对话从绝对主义的主张转移到文学技艺的“对”或“错”方面。相反，从可能性的角度思考，可以让作家找到利用陈词滥调（如闹钟示例）的风险来实现审美意图的方法（例如，将故事建立为模仿的元叙事）。例如，重复作为一种技艺选择，可能会因冗余而使读者感到沮丧。但与此同时，重复可以用来构建主题，彰显多层含义。让我们来看看特定的文章是如何利用重复去创造并打破这种模式的。当我们分析这些模式时，我们会讨论可预测性的风险和可能性——通过将故事定位在某种类型中来吸引读者，为读者提供一种特定类型的满足感，即让读者能够预测故事情节中会发生什么等，思考既定惯例如何为故事服务。可是与此同时，可预测性也可能会令人厌烦。可预测的陈词滥调或陈腐的表述可能会带来作者不愿嵌入文本的联想（例如，一首诗会让读者想起与其内容方向无关的广告口号）。例如，当我们谈论讲故事的常见惯例（例如，煽动事件、对话属性、观点和时态的一致性等）以及这些惯例为读者服务的目的。通过对技巧结构的分析，我们了解到背离惯例应该是有目的——这意味着作者必须权衡这些选择可能带来的风险性和机遇性。

而要求学生以批判性和反思性写作作为他们作品的开始，这可以促进写作过程中所必要的元认知和分析——作者能够在文本生成过程中进行动态的评估。其中包括学生可以评估他们自身识别、论证和进行技艺选择的能力，这些技艺选择将服务于他们的新作品、审美对象和受众。课程对于这一方面的准备尤为重要，因为它可以为学生提供空间，帮助他们掌握有关创意写作的学科知识。

概念七：社区

作家是受他们参与的社区影响的。特别是，对技艺的分析必须基于对受众读者不同取向加以理解，不同的读者会带着不同的需求来阅读他们的文稿。

这里的阈值概念与上述的技艺分析结构有关。为了对理解作品的风险性和机遇性提供一些指导，作家需要考虑受众的不同需求。

在撰写文稿的过程中，作家可以向自己提出一系列问题：这是有意义的吗？这能帮助我的读者了解第一段中的角色吗？我的读者会把这段话当作对冷战的影射吗？我的观众会把这一特征细节视为种族的标记吗？我是否应该根据他们的种族、阶级、性取向等对我的角色将经历的事情作出了某些假设，我该如何质疑这些假设？考虑到我的一些读者生活在不同的地方,我需要创作出什么样的身份相关的细节才能让我的读者们感觉到这个设置是真实的?创意写作课程可以提高学生提出这类问题的能力,并以复杂的方式思考他们的受众,而不是让文学受众变得单一。

为了让学生更广泛地了解读者并激发自我潜力,即富有想象力的文字,学生可以研究一系列诠释共同体(interpretive communities)——了解不同的话语和文化形式如何被不同的受众使用和重视。“谁可以解释这内容?”是我经常向学生提出的一个问题。为了回答这个问题,他们不仅要学会质疑文本在哪里以及如何传播,而且还要探究文本中的假定情节。

创意写作的存在应该帮助学生深入新的读者群和具有文化敏感性的诠释共同体。作为一种学习成果,创意写作课程可以为社区项目提供空间,让学生直接与读者和其他作家互动。学生可以开展服务学习项目,例如帮助康复中的青少年制作杂志、创建杂志社,或在咖啡厅举办诗歌朗诵比赛。[①][②] 同时,这些项目也应当谨慎充分评估预期和非预期的效果。另一个项目可能并不需要在短期内加紧筹划,对社区合作伙伴的要求也会降低:这些项目可能就类似在校外人行道上用粉笔写一首诗,并观察人们走过时作何反应一样简单。

这种写作概念偏离了“自我表达”的中心地位,转而强调文本的共同构建性质,即从网络关系和互文性中发展而来的。作家根据他们所阅读的内容以及他们对其他作家和读者的理解来进行创作。因此,文本不能脱离写作所处的复杂的社会文化和生态社区。这些社区不是统一的、同质的群体,不是作家可以轻易进入的某个社群的表面。准确来说,作家的社区可以被构建或满足。

概念八:评价

文学价值是依情况而变的,我们对文学的评价会受文化和历史力量的影响。

作为创意写作教师,我们有责任帮助学生把握文学因各种情况发生的价值变化。学生可以更好地理解他们的作品如何被世界接受和评价,并且认识到这种评价是有条件的。[③] 一个文本的使用价值并不存在于文本本身。在批判性创意写作课堂中,学生并不是被要求为达到某种普遍的艺术标准而努力的,因为任何普遍性都只是对一种视角的特权化。相反,它们揭示了文学价值和期望是如何产生的。优秀文章的特征因情况而异。例如,这些变化取决于这部作品在文学史上的定位、它如何唤起某些传统,以及读者如何看待这部作品。并且,对一个解释群体有效的东西不一定对另一个群体也同样有效。创意写作的学生需要使用一些方法来识别这些变化,因为这与他们阅读和创

---

① COLES K. Blueprints: bringing poetry into communities[M]. Salt Lake: University of Utah Press, 2011.

② ANN T T. Creative writing in the community: a guide[M]. London: Bloomsbury, 2014.

③ HERRNSTEIN S B. Contingencies of value: alternative perspectives for critical theory[M]. Cambridge MA: Harvard University Press, 1988.

作的作品相关。

在创意写作课程中，参与阅读活动和拥有多样化的审美是我们首要的要求。这需要深思熟虑并融入黑人艺术运动，克里奥性（Créolité）、黑人性（Négritude）、卡纳卡毛利（Kanaka Maoli）、纳达主义（Nadaism）、抨击诗（slam poetry）、极端主义（Ultraísmo）、菲律宾诗学（Pinoy poetics）、朦胧诗（the Misty Poets）、非洲未来主义（Afro-Futurism）、1917—1938年印度文学特别是印度诗歌中的新浪漫主义时代（Chhayavaad）、残疾诗学运动（ the Disability Poetics Movement）和瘸子诗（Crip poetry）还有许多其他的书面和口头文学形式的美学传统，包括后文学诗歌和微型诗歌。[①] 学生应该以书面和口头形式、即兴和临时模式进行创作。创意写作课程的毕业生应该了解暗室集体（Dark Room Collective）（非裔美国人诗歌集体）、坎佩西诺剧院（El Teatro Campesino）和新波多黎各人诗人咖啡馆（Nuyorican Poets Café），就像他们知道新形式主义和意象派一样。文学史是博大精深的；它包括在不同时间和地点出现的集体、宣言和原则。历史对每一次突然出现的文学类别都列出了条件，我们的学生应该通过对这段历史的充分理解来写作、阅读和评价文学。

概念九：表现形式

所有的表现形式，包括文学作品都可能因为其内容的预设、价值观和意识形态而被质疑。

创意写作是文化生产的一种形式，它既反映了文化，又激发了文化。我们对现实的认知是由普遍的叙述构建的；这些叙述塑造了我们认知的方式。那么我们如何在叙述中表达某种事物，会影响人们对该事物的认知方式。

这里有一些主导社会想象的叙事，会作为作用于我们意识形态的脚本（采访链接见脚注）[②]。主导叙事告诉我们什么是好的，什么是有价值的，什么是美的，什么是正确的。它们是偶然的，它们可以改变，但它们是产生物质效应的强大力量。这一事实正如唐纳德·默里和马斯·扎瓦尔扎德（Mas'ud Zavarzadeh）在他们的文章《小说工作坊的文化政策》（The Cultural Politics of the Fiction Workshop）中所指出的那样，"社会主导阶级对于一个社会中什么是'真实'（什么是'有意义'）和什么是'非真实'（什么是'无意义'）的方面拥有最终发言权"[③]。统治阶级的意识形态脚本会影响工坊对话的易读性，以及文本的可读性。

① MARIA D. Postliterary America：from bagel shop jazz to micropoetries[M]. Iowa：University of Iowa Press，2011.

② JIMÉNEZ I. The Feminist Teacher：Educating for Equity and Justice[EB/OL].[2014－04－13]. https://feministteacher.com/2010/04/13/exposing-the-master-narrative-teaching-toni-morrisons-the-bluest-eye/.

③ MORTON D，MAS'UD Z. The Cultural Politics of the Fiction Workshop[J]. Cultural critique，1989，11：157.

意识到这些意识形态脚本及其运作方式后,作家面临着一个决定:我要以一种依赖并强化主导叙事的方式来写作吗?还是要反驳他们?虽然作家受到了所属文化的影响,但是他们也可以反过来影响文化。创意写作的课程有责任考虑到我们所教授的文化作品所产生的影响——包括我们学生自己的作品的和教学大纲上指定的作品。学生文稿——连同他们在创意写作教学大纲中随附的已发表文稿——可以用来分析它们所代表的意识形态。一个特定文本调动了哪些文化理念?它对哪些文化假定提出了质疑,它所依赖的假设或刻板印象是什么?我们可以提示学生询问以下关于他们自己的文稿以及他们遇到的已发表和同行撰写的文稿中的问题:

> 该文稿强化或动摇了哪些普遍或既定的观点?
>
> 作家作出的每一个选择都提出了他们对世界的理解。那么你会如何描述该文稿对世界的理解?
>
> 该文稿是为谁或关于什么的?中心是什么?留白是什么?
>
> 该文稿是如何表现主题的?这些表述是否具有潜在的破坏性、离间性、沉默性或压迫性?
>
> 该文稿的潜在影响是什么?谁或什么会从该文稿中获益?谁或什么会失去或迷失?该文稿又是为谁或什么服务的?
>
> 该文稿在世界上将会发挥什么作用?它将如何改变对社会的理解、表述或信仰?
>
> 该文稿呼吁了什么样的迫切需求?该文稿的动机是什么?
>
> 该文稿是否避免了过度简化?在它所引用的问题上,文本是否公正地对待了人类经验中涉及包括多价值性、复杂性和多样性?
>
> 该文稿如何避免框定其表现形式,避免其被“取而代之”或弱化?

学习创意写作的学生开始了解文学文本如何产生文化意义。而在创意写作课程中,学生作者们也将学习以敏锐的感悟力、文学能力和批判意识来整理文学作品。

概念十:反抗

文学可以推动社会变革和文化转型。而文学创作也被看作是质疑世界的独特手段。

学生可以思考他们作品的创作目的,认识到文学文本可以成为社会变革的一种手段——即使它们的特殊修辞与明确的论证不同。创意写作作为一种契机,让我们思考文学作品作为一种反抗形式意味着什么。此外,创意写作课程还可以作为探索艺术与行动主义的交叉点。

其实,艺术即批判可以打破普遍的规范,可以颠覆对现状的认知,可以促进新的思维方式的产生。艺术给予了我们思考的方式，并塑造了我们的情感结构。艺术确实可以产生某些干预。接受一个人可能拥有的写作目的并不要求我们去接受我们不确定的价值观念。从一个不确定的区域写作能够让我们更深入地了解自己的目的，提供有更多层次的可以挖掘的故事和诗歌。我们可以邀请我们的学生深入到对他们而言最重要的政治领域中去——这并不意味着排除其他形式和创作方法，而是承认政治化文学创作的意义。

概念十一：理论

美学理论的历史知识对写作实践和技艺有重要意义。作家遵循传统写作，也在传统之外写作，因此得益于强大的跨文化艺术思想理论知识基础。

创意写作是一门具有强大理论传统的学科——由作家撰写，也为作家服务。学习创意写作课程的学生可以精通这些理论，从而学习语言来描述、批判性地审视，并将美学概念付诸实践。例如兰斯顿·休斯(Langston Hughes)针对历史和权力关系如何塑造文学文本所进行的批判性评价，纳丁·戈迪默(Nadine Gordimer)针对文学创作与责任之间的关系的阐述，以及许多其他的从美学传统中涌现出来的概念。美学理论的例子涉及文学与政治、修辞学与美学之间关系的核心问题。

创意写作课程是一个研究理论概念对作家影响程度的地方，以及这些概念能够描述或未能描述哪些文本形式。而创意写作课堂可以是一个我们知道的关于写作的东西被重新评估，并进行历史检验的地方。

概念十二：修订

作家会及时对创作过程中出现的问题作出反应，正如他们还将比较文学分析应用于他们的修订过程。

一种批判性的修订方法更改了之前关于“纠正”了文本的假设。它拒绝将修订过程限制在一个应该做和不应该做的清单中。我们可以将各种各样的文本放在一起进行讨论，并尝试发现什么是可能的。

在我教授的工作坊课程中，我们完成了一个重点修订系列练习，在这个系列中，学生对其中的一个作品进行四到五次的全面修订。在每一次修订中，他们都必须采取不同的方法。在完成这项任务的过程中，他们会获得一个修订“工具包”。我采用比较的方法来理解修订。例如，当我讲授故事结构时，课程重点是证明亚里士多德的情节理论既不是绝对的，也不是中立的。我的目标是帮助学生获得一套启发式方法以用来思考如何在不同的文学作品中构建情节。我将亚里士多德的情节理论与一系列故事结合起来，这些故事在很多方面都与传统的叙事方式背道而驰：如爱丽丝·门罗(Alice Munro)的《半个葡萄柚》(*Half a Grapefruit*)；牙买加·琴凯德(Jamaica Kincaid)的《来自家乡的一封信》(*The Letter from Home*)；莉迪娅·戴维斯(Lydia Davis)的作品；

乔伊·哈乔(Joy Harjo)的《鹿之舞者》(*The Deer Dancer*);还有芥川龙之介(Ryunosuke Akutagawa)的作品《竹林中》(*In a Grove*),这本由小岛隆(Takashi Kojima)翻译。课堂课程包括使用莱斯利·马蒙·西尔科(Leslie Marmon Silko)的《普韦布洛故事论》(*Pueblo storytelling*)作为理论框架进行考察,在这个过程中,学生们尝试将他们故事的中心事件移动到具有明显内部螺旋的蜘蛛网状图表中。

他们可以通过在不同的惯例中进行修订和反向修订来讨论不同的美学影响。这样的目的是为了让他们了解创作过程中的复杂问题。正如戴维森(Davidson)和弗雷泽(Fraser)指出的那样,"优美的诗句宣称:'看看我是多么的质朴和完整。试想一下,什么样的天才才可以坐下来创作这样一件艺术品。'……我们会很好地提示我们的学生,在纷杂中停留的时间比他们想象中的要长得多"①。

二、结语

创意写作课程可以鼓励在元话语的基础上进行批判性思考和自我反思。学生会被要求在与审美生产相关的理论辩论中给自己定位,并探究他们在文学领域中的地位。学生可以努力阐明他们在文本选择背后的理由,说明他们所借鉴的传统和他们所寻求创造的读者体验。在确定创意写作中的阈值概念时,课程可以鼓励元认知,这种认知将在一系列写作场合发生变化,并可能帮助学生理解拒稿和提交出版过程中的不稳定性。这些都是课程的一些优势,它可以培养学生对学科设定的阈值概念的理解。阈值概念是一种工具,它可以立即使一门学科的实践之路变得清晰,并探究一门学科尚未被发现的可能性。

① DAVIDSON C, FRASER G. Poetry[M]//HARPER G. Teaching creative writing. New York: Continuum, 2006: 24.

创意写作教育教学

为核心的故事理论模型的一次尝试*

李君威**

摘　要：本文旨在将行为主义"刺激—反应"原理纳入故事领域，运用行为主义不断扩展刺激的反应范围的方法，以对故事概念系统进行拓展与重塑，建构一个以情境为核心的故事理论模型，并在日后尝试建立一套以情境为中心的故事理论的分析与实践体系。作为一种故事分析与创作实践方案，它仅仅是一次创新尝试，还有待成熟，未来还有很长的丰富和完善之路要走。

关键词：行为主义；"刺激—反应"；故事理论模型；故事原理；情境

华生在《行为主义纲领》一文中对"刺激"和"反应"这两个核心概念作出了定义：

> 所谓刺激，我们意指一般环境中的任何客体，或者由于动物的生理状况而在组织(tissues)内发生的任何变化，诸如当我们阻止动物性交时，当我们阻止动物饮食时，当我们阻止动物筑窝时，我们可以看到这些变化。所谓反应，我们意指动物作出的任何一种活动—例如，趋向或逃避亮光，遇到突如其来的声音而惊跳，以及像建造摩天大楼、制订计划、孕育婴儿、著书立说等更为高明的有组织的活动。①

在"刺激—反应"的概念系统中，"刺激"的范围具有开阔性和延展性，既可以是生理的，也可以是行为上的，既可以是简单的，也可以是复杂的，既可以是条件的，也可以是非条件的，既可以是某件东西的刺激，也可以是某种情境的刺激。譬如在强光刺激下，瞳孔会迅速收缩，关闭灯光，瞳孔开始放大；晚饭前胃部肌肉由于缺乏食物而开始有节奏地伸缩和扩张，晚饭后，收缩和扩张便会停止；硫化氢的刺激会使人捂住口鼻逃离；睹物思人；结婚和离婚；冲突、犯罪、战争等。"反应"可以分为两类，一种是外部反应(外显反应)，一种是内部反应(内隐反应)。外部反应是指人类通常所表现的可见的行为，如

* 基金项目：重庆市社会科学规划项目"郑君里：从'化妆室'到'摄影场'"(项目编号：2022BS100)的阶段性成果；中央高校基本科研业务费专项资金资助(项目批准号：SWU2309725)的阶段性研究成果。

** 李君威，上海大学创意写作博士，西南大学文学院讲师。研究方向为创意写作、叙事学、电影史。

① 华生.行为主义[M].李维，译.北京：北京大学出版社，2012：7.

打网球、写信、跳舞、盖房子、挖洞、调情等。内部反应是指那些肉眼无法看到的体内肌肉和腺体系统所引发的反应,如饥饿时看到食物所诱发的唾液腺的分泌、胃部肌肉收缩与扩张、血压的变化等。反应的另一种分类是"习得的反应"和"非习得的反应",习得的反应包括人类的一切复杂习惯、行为反应,非习得的反应是人体的机能性反应。习得和非习得的反应按照逻辑分类,又可以分为"视觉的习得的反应"和"视觉的非习得反应"。行为主义的刺激范围视行为的复杂程度而定,对于具体行为而言,往往要考虑情境,刺激会引发一系列的反应,这些反应可以分解成一系列的动作,也可以组合成一系列的行为和行动。华生在《行为主义的界定》一文中,清晰地阐明了行为主义思想及其目的,即预测和控制人类的活动:

> 行为主义者对人类所作所为的兴趣要比旁观者(spectator)对人类的兴趣更浓——如同物理科学家意欲控制和操纵其他自然现象一样,行为主义者希冀控制人类的反应。行为心理学的事业是去预测和控制人类的活动。为了做到这一点,它必须搜集由实验方法得出的科学数据。唯有如此,才能使训练有素的行为主义者通过提供的刺激来预示将会发生什么反应,或者通过特定的反应来陈述引起这种反应的情境或刺激。①

从概念演变的角度来说,行为主义既然要"预测和控制人类的活动",就需要不断拓展反应的刺激范围,即从人体机能、人类行为的刺激反应预测,走向更广阔的人类文化、社会、政治等领域的预测,方可彰显"刺激—反应"机制的有效性和普遍性。笔者在华生的《行为主义》论著中,逐渐摸清了他的概念扩展、逻辑推论的过程,并从中获益,他的"刺激—反应"图示不断使笔者产生一种重塑故事原理的冲动。我们能否找到"刺激—反应"模式的一种新的应用的可能性?它是否能够在故事原理建构中扮演更重要的角色?我们能否从与故事同样具有亲缘关系的人类行为模式入手,进而创设一种新的故事理论?基于此,笔者尝试将"刺激—反应"模式引向人类行为模式之中,从而对故事理论和实践方案加以表达。

根据华生所建构的"刺激—反应"原理可以引申出一个结论,即"刺激"是"反应"的依据和前提,离开"刺激",人就无法构成行动的依据,即便在非理性或盲目的行动中,也需要施以刺激。在这个意义上,"刺激"构成了行动的内因和外因。从行为主义的角度出发,一个故事可以看作人物对"刺激"所作出的"反应"(行动),以及由"反应"(行动)而导致结果的过程。可以考虑将"刺激—反应"原理纳入故事领域,通过不断扩展刺激的反应范围,借以对故事概念系统进行重塑。具体、可能的路径是:基于"刺激—反应"原理进行扩展,将"刺激"与"反应"置于概念体系的中心位置,它的前面是故事刺激情境,

① 华生.行为主义[M].李维,译.北京:北京大学出版社,2012:12.

它的后面依次是故事刺激、反应行动、行动障碍，最终是故事情境的完成形态，也即故事的完成形态。由于"刺激—反应"原理所衍生出的故事链条是基于对"刺激—反应—结果"的人类行为模式的预测和模仿，链条中的各种概念应紧紧围绕"刺激—反应"原理进行创设。在这里只就"刺激—反应"故事情境系统的核心概念、运行机制以及故事情境中所衍生出的权力现象等核心部分进行演绎。

一、"刺激—反应"故事情境系统的核心概念

实际上，华生的行为主义"刺激—反应"原理中的"刺激"(stimulus)是一种给定条件的刺激，也可以理解为一种给定情境的刺激。华生并没有严格区分刺激和情境(situation)之间的关系，而是混用了刺激与情境两个词，某种程度上，他所说的情境是一种特殊的刺激，即"刺激情境"(stimulus situation)。根据华生及其助手罗莎莉·雷纳1920年共同完成的"小艾尔伯特实验"所建立的条件反射及其引发的泛化反应情境可知，刺激情境实际上是一种关于时间和空间的过程性的描述，它所产生的刺激效果必须依赖于足够的时间和空间容纳"刺激—反应"这一过程。这就意味着，在一个瞬间完成的反应动作的环境中，无法在时间和空间上满足一个情境的要求，因为情境不单单是一种刺激，也不单单是一种反应，而是两者综合的过程。其实，早在狄德罗和黑格尔对情境的论述中，情境就已经具备了时间和空间的属性。狄德罗认为情境是一种关系或多重关系的叠合(集合)，黑格尔将情境及情境本身所蕴含的冲突作为故事链条的中心点和推动力，它引发的是主体的反应动作。因此，故事情境原理的创设必须要考虑到情境的过程性特征，它需要具备一定时间的长度和空间的广度，即一个故事情境应当具备足够的行动时间和行动空间。由此，可以将故事刺激情境视为一个自足的时空体，一个动态的持续性的过程，它容纳的是"刺激—反应"的整个过程。结合情境的过程性特征，可以给故事情境下一个定义：故事刺激情境是一种高度凝练的、能够通过刺激引发人物走向持续性的行动及其泛化反应的时空系统，它所描述的是刺激情境对人物施力、人物受力的过程及其影响，它所包含的是刺激/刺激源、反应行动、行动障碍及其行动结果的完整过程，最终体现为对刺激情境破除的成功、失败和悬置三种刺激情境的完成形态，也即故事的完成形态。

根据给出的情境定义，可以将故事分为三个阶段，即情境三段论：情境刺激端(大刺激、故事原点/行动原点)—反应行动端(反应行动、行动障碍)—情境完成端(情境破除的成功、失败和悬置状态)。在一个简单或复杂的故事中，这三个阶段可以涵盖故事的完整的行动过程。

所谓大刺激，是指施加的刺激能够引发人物的持续性的反应和行动，它是导致人物面临根本处境的原因，其内部孕育的是人物的根本性的困境和冲突。譬如，在一个复仇型的故事中，大刺激来自主人公受到严重伤害，从而致使主人公走向复仇行动。那个使他遭受伤害的事件就是大刺激(事件)。在救赎型故事中，大刺激就是对别人构成伤害或因自己的错误导致严重后果的事件，从而使主人公走向救赎之路。其他类型的故事

亦是如此。从下列故事行动图式可知,“刺激—反应”图式具有双向性,它能够同时容纳人类基本行为/行动模式和反模式。这两种行为/行动模式之所以在很大程度上能够对类型故事(包括基础型反类型故事)进行表达,是因为这两类故事的行动过程具有可预测性,这也是行为主义心理学开创者华生所说的“预测和控制人类的活动”的真实意涵。表1为“刺激—反应”图式对类型和反类型故事的双向表达:

表1 “刺激—反应”图式对类型和反类型故事的双向表达

故事类型	刺激(S)	反应(R)
复仇/反复仇型	被伤害	报仇、惩罚/自我疗愈与和解
救赎/反救赎型	负罪/歉疚/伤害	赎罪、救赎/拒绝救赎、逃离
失恋型	失恋	关系弥合/无法弥合
求爱型	爱的愿望	追求成功/失败
创伤/反创伤型	创伤	疗愈与和解/无法走出创伤情境
侦探型	案件(杀人等)	破案/没有破案
警匪型	正义、秩序遭受挑战	恢复正义与秩序/匪徒逍遥法外
匮乏/反匮乏型	匮乏(缺爱、不幸等)	补偿、满足/未得到补偿、满足
逃离/反逃离型	受创伤/压抑等	逃离/反逃离
求真/反求真型	被蒙蔽/冤枉等	求真、寻找真相/反求真
超级英雄型	人类处于毁灭边缘	拯救人类
反抗型	被陷害/迫害/欺骗/抛弃等	反抗/放弃反抗
拯救型	他人生命受到威胁或处于绝境之中	拯救
启蒙/反启蒙型	启蒙	唤醒/反唤醒

从大刺激(事件)的角度来看,一旦该事件发生,那么,必然会走向两种行动模式,第一种是以人类行为/行动基本模式进行反应行动,被伤害就要报仇,负罪就要赎罪……;第二种是以人类行为/行动基本模式的反模式进行反应行动,它表示,人在被伤害后,不一定会走向复仇行动,而有可能走向反复仇模式,通过自我疗愈的方式与自我和解;人在负罪的情况下,也不一定会走向救赎模式,而有可能走向反救赎(拒绝救赎)这种逃离模式……所以,以“刺激—反应”(S—R)表征的人类基本行为/行动模式与反模式对行动的选择具有双向性,这是由人的行动自主性决定的。无论在大刺激(事件)中,人物采取哪种行动模式,实际上都预示着对行动后果的承担,在承受后果的前提下,行动是自由

的，这也是萨特意义上人的行动。同时，大刺激（事件）还引发故事原点，一切的故事都有一个原点，一切的故事都是从大刺激事件中产生的故事原点处进行扩展的，只是故事的讲述方式不同，使读者/观众往往忽略了故事原点的存在。大刺激（事件）除了引发故事原点之外，也引发行动的原点。故事的核心行动，就是由大刺激（事件）所引发的。但是，正像（S—R）所表征的人类基本行为/行动模式与反模式那样（如表1所示），大刺激（事件）所引发的行动是双向的，在人物自主性行动的基础上，大刺激（事件）决定了主人公的行动模式（包括反模式），也决定了故事的情境类型、主题类型等。

二、故事的刺激情境系统

打一个不甚恰当的比方，如果将故事比作一台车的话，那么刺激就是油，反应是发动机，只有加上油，才能引起发动机的运动，车才能行使。之所以说这个比方不甚恰当，是因为这样的描述只看到了"刺激—反应"原理的表层，就像我们知道一台车的运动是油对发动机的刺激和发动机对油的反应所导致的结果——行驶——一样。在情境论故事原理中，更应当关注的是这台车基本的运行机制，也就是故事的刺激到底是通过什么方式完成的，即刺激是如何作用于行动以及行动是如何发生的。

（一）故事刺激的联合机制

在"刺激—反应"（S—R）一般图式所构筑的基本故事情境中，大刺激事件得以确立后，会导致人物主行动模式的两种可能的变化，一种是类型的，向人类基本行为/行动模式演进，一种是基础型的反类型的，向人类基本行为/行动的反模式演进。一旦人物主动或被动作出选择以后，随之会引发人物的行动模式、情境的类型模式、故事的主题模式和类型模式的联动（连锁反应），并最终实现类型和反类型的全部的演变过程。

在这里，以余华的中篇小说《现实一种》和王小帅的电影《地久天长》为例，这是一组基础情境一致，但类型形态迥异的典型文本。这两个文本基于一个共同的复仇型的基础性刺激情境，前者发生在家庭内部、两兄弟之间，错误的一方造成另一方的孩子死亡；后者发生在朋友之间，错误的一方先后造成另一方两个孩子的死亡。在这种基础性刺激情境惊人一致的情况下，按照人类基本行为模式与反模式主导的"刺激—反应"图式，可以推断出之后的故事发展的两种模式，一种是类型的（复仇），一种是反类型的（反复仇）。在前者的故事中，失去孩子一方的妻子不断怂恿丈夫进行报复，于是报复以可以预见的、令人惊骇的方式发生了——失去孩子的一方杀死了另一方的孩子。紧接着，报复就此经历了一个循环，最终两兄弟都因复仇而惨死；在后者的故事中，失去两个孩子的一方，没有选择报复行动，而是选择了沉默和逃离，他们远走他乡多年，任凭丧子的刺激情境无情地摧残与蹂躏，他们以自我煎熬、自我拯救的方式，最终走出了那个漫长的失去孩子的不堪回首的情境。从这两个相同的基础性刺激情境出发，却走出了两种截然不同的人物行动模式、情境模式和类型模式，这就是由刺激的联动现象所造成的。刺激的联动现象可以作为故事的基础性成规进行使用,它关乎于人物的行动模式、故事的情境模式、主题模式和类型模式的最终演变与形成。类型和反类型之所以存在故事成规的共生现象,是基于它们共同处于稳定的、模式化的人类行为/行动模式的判断,这是两者存在故事成规共生现象的基础。

(二) 故事刺激的升级原理

根据行为主义"刺激—反应"原理,强刺激引发强反应,弱刺激引发弱反应,刺激的强弱可以根据不同需要进行调节。因此,强化刺激分为三种表现形式,其一是强化刺激——强化反应行动;其二是强化刺激——弱化外部反应行动,强化自我内心冲突;其三是强化刺激的一种极端表达形式,即强化刺激,弱化反应,外部行动完全转化为内心冲突。由此,可以对故事刺激的升级原理作如下概括。

1. 强化外部行动

这是"刺激—反应"情境模式中最常见的表现方式,也是人类行为中最常见的行为方式。从机体的角度来说,人体承受的安全电压是 36 V,超出安全电压值越高,对人产生的伤害就越大,直至被电死,而如果给人体施加超高电压,人体可以瞬间被击穿;从人的行为角度来说,经历过战争(刺激情境)的士兵,不少人在战争结束后患上了战后心理综合症或创伤后应激障碍(简称"PTSD"),这些都是强化刺激的极端案例,早已被实验和历史的经验所证明;从故事的角度来说,绝大多数的类型故事最常用的是强化刺激—强化反应行动的方式,在刺激不断强化的过程中,强化和升级反应行动,即升级冲突。这种方式显著的特征是,刺激是可见的,反应行动是可见的,因而冲突的方式是直接而具体的,它所遵循的一切原则都可以通过"刺激—反应"图式清晰地表达出来。以姜文电影《让子弹飞》(2010 年)为例,在张牧之与黄四郎斗法的情境中,姜文采用了不断强化刺激,不断升级反应行动的方法:

> 第一步,先用"诈骗"黄四郎的钱激起民众的欲望,民众的欲望起来了,可是他们根本不相信县长斗得赢黄四郎,因为前几任的县长都被黄四郎弄死了,于是民众被迫把钱如数上缴。第二步,发枪,把民众被恐惧压抑的愤怒之火点燃了,但还不至于使民众揭竿而起,因为他们还在观望,充满对强力余威的恐惧,因为枪在手,是为造反。恐惧和愤怒只隔着一条线,当恐惧达到极限的时候,恐惧便崩塌了,剩下就只有愤怒了。第三步,杀假四郎,黄四郎一"死",民众在强力之下的精神恐惧便彻底消失了,可是连愤怒也随之消失了,剩下的便是一场极度兴奋的哄抢,在这场哄抢中,民众被压抑的精神得到了补偿和慰藉。①

① 李君威.姜文电影革命叙事思路及策略的演变——以《阳光灿烂的日子》《太阳照常升起》《让子弹飞》三部影片为对象[J].齐鲁艺苑,2016,6:103-104.

2. 强化内心冲突

与多数情节性强的类型故事所采用的刺激的升级/冲突方式不同，少数情节偏弱的类型故事所采用的是强化刺激——弱化外部反应行动，强化自我内心冲突的方式。当刺激强化而无法强化人物的外部行动时，必然会强化人物的内心行动，即外部刺激向内心转化。这种方式主要表现的是人物丰富的内心活动。

在小津安二郎导演的影片《晚春》(*Late Spring*，1949)中，一直照顾父亲的纪子转眼间已经27岁，成了“老姑娘”了。老父一直很自责，认为是他耽误了女儿的幸福。可是纪子非常依恋父亲，不愿意离开父亲。她排斥姑姑给她找对象，更不愿谈婚论嫁。老父明白，只有自己的晚年安乐，女儿才能安心离开。于是，他率先开始相亲，做出随时组建新家庭的姿态，而此时姑姑那头对女儿也开始“步步紧逼”——刺激的力度不断加强，刺激情境强制要求纪子做出反应行动。在这种要求之下，纪子与父亲、与“看戏的环境”(包括日常环境)、与自我内心之间产生了强烈的冲突，但是这种冲突毕竟是出于对父亲的不舍、爱和怨恨所引发的，所以在反应行动上纪子表现出了极大的隐忍与克制，以强烈的内心冲突为主，以环境和他人的冲突为辅。终于，这对父女展开了几个回合无声的拉锯之后，以纪子嫁作人妇告终。老父的情感又何尝不是像女儿那般隐忍与克制呢？故事的最后，他在削苹果时所表现出的那一丝落寞，实际上是往后余生的一种颤音，就像影片最后的那一个镜头一样，大海的波涛奔涌不止，而孤独的生活才刚刚开始。

3. 外部行动完全转化为内心冲突

强化刺激，弱化反应的一种极端表现形式是人物对行动权利的放弃，外部行动完全转向内心行动，强烈的刺激无法通过反应行动进行释放，人物走向痛苦的深渊。

王小帅导演的《地久天长》就是这一形式极端表达的绝佳案例。片中，身为包江机械厂妇女主任的李海燕先是因计划生育的政策强制引产了耀军、丽云的第二个孩子。而后，李海燕夫妇的儿子沈浩因为可以避免的错误(怕小伙伴嘲笑，将刘星推向水库深处)，导致了耀军和丽云的孩子刘星的死亡。在这两场本可以避免的错误所引起的死亡事件中，耀军和丽云都选择了默默忍受，主动放弃了“行动”(或报复)的权利。因为行动的缺位，造成“错误”没有后果的承担者，所以耀军、丽云夫妇就成了“错误”的实际承担者。刺激的施压作用产生之后，没有释放的出口，最终导致人物强烈的自我冲突及其与周遭环境的冲突。这是“刺激—反应”的一种极端表达方式，创伤种子在无法施展的行动之间掩埋、孕育、发芽、长大，人物永久地停留在儿子死亡的刺激情境之中，无法走出。唯一的办法是与过往和解、与生命和解，从而部分破除由儿子死亡所萦绕的挥之不去的刺激情境，重获新生。

将刺激的调节与升级现象作为一种具体的故事成规，既可以获得对冲突的内部和外部的较为基础性的规律的认识，也可以此对冲突的强弱、冲突的节奏加以把控，而这，正是基于“刺激—反应”图式对刺激的预测和调控实现的。

三、行动困境、行动三段论及其故事的三种完成形态

以往的文艺理论一直强调人物(形象)是发展变化的、人物是立体和丰富的,可是并没有对此给出合理解释,笔者认为人物之所以是发展变化、立体而丰富的,是因为行动确立了人,并且人在行动中不断得以确立。因此,重塑故事的行动理论,就需要对行动一词的基本历史演变过程加以把握。自古希腊以来,“沉思生活”(philosophical life)的传统一直深刻地嵌入到西方人的精神结构之中,近代法国哲学家笛卡尔的那句“我思故我在”更是将“沉思生活”推崇到无以复加的地位。直到马克思主义实践论的出现,这种精神文化传统才开始发生转变。马克思提高了劳动和生产的地位,将劳动与人的幸福、人的完善联系在一起,扭转了“沉思生活”对“实践生活”的压制传统。这以后,陆续有萨特、海德格尔、霍布斯、阿伦特等近现代学者将行动作为一个特殊的概念将之从劳动、生产领域中独立出来。特别是阿伦特,她在《人的境况》一书中区分了劳动、生产和行动的关系,将行动视为“积极生活”的一部分。在这种区分中,阿伦特一定程度上贬斥了劳动和生产,但同时也提高了行动,特别是政治行动的地位。这就肯定了人作为一种行动存在,并将人作为行动的人加以确立。以上,大致是从“沉思生活”到“行动的人”的演变过程。

(一) 人物行动困境和行动障碍理论

我们需要明确的是,人类行动的本身就是艰难的,即所谓人的行动的困境,这与人自身的行为特性有关。从行为主义的角度来说,行动是对“刺激”的“反应”,限于人类自身因素,行动的困境往往是人类自身行为中表现出的行动延宕、行动偏移、转向和放弃行动的行为倾向所导致的,这构成了人的行动困境的内在逻辑,而这是由人的自身特性所决定的。并且,在人类的行动中,能够展现出一段持续的,特别是符合故事要求的完整的行动是比较困难的。这就需要我们基于行为主义“刺激—反应”原理对人类行动进行有效预测和模仿,特别是预测和模仿那种符合故事要求的、具备一定长度的、完整的行动。

与一般冲突理论不同的是,故事的行动障碍理论试图从人自身所面临的行动困境出发,将人类行为中的行动延宕、行动偏移、转向、放弃行动的行为倾向视为行动障碍的内在逻辑,将传统冲突理论中的“与他人的冲突”“与环境的冲突”“与自我的冲突”视为行动障碍的外显逻辑和外显形式。以此,行动障碍理论就可以与传统的冲突理论形成呼应之势。

(二) 行动三段论及其故事(情境)的三种完成形态

简单厘清了“行动确立人”和行动障碍理论中的内在逻辑与外显形式之后,我们再来讨论故事行动与故事的完成形态的问题。基于对“刺激—反应”原理及津巴多系统情

境理论的考察，可以概括出故事的三种行动模式，这三种行动模式也是故事行动的三个阶段，笔者将其称为行动三段论。这三个阶段不是相互割裂的，而是一种层层递进的关系。在一个故事中，它们不一定全部出现，但是一旦出现，则以递进的方式进行。行动的第一个阶段是行动沉浸，即人物被动地进入情境之后，逐渐情境化，并且开始积极参与、融入、认同和建构情境；行动的第二个阶段是“行动怀疑与抽离”，即人物对刺激情境开始表示怀疑，产生拒绝继续融入情境、从情境中抽离的倾向；行动的第三个阶段是行动对抗，即人物在行动中不断对情境的主导力量发起挑战，试图改变情境的规则与秩序，战胜情境的主导力量。与行动三段论相对应的，是故事的三种完成形态。其一是被情境所吞噬；其二是部分地改变和打破情境的规则与秩序；其三是战胜情境的支配力量，破除情境。在这里，试举一部电影为例，借以完成上述关于行动的三段论和故事的三种完成形态的基本演绎。

以电影《楚门的世界》(*The Truman Show*，1998)为例。故事的基本情境是：电视制作公司 30 年前收养了一个叫楚门的婴儿，他们专门以楚门为主角打造了一台《楚门秀》(*The Truman Show*)真人秀直播节目。楚门的一举一动、生活的每一个细节都被全程直播给全球观众。这个节目陪伴了很多人的成长，楚门成了家喻户晓的大明星，电视制作公司也因此大获成功。然而，楚门对此毫不知情，他更加不知道的是，连他的父亲、朋友、妻子都是电视台聘请的演员。

第一个阶段：行动沉浸。楚门从小到大一直阳光而努力地生活，上学、工作、恋爱、娶妻。他常常感觉到，自己是这个小镇的焦点，所有人都在关注他，而他也在别人的关注中积极融入小镇的生活。

第二个阶段：行动怀疑与抽离。当已经死去多年的父亲突然出现在楚门面前的时候，他开始怀疑自己可能生活在一个并不真实的世界之中。他用行动不断试探，越来越多的证据表明，他 30 年来一直生活在一个虚假、充满戏剧化的情境之中。他想要逃离，追求真实的生活。

第三个阶段：行动对抗。楚门展开了一系列的对抗行动，他多次选择逃离小镇。可是，由于情境的支配力量(电视公司)过于强大，楚门几次逃离都以失败告终。最终，楚门决定从“海上”出逃。在历经种种磨难之后，他的船抵达了巨型影棚的边界，他绝望地发现，原来每天看到的大海和天空竟然也是假的。这时，情境的支配力量即将被楚门破除，外界支配力量已经无能为力了。为了挽留楚门，直播控制室里的导演向他讲述了整个故事的来龙去脉，并且告诉楚门，他已经是这个世界上最受欢迎的明星了。如果他愿意，一切还可以重来。可是，楚门毫不犹豫地选择了真实世界的生活。

四、“刺激—反应”情境中的“权力”现象

笔者在使用行为主义的客观观察法对(电影)故事进行研究时发现，人物在情境中的权力是不对等的。在一个刺激环境或处境当中，通常是一个拥有最高话语权的人创

设了一种情境,进而支配情境,故事的讲述起点就是从刺激情境开始的。以此为基础,可以实现对故事情境中不对等的力量进行细分,大体上可以分为两类:故事情境系统中的权力分配严重不对等、故事情境系统中的权力分配基本对等或差距不大。

第一类实际上是一种以悬念主导的故事类型,特别以情境规则设定的游戏类故事居多。它包含两种情况,以刺激的施力和受力进行区分,可以将情境力量分为情境支配力量和情境被支配力量两种。因施力和受力的承担者不同,而在一个统一的故事中形成了一套双向并置的情境力量系统,这种双向并置的情境力量系统实际上是故事情境的一体两面。从刺激施力的角度看,极少数故事人物拥有一种创设情境的权力,他们在情境中处于支配地位,即作为一种制定情境规则的人的身份出现。但是,他们并不是故事的主角,他们构成了刺激情境的开始,并对整个情境进行主导。他们有可能长时间隐藏在幕后,如同上帝一样,控制着一切,制约着一切,只有在情境破除(也就是故事即将完成)的时候,他们才“交出”控制情境的权力,从上帝跌落成“凡人”。因此,可以将他们视为故事的隐藏主角。像《老男孩》(*Old Boy*,2003)、《恐怖直播》(*The Terror Live*,2013)、《雪国列车》(*Snowpiercer*,2013)、《密室逃生》(*Escape Room*,2019)、《鱿鱼游戏》(*Squid Game*,2021)、《开端》(*Reset*,2022)、《饥饿游戏》(*The Hunger Games*,2012)等大量的情境规则类的故事都具有这些明显特征。在这里以韩国复仇电影《恐怖直播》为例。“恐袭者”朴晨佑实际上扮演的就是一名创设和支配情境的角色,他之所以拥有创设情境的特权,是因为他与情境中的其他人的“权力”严重不对等,他掌握了制作爆炸物的方法,并可以随时根据政府的反应(行动)来决定是否引爆炸弹以及引爆炸弹的方式。如果将该故事视为一种“游戏”的话,朴晨佑就是掌握游戏开关的人,显然故事早已预设了结果,他开启游戏的一刹那,悲剧的结局就已经注定了;从刺激的受力的角度来看,故事的主要人物由于力量弱小,处于情境中的被支配和被操控的地位,他们在被动地卷入刺激情境之后所做出的一系列的反应行动及与情境支配力量所展开的博弈过程,构成了故事的主体部分。因此,《恐怖直播》实际上也可以看作是由恐袭者朴晨佑发出炸弹袭击的刺激之后,引发电视主播、电视台长、军方和政府等多方面的反应行动及展开博弈的过程。在这个过程中,虽然朴晨佑作为情境支配力量存在,但是他失败了,因为“韩国政府”最终将人民的安危置于政权利益之下,他们决定不计代价,直接清除朴晨佑,所以朴晨佑所创设的刺激情境规则失效了。于是,他在绝望中引爆了最后一颗炸弹。

第二类,实际上是一种非悬念主导的故事类型,这也是最常见的故事类型。从刺激情境的施力和受力的角度来看,大刺激(事件)是可见的,施力和受力的过程亦是可见的,它的一般“刺激—反应”模式是:刺激的施力方占据先发优势,但随着几轮博弈后,双方力量趋于平衡,最终,刺激情境中的受力一方赢得胜利。

五、结语

在情境视野下,将人类行为/行动模式纳入“刺激—反应”双向图式,所演化与生成的故事原理，是基于对人类行为/行动模式的深度预测和模仿，具有一定的系统性。其优势在于，可以运用行为主义所提倡的不断扩展刺激的反应范围的研究方法（扩展研究法），创设各种复杂的故事情境，并以此延展人物行动，构造出完整的故事。同时，情境论故事原理具备较为深刻的心理学、行为学和人类学依据，或许可以为故事的分析与实践打开新局面。

以“刺激—反应”为基础理论框架、围绕人类基本行为模式与反模式建构、生成的情境论故事原理，与从封闭的故事文本系统所演化、形成的故事原理相比，就方法来说，走的是两条截然不同但本源相近的路径。前者，具有直接性，从大量的神奇异文故事、神话故事、史诗故事、英雄故事中寻找情节内部的联系和规律；后者从与故事同样具有亲缘性、本源性的人类行为/行动模式中寻找行动类型、情境类型、主题类型、故事类型之间的有机联系。尽管方法和路径不同，但是殊途同归，都试图在各自的理论框架下揭示故事的类型、故事的元形式（深层结构）的奥秘。区别在于，前者的有效性已经得到了历史的检验，后者作为一种新的观念形式或方案，仍然有许多矛盾和不足的地方，需要进一步在理论和方法上加以完善。

需要言明的是，“刺激—反应”情境论故事原理的演化、建构与生成，是基于对人类行为模式/反模式的预测和模仿，它不单指向故事理论，也试图在整个人生视野下形成对情境的一种形而上的认知。它将人的行为模式与整个人生统统纳入刺激情境中加以考察，认为人生是由一个又一个刺激情境构成的，并且不断经历着刺激情境的再条件化和泛化反应的过程，以至于每一个刺激情境都是上一个情境泛化反应的延续。这一基本认识，已经从心理学领域扩展到更广泛的哲学、政治学领域。阿伦特在《人的境况》一书中说：

> 人的境况包括的不仅是给予人生命的那些处境。人是被处境规定的存在者(conditioned beings)，因为任何东西一经他们接触，就立刻变成了他们下一步存在的处境。除了人在地球上的生活被给定的那些处境，人也常常部分地在他们之外，创造出他们自己的、人为的处境；尽管后者来源于人，因而是可变的，但也跟自然物具有同样制约人的力量。任何接触到或进入人类生活稳定关系中的东西，都立刻带有了一种作为人类存在境况的性质。这就是为什么无论人类做什么，他们都总是处境的存在者的原因。任何自行进入人类世界或被人为拉进人类世界的东西，都变成了人之境况的组成部分。从而，世界现实对人类存在的影响，被人类感触和接受为一种限制人的力量。①

因为每一个刺激情境本身对人都是有控制力的，所以人在面对某些特定情境之时

① 汉娜·阿伦特.人的境况[M].王寅丽，译.上海：上海人民出版社，2009：3.

才想逃离,才想破除情境,使灵魂安宁。可是,人的本质又是情境化的人,总是处于刺激情境之中,刺激情境不断引发人的行动,人也在持续的行动中不断得以确立。从这个意义上说,人是变化的、发展的,所有的变化和发展都在刺激情境中得以实现。人和人之间的差别只在于行动的差别,行动构成了意义本身,没有行动就没有人物,也就没有故事,因为故事实际上是对广泛的人生情境的凝炼化模仿和展示。这既可以作为理解人生的方式,也可以作为理解故事的方式,正如一个故事从开端、发展到结局的过程,亦是从刺激情境施力、与刺激情境展开对抗、最终落脚到刺激情境的三种完成形态的过程。

论创意阅读的价值功能与课程建设

冯汝常*

摘　要：阅读是一种满足心理需求的纯粹的精神活动，而创意阅读则是一种以心灵发现心灵表达方式的阅读，在读者与作者创作的作品之间链接的并非只是文体、结构、表达之间简单的文本接触，而且还包含对作品精神内涵发现与价值延续建构等阅读期待。与一般意义上的全民阅读满足审美愉悦需求不同，创意阅读往往通过阅读各种创意以获得专业性的阅读能力锻炼与写作经验体认，对创意写作形成特定的反哺功能。因此，很有必要增设创意阅读课程，使之在培育阅读创造力与创意写作表达等方面发挥应有作用。

关键词：创意阅读；价值功能；创意写作；课程建设

"一个人的精神发育史就是他的阅读史。一个民族的精神境界取决于这个民族的阅读水平。"①在人们已满足了物质需求的新时代，文学更应该成为全民丰富精神生活的必需品。但是，并非人人喜欢读经典，"你是个傻瓜，倘若你读经典作品是因为别人叫你去读而不是因为你喜欢他们"，而"文学理应'慰藉、振作、更新读者的头脑——以合理的间歇——以某种迷醉，以某种思想的光辉，某种纯粹的美之呈现，某种词语的闪电疾转'"。② 文学阅读是一种精神交流，然而，不仅一般大众忽视了文学阅读，即使大学生也因为各种功利性目的，也不再热衷于阅读，"（那时）进入大学，读书成了日常聊天的常见话题。同学们彼此擦肩而过时，也会相互介绍书籍，或者围绕某本书的阐释而彻夜讨论不休。当然，没读过的只能默默旁听。那个圈子里的权力和发言权，跟读书量是成正比的。因此，所有人都在争先恐后地读书。当时存在于大学的这种读书文化，如今已经消亡了"③。这是比较严峻的社会现实，在倡导文化自信的历史背景下，这种忽视文学阅读的文化颓废似乎仍未得到有效遏制与扭转。

---

* 冯汝常，仰恩大学人文学院教授。

① 朱永新.造就中国人[M].深圳：海天出版社，2019：1.

② [美]埃兹拉·庞德.阅读 ABC[M].陈东飚，译.南京：译林出版社，2014：3.

③ [日]斋藤孝.深阅读：信息爆炸时代我们如何读书[M].程亮，译.南昌：江西人民出版社，2016：28.

一、当创意阅读作为一种必需的阅读

阅读应当是现代社会的一种必需的文化生活。如果没有阅读去丰富人们的精神世界,或者让影视、动漫、游戏等娱乐性文化消费成为人们日常生活中的一种习惯性的时间消遣活动,那会怎么样? 20 世纪 80 年代,著名媒体文化研究者和批评家尼尔·波兹曼在《娱乐至死》中对此曾经愤愤不平:"今天,我们应该把视线投向内华达州的拉斯维加斯城。作为我们民族性格和抱负的象征,这个城市的标志是一幅 30 英尺高的老虎机图片以及表演歌舞的女演员。这是一个娱乐之城,在这里,一切公众话语都日渐以娱乐方式出现,并成为一种文化精神。我们的政治、宗教、新闻、体育、教育和商业都心甘情愿地成为娱乐的附庸,毫无怨言,甚至无声无息,其结果是我们成了一个娱乐至死的物种。"①是的,不少人在"娱乐至死"中满足感官性的刺激与陶醉,这是我们现代社会物欲膨胀与精神萎缩的客观表现,而社会文化正面临这样一种娱乐泛滥的尴尬挑战。这种状况,需要以文化的手段转变。

创意阅读作为一种以文学性阅读为主的精神活动,它具有双重性的创意触发,即读者需要以创意性的阅读去寻找或接触作者于作品中表达的创意。有人说"所谓创意阅读,不是什么了不起的创意,更不是什么独得之秘。创意阅读,说的就是凡阅读总会有读者个人的创意在作用,凡书评更要有评论家的创意在生产……我们愿意同读者诸君一起,用一种创意的心态、创意的精神来阅读这些大都具有创意精神的书评"②。这里,论者只对读者与书评中的创意进行了表达,并未涉及原作品本身具有的创意。但是,毫无疑问,无数作品都饱含了作者的无限创意,都是作者创意写作的成果。

从阅读史角度看,不同时代的阅读需求有所不同。"1978 年以后'坚冰'融化,给中国人带来了无限的活力与生机,中国人的眼界似乎一夜之间打开,如饥似渴地阅读着翻译过来的西方著作……那是一个思想引进的时代;……那是一个真正阅读的时代……那是一个具有阅读快感的时代……随着社会主义市场经济体制的确立,中国社会的政治、经济、文化结构发生了巨大的变化,以消费和娱乐为本质内核的大众文化开始崛起……阅读日益走向功利化,人们开始关注自身职业素养的提高,关注获取资源与信息的能力……让人惊诧的是,这种阅读转变也似乎发生于一夜之间,中国人精神文化向上的冲动逐渐消失。……进入 21 世纪,中国的经济实力开始凸显,国民的自信心开始得到恢复。而另一个已经发生的事实是:新生代的成长、网络的普及、新媒体的广泛应用,有人称 21 世纪是一个泛阅读时代的开始,传统价值开始被稀释,被解构;甚至更有人称,通过网络的传播,21 世纪是一个个人价值真正能得到延展的时代。……于是,通过梳理 30 年阅读现象,我们似乎可以看见一条清晰的阅读线路图:20 世纪 80 年代阅读

---

① [美]波兹曼.娱乐至死[M].章艳,译.桂林:广西师范大学出版社,2004:4.

② 聂震宁.创意阅读:外国文学名著新书评[M].济南:山东文艺出版社,2007:3.

的政治取向，20世纪90年代阅读的经济取向，21世纪阅读的文化取向。”[①]因此，可以得出这样的结论，即阅读活动及其发展轨迹，在一定意义上反映了时代变迁背景下的文化接受与精神风尚，它与社会政治、经济等时代环境息息相关，表面上看是读者对读物与媒介等方面不同选择的变迁，而客观上已成为民族心灵的发展史。正是在这一意义上，阅读的价值一直被历代社会重视，从封建社会对违背主流价值书籍查禁的“禁书”到今天倡导的“正能量”的全民阅读，都揭示出阅读从来都不是可有可无的娱乐消遣，它在塑造国民精神与人文化成等方面，有着不可替代的特殊地位。自2014年以来，全民阅读已第九次写进政府工作报告[②]，究其原因，在于“文化是一个国家、一个民族的灵魂。促进全民阅读，是一个国家加强文化传承、提升国民素质与创新能力的重要举措，是建设学习型社会的重要途径”[③]。当然，对文学作品的阅读，不仅是“以优秀的作品鼓舞人”所需，而且也是实现文化自信的一条必由之路。

“‘阅读的高度，就是国家的高度’，阅读造就了我们的精神世界。通过专业的阅读研究与践行，可以提升我们国家和民族的精神世界。”[④]据此，那种仅仅以娱乐享受、时尚消费、获取信息等为一般目的浅层次阅读，自然无法提升“精神世界”与承担“培根铸魂”的重任，而以读者创意探寻作品创意等为精神指向的创意阅读就成了一种可靠的选择，它理应成为全民阅读的一种创新方式。“现代社会提倡精神文化生活的丰富性，在继承传统的同时，也充分尊重阅读的精神消遣价值，更好地体现出以人为本的现代精神。然而，一个学习型社会，既要承认阅读价值的丰富性，又要倡导阅读的核心价值，顾名思义，也就是阅读的学习性价值。要实现这一基本而主要的价值，就应当提倡阅读既要有创意能力，也要有深度追求……诚如国学大师章太炎先生所见：‘凡习国文，贵在知本达用，发越志趣，空理不足矜，浮文不足尚。’”[⑤]阅读的核心价值在于汲取书中的知识而非徒博一乐，全民阅读重在建设学习型社会，因此才需要在作品阅读中提倡“创意能力”与“深度追求”。如此，以激发自我阅读创意与发现作家作品创意的创意阅读，其所具有的“双创意”性的阅读实践，也必将成为一种追求特定价值取向的革新性阅读类型，逐渐变成全民阅读中发挥提升阅读质量、创造阅读价值与创新阅读创意的最佳方式。

二、在创意写作中的创意阅读价值与作用

“我认为在提升文笔的训练中，读比写重要。只读不写，写作仍旧可以提升；但是，只写不读就未必了……必须阅读经典作品，取法乎上，写作才有可能获得实质提升。”[⑥]

---

① 张维特.30年中国人的阅读心灵史[M].北京：中国对外翻译出版公司，2009：1－2.

② 全民阅读连续九次写入政府工作报告：https://www.163.com/dy/article/H2OV78B40521A2R3.html.

③ 张利娜，李东来. 全民阅读示范基地建设[M].北京：朝华出版社，2020：1.

④ 朱永新.造就中国人[M].深圳：海天出版社，2019：3.

⑤ 聂震宁.创意阅读：中国文学名著新书评[M].济南：山东文艺出版社，2008：2.

⑥ 舒明月.大师们的写作课：好文笔是读出来的[M].南京：江苏凤凰文艺出版社，2016：1.

阅读对于写作而言，其重要性是不言而喻的，而创意阅读对于创意写作的价值，尤其如此。“一个作家的写作是由两大背景决定的，一是他的生活，二是他的阅读。”①但同时，阅读和写作也存在着种种的差异，费希尔在《阅读的历史》中说：“阅读与写作密不可分，但两者是对立的，甚至激活的大脑区域也诚然不同。写作是一种技巧，阅读是一种智能……写作是表达，阅读是感染。写作是公共行为，阅读是个人行为。写作拘泥受限，阅读无拘无束。写作把瞬间凝固，阅读把瞬间延绵。”②表面上，写作与阅读各有分工，写作的目的是为阅读提供材料，阅读则是远离写作的被动接受。事实远非如此，不仅作家本身就是一位读者，而且读者的需求、评价、反馈等，也影响着作家的创作，从根本上看作家与读者都是文字符号、文学作品与精神文化的占有者或传人，归属于社会文化阶层的有机构成。

德国哲学家恩斯特·卡西尔在《人论》里中提出“人是符号的动物”论断，但是，人们进行阅读或创作，也绝不是简单的符号运用行为，而是在不断传递与重构符号背后的意义世界。“正如伟大的文学批评家诺思洛普·弗莱所说的：‘书面文字远不只是一种简单的提醒物：它在现实中重新创造了过去，并且给了我们震撼人心的浓缩的想象，而不是什么寻常的记忆。’”③正是创作者用文字符号“重新创造了过去”以形成有创意的作品，其所具有的“震撼人心的浓缩的想象”才能被读者以创造性的创意阅读所理解与接纳，两者在创意的层次上产生共鸣，作品与解读才具有了情感、思想、伦理等精神倾向的意义，也共同构成了心灵与心灵对话的语境。“作品是作家的表达方式，是作家思想和情感的流露。”④“实际上，‘文学’也是我们存在的根源性形态。我们与语言一起，超越‘现在’，在时间错置的再生产中，也蕴含着我们的伦理与欲望。”⑤写作是把语言文字与文学联结在一起的创造性活动，而创意性阅读则是这种创造性的二度延伸，语言就在这个过程中保持了文化的民族性生命。“文学让语言维持鲜活状态，令它成为我们群体的共同遗产……文学协助建构语言，而它自己也创造了认同感以及社群意识。”⑥通过文学语言，文学创作与阅读得以维持语言的发展，而作家与读者在语言符号的使用上建立了合作共谋，一起在“共同遗产”的维护中施展创意。

作家的写作是一种创意写作，读者的阅读也是一种创意阅读，如此才能够在语言的媒介层面上，重塑创造性的意蕴，一起丰富并共享人类的精神涵养。“图书阅读及其引发的文化现象，在 20 世纪 80 年代改革开放之初文化‘解放’之时曾造就一个民族渴求知识的盛景，而在互联网冲击传统阅读形态的今天，仍会成为全民乃至全球高度关注的

---

① 梁衡.我的阅读与写作[M].北京：北京联合出版社，2016：3.

② [新] 费希尔.阅读的历史[M].李瑞林，译.北京：商务印书馆，2009：1－2.

③ [美] 波兹曼.娱乐至死[M].章艳，译.桂林：广西师范大学出版社，2004：15.

④ [法] 皮埃尔·马舍雷.文学在思考什么?：文学哲学的练习[M].张璐，张新木，译.南京：译林出版社，2011：1.

⑤ [日] 小林康夫.作为事件的文学：时间错置的结构[M].丁国旗，张哲瑄，译.北京：知识产权出版社，2019：前言.

⑥ [意] 翁贝托·埃科.文学这回事[M].翁德明，译.上海：上海译文出版社，2020：2－3.

共同话题。不论技术手段如何改变、如何革新,人们追求思想、净化心灵、分享智慧、获得知识,'诗意地栖居'的需求是永恒的。一个民族的心灵成长,也必然地与阅读(不论是纸本传统阅读还是新媒体阅读)紧密地联系在一起。"[①]确实,阅读在文化传承中的作用,是不容置疑的,而创意阅读的价值不仅在于传承文化,而且还有创造性的发现创意与激发新的创意产生。

"几乎每一种类型、每一种题材的书都已经有人为我们写就。在这方面我们是得天独厚的,因为我们和大英帝国的人说着同一种语言,而且大多数时候能与他们和平相处。和他们之间的贸易关系长期为我们带来大量的书籍,艺术类、科学类以及文学类的书籍,这些书大大地满足了我们的需要。"而这种"有人为我们写就"的廉价舶来品被阅读传播,"阅读蔚然成风。四处都是阅读的中心,因为压根就没有中心。每个人都能直接了解印刷品的内容,每个人都能说同一种语言。阅读是这个忙碌、流动、公开的社会的熙然产物。"这种不是以自己本民族文化为基础的阅读尽管普及了,却没有嫁接出文化融合的果实,它不仅导致了文化侵入后本地文化的消失,而且也直接造成了另一种更加严重的危害,"这种情形产生的一个重要结果就是:殖民地美洲没有出现文化贵族"。[②] 从土地殖民发展到文化殖民,证明没有自己民族属性的文化贵族,民族精神的传承就会出现断裂。因此,阅读往往不是终点,恰恰应是开启创造性写作的起点。

不同于一般大众阅读的单向性接受,创意写作视野下的创意阅读对创意写作还具有特定的反哺功能。"对于写作者来说,阅读一部文学作品还有更多的要求:要从中得到启发,学到写作的方法。有五个方面需注意","第一,理解而不是记忆",理解表达,以掌握精要;"第二,调动情感和逻辑",结合个人经历与体验,让自己参与进去,进行二度创作;"第三,抢先思考",阅读的时候,替作家构思,把自己的构思与作品进行比较,"很多作家都有这种体验";"第四,批判性阅读",既要相信地吸收,又要尽可能地批判它,进而实现超越;"第五,模仿",对喜欢的作品,可以模仿其语言、结构、独特的方式等去进行写作练习。[③] 正如该教材所言,从事创意写作学习的人,需要通过对经典作品的创意阅读,不仅可以吸取其内蕴的精神营养,而且还必须从中获得需要借鉴的写作技巧并进行模仿练习,以提升个体的创意写作能力。这是一条被实践证明的有效路径,通过对经典的深层次分析与多角度创意阅读进而模仿习作,使写作与阅读之间产生关联性影响,恰如古人之谓"别裁伪体亲风雅,转益多师是汝师"。创意写作需要通过创意阅读这一途径,在获取写作技巧的经验与建立作家思想品格等方面,实现"转益多师"。

毫无疑问,创意阅读的书籍不会局限于文学作品,对经验性和理论性的文学写作指导类书籍的阅读,往往也是十分必要的。虽然,一些创作指导类的教材型书籍会对经典作品的写作技巧带有一定的批判意识,如"故事创作学习者所做的第一件事,可能就是

---

① 张维特.30年中国人的阅读心灵史[M].北京:中国对外翻译出版公司,2009:2.

② [美]波兹曼.娱乐至死[M].章艳,译.桂林:广西师范大学出版社,2004:42-43.

③ 丁伯慧,李孟.创意写作[M].北京:高等教育出版社,2016:39-41.

阅读亚里士多德的《诗学》”,这样照搬经验或许就是创作的“最大的障碍”,但是,作为“故事写作大师班”课程,它本身也一定会提供写作技法或创作指导,“我打算在本书中提出更好的方法……以及创作这类故事的技巧,如此一来,你就极有可能写出属于自己的故事”。那么,作者为进行创意写作的人提供的“和以往不同”的故事技巧,包括:

(1) 故事前提。开始时将整个故事浓缩为一个句子,设想如何让故事成长。

(2) 故事结构七大关键步骤。它是故事的DNA,是发展故事及隐藏于故事表象下戏剧符码的七个主要阶段,分别是:① 角色,从故事原始意念里汲取灵感,定位要清,角色与角色之间关系以及协助主角发展中的作用;② 主题,要通过故事结构表现出来,不要把角色当作传声筒;③ 故事世界,要从主角衍生出来,而且要呈现主角成长;④ 象征网络,用来传达角色、故事世界和情节的不同面向;⑤ 情节,借由角色以及结构步骤,在事件互相联结中,构建令人意外又合乎逻辑的情节;⑥ 场景编排,列出故事中每个场景,按照情节线和主题编成漂亮的“织锦”;⑦ 场景建构与交响乐式的对白,在故事场景中,让主角进一步发展,对白不仅推动情节而且具备交响乐融合各种“乐器”的特质。①

从纯写作技术而言,阅读这些具有文学研究性质以及创作指导类的书,肯定有助于创作技巧的理解,能够对学习写作提供有益的支持。

“文学不存在于真空之中。严格意义的作家有一种直接的社会功能,恰与他们作为作家的能力相符合。”②其实,不仅作家的写作需要有“直接的社会功能”,阅读也一样,从历代“禁书”与当今社会提倡的全民阅读,就不难理解。当然,就创意写作教育而言,必须重视相伴而生的创意阅读。

三、大学写作、全民阅读与高等教育多维背景下的大学创意阅读建设

其实,大学教育中并没有一门叫作创意阅读的课程,尽管创意写作已经列入2018年《普通高等学校本科专业类教学质量国家标准》③,全民阅读也已经推行了多年,但是正因大学中阅读教育的缺失,在当今网络化与智能化平台日益普遍的背景下,人们功利性、碎片化、快餐式的浅阅读行为与“键盘侠”的从众、娱乐化“躺平”、“佛系青年”、创新能力匮乏等一系列现象,值得深思。“信息化给人类的认知能力、交流沟通能力和创新能力带来了巨大变化,然而,人类社会同时也面临着泛信息化的危险。个性有被消弭的痛苦,思维有被弱化的困惑,思想有被简化的尴尬,人文精神接受着信息变化多端的挑战,深度阅读正在被媒体信息阅读所取代。……他发现自己已经不再是个读者,而变成了一个只读新闻、时事书籍以及各种各样的杂文的读者。更可怕的是,‘我拥有信息,但没有知识;我拥有观点,却没有原则;我有本能,却没有信念’……他说:‘严肃的阅读或

---

① [美]约翰·特鲁比.故事写作大师班[M].江先声,译.长沙:湖南文艺出版社,2019:17-19.

② [美]埃兹拉·庞德.阅读ABC[M].陈东彪,译.南京:译林出版社,2014:18.

③ 教育部高等学校教学指导委员会.普通高等学校本科专业类教学质量国家标准[M].北京:高等教育出版社,2018.

许是一种结束媒体生活对我的同化的办法，一种找回我的世界的办法。'"[①]毋庸讳言，缺乏阅读教育已经导致了一些年轻人一定程度的语言退化、思想狭隘、文化弱智等精神"缺钙"、精神萎靡、逃避现实，进而导致创新匮乏等社会动能"不足"，这是全民阅读也无法全然解决的现实困境，而建设以严肃认真的阅读或者批判性阅读为核心的大学创意阅读课程，是改变这些问题的有效路径之一。

随着经济的发展，文化创意产业已逐渐兴起，"将'创意'产业化，形成价值，并带来就业，进而形成创意产业"[②]。而发展文化创意产业，则需要在大学教育中加大创意人才培养力度，以文学为主要对象目标的创意写作与创意阅读正属于这一范畴。"文学即是通往智慧的途径——布鲁姆另一本导读性的著作，就叫作《智慧何处寻?》。""因为契诃夫具有一位伟大作家的智慧，他含蓄地教导我，文学是善的一种形式。莎士比亚和贝克特教导我同样的东西，这就是为什么我喜欢阅读。"[③]从创意写作角度看，对文学作品进行深层次的创意阅读，其意义不仅在于启迪智慧与涵养精神品格，而且还能够了解与学习作家的写作技巧，并从作家的创作精神或态度借鉴中，构建自己的创作价值观。在创意写作的课程中，"一种普遍的教学方法：不仅让学生学习历史上的名家名作，还要学习这些名家创作作品的方法"[④]。为进行创意写作教学，创意阅读必须包括对名作内容和创作方法等进行深阅读与细致研究，这种功利性的诉求在于，创意阅读并不追求一般大众那种娱乐性的散漫性目标，而是以学习师承其创作的创意为主。"我们要明确：每个学生在读什么、阅读频率以及他们为什么会选择这些书和作家来读。我们同时也要弄清楚，作为一个读者的阅读和作为一个作者的阅读之间的差别。……用学生喜欢的作品吸引和鼓励他们去阅读、去思考、去严肃地对待写作，这会为他们带来一种满怀信心、精力倍增的学习过程……在谙熟更多文学文本和自身作品的技巧方面，他们通常能够很快地建立起自信……有助于向作者们强化一种强烈的写作职业操守。"[⑤]相对于写作技能的习得，从作家作品阅读那里获得写作信心与把写作当作一种职业去严肃对待的操守，这是"作为一个作者的阅读"的独特之处，因为，那种注重打造书香社会、提升国民素质、加强创新能力的全民阅读的选项中并没有成为作家的"严肃写作""建立自信""职业操守"等要求。但是，创意阅读在"作为一个作者的阅读"之外，却完全可以促进国民素质的提升，也有利于打造书香社会与提升创新能力，这也是"为文化创意创新实践提供基础支撑"的创意写作应有之意。因为，从基本含义上看，创意写作本来"是产业，也

---

① 聂震宁.创意阅读：中国文学名著新书评[M].济南：山东文艺出版社，2008：2.

② 罗玲玲.创意思维训练[M].北京：首都经济贸易大学出版社，2021：1.

③ [美] 哈罗德·布鲁姆.如何读，为什么读[M].黄灿然，译.南京：译林出版社，2015：6-7.

④ [英] 沃尔克.创意写作教学：实用方法50例[M].吕永林，杨松涛，译.北京：中国人民大学出版社，2014：122.

⑤ [英] 沃尔克.创意写作教学：实用方法50例[M].吕永林，杨松涛，译.北京：中国人民大学出版社，2014：176-178.

是事业;是个人的精神高标,也是世俗社会的消费娱乐”①。

从教学改革与一流课程建设角度看,高等教育课程体系中原有的大学语文、文学经典导读、文学欣赏与写作、阅读与写作等课程,不仅教学内容相对传统,而且教学思想、课堂教学组织与教学方法等也比较陈旧,结合国家全民阅读、一流课程建设与创意写作改革等需求,急需设立一门专门教授深度阅读或批判性阅读方法、增进人际交流表达、培养创意写作技能等具有创新性质的大学创意阅读课程,以实现阅读教育从普适性到技能性的升级,并争取打造成省级乃至国家级一流课程。

虽然说“对于学生,除了必须阅读、阅读、再阅读,充实头脑,尽自己所能去表达,没有任何规则”②,但正如创意写作倡导的作家是可以培养的理念一样,创意阅读能力也可以通过课程教学进行专业性培养。作为一门旨在培养高级阅读能力的高等教育体系中的大学课程,可以依据需求设置出两种层次的阅读课:一是大学创意阅读可以作为一门面向全体大学生培养阅读知识与技巧的通识课,它主要讲授阅读知识技巧、培养阅读精神、养成良好习惯等素养为主;二是作为创意写作辅助而开设的专业性大学创意阅读,应以训练阅读能力、语言运用方式、提炼写作技巧、强化创作职业精神等为主要目标,主要内容应包括阅读简史、阅读理论、阅读训练等三个方面,以文学类的名家名作经典为主,辅之以一般哲学历史文化简介、建筑音乐美术类鉴赏、社会科学与自然科学等通俗读物及推介;等等。

为了尽快形成课程,高校不仅要加紧开发与申请开设创意阅读课,而且亟须编写《大学创意阅读》专用教材,积极参与申报一流课程建设以加快推进课程成长。从定位看,大学创意阅读课程不以一般大众浅层次阅读的那种实用性需求为目的,而是把接受过教育创意阅读的阅读者培养成兼具一定写作能力与阅读水平的优秀读者,使其具有的写作表达与相关的阅读知识、技巧、能力等,能延续于未来的工作以及人生发展过程中,并在持续性的阅读中获得创新,以适应不同阶段的社会发展需要。“一个优秀的读者,一个成熟的读者,一个思路活泼、追求新意的读者只能是一个‘反复读者’。”③以培养优秀读者与成熟读者的为目标,大学创意阅读课程的开发与建设,完全具有必要性。

与普通读者和优秀读者的分层相类,社会出版的读物也有阅读分层标的。比如,出版社的书籍往往分两类,“一类是消费型的图书,它们是为了满足当时的、短期的需要,服务于某一暂时的目的。如菜谱、旅游指南……实用型读物;一类是积累性的图书,如政治理论、文学艺术、学术专著及各种专业图书……与两类出版物相对应的,是读者的两种阅读:一种是消费型阅读,满足人们对日常生活知识的需求;一种是积累型阅读,它培养人的世界观、审美能力和创新能力,这对一个人的全面发展必不可却,特别是对青

① 葛红兵.总序(一)[M]//刘卫东.创意写作基本理论问题[M].上海:上海大学出版社,2019:9.

② [美]华莱士·斯泰格那.斯坦福大学写作课[M].杨轲,译.郑州:大象出版社,2021:35.

③ 胡桑.始于一次分神:世界文学时代的阅读与写作[M].上海:上海文艺出版社,2021:7.

少年的成长,更为重要"[①]。如前所述,创意阅读要比积累型阅读走得更远,其阅读行为不再是一种孤立的仅限于欣赏性的愉悦满足目标,对创意表达的追求已使它具有了明确的创新创意性的写作指向。

其实,大学创意阅读注重作品创造性表达的创意,并不主张对读物学科的严格细分。在中国古代的书写体系中,文史哲一家。"文学和哲学错综复杂地混合在一起。这种状况至少一直持续到历史在两者之间建立了一种正式分割的时刻为止。"[②]人们从文学作品的阅读中,获得的不只是精神享受。正如人们常说的,文学描绘世界,哲学揭示世界,"斯达尔夫人(1766—1817)著有《论文学与社会建制的关系》和《德意志论》,也创作了一些爱情小说……她以自己为原型塑造了'外国美女'黛尔菲娜和柯丽娜,也就是她在小说中代言人,从而使文学作品具有了哲学的内涵。""雨果的《悲惨世界》则是达到了这种艺术的顶峰:他把冉阿让塑造成承载整个悲惨社会的人物,使小说具有了认识社会的功能和哲学的意义。""他们不是有意识地按照自己的哲学观点来写小说,而是像肝脏制造胆汁一样,由文学的形式本身产出哲学角度才能揭示的思想。"[③]从包容性上看,文学以及社会科学,甚至工科的一些科学知识介绍等读物,都可以纳入创意阅读的范畴。用创意阅读去接通阅读的作品中的创意,获得创作启悟或激发新的创意并进而去进行创意表达,这才是创意阅读的真谛。

① 梁衡.我的阅读与写作[M].北京:北京联合出版社,2016:49-50.

② [法]皮埃尔·马舍雷.文学在思考什么[M].张璐,张新木,译.南京:译林出版社,2011:4.

③ [法]皮埃尔·马舍雷.文学在思考什么[M].张璐,张新木,译.南京:译林出版社,2011:3-6.

新形态高校通识写作课程深化改革路径研究
——以浙江农林大学“大学写作”课程创新实践为例*

严晓驰**

摘　要：新形态高校通识写作课程致力于突破传统“师—生”单向度传授模式，发展师生学习及生生学习等多向度教学模式。在具体实际操作中，以“前阅读”加“后阅读”的训练模式，促使学生将“缄默知识”内化于心，并配合小班制和“一对一”面批的新型模式，强调鼓励式和陪伴式教学，构建有效的学习共同体。结合朋辈互助学习模式，积极运用跨学科思维，推动通识写作教育在高校全面深化改革。

关键词：思维与写作；小班制；面批；朋辈学习；跨学科

邓小平20世纪80年代提出“教育要面向现代化”。“人的现代化和人的全面发展需要通过现代化的教育来实现”①，而所谓现代化的教育，就是更具时代特色与时代需求的课程设置。就目前而言，锻炼与发展高校学生的创作实践能力，是我国各级各岗工作的重要部分。

为构建学校—社会联合培养的高校应用型写作人才，高校通识写作教育研究在近二十年获得了极大发展。早在1979年，以萧乾和毕朔望为代表的中国作家团在改革开放后首次抵达了美国爱荷华大学，参与了“国际写作计划”（International Writing Program，简称IWP）的会议。1987年，以汪曾祺为代表的第二批中国作家团再次赶赴。2004年，葛红兵引入“创意写作”（Creative Writing）一词。2007年，汪正龙在《关键词：文学、批评与理论导论》一书中介绍了国外高校关于创造性写作课程等的开展情况。2009年4月，上海大学成立国内第一个创意写作研究中心，并于2011年实现了创意写作硕士招生，侧重于文学写作人才的培养。2012年，西北大学招收了第一届创意写作的本科生。同年，北京师范大学国际写作中心成立。2018年，清华大学开展以“通专融合”为理念的说理性论说文写作，开高校批判性思维写作之先河。

---

* 基金项目：2021年度浙江省本科高校省级线下一流课程“大学写作”阶段性成果。

** 严晓驰，女，浙江绍兴人，浙江农林大学讲师，北京师范大学文学博士，主要研究方向：中国现当代文学和写作。

① 宣勇.高等教育治理是国家治理体系中的源头治理[J].高等理科教育，2020(1)：8.

2018年10月29日，浙江农林大学“大学写作”课程正式开讲，校长应义斌在《论开设大学写作课的必要性》中强调课程重要性，“旨在培养大学生逻辑思维和批判性思维能力，定位为非文学写作”①。课程借鉴了普林斯顿大学、哈佛大学、清华大学以及复旦大学等高校的“小班制”教学。分管副校长沈月琴数次参与课程指导和讨论，认为课程改革目标要以发展大学生批判思维和写作沟通能力为目标，以实际创作能力为动机，有效且持续地开展下去。

浙江农林大学“大学写作”课程主要培养目标为学理性的论说文的写作训练。教务处予以支持，于2018年成立了浙江农林大学写作中心，颁布《浙江农林大学〈大学写作〉课程推广方案(试行)》，同时决定在集贤学院三个创新实验班开展前期试点教学，所有任课教师课程系数X2。“大学写作课程团队建设”被列为校级重点教学改革项目，每年予以10万元资助，课程列为荣誉课程。

据写作中心主任彭庭松介绍，2020年9月，在2018级、2019级求真实验班大学写作教学试点成功的基础上，浙江农林大学开始逐步推广大学写作的教学，从文科大类专业诸如法学、广告学等为第一梯队，逐步开展到测绘学、林学、计算机、农学等理工科专业。截至2021年7月，累计开课班级62个，选课学生2 010人，学分2分，开课率占比突破50%。学生反映良好，普遍反映思维和写作能力得到较为明显的提升。

一、抓好“前阅读”与“后阅读”

写作的过程在于将抽象的经验转化为具象的文字。怀特海提出要教育研究者们警惕“呆板的知识”，“即未曾实际运用、未经检验、未与其他知识融会贯通就被大脑吸收的知识”。② 这些知识通常由“注入式”的教学所导致。学生在学习时缺乏“前认知”即会影响其对新一轮知识的吸收。波兰尼提出“缄默知识”(tacit knowledge)，鼓励在教学中注重知识在学生脑海中的“内化”与“迁移”。他认为“我们知道的远比可以言说的要多”(We can know more than we can tell.)。③

“缄默知识”的习得依赖于隐形思考与提升，还具有高度个性化的特质，迎合了中国传统教育家孔子“因材施教”的理念。写作教学中关注“缄默知识”的习得，试图以写作的方式弥补言说的不足，并充分考虑知识巩固和实际训练的重要性。

由于“大学写作”课程的开课时间为大学一年级，学生前期接触的写作训练多以中学时期的“记忆流经体”(刘军强语)为主，缺乏逻辑思辨性，案例与论据之间关联度不强，孤证孤例较多，对于一个话题的系统性论述尤其不足。传统的“大学语文”与“应用文写作”课程多以基础写作知识普及为主，通识性较强，专业性不佳，实践性不够。除了全校性的通识类课程外，相关文科类专业还开设有一系列对应课程，英语专业有专业课

① 郑琳，陈胜伟.浙江农林大学首开《大学写作》课程，大学生也有作文课了！[N].钱江晚报，2018-10-29(1).

② [英]艾尔弗雷德·诺思·怀特海.教育的目的[M].杨彦捷，译.福州：福建人民出版社，2018：1.

③ Polanyi, Michael. The tacit dimension[M]. Chicago: University of Chicago Press, 2009: 4.

程的写作指导,诸如“英语基础写作”“英语高级写作”等,法学专业有“法律文书与实训”等。“大学写作”课程的推进实则是对已有的写作教学的补充与拓展。

为了能让大一新生迅速适应高校写作通识教育,需要将语言文学基础教育和延伸的批判思维写作教育结合起来,打造通专融合的教学路径。“大学写作”从 2020 年起在集贤求真实验班开设了为期两个学期的大学写作教学,第一学期主要培养学生批判与反思的能力,第二学期主要培养学生沟通与实践的能力。全校以写作能力为中心,加强课程思政建设,践行“生态育人,育生态人”的理念。

巴金先生说过,只有写,才会写。而在实际教学中,学生们只有学会读,才会写。有效阅读就在于能够将“缄默知识”转化为有效知识。为此,浙江农林大学写作中心团队以 16 名中国语言文学学科教师为核心,积极抓好并落实通识写作教学的“前阅读”与“后阅读”。

“前阅读”是课程开启前的基础训练,不同学科背景的学生要开展基于自身专业与跨专业的双重阅读,以期实现多元视角的形成,构建多维思辨能力。任课教师会基于各个专业的自身特色,为学生提供同一话题下不同视角的文章进行选读,课中再组织学生以小组为单位进行研讨。前期文献阅读是写作能力提升的基石,是问题意识及思维拓展的重中之重。

“后阅读”是课堂结束后的深化训练,也是写作深度和广度训练的根本。学生在课前与课中的训练后需要将原有观点及新增视角进行梳理融汇,产生文章初稿。“后阅读”要求在此基础上找准具体切入口进行深度阅读,诸如以同时代其他相关文献作为横向对比,或以不同时代同一问题相关文献进行纵向对比。相关文献阅读的平台有“雨课堂”“学习通”等。

写作中心以深耕资料开拓“前阅读”,全力激发学生从读到写的能力,再以拓展训练延续“后阅读”,鼓励学生在课程结束后持续跟进。只有把握住这两个维度,大学写作教学才能够持续有效地稳步前进。

二、小班化教学与面批面授

浙江农林大学写作中心成立后,还推广以小班化教学为主,以面批面授为契机,鼓励每位任课教师与每位学生面对面交流至少一次。学生可通过“学习通”或“智慧浙农林”等 App 平台预约任课教师,一期一会。

小班化教学的理念可追溯到 1937 年法国专为小学教育研发的模式。1969 年,法国教育部通知首次规定,“一般小学教育的班级定员,预备级(1 年级)为 25 人,其他各年级(2—5 年级)任何情况下都不得超过 35 人”①。我国小班化教学主要源于 20 世纪 90 年代中后期中小学入学人数的回落,最早可追溯至 1993 年江苏江阴两所小学率先进行等

① 邱训平.小班化教育[M].南京:东南大学出版社,2009:2.

缩小班额的实验。全国600多所大学(数量待核实),随着高校人数的日益增长,大班化的教学也带来了沉重的压力,教师批改作业压力大,师生交流受到阻碍。

2018年3月16日,教育部部长陈宝生在两会会议现场指出,"今年要基本消除66人以上超大班额,2020年要基本消除大班额"[①]。浙江农林大学作为高校积极响应了这一策略,大学写作课程原则上不超过35人为一班,其中集贤学院求真创新实验班作为试验定点基地则以25人为一班,并自2020年始推广开展两学期4学分制的大学写作教学。

同步发展的还有硬件配套设施。2015年起,浙江农林大开展了智慧教室建设,打造新形态高科技教室。从原来的学1扩展到了教1,共计约45间智慧教室开始投入使用,每间教室改造费用约20万元。大学写作课程教学自2021年后基本上都在智慧教室完成,教师授课前需要参加专门的培训。教室内桌椅摆放从原先的固定式变成了如今的自由式,学生互动交流并不囿于一桌之隔,教室可随意搭配与改装以配合教学活动的使用,不少辩论、汇报以及观影等活动都可有效有序进行。同时,不少智慧教室配以全屋环绕式音响,由于教室空间较小且扩音设备完善,所以能很好地促进师生间的沟通。

大学生在生理程度上已经发育完全,但在心理上并不能够做到有效同步,尤其在大学刚入学阶段。由于大学写作主要在于培养学生的批判反思能力与沟通表达能力,因而面对面的交流是至关重要的。从任课教师那里获得反馈能够有效激发大学生的自我效能感。"心理学研究表明,在班级中,受到教师越多关注的同学就越容易取得成功。"[②]同时,师生面谈"为彼此之间积极地反馈提供了私人空间"[③]。这一私密空间的构建有助于学生更好地信任教师,说出自身真正的困惑或不足,以此获得帮助。

大学写作课程的"一对一"面批每人不少于15分钟,能够真正实现沟通的有效性,而非泛泛之谈。课后面批的模式还可以在一定程度上缓解学生的课业压力。在这一过程中学生可以跟教师产生切身交流。"人类所有的努力最终只是为了'避免疏离和孤立',想要在与人交往的过程中获得安慰。"[④]

此外,浙江农林大学在设置面批时坚守"同时同地同学"的原则,同一时间预约全班同学统一完成,属于课后辅导时间,由任课教师报批教务处预约相应的时间地点进行。

三、构建学习共同体

在面批的基础上,为了进一步调动大学生的积极性,大学写作还建设了翻转式课堂,形成"教师输出—师生研讨—朋辈学习—教学反馈"四步走。注重以生为本位,用研讨代替讲授,师生在这一平台上成为同等互通的双方。

① 中国教育报刊社.努力让每个孩子都能享有公平而有质量的教育[N].中国教育报,2018-03-17(01).

② 王园,王文龙,等.高校实施小班化教学的理论、困境及对策[J].喀什大学学报,2018(5):113.

③ [英]罗博·普莱文.建立以学习共同体为导向的师生关系 让教育的复杂问题变得简单[M].张静,译.北京:中国青年出版社,2019:98.

④ [日]佐佐木正美.关注孩子的目光[M].傅玉娟,译.海口:南海出版公司,2014:17.

陶行知强调在课堂教学中要“即知即传”，教师与学生要共同参与课堂建设。传统的讲授式将教师置于单向输出的位置，如今我们要建立师生双向输出的路径。大学生在研讨的过程中掌握了话语权，改变了原有的缄默状态。

在研讨中，我们不仅要鼓励学生“说”，更要培养他们说“好”。这一过程侧重于学生个性化素养的培养，教师从原有的主导者退为辅助者。“说”比“听”更难。在表达的过程中一则要注意语句顺畅与逻辑衔接，二则要考察相应观点是否论据充分能够被人接受。

为此，大学写作课程考核结合了过程性评价与终结性评价。过程性评价占比 40%，主要以汇报、小练笔等灵活的写作方式开展，由不同任课教师自行决定。目前已经开展的“教师实录”中有辩论赛、读书会、点评会、观影会、讨论会以及表演课等。其中以辩论赛和读书会最为热门，任课教师一般会在活动开启前两周布置选题。全体学生一般会被分组进行，选取代表进行发言，剩余学生充当“课堂评审”的工作，此举是为了整合全班同学，不让任何人“游离”在课堂之外，深入贯彻“OBE”(outcome based education)教育理念。

终结性评价占比 60%，为一篇 3 000—5 000 字的说理性文章，在期中形成初稿，再交由任课教师面批修改，形成中稿，由师生共同商讨斟酌，于期末形成定稿，三稿成绩各占 20%。在平时作业汇报或期末作业汇报中，课程主要考查学生对于自身观点的提炼与表达，其间由任课教师及现场学生共同打分并提出反馈意见。一般在教师面批过后，还会设置“朋辈互评”的环节，由任课教师私下打乱顺序，两两分组进行互批，结合“评分表”(表 1)来对照点评学生是否认真完成。

表 1　浙江农林大学“大学写作”评分表

浙江农林大学《大学写作》评分表 日期：________		
项　　目		评　　价
格式修改	标点是否正确	□ 全部正确　□ 部分错误　□ 错误较多(>3)
	字体字号是否准确	□ 全部正确　□ 部分错误　□ 错误较多(>3)
	行距是否统一	□ 全部正确　□ 部分错误　□ 错误较多(>3)
	段前是否空两格	□ 全部正确　□ 部分错误　□ 错误较多(>3)
	参考文献	文献数量________________ 文献质量________________ 文献格式________________
	总体格式评价	

续 表

项　目		评　价	
内容修改	错别字	□ 全部正确　□ 部分错误　□ 错误较多(>3)	
	病句	□ 全部正确　□ 部分错误　□ 错误较多(>3)	
	逻辑衔接	□ 全部正确　□ 部分错误　□ 错误较多(>3) 意见 ________________ ________________	
	布局结构	□ 完全合理　□ 部分错误　□ 错误较多(>3) 意见 ________________ ________________	
	总体内容评价		
落实程度	修改后落实情况		
原文作者		批改作者/日期	

“朋辈学习”(Peer-Assisted Learning,即 PAL)即在这种氛围中产生。学生可现场观摩其他同学的汇报,实现“朋辈评论”(Peer Assessment),促进学生间的互助交流。有研究者认为,“朋辈写作评估及运用打分、分级和测验等朋辈评价方式对学生的成绩和学习态度产生了积极影响。其教学效果等同或超过了教师评估”①。

研讨的过程中有助于大学生建立“学习共同体”。这一概念最早可追溯至 1990 年,霍姆斯小组建立了“专业发展学校”,“强调大学中学之间形成合作的伙伴关系”。② 这一理念被推广发展成“专业学习共同体”。师生交流越频繁,学生的集体责任感越能够得到充分的发挥。学生在课程学习中投入越大,其对于课程的兴趣也越强。此两项又可反过来加强学生之间的默契度,形成更好的班级融合。

① Topping, Keith. Peer Assessment between Students in Colleges and Universities[J]. Review of educational research, 1998(3): 249.

② 陈晓端,龙宝新,等.教师专业学习共同体: 国际视野与本土实践[M].西安: 陕西师范大学出版社,2016: 74.

四、跨学科融合

在朋辈学习之外,为了更好地指导大学写作教学的开展,尤其是接洽非中文专业团队教师的备课安排,浙江农林大团队于2021年出版《思维与写作》教材(浙江大学出版社出版),这是国内最早反映新写作教学改革成果的教材之一。

实际授课中,浙江农林大学致力于推动师生共建"教材"。每位教师要在教材基础上产生新的问题意识,构建全新的案例系统,每两个学期要适度更换自己的教学主题,以期达到激活学生创作热情的目标。同时,教材的编写有助于所有教师将主题式教学的成果转化落实在同一维度。不同主题的教学可能会使任课教师偏离原有的教学中心,将通识写作课变成专业课。《思维与写作》教材以"绪论+九章"的体例,对于文章的前期阅读、话题选定、结构开展以及修改完善等作出了详细的划分,有助于学生在短时间内理清思路,在既定话题中构建起文章脉络。这样一来,不同班级和专业的授课中,虽则案例多元、主题相异,但学生都能从中找到一以贯之的行文思路与步骤,建立全校范围内的创作共同体,更有助于前后届学生的交流及互助。

20世纪50年代以降,中国大学教育经历了专业化到去专业化的改变,综合性大学逐步发展。传统高等院校教学实践及研究强调学科边界,而不重视学科融合。吉本斯认为学科分化"预示了一种跨学科的一般共识的衰落,预示了关于学科发展的一种学术共识的丧失,以及跨专业交流的不可能性"①。近几年跨学科融合成为高等教育与研究的重心,国家自然科学基金委员会还于2020年11月正式成立了交叉科学部,预示着国家对于学科交叉融合的关注与重视。其实早在20世纪80年代,我国文学研究就兴起了"方法论热",这股热潮,突破了原有文学社会学研究的单一局面,展现了跨学科研究的旺盛生命力。

我国通识教育写作对于跨学科思维的运用主要体现在"主题式教学"中,这一模式主要从普林斯顿大学与哈佛大学的通识写作教学中借鉴而来。2018年春季,清华大学率先在国内运行主题式通识写作教学,每个任课教师结合自身专业与兴趣,不分学科,只设主题。浙江农林大学于同年秋季引入了这一模式。

截至2021年春季,浙江农林大学写作中心共吸收了12名老师,次年夏季又拓展到27名(其中11名为校内外聘),分别来自8个学科14个专业。每位教师从自身学科背景出发,结合所任教的学生背景专业,采取每学期一个主题为核心的授课模式,以专题式教学主导授课,目前已开设24个主题。主题细录如表2所示:

课程总体以学习为中心,以教学为本位,采取师生交流、生生交流并重的模式,积极调动学生的积极性。努力引导学生参与讨论,突破原有论点,落实思考的广度与深度。

---

① [英]迈克尔·吉本斯.知识生产的新模式:当代社会科学与研究的动力学[M].陈洪捷,译.北京:北京大学出版社,2011:28.

表 2 24 个主题

乡村振兴	盗墓与考古	法律人的逻辑思维	《矛盾论》《实践论》指导下的大学生个人人生规划设计
性别视角	乡愁理性	陶渊明与审美人生	生态环境
古典文学名著的当代处境	李白诗歌的逻辑命题与推理	老龄化背景下的中国	环境保护
流行文化与亚文化的批判反思	现代文学与文学现代性	《西游记》的叙事逻辑	城市化生存
法治中国	农产品加工与农民致富	广告中的文化元素探析	职业生涯规划
科幻小说，生物技术与人的未来	《世说新语》与魏晋风流及审美风尚	网络文学范畴下的小说写作	当代审美文化

五、结语

在小班化和主题式教学等新兴改革模式的实践过程中，国内众多高校借鉴了普林斯顿大学、哈佛大学、芝加哥大学等国外名校的培养机制。然而，当下的通识写作教育还存在许多短板。专业教育和通识教育配比难以准确调和，通识教育很容易沦为“专业附属课”，或变成另一种形式的《大学语文》及《应用文写作》。再者，各大高校通识写作教育资源分配不平衡，学情不同，瓶颈各异，使得课程发展困难重重。许多普通高等院校教师反映资金不足，教师的薪资难以达到清华大学的 1∶5.5，学生平时课业压力重，写作课程的高强度训练使其难以承受。加之部分高校师生配置比例难以平衡，任课老师难以实现一对一面批等。

中国通识教育在西方路径依赖及本土化资源整合的过程中还有许多问题需要解决。浙江农林大学写作中心从 2018—2022 年四年的探索和发展过程中，明晰了要将外校经验与自身实际相结合的重点。于求新求变的过程中更注重求稳求长，将经典文献阅读与传统文化教育渗透在每一个主题教学中，其经验被西华大学、华中农业大学、河北工业大学、温州大学、浙江警官职业学院、浙江水利水电学院等多所高校借鉴，更先后获得共青团中央、人民网、《中国青年报》、《中国科学报》、《浙江教育报》、《钱江晚报》等关注。课程团队多次赴清华大学、南京大学、苏州大学、广东外语外贸大学等院校进行学术研讨。“浙农林大写作中心”公众号发布近 50 篇原创文章，设置“大学写作新思维”专题，刊发一线教师“课堂实录”及“教育随笔”，扎实有效地扩大了课程辐射度。

通识写作教学在国内的持续改革有赖于国内高校保持自身特色，一方面要加大加强国外创新创意理念的引进，另一方面要结合自身校情，致力于发展中国高校特色教学理念。同时，在教学改革中要同步关注学生及教师的相应困境并作出妥善解决。

语文审美化教学和写作创意激发研究

姚全兴*

摘　要: 语文教学审美化可以促使语文教学的创新,并培育、涵养、激发、挖掘学生作文的审美素质、审美情趣、审美想象、审美潜能,进而促进学生作文的创意能力。把握审美作文的主要内涵,有利于审美创造和作文创意的有机结合和积极作用,有助于学生心灵的敞开、生命的放飞,实现学生读写方面的创造性发展。通过揭示作文审美化教学的特点和要素,可以彰显作文从感性到理性的审美创造过程和样式,以达到创意写作和作文创新的目的。

关键词: 语文审美教学;作文审美教学;写作创意;审美作文

一、美育与语文教学的融合

《归园田居》《荷塘月色》《雷雨》《孔雀东南飞》《项链》《威尼斯商人》《蝉》《一片树叶》……一篇篇熠熠闪光的文章在语文课本中俯拾即是。但有些语文教师在教学这些课文时却了无生趣、味同嚼蜡,更谈不上通过对它们的解读来陶冶学生的情感,激发学生的想象力,培养学生的创意能力。这是什么原因呢?简而言之,语文教师没有足够的审美化经验沉淀,从而没有审美的才情意趣。缺乏语文教师应有的审美智慧和审美方法,那些美妙的课文就不能发挥其应有的作用。

如果语文教师在教鲁迅的《秋夜》时,不能揭示作者对"奇怪而高的天空"的审美观照,以及"他的嘴角上现出微笑,似乎自以为大有深意,而将繁霜洒在我的园里的野花草上"中的审美意蕴,学生怎么能领悟那些奇妙句子的审美价值?很难想象,如果教李白的《独坐敬亭山》时,不解释作者和审美对象之间产生了审美移情作用,形成了独特的审美体验,学生怎么能感悟作者心灵中物我交融的审美境界?同样很难想象,讲授朱自清的《荷塘月色》时,不能引导学生细细体会月下荷塘轻灵而曼妙的审美情景,学生又怎么能理解作者那敏锐而细腻的审美感知?

那么语文老师要达到这种"审美化",这些能力从何而来?来自自身美育。说到美

---

* 姚全兴,上海社会科学院哲学研究所研究员,上海市作家协会会员,上海市美学学会会员。

育,人们都知道它是人生的需要,教师当然也不例外。但是,现在有人认为美育只是教师对学生的美育,教师自身的美育却忽视了。这是一个大大的误会。事实上,没有经过自身美育训练的教师,决不能对学生进行美育,正如没有接受过教育的人怎么能成为教师,怎么能教育学生呢?语文教师尤其要自身具有一定的美育基础,这是因为他们的工作和美有密切的关系。他们不仅要解析课文中语言美、形象美、情感美、结构美等美的形态特征,还要在作文教学中善于指导学生表现哲理之美和诗意之美。更重要的是他们在教学过程中点燃学生的生命之火,培养学生运用美的规律创造美的世界的审美素质,使学生成为我们时代所需要的创新人才。可以说,通过自身美育使自己的审美经验和生命经验进一步升华,具有在美育层面开展教学的能力,是称职的语文教师的必由之路。

今天之所以郑重地提倡语文教师审美化,是因为中青年教师过去读书时知道一些美学美育知识,但没有系统地接受过这方面的教育。后来他们以传道、授业、解惑的语文教师自居,但自身的语言、行为、形象,特别是内在素质没有审美化,不知道美育融入语文教学的重要意义和作用,习惯以传统的语文教学模式教育学生。这样就谈不上语文教学的创造性,语文教学促进学生的创造性,提高语文教学质量,拓展语文教学思路,必然是一句空话。解决这个问题的途径只能是审美化。首先要通过古今中外美学美育名著的涵咏,获得审美的精髓和真谛,使自己的精神空间豁然开朗、一片澄明,让源源不断的生命之流在心中活泼泼地流淌,从而成为一个审美的人。这样就有了洞察自然与人生奥秘的艺术眼光和艺术感觉,走进教室觉得海阔天空,拿起课本感到满目生辉,不仅能够愉悦地和一个个睿智的美文作者进行心灵的交流,而且能够和学生一起品味美文如何吸纳天地之气,映照人间之美,相互讨论也就深中肯綮、妙语如珠了。

语文教师自身的审美化实现了,就能把美育融入语文教学,使整个教学过程审美化,出现从未有过的和谐景象。有些学生心目中原本枯燥无味的语文课,这下变得有滋有味,妙趣横生。有位一说起美学就眉飞色舞、津津乐道的语文老师,他教袁鹰的《枫叶如丹》那一篇课文时就是不同凡响。他说,作者为什么在一刹那间恍然明白,“枫叶如丹,也许由于跳跃的欢乐的生命,也许它本身正是有丰富内涵的生命,才更使人感到真、善、美,感到它的真正价值,而且感受得那么真切?”秘密就在于文章中所说的“自然与人世,处处相通”这几个字中。但是要解释“相通”,又不容易,一般的解释往往肤浅,不得要领,这就需要借助美学中的同情作用原理了。他这么一说,学生顿时来了兴趣,等待老师揭示奥秘。然而老师并不是生硬地说一下同情作用是怎么回事就完了,而是引用美学大师宗白华一篇早年文章《艺术生活》中的一段话,说得娓娓动听。

宗白华在文章中用诗的语言问:“你想了解‘春’么?你的心情可有那蝴蝶翅的翩翩情致?你的歌曲可有那黄莺儿的千啭不穷?你的呼吸可有那玫瑰粉的一缕温馨?”你要想了解,就要艺术的生活。艺术的起源,就是由人类社会“同情心”向外扩张到大宇宙自然里去。艺术的生活就是同情的生活,“无限的同情对于自然,无限的同情对于人生,无限的同情对于星天云月、鸟语泉鸣。"你要知道,"自然中也有生命,有精神,有情绪,有感觉意志,和我们的心理一样。你看一个歌咏自然的诗人,走到自然中间,看见了一朵花,觉得花能解语,遇着了一只鸟,觉得鸟亦知情,听见了泉声,以为是情调,会着了一丛小草,一只蝴蝶,觉得也能互相了解,悄悄地诉说他们的情,他们的梦,他们的想望。无论山水云树,月色星光,都是我们有知觉、有感情的姊妹同胞。这时候,我们拿社会同情的眼光,运用到全宇宙里,觉得全宇宙就是一个大同情的社会组织,什么星呀,月呀,云呀,水呀,禽兽呀,草木呀,都是一个同情社会中间的眷属。这时候,不发生极高的美感么?"①原来《枫叶如丹》的作者面对枫叶心中产生了同情作用,使他在一刹那恍然明白枫叶的真正价值在于有丰富内涵的生命。学生也由此恍然明白同情作用是美学中一种重要而有趣的审美心理现象,要想对自然对人生发生美感必须先产生同情作用,同情作用将在自己今后自然和人生的审美活动中发挥奇妙的作用。

宗白华在文章中最后指出"同情的结局入于创造",这说明同情作用不只是发生美感,它还通过美感导致创造,同情—美感—创造,是审美心理的连锁反应,也是创造活动的必经之路,可见同情作用对人的发展是多么重要了。老师说到这里,戛然而止,卖了个关子,说美感究竟怎么导致创造,怎么激发和促进人的创造性,"且听下回分解"。现在学生不仅在理性上对同情作用的特点有所了解,而且在感性上也有看得见摸得着的感觉,从而欣欣然感到获益匪浅,对美学发生兴趣了,自然而然地产生学一点美学的意愿,希望有一对美妙的翅膀,在审美的天地自由地翱翔。把美育融入语文教学,学生能够在美的陶冶中得到美的享受,又在美的享受中得到美的启示,语文教学就有可能达到美轮美奂的审美境界。这对自己对学生的精神世界不也是一种提升、一种突破、一种飞跃吗?

二、语文审美教学激发写作创意

语文教师对审美化有初步的理解和体验才有可能实施语文审美教学。语文审美教学是美育融入语文教学,改进语文教学方法,深化语文教育改革的创造性举措,旨在培养学生审美素质,提高语文教学质量,调动学生学习语文的积极性,促进学生创造性表达和写作创意能力的发展。语文审美教学作为一种新型的具有鲜明特色的语文教育方法,它的产生顺应教育改革的潮流,是美育和语文教学相结合的产物。它的实施必须建立在语文教师转换传统语文教学观念的基础上。为此,语文教师要确立新的语文教学理念,调整自己的知识结构,加强美学美育的自身修养。

语文审美教学通过各种审美途径和审美手段,挖掘语文教材中审美因素,如语言美、形象美、结构美、节奏美、色彩美、意境美等,培养学生高尚的审美感觉、审美趣味和敏锐的审美鉴赏能力,具有语文审美的维度和力度。把语文课堂延伸到自然、社会和艺术,也是语文审美教学的重要渠道。语文教师要带领学生亲近自然,深入社会,接触艺

① 宗白华.美学与意境[M].北京:人民出版社,1987:14-17.

术，用审美的眼睛、审美的耳朵，欣赏和感悟多姿多彩的自然美、社会美和艺术美，把获得的美感积淀为内在的审美素质，升华为促进创造性发展的审美的人生境界。

语文审美教学的实施，首先要形成学校领导、语文教师和学生的共识，得到他们的有力支持和密切配合。然后拟订具体方案，成立课题组，通过相互探讨为课题出金点子。先搞试点，进行实验教学，对实验教学和一般教学比较研究，取得成功经验。在这基础上，课题组撰写科研论文，及时总结，提出改进意见，广泛交流，在思想认识和具体操作方面提高一个层次，以便发扬光大，逐步推广。令人欣喜的是，近几年来由于美育的意义和作用逐渐被教育界认同，一些学校的语文教师对语文审美教学作了不同程度的尝试和探索。例如讲授朱自清的《荷塘月色》时，调动各种审美手段，多角度地达到审美教学的目的，这里归纳如下：

(1) 把课文和绘画、音乐结合起来，形成审美的直观性和形象性，突破语文教学的局限性。让学生一边观赏描绘池塘里荷花盛开的中国画，一边聆听贝多芬的《月光曲》，从而使荷塘月色的语言形象、绘画形象和音乐形象，在学生的头脑和感官中融合为特定的审美情境，课文中描写的情景因直观和形象而变得鲜活而生动。于是学生对课文达到审美理解的程度，学习的情趣也因此形成。

(2) 通过反复朗读课文，把握节奏美，感染动态美，更好地领会情感和语言的关系。这篇课文语言表达抑扬顿挫，富于动态变化，具有鲜明的节奏美感，但又不是单纯表现语言节奏美，而是以此体现作者的情感变化，使情感表达和语言表达协调而和谐。这就要求学生朗读时必须随着作者的情感变化而变化、起伏而起伏，以轻快的节奏表现作者的喜悦，用缓慢的节奏表现作者的忧愁，以迟滞的声调表现作者的慨叹，用悠长的声调表现作者的惦念。

(3) 发挥审美体验和审美想象功能，化语言形象为情景交融的审美意象。课文以生动的语言描绘了许多具体形象，如荷塘中叶子、花和月色景象。但是这些景物只有在教师的启发下，靠学生设身处地的体验和创造性想象，才能化为有声有色、栩栩如生的意象，学生才能真切地感悟作者笔下的景物为什么美，美在哪里。教师的启发是一种审美引导，最见审美教学的功夫，最能体现教师美学美育的修养和发挥水平。

(4) 从情绪特征着手，把握内在的审美意蕴和审美情感的基调。课文情景交融而以情为主，其特征是作者“心里颇不宁静”，因为对“另一世界”心向往之，而他赖以抒发情怀的荷花和月光就是“另一世界”的象征。不把握这个审美意蕴就没有读懂这篇课文。另一特征是淡，淡淡的忧愁，淡淡的喜悦，这和当时淡淡的月光的景色协调，也和作者当时的心境契合，更和作者的个性气质一致。不把握这个“淡”字就难以把握作者审美情感的基调。

(5) 还可以从作者的忧愁、喜悦、慨叹、惦念的线索，看情感的变化和发展，表明情感淡而不单调，具有层次性和多样性。从而让学生明白作者的情感不是无缘无故抒发的，有一个渐进性的心理过程，由此可以对作者的情感有一个完整的审美感受，同时也提高了课文审美鉴赏的能力和水平。

从以上几点,已可看到语文审美教学大有可为,有很大的潜力可以挖掘。只要有新的审美视角,就能拓展审美教学的思路。如在上述课文讲授中,进一步揭示作者之所以对荷塘月色情有独钟,还在于他热爱自然生态美,他的充满诗情画意的感触,体现了人和自然的和谐。从而学生不但从课文对自然生态美的描写得到美的愉悦和享受,而且得到应有的适应时代需要的生态美育。

三、探索审美化的作文教学

近年来,笔者在一些学校提倡语文审美教学的同时,还探索审美作文教学。审美作文是从美学美育角度出发,培育学生审美素质,涵养学生审美情趣,激发学生审美想象,挖掘学生审美潜能,促进学生审美创造的作文。特点是审美和创新的有机结合。它是近年来应运而生的新概念作文的改进和发展。探索的目的在于让学生掌握更符合学生作文特点的作文要求,更适应学生审美心理的作文规律,提升学生作文的层次和水准。

语文教师要引导学生懂得生活中到处有美,只要善于发现美、创造美,无论什么题材都可以写成既有哲理又有诗意的美文。为此,学生必须发扬创造精神,打破权威迷信,充分体现个性,尽情放飞生命,敢于进入诗苑、文坛、艺术殿堂,大展宏图,实现自我。语文教师可以带领学生走出课堂,让他们亲近自然和艺术,获得生命体验,再转化成作文的审美感觉。日本一位高中一年级女学生在回忆自己从自然获得生命体验时写的一段话,很有代表性:"初夏的一天,在上学的路上,我在一株大树下停住脚步,仰望这株大树,不由得为它的美丽而惊叹。在头顶上,都是浅绿色的嫩叶,阳光从那丛簇的绿叶的缝隙中洒落下来。那种意想不到的令人陶醉的自然美色,使我瞠目而视。不知为什么,一种青春是美好的感觉蓦地涌上了我的心头……"我国一位男学生说,他有一次听莫扎特的音乐,觉得有一种沉重的感觉,其中含有的苦闷的孤独感抓住了他的心,使他难以克制而流泪,但这不是感伤的眼泪。由此可见,自然和艺术的生命体验,是生命活动中的静默观照和内省式感受,使学生内在蕴藉而深沉,生命意识因此强化和优化,从而他们的写作中的审美意识,也因此自然而然地潜移默化地强化和优化,成为审美作文不可或缺的心理基因。

为了使学生从不断的审美积累达到成功的审美创造,语文教师不仅要指导学生写审美作文和审美日记,而且要激发学生课外阅读的兴趣,加大课外阅读的力度。学校领导和语文教师还要采取一系列措施,营造审美作文的氛围,如鼓励学生参与校内外作文大赛,积极向报刊投稿,设置审美作文信箱,张贴审美作文明星榜,提出激励学生审美作文的口号"审美,审美,审美,学会审美! 作文,作文,作文,写好作文!"等。整个作文指导和写作过程轻松自由,充满情趣和愉悦,避免急功近利和拔苗助长。要不拘一格,循序渐进。让学生或模仿,或独创,或从模仿进而独创,随心所欲,各取所需,各擅所长。

这里要指出一点,许多大、中、小学语文教师由于没有自身审美化,就不能或难以写出审美作文。他们大多数是将过去语文教师教授的传统作文要求,如记叙文的三大要求是具体、生动、鲜明，生吞活剥地要自己的学生也这样写，学生对此稀里糊涂、无从下手，怎么能写好作文呢？这也是不少学生害怕写作文、没有兴趣、感到头疼的原因，也是许多学生作文写得干巴巴，笔下没有天光云影、鸟语花香的原因。有一个值得注意的现象，有些中小学生不仅在平时作文或中考、高考作文中写得声情并茂、文采飞扬，而且在报刊上发表作品也颇有小作家的风采，他们的语文教师对此自愧不如，但不检点自己为什么不如学生。他们不知道这些学生在大千世界里敞开心灵、放飞生命，通过自然、艺术、社会等审美化途径，悄悄地自身审美化了，从而能够妙笔生花，把知识老旧、身心迟钝的老师惊得一愣一愣的。有的大学中文系教师以及社会上有些文艺评论家的文艺评论写得头头是道，但自己就是不会写，写不好富有生命色彩和审美境界的散文、随笔，也是不争的事实。为此，我们要提倡语文教师亲自下笔写作文，像作家那样写作和发表文章，才有资格指导学生作文。只有以身作则，起示范作用，才能教学相长。殊不知从前许多语文教师本身就是作家，如叶圣陶等有真切的审美体验，才能在指导学生作文时如鱼得水，游刃有余。也因此，希望语文教师加强美学修养，更新作文教学方法，通过审美化成为学者型和作家型相结合的新型教师，把审美理念融入作文教学，以此提高作文教学水准，呈现审美作文的新路子、新景象、新局面。

审美作文的内涵五光十色、多姿多彩，需要假以时日，慢慢道来。但可以概括为以下五个主要方面。

第一，四个要素。审美素质——通过审美活动形成的审美潜能潜质；审美情趣——高尚的审美情调和健康的审美趣味；审美思维——融审美和创新于一体的思维能力；审美表现——善于用审美手段表达各种审美信息。

第二，三个特性。自由性——作文过程灵活自如和自由自在；愉悦性——审美情感的快乐和审美创造的喜悦；创造性——富于个性的独特性，随机应变的变通性，纵横自如的流畅性。

第三，两种意象。哲理——表达人生感、历史感、宇宙感的精神境界；诗意——表现自然、社会、艺术等方面的诗情画意。

第四，三种类型。哲理＞诗意型——以哲理为主、以诗意为辅的议论；诗意＞哲理型——以诗意为主、以哲理为辅的记叙；哲理诗意融合型——哲理和诗意融合的夹叙夹议。

第五，四种形态。审美感知——对审美对象获得完整而鲜明的印象；审美情感——审美观照中充满丰富而真挚的感情；审美想象——以奇思放纵进行新的组合，创造新的形象；审美体验——引起人格升华和全身心投入的真切经验。

以上概括的审美作文主要内涵，绝不是空洞的教条、枯燥的模式，把握它们必须以真情实感、亲身感悟为前提。而且，这不但需要语文教师把握，还要语文教师由浅入深、循循善诱地引导学生把握，才有“柳暗花明、云开日出”的效果。因此，审美作文教学非一日之功，语文教师和学生只有融会贯通地把握审美作文的真谛，才能达到作文教学新的高度和新的境界。从笔者开发和提倡的文艺创造学看来,审美作文和文学创作的原理一样,要从神秘中解放出来,化神秘为平凡。重要的是,应该研究它们怎样从头脑中脱颖而出,就如不研究爱因斯坦的相对论如何高深,而探索相对论怎么从爱因斯坦的头脑中脱颖而出;不研究贝多芬的第九交响曲如何华美,而探索第九交响曲怎么从贝多芬的头脑中脱颖而出。当然,这涉及审美思维与创造性思维交融和作用问题①,这里不展开讨论。

四、结语

富有创造性的作文教学既谓“创造”,就无固定的一成不变的方式。教师完全可以而且应该作出种种大胆可行的设想,不断实践,不断总结,以促使创造性作文教学日趋丰富,日臻完善。“吹泡泡”,自是司空见惯的小孩子玩意儿,但要玩出创造性,而且充满美感,可不容易。通过作文把“吹泡泡”的美妙之处绘声绘色地表现出来,更不容易。这一堂作文课之所以上得好,关键在于老师懂得美懂得创造,懂得有意识地激发审美意识。② 以上作文教学审美化个案和研究情况具有一定的代表性,虽然不是高度自觉的、主动的、高层次的探索,但通过分析,还是可以看到以下三点值得引起重视:

首先,需要有作文教改的责任感。用美学“诊治”作文难题,就是把美学美育融入作文指导实践,这不仅需要自我探索的精神,更要有勇于作文教改的责任感。作文教学审美化是前人从未做过的事情,要做好不容易,自身得有一定的美学功力和美育修养。这种可贵的责任感,在语文教师中还比较少见,值得称道,应该发扬光大。重要的是,语文教师不能尸位素餐、得过且过,应该把审美作文的探索作为作文教改的重点突破口,具有舍我其谁的创新精神。

其次,个性指导的目的性要清楚。作文教学审美化的目的是什么?为了学生作文创新。学生作文创新又是为了什么?为了学生作文有个性。个性是审美性和创造性联姻的宁馨儿,是学生作文的关键,能够想方设法地从个性着手指导,体现了善于个性指导的目的性。强调个性不是一句空话,得通过各种活动激发兴趣,才有个性的凸显。要做到这一点,也不简单,语文教师首先是满腔热情地在写作方面促进学生创造性发展的有心人。

再次,审美意识的自觉性也很重要。审美作文教学的一个重要特点,是师生始终都要有审美意识的自觉性。当然这种自觉性,先在教师,后在学生,是教师有意识地培养和激发学生的自觉性,否则皮之不存、毛将焉附?作文课上,教师如果时时处处调动了学生审美意识的自觉性,学生就明白怎样把作文素材审美地形诸笔下,成为一篇美文的距离就不远了。也只有这样,作文课就既是艺术性的又是创造性的,成为美不胜收的审美作文教学,那离我们所主张的写作就不远了。

---

① 关于审美创造性对文学艺术创作的作用,参见姚兴文.臻美理念在艺术创造中作用的探析[J].美与时代,2019(9).

② 程逸如.创造性作文课教学初探[Z]//上海师范专科学校教育研究室.少儿创造教育研究资料:134.

创意教育教学的“知”与“行”

谢海泉*

摘　要：艺术类院校的创新教育和创意教学，要有系统运作的整体攻略，改革的路径、目标要明确，学科带头人要引领师资团队勇于实践，并善于总结自身经验，让先进的教学理念有具体“落点”，用看得见的生动实例，诠释对“创意人才育成系统”的理解和方案的有效实施。回顾从“创意读写”课程的设置，到“艺文交融”新教材的编制，师资团队的教学能力的提升，最终聚焦于对学生艺术人文素质的精心培育。丰富的教育叙事，文字精彩可读，感染力强，灵动的创思成为经验的结晶，令人信服地演绎了创意教育的“知”和“行”，通篇透显出读写互动的艺术教育“创美”风格，展示了与固化模式不一样的教改风景。

关键词：创意引领；读写互动；知行统一；精心演绎

我们每个人都得明确自己在某个系统里的定位。预先知、事中知还是过后知，从一个角度反映了个人的“知性”程度。

本文述说的是我对创意教育教学事理的认知（言求简，意求赅，理实在），以及我亲身实践总结出来的事例（相当于我的“教育叙事”），简言之，是我的知与行。有想法，有说法，也拿出办法和做法。由此省思“创意人才育成系统”“顶层设计”与“底层运作”这三者的工作逻辑关系（详见后），与各位交流分享。

一、“创意人才育成系统”的三大“重器”

在学校“创意人才育成系统”的“顶层设计”完成以后，课程、教材、师资，是实现系统战略目标的重要环节，是特色显著、互相关联、不可或缺的三大“重器”。

校领导在谋划、构建“创意人才育成系统”时明确规定，要让学生的学业（包括人文基础学科）贴近专业核心，并有利于向职业素质培养转化，所以我们的课程和教材建设，在起步时就能自觉地按照“学业—专业—职业”教学链的设计，做到内容安排有方向感，务实致用有新颖感，形式多样有灵动感。师资团队以本校骨干教师为主、优秀的外聘教

---

* 谢海泉，男，上海人，上海视觉艺术学院教授，主要研究方向为创意写作学。

师为辅,教学思维和方法有创意,得心应手,教学相长,以求达成目标的最佳效果。

我先后在上海工艺美术职业学院(高职)和上海视觉艺术学院(民办本科)工作,是学校语委和文化基础教育部、基础教育学院负责人,本身是不脱离教学的语文教师,又是作协会员,所以,我的思考自然会同我的中层干部职责结合起来,清醒地定位于"依托创新思维和语言文字这双重基底的社会性文化操作"。根据学校"创建示范性艺术院校"的目标,我要筹划、解决课程教材的匹配问题,需要组织和凝聚有创新精神的师资团队,共同致力于教学改革,勇于探索,勤于实践,为发展文化产业培养具有较高人文素质的"社会人"和"职业人"。

我长期与出版社合作,兼任特约编审,主编了中高职和民办本科十多部语文教材,积累了多方面的经验。我在承担社会工作时,坚持以学校本职为先为重,从上海工艺美术职业学院到上海视觉艺术学院,始终为建设语文新课程推进教材改革,先后主编《高职语文》和《大学语文》,每次都领着教师骨干参编,为的是让团队成员都亲身经历教材创新,都能用心智参与改革,懂得怎样为适用艺术类专业学生而量身定制,日后教学能熟练适应。我尤其注重打造创意构架和内容创新的特色教材,避免自我重复。因为我深知,教材如果不能契合学校和学生所需,均质、雷同,或强作创新之态,花架子,不务实,就会遭冷遇。所以,必须给教材编辑把稳改革的舵,装好"创意"引擎(详见后)。

正式进入教学角色时,等于"自编自导自演",能驾驭课堂和教材,不是"教教科书",而是用教科书来教。总之,主编教材时我是"创意写作人";课堂上,我是"创意讲述人";对于学生,我是"创意读写引领者";带领教师团队,我的岗位和身份责任要求我,必须是实施创新教育教学的优秀的"学科带头人"和"领跑者"。

时下,创意写作课程在高校甚至中小学都有开设,创新已是普遍认同的主流;"咸与创新"似已成教育时尚。但是,它不能单兵突进,而是要体现学校发展的整体定位,符合领导层对全校教育教学的顶层设计,理解"创"字引领的"创意人才育成系统"的总架构。

在专业院校的中层,还须有懂行的学科带头人来统领深耕,他能吃透本专业一组课程的关系,拿得出专业建设方案,协调好文化基础课的配合方案,以指导具体实施。这样的逐层建构,往下分解,从课程、师资、教材到教法,都有谋划,有创造性的构想,有切实的操作步骤和考评标准。越往下沉,越接近本根,那就是我的"定位意识"告诉我的——上情下达通"底盘",上下接纳可行事。"底层"运转自如,顶层和中层设计的目标就容易实现。

只要矢志于改革创新,就会审时度势,创造条件,争取机会。当我看到学校总课表里还没有一门名为"创意××"的课程时,就主动提出把"专业写作基础"课改成"创意读写"课,旨在引领学生通过读写活动激发创意思维,能读出作者的创意,还能写出自己的创意,以此为培养文化产业需要的创意人才服务。课时照旧(无需多,也不可能多),纲本另起,完善创新课程体系,也等于创造一个"校本课程"的实验平台。此方案获得批准实施,前后经历六个学期,颇受学生欢迎,证明"底盘"运转有效。

基于对中高职和本科(民办)学校课程师资配备情况的了解,以及本人在任职范围内的实际运作体验,我认为,虽然我们的师资实力不能攀比上海大学这样有“创意写作基地”和实力派领衔教授的优势,但带领本校语文教师和外聘写作课教员,打好语文教学的底子,往“创意写作”迁移、转战,也不失为可行的解决办法。从完善上述“育成系统”的角度省思:语与文,是我们思想的“栖居地”和“孵化器”,是能附丽于一切甚至黏住一切的“蜜”。语言文字是创新的产物,能把我们“带”入创新之道,会运思和兴感,把自己的创造激情和创新意念表达出来。教、学、研都离不开语言文字。虽说我们对语文创意生成的奥秘还研究得不够(包括享用语文恩惠最多的文学和教育工作者,也未敢说已经到了洞悉其奥秘的程度),但我们已意识到与创意写作最有亲缘关系的是创意语文。只要我们能在创意阅读和创意写作的长途中与文与语相伴,对“语之魅”“文之美”和“创之力”边享用、边体验、边研发,用这样的理念和标准来衡量,使身处“创时代”的语文教师和写作课教员,深感重任在肩,瞻望前途阔远,就会以不懈努力,获取创新实绩。

在艺术专业创意人才的育成系统中,“高职语文”“大学语文”属于文化基础必修课,但必须实施改革。为扎根本土生态,要密切结合专业,注重融入职业元素(这样才能打开生存空间),从专业写作的角度为促进学生的专业学习服务。“创意读写”是“专业写作”的升级版,能够变成一门新兴的、学生喜欢的校本课程,逻辑上“合辙”,内容上“靠谱”,方法上“有招”。创意的发想和表达是课程的重心所系、亮点所在。通过有意识的培养,集纳学生来自阅读、来自生活、来自专业学习的创意,使之能萌动、孵化和生成,进而能把创意写成文本,展现具体“落点”。近年来,多数艺术类专业,为争取上升空间,大都纳入了文化产业大系统。与文化产业相联系的创意写作,不能只靠传统写作的“笔才”而独力支撑,它要求师生知晓文化产业流程中所需读写的主要有哪些文本;要悉心熟习实务环节进而具有把握实操的能力,在创读、创写、创行的持续历练中,把创造思维能力、故事构想能力、信息处理能力、活动企划能力、传媒利用能力以及扎实的基础写作能力和灵动的创意阅读能力整合起来,内化成写作者的综合创造素养,才能胜任创意写作。所以,要真正起到为文化创意产业服务的作用,需要建构的是包括创意写作在内的“学科群”和“能力包”。

考量文化产业的基本业态,基于文化产业的运作流程,由此来为创意写作定向定位,其“前端”应该是写作者大脑黑箱的创意生成;中间是写作主体的笔头工夫,即创意文本的制作能力;之后,必须延伸到产业传播平台这一“端口”,因为,如果找不到平台传播,得不到公众消费,光是文字写作者的自得其乐,还不会有“投入—产出”效应的。所以,前后“端”加中间段,都得使劲。而常见的是这三者都有乏力现象:创意生成力弱;创意表现的水平和效果一般;创意产品的“红利兑现”不尽如人意。当然不能企图“毕其功于一役”。只能是有的放矢地攻克难关,弥补弱环,长善救失,求得功能价值最大化。

“创意写作”并非单纯用“创意”点缀写作,而是整个写作思维都要变革。创意不可能在禁锢的头脑中产生。它要打破框框(thinking outside the box),进入“蓝天思维”

(blue thinking)的畅想状态。“迁想妙得”的机理蕴含在哪里?这没有公式化的固定答案,需要教师去体认,同时启发学生去摸索。“个中三昧”各自知。一个词语,一句诗,一抹色彩,一段旋律,都有可能成为开启多彩遐思、生发新颖创意的由头。善于解读别人的创意,并能够及时捕捉自己的灵感闪念,是创意写作的必要前提。有了这些铺垫,接下来就靠文字技巧来演绎成文本了。

赖声川先生在他的《创意学》里,曾引用一位外国作家的话(“创意是将似乎不连贯的事物联结在一起的能力”),非常深刻地扩展了关于“联结”的思想,他认为:在每个人内心深处,都有着不可思议的创意能量。在这个神秘源泉内,一切都可恣意生成,一切都可自由组合。任何经验都可能联结在一起,成为创意,这就是想象力和组合力的作用。发现就是联结,与高深的思想、与生命本身、与自己内在的欲望联结,联结到各种可能性。创意的开始就是一个联结,此后就是发展这些联结。

“创意学”理论,不是晦涩的教条,而是智者经验的结晶,引导行动的指南针。我们要懂得赖声川先生说的多种“联结”的意义,倾心努力,研究攻略,聚焦课堂,注重教学环节、教学内容与创新智慧的联结,把学生带到创新前沿。

二、编好创新教材,使之处处有创意

上节在论及“创意人才育成系统”时提到过教材的创新,那主要是从锻炼和凝聚师资的角度来谈的。这部分,会讲述教材的具体创新是怎么落实的。

笔者在上海工艺美术职业学院执教语文多年,与团队成员共同投身于语文课程的改革。学院拥有传统工艺美术类以及现代时尚文化类专业群,包括数码艺术、广告包装、产品造型、珠宝首饰设计、服装、环境和室内设计等专业,与国家文化产业的诸多领域相衔接。产、教、学、研的联结也提供给我们实施创意阅读和创意写作教学的丰富资源。关键是要结合得好。我们选择与专业教育相配伍的教改策略,践行“艺术人文+实用写作”的路线,旨在为专业人才的培养奠定必要的人文基础,以共同服务于国家创意产业的发展。我们探索在艺文交融的氛围中引导学生学语用文,并把概念设计成同创意写作相结合的可行路径,许多“有意味的形式”被创想出来。经持续探索,不仅使课程改革之路愈走愈敞亮,也使学院的创意教育与“设计之都”建设的关系更加紧密。

为了在语文教学中贯彻创意教育,我们不再沿用普通高校的《大学语文》,自编新版《高职语文》(艺术类专业使用),在新教材的基本框架中,“艺术人文”部分以艺术创造的过程和艺术创造者的素质培养为主线来精选精编课文,从内容到形式都充满了创意。如把上海大学徐建融教授写张择端游汴梁画《清明上河图》的文章选进教材,是因为该文创用了“画家视角”,随画家的游踪变化来写,是新颖别致的创意写作范例。选平面设计大师靳埭强先生的文章入编,是因其执着于传承与创新以及精炼的“语段写作”特色。在赏读宋词时,我们引领学生感悟苏轼的“豪放”气概和李清照的“婉约”词风,要求他们能为设计戏曲海报确立审美依据,写好人物形象的“文字造型”。在“实用写作”部分,所写文种都是日后职业岗位所需所用的，包括广告文案、赛事策划、创意诠释和招（投）标书等，而且是把工作流程转换成教学流程来组织学练。如此这般地实施创意阅读和写作教学，师生双方都觉得很新鲜，使学语用文的效果更实在。这套教材在高等教育出版社支持下公开出版，推向全国使用。著名语文教育家、全国大学语文开创者徐中玉先生和上海作家协会副主席赵丽宏见书后都予以肯赞，称“编得有特色”。

我退休后被上海视觉艺术学院聘任，从筹建文化创意产业管理学院开始新的实践，与上海乃至全国的文化产业和公共文化事业单位接触面超过以往。我贯彻领导意图，参与策划《上海文化产业经典案例丛书》，通过切实调研，与出版社沟通，写出策划文案，为文产专业开“经典案例”课准备系列教材。后来由上海交通大学出版社正式出版。

学校引进了具有全球影响力的“德稻教育集团”，聘请来自创意产业前沿的艺术大师，在校内传播创意设计新思想，展示一流文创和科创作品，推行工作室和工坊制教学，对师生产生较大的影响。我最初是承担“专业写作”课的，探索写作如何与专业结合。之后调到基础教育学院负责文化课教学，开始策划对原“大学语文”课程和教材进行改革，推出了新版“大语”教材，直至把“艺文导读”校本教材引进课堂。如前所述，还把“专业写作”改为“创意读写”，不倦不懈地为艺术院校的创意教育努力深耕。我和老师们按照本科艺术专业学生应有的学识需要为之度身定制，构建“艺文创生”学习的内容平台，力求新颖和适切。从创意的最初萌生，到构思的具体呈现；从单元的整体设置和命名，到选文的一篇篇斟酌、比较和调整，甚至想象着同学生一起沉浸于新课本的语境而预先“陶醉”。人文世界深邃博大，艺术疆域山重水复；有些风景应该静观，有些范畴不可轻忽。跟工艺美院那本《高职语文》有所不同，这本新教材把“外师造化”作为首章入口，是基于对艺术人文学习之旅的开拓和自信。如果囿于过去思维定式的“路径依赖”，就会从儒家修身、四书五经、历代文赋诗词等开始选编课文了。这些重要的经典，在我们的整体设计里，自有最佳安排，那是仰慕“大师风范”时最可诵记、学习的。而本书要向立志学艺从艺的大学生强调的是：“师造化”是中国文人、书画家都认同的本源、初心，也是充实我们内心的重要源泉。先承沐天地万物为我们洗礼、开蒙，领略天籁、地籁至人籁，才能“得心源”，学到智窦、情窦、心窦开。读书懂得“触摸文心”，赏爱诗情画意；与事与物与人交集、交往，能珍惜“审美遇合”；对上下数千年的人伦教化、传统遗产学会甄别和继承，加上创新思维的内外碰撞和激发，艺术的创造性实践就有了助推力。此乃艺术学习之大道。道生一，一生二，二生三，三生万物，生生不息。

哈佛大学通识教育《红宝书》里说要“把文化的丝线编进教育的织物里”。大学语文与文化史、艺术史、美学史素有文本和思想上的天然渊源，对经典母语、精彩文本的读写教学，加上对自然启迪、美感经验的吸收培养，应该是一体化的事。大一学生对书论画论和文论等艺术人文名篇读得还少，需以阅读开阔视野，用艺文滋润内心；艺坛寻踪，钦羡大师文品画品和人品，追求艺术理想、艺术人生，今天行进在学习路上，方向感更明。心有所动，拿起笔来写，与人分享情思理趣，字里行间也会溢满芳香——这番描述，是我们编写这本新书时的憧憬和畅想，也是希望、寄语和共同的愿景。也许过于执着，过于理想化，但如果连这样的梦想、激情都不曾有，不敢有，与艺术结缘何从谈起？语文教育工作者，艺术工作者，都是喜欢造梦、逐梦的。我们是相信"审美遇合"的人。如果师生们能在这本新书里与伟大的艺术人文和思想人文先驱相遇，为他们的文笔精华和思想光辉所折服，那，编这本书的目的就基本达到了。我们把科学素质的培养也纳入本书，特意设置了"科艺交融"单元，旨在启发艺术专业的学生接触科学，学习科学，重视艺术与科学的互渗、互溶和互动，这是激活艺术灵感的重要方面。个别课文会有难度，但必要的"陌生化"也会给人以新鲜感，况且，能克服文本的某些阅读困难也是一种进取。因此建议：限于课时，创意教学不宜面面俱到"满堂灌"。文后的注释，是常规的说文解字，知识介绍；思考题重在由此及彼的"问题导向"，鼓励"独立之精神，自由之思想"，不求言论同一。老师们可以采取"长文短教""深文浅教""一次多篇"和"一篇多次"的教学策略，如把郑板桥看竹、郭熙看山、熊秉明看蒙娜丽莎等几篇"看"融会贯通起来，教学生学会"看"。叶圣陶先生认为教材选文"无非是例子"。他把国文教学的目标，定在"养成阅读书籍的习惯，培养欣赏文学的能力，训练写作文字的技能"。我们要用好课例，举一反三，发挥其凭借、示范、教育和启智的功能。为此，写作单元的内容安排，也与通常所见的大学写作教材取向不一，呈现方式也有些"另类"，这是我们有意为之，并在教学中有过探索实践。编出来与大家分享的，还有不用专教、只供阅读的"师生文萃"，课余翻阅部分教师文论和学生习作，借以了解与课文相联系的教师学识的表达，以及同龄大学生的人文情怀，也是需要的。以上所述精彩亮点，后来果然成为师生们喜爱本书的理由。著名作家沈善增先生通读《艺文导读》全书后，专门写了书评，给予"艺术人文精神在书香中传递"的高度评价，这是值得欣慰的事。

三、创意读写，双翼振飞

我所努力探索的"创意读写"，是把创意阅读与创意写作糅在一起的学习活动。两者不可偏废，双翼应该振飞。我们在领会学校"创意人才育成系统"的"顶层设计"意图时，是充分顾及学生写作薄弱、阅读也薄弱的语文基础的，因此设定了我们"底层运作"的教学定位和策略，那就是一定要牢牢把握阅读对于写作的促进和保证作用，以创意引领，让学生能建立共识，以读出创意、写出创意为指归！以往流行的"文本细读""审美阅读""个性化阅读""整体阅读"和"批判性阅读"等阅读方式，各有千秋，我们在吸取其长处时，注意聚焦"创意"，锚定"创意"，彰显"创意"，这是我们助推"创意读写"的"源动力"。

某报海外版有篇文论，说爱默生在哈佛大学为全美大学优等生荣誉学会作题为《美国学者》演讲时，明确提出了"创意写作"的概念。查爱默生原文，看"有创造性的写作也有创造性的阅读"这一句，字面有"创造性"的提法，似乎与今时"创意写作"概念有所接近。但细品上下文含义及句意侧重，比照 1837 年时说的"创造性写作"，还不宜视为等同。文字“追远”需慎读，以免有误(即如孔子说裨谌起草公文是“草创”，最先冠以“创”字，也不能认他是“创造性写作”第一人)。我们通读全篇，可以把握爱默生演讲语境的核心意思，理解“生动活泼的心智洞察绝对的真实，并述说它或从事创造”，着重说的是“创造”。爱默生在强调“善读书籍”时说“要有足够强大的头脑”来消化知识，然后引了句成语“那带回印第安人财宝的，一定也要把财宝带出去”，这才接着说“有创造性的写作也有创造性的阅读”。前后衔接义很显然，当指“创造性阅读”。若是引申为“创意写作”概念，则不合其意脉。爱默生这篇演讲扣住三个基本点(自然、书本和行动)，谈出对学者的“教诲之功”。他所说阅读，有对自然的阅读，勤奋的阅读，启迪心智的“善读善用”，以及坚持独立品格的阅读。爱默生说：“如果我的思想为书本吸引被完全束缚，无法循着自我的轨道运行，成为他人思想的卫星而不是自我的星系，我宁愿一本书也不读。”他向往的是“创新的方式，创新的行动，创新的文字”。他能辨明文字是否充满生命，说“这生命的种种我经验于心”；“经验转化为思想，如桑叶变成绸缎”，是一个“奇异的过程”。我感觉，这些话对现代学者以及“在图书馆里成长的年轻人”，都是重要的教诲。爱默生说得好：“西塞罗、洛克或培根在写他们的书时，也是坐在图书馆里的青年。”他反对过于迷信权威，认为“天才的过度影响是下一个天才的敌人”。爱默生对强大的阅读影响力看得很透彻：“当大脑沉浸于劳作和发明时，无论我们在阅读什么，它都会发射出照亮事物多层意蕴的光芒。这时候，每句话都显示出双倍的重要，我们作者的感官有如世界般宽阔。”这句话对于读书人和写书人都是鼓舞。在我的多次阅读中，它们的意义已连成一片了。我以前读过爱默生的这篇演讲，迎受他喷薄的思想理性和飞瀑一般的绝妙好句，不胜欣喜。这次又细读文本，重点领会“有创造性的写作也有创造性的阅读”之辩证意义，发现是有前后意蕴烘托的，不是单句单义那样直白。从爱默生的原声演说到英文版，再到多位译者的不同译本，经比较选择最佳译文来读，细细咀嚼爱默生有关“创造性阅读”的这一席话，体会“把财宝带出去”的含义以及与创造性写作交互的“多层意蕴”，更能领略爱默生精彩的思想和绚丽的文采。爱默生觉得“从阅读优秀书籍中获得的乐趣确实非比寻常”；在“一个自然写作，另一个自然阅读”的乐趣里也“包含着敬畏和惊叹”；生活于一二百年前的诗人“创造出如此靠近我心灵的诗篇，正如我所思所写”。这是一种融汇，把同诗人诗作的共情，迁移到自己的“所思所写”了。

我的阅读常态是沉静内心，平和阅读。但凡发现作者运思和文本表现的特异处，有创意闪亮，便“立即追踪”，看究竟是什么能吸引我眼、惹动我心。我读出了艺文作品中的创意，一是喜欢琢磨作者怎么会想出这么新颖的说词和写法；二是在自己写作时学一学；三是构想出新的点子，很愿意试一试。

我在主编《全国中职语文》(试用本)时，曾有阅读实验，引导学生换种方式来读。例如，把钱锺书先生对王安石“春风又绿江南岸”的笺注前置到课文主位，而把《宋诗选注》中《泊船瓜洲》诗后挪于页末注释。如此“换位”，是因为全书设置了“读书有法”和“写作有方”的双单元，重点学习钱先生那一连串精心设问，能启发读者寻思王安石的反复修改究竟是哪方面的原因,既揣摩诗人创作心理,又领略大学问家的智慧和语言特色,这对我们发现创意和表现创意颇有裨益。语文教育家顾黄初先生(课程组教材编写顾问)对于我的这一编辑创意给予肯定性评价。我后来主编《中职语文》(提高版),书内设有"语文天地"和"阶梯教室",对前三项专题学习活动构想出"环保与我们""信息与我们""社会与我们",尚缺第四项,一时拿不定主意。正是顾教授提出了"文化与我们"之妙策,完善了一套四册四级阶梯的建构,提升了文化高度,使我受益匪浅,至今感恩其惠。

说到"自然的阅读",如果吟诵《观书有感》,大家都熟悉这是朱熹用"景语"说理、清新易懂的好诗。若是用来作"创意阅读"的材料呢,能否拈出"创意读写"的互动关系?会背诵原诗句还不算,需有意淡化一些"景语",简明扼要地转达出应再度领会的新义。重点是要提炼出下面括弧里的四句话,并理解到位:

半亩方塘一鉴开,(这好比是说,一篇文章在我们面前打开)
天光云影共徘徊。(我们从中看到了相映生辉的思想和文采)
问渠那得清如许,(觉得这文章好,想探问它是怎样写成的)
为有源头活水来。(明白了好文章的成功之道,写作的奥秘)

如上所说,"创意读写"这门课程,前身是"专业写作基础",后来改成升级版,以此深耕创意写作教育。因为我们的专业是为文化产业而且鲜明地点题是为"文化创意产业"培养生力军的,所以,我们的写作教学,必须紧扣文化创意产业之所需,在内容配置和研发环节体现侧重点,切实表现出创意。我给高尔夫专业学生讲"创意读写",把教学内容设定为 18 课,是因高尔夫球要打中 18 个洞算完胜,在数字上巧为匹配也是小小创意。我启发学生"先把球打上果岭,再打进洞,符合'最近发展区'、分步到位的道理",得到专业老师赞誉,说他们"没想到这层理儿还可以这么来理解"。指导写高尔夫球场业务策划和高尔夫题材的诗歌、小说、短剧,与学生一起想出"孙悟空用金箍棒打高尔夫"的情节,大家都兴趣盎然。后来适逢"美猴王"六小龄童来校讲"艺术人生"课,听我说起这个"桥段",觉得有这样的专业这样的课很有意思。我安排公共文化专业的实践活动课,是让学生去考察"地铁文化"多条线路"巡行",还参观"上海群众文化馆""电影博物馆"和"广富林文化遗址",学生乐此不疲,称每次都是"不虚此行!"回来写调查报告和纪实述评类文章,再编成班报用大屏幕展示、宣讲,形式内容兼美,把围绕专业的"创意读写"搞得丰富多彩。

这门"创意读写"课,秉承"为专业服务,从微观起步"的实践理性,不同于其他高校的"创意写作"课,但与系统定位和产业需求相契合,正体现了我校的特色。定位于每一个具体的专业方向来设计我们的"微课"和"网课",关涉面很广,花精力不少,但是贯彻"供给侧改革"的精神,在针对专业和职业发展的创意阅读和写作的具体联结方面,加大精力和资源投入,方向执着,初心不改,感受到"功不唐捐",也着实快乐。

我们把创意渗透于读与写，建立创意阅读与创意写作的互动关系，比照学生以前在高中或中职阶段所习惯了的阅读与写作活动有所不同，但并非全部“逆转归零”。以往所熟悉的表达方式（记叙、描写、说明、议论和抒情）依然会用到，选用文章题材、安排结构方式的步序也没发生大的变更。那么，变的是什么呢？是写作者的创新大脑和慧眼需要有机联动，看世界的眼光、想问题的思路需顺势而变。处理材料与材料、材料与观点的关系时有新的角度；获取材料的途径要以新的方式去探寻和调度。我们会跨界阅读，在多文本、多文体间发生跃迁，创意生成了，驱动着写作主题的深度挖掘和提炼；催生着新概念、新模式的落地。常规的东西能改变，创造的灵感会捕捉，新的思维要确立，新的动力机制也懂得利用。落实到具体行文，一是观点提炼的创新发现；二是结构安排的创意布局；三是材料使用的创造糅合；四是语言表达的创美表现，都要切实掌握。总之，改善的是我们的写作思维、写作习惯，提升的是我们的写作质量、写作水平，获得的是对文化产业的表达之新，传播之新；是创意组合、创意链接、创意编排、创意传播，一切缘创意而生、而行！

古往今来，能诗能文、能书能画的艺术家比比皆是；现代艺术设计、影像工作者、视觉文化的传人，在投身各种艺术活动（欣赏、创造、评论、研究、著述、编辑、交流、教学、策划、展示和传播等）时，谁都需要从语言文字、文学资源中获取素材和灵感。包括选用精当、精美的字词命名作品；观摩、赏评名篇佳作；探讨各派艺术风格；概括创作特征和规律；总结艺术经验进行传播，以及整合艺坛信息，等等；总而言之，在艺术活动的方方面面，只要深入沉潜，我们就会领略到“艺之魅”，感受到“文之美”和“文之助”。我要求学生关心小说、诗歌、散文、报告文学；也要关注音乐、电影、电视、字幕、海报、小册子；视觉的，或听觉的；纸质的，或网络的；在邮件、微博、微信、手机短信上“写”，还在广告、展览、策划书中“写”，凡用“文”之地必关注！

我看到《创意世界》杂志的广告宣发有八句话（关注创意前沿/展示创意作品/剖析创意方案/捕捉创意灵感/对话创意英才/挖掘创意思想/引领创意潮流/打造创意生活）觉得可以为我讲课所用，便换个句式向学生发问，很有提示和感召作用。譬如，你平时是怎样关注创意前沿的？你剖析过哪些创意方案？在“挖掘创意思想”方面，你有何实例？从这方面考察，我们学院经常会邀请业界精英、艺术人文大家来校开讲座课，既能让师生直接听到来自创意前沿的声音，汲取艺术家的宝贵经验，也能创造与创意英才对话的机会，对我们上好自己的课程也是必要的补充和提升。我请上海文广局艺术总监滕俊杰来讲过一堂电视艺术及传播的创意公开课，他分析了很多精彩案例，令学生大开眼界。我主持对话环节时，想起“对话创意英才”的广告语，所以最乐于看到学生的大胆提问和谦虚求教。事后我写的新闻，既真实反映盛况，又追求文辞出彩，发表在学院网上给学生读，还电邮给滕先生看，他们都各自有赞。尤其是学生，在写了听后感或短新闻以后再比较着来读，就知道怎么写才叫好了。这一招，是请业界精英讲课后“借力施教”，既是有意重温，又想着能“保温”，不能一时激动，过后不动。坚持这么做，便能积学储宝,入门深造。

实用文的创意教学是比较难的,诊断归因,主要是三种情况:① 没啥写的(没有材料,没有感觉);② 不知咋写(不懂技巧,不摸门道);③ 不愿意写(缺乏认识,缺少动力)。

以上是在生活、经验、态度方面发生了问题,需要调整和弥补!

不愿读实用文。那就想法让他们喜欢读,找到"学练点",及时转入写。关键是要会引导,调教得法,能"进入状态"。

用心搜寻几件短小精悍的模本,读标题就写标题。判断主句,就琢磨它与句群的关系,看是出现在段前,还是段中或段后。

写合同,先读些关键部位的严谨字词,弄明白为什么这么措辞。再模拟谈合同,遗漏重要环节,词义模糊,就算失误,马上纠正。

写调查报告,不求长,只求对,用"微调查"来学练,只要格式步骤对,也能写成。

写策划案,可以先谈聪明点子,譬如教学楼的走道,怎么建成"文化长廊",献计献策,写下来。

这样进入探索实践,就会感觉到有规律可摸索,也很有意思。发现学生写得好的,就留下来,到时可以给"学弟学妹"观摩,树立起学习的样板。我从专业老师那儿找到几份优秀论文,编到教材"师生文萃"单元里展示,传播面更大了。

四、教法创新:我的创意教育叙事

行进在艺术人文创新教育和创意教学的路上,有很多故事可说。

先说"创"。对此似乎无须探讨就晓其义,谓创造、创新、有创意也。只是我不满足只对学生作过于直白的解释。给艺术专业的学生讲"创意读写",既要营造艺术审美的氛围,又要设计出与传统写作不一样的教学攻略。为了上好第一课,我加大备课量,仔细检索《说文解字》《汉文典》及其他多部辞书,整理出有关"創"字的历史沿革资料。课这样备,是让自己能扩展知晓度,充分消化理解,讲课才有底气。限于课时,不宜展开,只能提纲挈领地给学生讲要点,有兴趣的,课后再交流。在概略讲述仓颉造字神话后,从创意设计的角度,对简体字"创"的左右构件先分解成单体("仓"+"刂")再合成一体,作了别出心裁的解读,认为这具象化的文字符号,与"仓颉作书"相关联,像是仓颉持刀刻字的工作状态之写照。学生耳闻目睹,领略了我的口述演绎,觉得是要比释"仓=仓库"来得新颖。我申明,这虽不合乎中国古文字训诂的套路,却有本课程贯彻创新思维的特色,体现了"读出创意,写出创意"的精神。聊备一说。

开学第一课的例子可以说一说。上课的灵感来自某次候机。因大雨滂沱,航班不能起飞。久坐着,望见舱门上的"OPEN",我想从这个熟悉的单词开讲:四个字母,是否可以解读成一支笔(PEN)加一个圆(O)?用笔贴近舷窗外的世界,"开启"它!由此导入新课,引进创意写作"新概念"。

于是先让学生看"OPEN"这个词,问:这里的字母组合,有与写作相关的吗?学生发现了 P-E-N。再问：那么，O 是什么？（一时没说上来。）我提示是在飞机机舱里看到的，再启一问：像什么？（像飞机上的小窗。）还像什么？像地球！世界！说得渐渐合吾意。还有吗？“那个圆，也是高尔夫球！”——这是高尔夫专业的学生让我兴奋的回答！这样的跳跃式联想，是我备课时未曾料到的，品味起来又恰在情理中（他们有字母合成的经验，以前同我分享过高尔夫 GOLF 是首字母合成，展开来就是绿色 Green、氧气 Oxygen、阳光 Light 和友谊 Friendship）！于是“顺水推舟”，让写“高尔夫也是一个世界”。这样“拆字”解读，当然不合乎西语的“词源”说。但，对于创意写作者来说，却可以做成有趣的“语言游戏”。这样的课，需要因势利导，逐层推进，得启于一个词，便能驱动积极思维，引进创意之光。只要有心经常训练，胜过一叠“高头讲章”。我的课离“精品课程”还很远，但我和学生共同经历的每个“精彩一刻”和“精彩一课”，却能逐步积累实实在在的收获。

创意是一束光，我喜欢被它临照，迎着光（创意）走。在艺术院校教“创意读写”，我喜欢玩索创作、设计，并与学生分享。有一次，设想把英语单词 MUSEUM“化身”为博物馆馆标，我用了字母拆分合成技巧，体验了一番创意造型设计，如图 1 所示。

图 1　青铜鼎与 MUSEUM“化身”为博物馆馆标

把自己摆弄字符的经验与艺术设计班的学生分享，同时让他们练习看和说（see & say），颇觉有意味、有成效。学生观摩这个青铜鼎图形，说出了显在和潜在的字母构成：S 居于鼎形主体；上端的 U，是这个鼎的两个“耳朵”；扁形的 M，是三足鼎立，转九十度，就看见了 E。利用字母形态特性表现之，一符两用，巧妙经济；横看竖看，见出创意，欣赏与制作于此会通。

创意写作究竟是什么（what）？究竟谁（who）是创作主体？为什么（why）靠创意引领，可巧思妙构，扩张能量，强化写作表现力？创意读写的双向促进如何（how）能发动起来？再总结自己读读写写的活动规律，感觉“我”在什么时间（when）什么场合（where），比较能“进入状态”？等等。结合实践予以省察，把这一系列重要问题想开了，就能起作

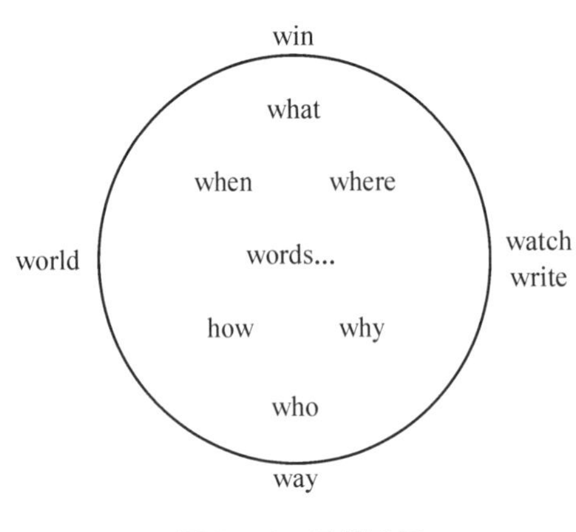

图 2　12w 思维导图

用。受万维网 3w 命名的启发,我引导学生经常用 what-who-why 思考问题。后来扩展到 12w,把头文字是 w 的 11 个英语单词(再把词尾是 w 的 how 也列入)作为关键词,设计成思维导图,以表达对写作过程和意义的认知,如图 2 所示。

图 2 中包括 what/when/where/why/who 这新闻写作思维"五问",加上观察(watch)世界(world)并通过写作(write)表现世界,下功夫琢磨"怎样写"(how),走向赢取(win)成功之路(way)。观摩 word 这个词,在它中间加个"l"(这好比是插入了一支笔)就显现为 world——人类与世界没有交互活动尤其是未用语言文字去指称它、呼唤它之前,世界的面貌在人类眼中可以说还没有真正展现。有了 words,我们就可用它表现"天下大世界"和"内心小世界"了……

我在授课时强调: 创意读写,要能"见人所未见,想人所未想,道人所未道"。包括连作者都未必意识到的,也都要捕捉住,"发散"出来。有学生在听课后畅谈感想,说要做到"创读、创想、创写"一体化。我当即点赞"说得好!"

我对学生说,我们的创意读写活动,是可以用一系列后缀带"现"的词来表达的——如果创意阅读是要"发现",创意写作就重在"表现"。在创意获取和传达的过程中,会有灵感"闪现",一连串好词好句"涌现",最后是美妙构思和优质文本的崭新"呈现",读众因之着迷,就会享受美的"发现"! 学生觉得是有这几个意思,还想出了"浮现""展现""显现"和"体现"等词来参与表述创作过程,这正好,说明他们用心了。我告诉学生,我们当然不能只是记住这些词,而是要经历这整个过程,切实"进入状态"去体会,体验这些时刻来临之际的种种美妙,那样才能在"创读—创想—创写"的路上不断进取——我适时引用学生的口语创作佳句,使在场者都受鼓舞,感到: 真切的学习体会,要靠得体的语句来表达的,而且是能够得到传播的。

荣格说,人的任务就是意识到从潜意识中努力向上涌出的内容,还说,创造不是来自智力,而是来自源于内在需要的游戏本能。创造性头脑与它所钟爱的对象玩耍。我读这段话很有启发,常在心里揣想。

我觉得,"外师造化,中得心源"确实重要,"师造化"做得好,"心源"所得才多,贮存才丰厚。受外界刺激(读书、旅游、听课、讨论等),潜意识里才会有相当和相应的内容存量"努力向上涌出"。我意识到,平时蛰伏在我们潜意识里的信息是散乱的,无序堆积的,而且,不总是处于活动状态。内心即便有资源,若是没有外力的推动,得不到有效调集,偶尔的刺激也不能提振兴奋的神经,新鲜的主意也产生不出来,"涌"不上来。

不过,我们可以注意以前灵感光顾后的状态。各种灵感会有"联络"关系,遇到适当时机，它们是有可能被再度激活的。灵感的内容和形态，也是可以作为“供给侧”的，像给电刺激，满足新的编码需要。在创意思维的结构和系统里，一个新思想和另一个新念想成为近邻，能转化为表达和被认知的新能量，最好能按个人大脑“创意生成器”的特点储存好。所以，要有兴趣情致与自己“钟爱的对象玩耍”，活跃“源于内在需要的游戏本能”，得到机会，就多多训练。集中时间和精力读书写作时，会有问题、课题常萦绕心中，占“C 位”，所以要围绕它多多运作——这样的“教学心得”和“创意心经”，可以择机提示学生，主要是着意于点拨，不企求其立时全懂，因为真正能感应创意、迎接创意和享受创意，不在于一时“赋能”，而是需要持久历练。

对创意的敏锐感知能力，是一种发生于思维活动前端的核心能力，它能迅速感知创意的第一束光（包括对他人的创意元素或整件作品，或在自己头脑里伸展出来的创意萌芽，树立起来的新架构的轮廓）！没有它的倏忽感应，就不会把创意迎进门来！对于文字工作者（作家、教师、编辑、记者、主持人等）来说，要特别敏感于新词和关键词的涌现，并迅速生成一连串新鲜好句来！因为，我们最终要驾驭的仍然是源源不绝的好文字——“Word，word，word.”——这是莎士比亚在第二幕第二场戏给哈姆雷特设定的一句台词，让忧郁的丹麦王子那样说，是表示对文本充斥冗词的厌恶（朱生豪译为“空话，空话，空话”；谈峥译为“文字，文字，文字”）。我这里是反其意而用之，表示对好词语联翩而至的格外喜欢！

在我看来，所有的好作品（包括思想家的经典表述），都是用好的语词语句写成的。最耐寻味的是它们从作者心里“流出来”的顺畅感和新鲜感——用鲜活的游鱼来形容最形象了，那就是“鱼贯而出”刺溜刺溜的水滑感！

我会把自己的独特体会制作成 PPT，配合鲜活的例子，夹叙夹议地讲给学生听。绝不会放一张、念一段完事。那是用电子版照本宣科，学生也只是用手机拍一下，就了事。那样都没有效果的。

我还会把阅批学生作业时读到的写得好的语段摘下来，也制作成 PPT，讲课时展示，让在场者体会“好在哪里”。作者因此觉得意外惊喜，大家也都欢快，这是课堂的“精彩一刻”。旨意和效果都很显然——每个人的创意，都值得珍惜，需要礼赞和分享！

这里，我很想追述一件往事：我二十多年前的一个学生，邀我同游北京香山。在山顶边观景边回忆起我在课堂上讲姚鼐《登泰山记》“或得日，或否”句时，曾从俯瞰山景引申开去，谈到好书的熏陶，思想光芒的照耀，祝福有的能得到，遗憾有的却得不到。他说一直把这话记在心上，深有感悟，觉得自己是有幸“得日”之人。几十年后还能听到这样的感言，让我领受到岁月和教育的馈赠——真高兴，我的创意阅读在那时就无意识地开始了，而且埋下了一些“种子”！姚鼐文中未必有此意，我和我的学生能感应到思想创意的光芒，与此意相遇合，确是“得之有幸”！

我在引领学生赏读余光中散文名篇《听听那冷雨》时，曾把其中“仓颉的灵感不灭，美丽的中文不老”作为金句引出来，与学生共享。经过不断发想和实践，在各学期适当

时间段做了与之有关的四件事:

一是把“美丽的中文”编为考试作文题,欣喜地见证了学生毫无障碍地写“畅想文”的现场成果。择其优者编入“校本教材”。

二是在“世界读书日”来临之际,组织了以“永远的中文”为主题的“创意读写嘉年华”活动,把学生带到图书馆演讲厅汇报演讲。

三是由余光中的句意,想到仓颉创造汉字的神话传说。仓颉造字,大有创意。我先前已对此孵化酝酿,攒集文思,搭成梗概,现以“仓颉的灵感”为题,一气呵成,写了篇学术随笔。“仓颉”,不是专指一个人,而是汉字创造者的“共名”。黄帝—仓颉时代,已有初文,“孳乳浸多”而成字。汉字端方,雅致,精巧玲珑,内涵丰富,深深地寄寓着天意与人意。创字,是仓颉领命的志业。我们用汉字写书,记事,说理,抒情,内心感恩、敬畏又好奇,想:那个通了灵的“仓颉”,究竟是怎样工作的,才创成如此大美?于是,驰骋想象,自由无羁地启动“幻思”(幻想思维),在汉字王国游弋,任思想在语词领空上下求索!

四是“倒带回放”,让学生回想亲历整个活动过程的步骤和细节,撰写此次读书演讲活动的“策划案”。我后来总结:有条件的话,创意读写活动可以“一鱼多吃”,由一词一句一段话的“精彩看点”衍生开去,充分释放和收纳前前后后的连贯意义,打通多场景、多时段、多文体和多用途,导向多收获,就能把读出的创意与可以化为行动的“创意”融汇起来,这可发展为“创读—创想—创写—创行”一体化的教学策略。

我的策划和“策划案”,没有固定模式。凡经我手,从策划到行动,伴生“策划案”的产出,运作方式有多种。

一般的“策划案”,都是行动的先导,想好了,写下来,去做。而我有时也会施行“反向操作”,就是先做后写,把做成的事回顾一番,“反刍”消化,把经历过的主要步骤写下来,印象历历在目,也能写成。

上面提到“创行”。记得爱默生的演讲也突出强调过“行动”的重要。我有这意识。回叙八年前我履行教学督导时对一次突发事故的处理,使我体会到:在特殊时刻,带创意的急智之行,能成为快速反应、“长善救失”之策。我在教学巡视时发现,产品设计班学生在等老师上课,而那位外聘老师却因家有急事临时请假,不能来,怎么办?经考虑,我的“应急处置”是采用布置作业的办法,让学生上网收集中国“国家美术新馆”面向全球征集设计方案的资料,并作分析、整合,与正在学习的设计史课程结合起来,写一篇述评,或小论文。规定两周内发到我邮箱。不得抄袭。我也好由此检查一下学生的学习水准。一周后,学生作业就陆续发过来了,十天全收齐。我一一阅读,为这批学生的专业素质和文字能力而高兴。我逐件批阅回复,后来索性“摘编”,采撷15份作业亮点,写了份六千字的述评,发电子稿给全班同学读,让他们看到整体水平,及自己的水平,对那位专业老师也给予了“赠阅+谈话”的教育。我就这样用多重交织的“创意读写”,收到了超预期的教学教育效果,不仅检测了“产品”的等第和本次操作流程的可行性,也丰富了我驾驭“行动型”创意教学的经验和“教学叙事”的素材。

我称此类策划是“行为主义”式的。我自己还有个典型例子可以印证。那是跟学生一起参观中共一大会址。活动快结束时，我在大厅等学生汇合。见纪念品柜台有桂兴华的诗集《金号角》，当即买下，翻阅了起来，想着以后可以选几段让学生在课堂上朗诵。没曾想，还会冒出个“新点子”——“在此也可当场朗诵啊！”此时此地，人员条件具备，又无需资金成本，应该可行。当即与院团委书记商量，召集在场的青年团干部和入党积极分子列队。大家积极响应，推举一位女生领诵，再选定几句由集体齐诵。我也参与诵读。尽管是即兴朗诵，没有排练，但群情振奋，效果很好，还吸引了许多人驻足围观。后来，我以此作为“案例”，在课堂上分析其成功的原因和条件，提供给学生今后实践可行性策划时作个借鉴。我还把这情景纪实写进了《在“一大会址”诵诗》，放到我的网上“360 图书馆”传播。迎庆建党百年前夕，我通过微信转发这篇旧文，被朋友推荐到“今日头条”“网易”“腾讯”“百度”等平台发表，激起更广泛的共鸣。

我一贯重视语词联想在创意读写中的作用。有堂课是讲“观察联想生创意”。作为小品练习，我让学生观摩熟悉的英语单词，如：太阳(sun)、天空(sky)、大海(sea)、星辰(star)、春夏(spring summer)。把这些单词一个个左对齐写下来，词的构形特点随即显现，我所期待于学生的“搜索—发现”热情也马上表现出来了——有的说，还真没注意过这些单词的首字母相同。再搜，还会有其他！于是找出学校(school)、学生(student)、学习(study)这三个关联词；还有声音(sound)、唱(sing)、歌(song)这一组词；还有灵魂(soul)、精神(spirit)、符号(sign)、显示(show)，也有关呐！

有同学发问：春、夏是“s”为首字母，秋和冬怎么不是呢？我笑答：如果全是，早就有人去研究了。假如，我们为了从星辰大海说到日月星三光和四季，让 moon 也戴上 s 帽，但读音就不“朦胧”了。现在不全是，也是语词创生的实际，我们不能虚构，编造不真实的原因来“成全”。对这些单词的头部特征“巧为同构”问题，我也想探究其“之所以然”的始源成因问题，但谜团缠绕，不能轻易下结论，而是需要借鉴语言学界推溯研究的成果，多多学习、寻绎，才有可能接近从口语发生向表音文字演进的语源真相。回到刚才所说的“秋和冬”，它们的英文头文字母确实不是 s，但我们可以换个角度去观察和联想，通过一片片雪花(snow)，感觉“冬天”的来临——那在空中翔舞的洁白的字母物语，不正是“冬的天使”吗？况且，还有四季(season)“照管”着时光的轮转呢！这样看(see)和说(say)，是用扩展性想象、补缺性联想以助思辨开展，能自圆己说，转圜“自洽”，就好。

随后，让学生打开手中的《艺文导读》，里面选编了北岛的《自由》诗歌课，说的是保尔·艾吕雅的《自由》诗，很适合朗诵。“在沙上在雪上”；还有“在海上在船上”——北岛特意提到了这两句诗(巧了，这里的几个单词，如果译成英语，都是 s 打头的)。这样，就灵活地从阅读迁移到朗读和写作环节去了：先是换角色朗诵，再是让学生顺势扩想，接下去写出“自己的句子”，情境相生地营造出有动有静的课堂气氛。

前面提到的 see 和 say 这两个动词，是我的上课语料，进一步感染学生的“兴趣点”。

我说这是人类作为高级动物要具备的两种重要能力。即使我们未必相信这是造物主创世时的“人设”,我们也要朝此方向对自己“赋能”!一位美术课老师很认同我的观点,开始训练学生看名画、说名画,学生再画画时,观察和表现的感觉明显见好。

我同英语老师交流时,讨论过上述首字母相同的问题,曾提议:是否可在小学生初学英语时,引导他们注意这有趣的“S现象”,那对早期开发语言学习的归纳能力、发现能力是有益的。总之,我是由此及彼、举一反三地扩想,受此鼓舞,信心也更进一层:“创意”教育要端口前移,可以着力于揣摩语词,生发创见,这是切实管用的践行良方。

读出创意,看出创意,进而说出和写出自己的创意发现,机会在在皆是。有一个学期,领导让语文老师分批给学生上“职业生涯”讲座课。系统指令唤起我对任务信息的直觉反应是:领导层意识到职业生涯教育在职业创新人才“育成系统”中的不可或缺,以及语文师资团队的可信赖。考虑到这个课题本不在语文教学的范围,如果按常规解读,很容易做成照本宣科走过场。为此,必须高度重视,超常发挥,按创新理路谋划“出战”。我认真拟订讲课纲目,领着集体备课,要求讲清要点,讲出创意。细细咀嚼英语词典里所列 career 这个词的全部义项,关注到它除了指“生涯”,还涉及“职业”“专业”“经历”和“发展”等多点多层多面。翻阅论职业生涯规划的厚厚薄薄的许多书,我觉得著述者还没有把 career 的核心意蕴充分展开,纳入他们的论述。这给了我们讲座内容创新的空间。从研读一个关键词语深入进去,有关职业—人生的视界立时豁朗,发现在英国人的思想意识和语义系统里,职业、专业、经历与发展,它们是连成一体的,以此构成人生长旅不可或缺的重要内容,把这几方面都复合、联结在一起,才显现出人的“生涯”宏大、厚重的本质。我们由此可以透彻理解职业生涯的丰富含义,明了它是个人经历的一长段“职业旅程”,需倾心力投入人生长旅的大部分岁月。从最直接的意义上来说,每个职业人都是在“用职业度人生”,驾乘职业之舟驶向人生的彼岸。拥有理想的职业,才能使人生变得充实而美好。有职业经历的人生才会完整;有“生涯”体验的职业人,对人生的感悟才会丰富。这样来理解和体悟人生和职业,是带有文化意味的创新理解,或曰:是道出了职业人生的“创谛”。

通过对既往历程的回眸,我“看”到了同时也说出了自己对创意教育教学的“知”和“行”。引我喜欢的哲学家维特根斯坦的名句来道说,可谓“思维也有一段耕耘的时光”和“用来收获的时光”。

创意写作在中国

理工科综合性大学"创意写作"课程特色探索及实践

——以大连理工大学"创意写作"为例*

戴瑶琴**

摘　要：理工科综合性大学发展创意写作，应首先论证其教学定位，教学团队需以错位竞争思路设定教学目的与设计教学内容。大连理工大学中文系承担的写作类课程历经了从基础写作到创意写作的转型。经过五年建设，教学借力"新文科"人才培养模式，立足跨学科视域，不断从教学实践中把握创意和写作之间的平衡，施行符合本校生源实际、且有助于激发学生主观能动性的沉浸式和体验式教学，从科幻文学创作和网络文学创作两个维度建立起了课程辨识度。

关键词：大连理工大学；理工科综合性大学；创意写作；跨学科；科幻创作

高校创意写作发展思路主要是课程、方向和学科三条路径。第一，在本科开设"创意写作"课程，包括全校通识课和院系专业课，其中相当数量的"创意写作"实为传统"基础写作""应用写作"的教学转型。第二，在本科或研究生的人才培养计划中，主要依托中文系师资力量，设立"创意写作"方向。第三，"创意写作"专业硕士点的申报与建设。

2018年世界华文创意大会统计出中国内地超过200所高校已开设"创意写作"课程，但"创意写作"课程与"创意写作"专业需区分概念且独立研究。当前该专业本硕毕业生的实际就业方向已呈现三种指向，即写作型人才，从事纯文学创作的作家力量；实践型人才，投身"创意产业"的后备力量；研究型人才，有志于文学研究的学术力量。

从现实角度分析，既然都围绕"创意写作"，那么生源与就业两项指标，各学校之间必然存在竞争。理工科综合性大学如果同样设置"创意写作"，就必须规划错位竞争战略，以避开在"就业"环节被挤压。因此，选择何种发展模式，应该结合学校特点，以及充分考虑地缘、师资、平台等相关因素，一旦涉及方向及学科建设，论证生源和就业成为必

* 基金项目：2022年辽宁省普通高等教育本科教学改革研究一般项目"中文专业主干课程精准化课程思政教与学体系建设及实践"，国家本科教学工程项目"中国当代文学史"课程思政示范课建设。

** 戴瑶琴，南京大学文学博士，大连理工大学中文系副教授，文学伦理学研究所副所长，中国世界华文文学学会理事，研究方向为中国现当代文学。

要条件。

一、创意写作课程的发展阶段

从总体上看,理工科综合性大学的创意写作课程,建构“双师制”教学模式(学术导师和专业导师结合)存在较大难度,学校和院系很难配置优质作家资源为创意写作提供教学支撑,这其实正是大多数开设创意写作课程的高校所面临的共性问题。因此,创意写作经历着一个“在地”转化,成功的“学导+业导”双师教学范式,可以向其取经,但难以复制。课程只能基于学校实有条件,探索有能力践行的教学模式和教学方法。

2005 年大连理工大学中文系建系后,就在全校范围内开设写作课。2007 年后推行大类招生,中文系在人文与社会科学学部层面新设面向大一新生的必修课——“基础写作”(32 学时)。2017 年新一轮本科培养方案调整,选择以“创意写作”替代了“基础写作”,但放弃在专业规划中设立创意写作方向,决定只推行课程。具体规划是将其放置于大一学年,定性为 64 学时的大类平台必修课,向学部内中文、哲学、新闻三个专业学生授课。事实上,中文系并未重设一门写作类新课,而是对已有一定教学储备的“基础写作”进行优化,改革其略显庞杂的教学体系,抽离其中“应用文写作”部分。课程更专注于文学创作的教学,确保其与全校层面的选修课,即论文写作、公文写作保持明晰区分度。聚焦这一阶段的教学设计,从理念上分析,教学侧重“创作”,未着力于开发“创意”。以分体裁(小说、诗歌、戏剧、非虚构)的教学构想,通过经典阅读和实例解析相结合的教学方法,破除学生的“门槛意识”,引领其热爱文学,激发其写作主动性。期望收获的教学效果是学生首先不抵触写作,能自主体验到写作是真实自我的自在、自为表达。之所以采用较为传统的教学方法是基于当时学校人文专业的生源现状,即大多数学生高中就读理科班,他们对文学了解不多,也缺乏写作兴趣。开课前的摸底调查显示,学生仍习惯以高中作文的形式敷衍创意写作,且对 64 学时表达出畏难情绪,担心它会是一门变相的中学作文课。因而,教学团队迫切需要解决的问题,是培养学习兴趣,提升学习意愿,从愿意读和愿意写两方面渐进式推动教学。

在课程建设初始,中外经典文学作品的课堂讲解占一定比重,而立刻铺开细化的写作训练,并不现实,学生较为抵触频繁实训,视其为一种学习负担。经过一段时间的消化,学生自主发现创意写作与中学作文课的根本区别,开始主动观察且记录日常细节。他们对课程的正向反馈,为教学优化奠定了坚实基础。课程被学生理解和接受后,教师调整教学内容,融入写作技巧讲授及与之配套主题训练,依循阅读—仿写—创作的教学思路,保障学生的参与度和成就感。

大多数学生在进入大学前未形成写作习惯,也没有文学创作的实际体验,创意写作课每一次主题写作,正是其首次创作“触电”。课程对写作方法的讲解、对经典文本的拆解,激活学生体察世界的欲望、表达自我的愿望。需要指出的是,课程在某种意义上体现出一定的筛选价值,它发掘出部分有创作潜力的学生,促动其将课程写作转化为持续写作、将被动学习转化为主动学习。他们从课堂到社团，从“抽屉文学”到“赛事文学”，逐步找到了可以施展个人创作能力的平台。同时，研习写作法拓宽文学研究思域，为文本分析提供不同于史料研究和理论研究的技术视角。

2021年，中文系再次调整本科培养方案，经过前期调研及反复论证，依然没有将创意写作纳入专业方向，甚至在办学条件具备后，还是放弃了创意写作专硕计划，转而夯实特色课程。课时由64学时变更为32学时，授课对象范围扩大，成为面向中文、哲学、新闻、公管、马列、建艺的平台必修课，每学年选课学生人数约250人。教学不再专注于写作，而是兼顾创意，目的是扩大“创作”的外延，提升课程的适用度，同时借力多学科专业优势，催生多样态的学习成果。创意写作也在落实实践性，于32学时之外，组建创意写作课程集群，在第三学期（每年7—8月）设立实践类课程，如舞台剧与影视剧创作、期刊运营、“剧本杀”等，持续激发学生的创造力、创作力与创想力。

二、知识增量的“创意写作”课程建设

理工科综合性大学发展创意写作，需注意扬长避短，思考如何打造课程特色。全盘复制外校成功经验，则有可能“水土不服”。具体到大连理工大学，中文系在学校总体学科发展规划中虽居于边缘，体量极小，但师资力量有保障。究其原因，2005年后，大批中文强势学科的综合性大学博士研究生选择理工科大学就业。2008年以来，中文系连续举办的“中国当代著名作家、学者系列讲座”，聚引大连高校文学爱好者、学者如张隆溪、李零、陈晓明、王彬彬、杨慧林、陈漱瑜、南帆、王尧、刘勇、李怡、张清华、王春林等，作家如苏童、阿来、迟子建、阎连科、李洱、关仁山、欧阳江河、张翎、蒋子龙等与师生交流，赢得来大连理工大学中文系听讲座的口碑，更是对拓宽本校学生学术视野、提高文学素养具有现实意义。中文系同时聘请著名作家苏童、阿来为驻校作家。

中文系前期的平台建设和教学铺垫，为跟进“创意写作”创造条件。塑造其个性，一方面应厘清并权衡“创意”与“写作”在课程设计中的比重；一方面应整合课程内容，重新论证两组关系，即创新与传统、文科与理工科。从能力培养和社会需求两向度考量，理工科综合性大学“创意写作”课程确有开设必要，但基本目的是服务于学生写作思路的打开和写作能力的提高。

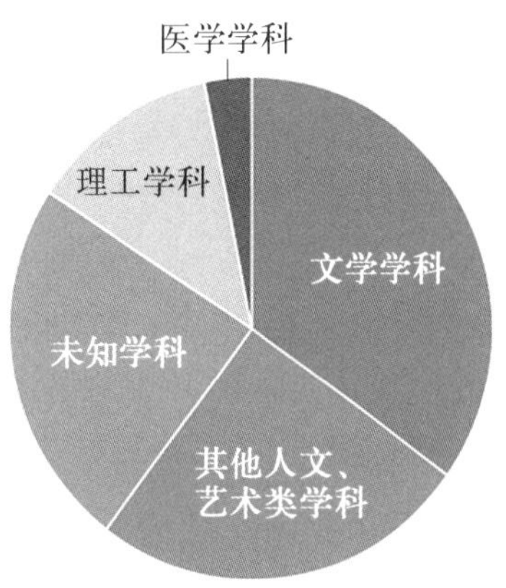

图1 “90后”作家学科分布情况

2019年，《中华文学选刊》曾向117位活跃于文学期刊、网络社区及类型文学领域的35岁以下青年作家（1985年及以后出生）发放调查问卷，结果如图1所示，其中“90后”作家有65位。问卷中共设10组问题。“问题10”论及“未来文学经典的面貌”，提问“科幻、奇幻、推理等类型文学，非虚构写作以及互联网时代种种新的写作实践，是否正移动着文学的边界？在你看来，可能会

呈现怎样的面貌?”问卷已留意到“90 后”作家在融媒体时代的写作方式,关注类型文学的迅速发展。特别需指出的是,受访的 65 位“90 后”作家中,部分作者的学历背景是理工科与医科。

2019 年 4 月 29 日,教育部、中央政法委、科技部等 13 个部门联合启动“六卓越一拔尖”计划 2.0,全面推进新工科、新医科、新农科、新文科建设。2019 年被定为“新文科”建设启动年,要求推动哲学社会科学与新科技革命交叉融合,“新文科”建设为理工科综合性大学文科专业发展创造契机。“新文科”是“在知识生产上寻求知识的增量建设,而不是知识的存量重组”①。中文学科较强学校在文史哲通识教学中具备优势;理工科综合性大学在文理交叉布局中更有潜力。落实到“创意”,具有理工类学科知识和实践能力的创作者,也是推动“创意产业”发展的重要力量。一个实例是数字人文,已非单纯文科专业背景学生可以胜任,在项目执行中,理工科学生承担最核心的技术开发和数据处理,文科学生常从事数据分析工作。在实际教学中发现,当理工科学生修完文科相关课程后,也具有数据分析能力,并自主优化数学模型,完善研究结论,而文科学生却较难以跨越技术关。“无法置换”增强理工科学生的核心竞争力。创意写作课程包裹着跨学科性,教学可将科学思维化入文学创作,教学体系构筑中适当融入物理学、高等数学、人工智能、计算语言学、科技伦理等通识类内容,真正以科技赋能实现“知识增量”。

大连理工大学的创意写作依循两条建设路径。

第一,类型小说创作教学。课程选择科幻小说和网络小说为切入点。目前很多知名作家、大量网络写手是理工科学历背景,他们是网文大潮中科幻、玄幻、奇幻、悬疑、推理小说的创作主力军。教学团队注意到科幻的潜力,有意识地调动学校优势学科资源,设计“科学家进课堂”,邀请理工类强势学科的科学家,如力学、物理学、数学,以作品(小说、电影)为个案,讲解其中蕴含的科学原理,分析作品对科学知识的汲取、再现与背离。科学助力“新文科”在知识生产中获得知识增量。科学课堂立即点燃了学生的学习兴趣,一方面他们对科学感兴趣,另一方面对将科学融入文学创作感兴趣。例如,岩土力学专家唐春安为人文学部的学生介绍其原创科学假说“地球大龟裂”,通过模型演示和数据分析,学生不仅了解了“地球大龟裂”假说的缘起、内容和前沿性,而且理解了全球气候变暖的成因、中国成语“海枯石烂”的科学根据。同时,两方联合申报中国科协科幻研究中心的“科幻沙龙”,以“科幻创作、科学理论与科学家”为题,邀请深耕“上天”“入地”“下海”的著名科学家,即中国科学院古脊椎动物与古人类研究所研究员、云南大学教授徐星,中国地质大学(武汉)教授、嫦娥三号核心科学家团队组长肖龙,大连理工大学教授、中国地质大学(武汉)首席教授唐春安,自然资源部第二海洋研究所副研究员、自然资源首席科学传播专家唐立梅,从各自专业立场来拆解科学与科幻作品之间的关系。徐星教授讲解《侏罗纪公园》中科学家以 DNA 复原恐龙的情节,提出科幻电影引领

① 陈凡,何俊.新文科:本质、内涵和建设思路[J].杭州师范大学学报(哲学社会科学版),2020(1):8.

观众对生命演化的科学认知，以及作品对古生物研究科学进展的跟进，如《侏罗纪公园》系列电影中的恐龙形象，已经从爬行动物更新为具有“覆盖羽毛”等更精确特征的形象。肖龙教授从行星科学前沿问题切入，阐释刘慈欣《三体》的行星科学、地外天体等硬科幻元素。

网络文学创作采用教师讲解和学生讲解相结合的方法。教师选择不同题材网络小说，以绘制复杂思维导图的方法，梳理创作逻辑，从故事层面，确立戏剧性爆发点，圈定激励事件。在教学周期内，布置学生日更500字，助力养成写作习惯。同时，分设专题，邀请已与起点签约的本校学生分享故事设计与创作经验。通过阅读学生作品，我们发现其中较为成功的网络小说，依然主打科幻质素，人工智能、生化、大气与行星科学是创作主流。一位跨学科背景学生的创作之路，体现出时代性，他是从“知乎”起步，以回答热门问题的方式赢得网友关注度，在积累了稳定读者群后，开始持续贴出个人小说，他专攻能发挥自己生物学优势的悬疑小说，很快与平台签约，随后卖出了作品的影视版权。

第二，编故事的实训，融入“剧本杀”。它是一种剧本游戏，又叫沉浸式娱乐，是以角色扮演为核心，辅以情感、机制、推理等元素的大型社交娱乐方式，在科技元素、角色换装、主持人等元素加持下，凭借其独特的实景游戏体验、互动模式与社交属性吸引年轻人。“剧本杀”融合文学、戏剧、游戏等诸多门类，代表超越网文与游戏的沉浸互动艺术的最新趋势。课程从理论与实践层面展开对“剧本杀”的研究（study）和操演（performance）。通过引入侦探小说、游戏、戏剧艺术、媒介技术等领域知识，讲解剧本游戏的生成模式及快感机制，开展集体合作与个人创作结合的“剧本杀”创作实践。

三、课程戏剧部分教学设计

笔者在创意写作课程中承担的教学任务是戏剧创作，教学主导思想是课内课外相结合、教师授课与学生授课相结合、理论与表演相结合。戏剧课程分为两部分，一是主课程“创意写作”中的6学时，这部分教学因课时有限，所以仅介绍戏剧的开头设计、幕设计、激励事件设计、语言和动作设计四个方向的创作要点；二是实践课程“舞台剧与影视剧创作”，共96学时，这部分内容不设定教学场地和时间，由教师自主安排。

对于戏剧而言，笔者认为重要的教学工作在课外，因此主推沉浸式和体验式教学法。教学活动中充分借助大连理工大学学生话剧团资源，带领选课学生观看其日常排练，由演员讲解他/她对角色的理解、对舞台的理解，帮助学生从演员的表演训练中掌握文学呈现和舞台呈现的差异。例如，《北京法源寺》排练期间，学生多次观看彩排，让他们领会如何写作对话与动作；观看大连话剧团《雷雨》，让学生体会戏剧节奏的演进。

将“改稿会”和“读书会”运用于戏剧实践课教学。第一，开辟“第二课堂”，定期组织作品朗读与集体研讨，邀请专业的戏剧创作者与学生面对面交流，以其个人创作为例，针对具体问题，平行比较双方设计。例如，课程有针对性地开展“开场”与“散场”的写作训练。第二,课程举办戏剧配音活动,组织作者分角色朗读自己作品,由听众捕捉其中不够妥帖的文学表达与叙事逻辑。第三,课程定期组织史料搜索训练,教师规定论题,布置学生搜集与之相关的史料,目的是让学生掌握如何为创作铺设文化场。例如,“双生花”主题民国电影及其周边,要求准备海报、广告、票据、影评、采访、演员花边新闻等素材。

笔者坚持以赛促学、以赛促练的教学方针,确立以广播剧和音乐剧创作为突破口,充分发挥跨学科技术优势。同时,课程实践的根本要求是达成创作转化,提倡学以致用,要求学生能将创作的剧本,拍摄为微电影或者微视频,练习文学叙事和镜头叙事的双重能力。学生从中受益颇多,他们在后续的社团工作和职场工作中,因其优秀的文本结构能力和实践技能,可独立承担影像作品和游戏作品的创作。

四、结语

创意写作课程应协助学生建立“计划型”写作习惯。“天分型”作者事实上可遇不可求,坚持写非常关键。写作教学更应“走出去”,它不是以课堂为圈地,而是以生活为天地,带领学生做一些日常观察训练,共同将一个突然萌生的念想或倏忽而逝的场景记录下来,再逐步构建写作大纲,通过制订创写计划,即每天完成的任务量,推动自己的每一次小创作。刚开始“日更”,学生会感到痛苦。教师的鼓励和身体力行特别重要,师生共读共写助力于培养创作共情,一旦学生适应创作节奏,就能渐渐享受写作。笔者认为,设计写作点是教学重心,不可单纯依循教材实例示范,而是要充分考虑与学生实际生活的密契,真正从生活中发掘,设计原则是它首先有趣,其次难度并不太大,处于学生心理和能力都可以接纳的范围内。

创意与师范相融

——盐城师范学院“创意写作”教改实践与探索*

王玉琴**

摘　要：在新文科思维指导下，盐城师范学院综合天赋论与养成论，筹建“创意写作班”，建构校内校外学者、作家协同指导的“双导师制”，将“创造性阅读”与师范生技能说课融合，并深入推进“创意写作”金课和综合平台建设。创意与师范相融的“盐师模式”，是盐城师范学院近年来在创意写作方面的探索性成果，可为地方师范院校的创意写作人才培养提供相关的借鉴。

关键词：创意写作；创造性阅读；盐城师范学院

创意写作是21世纪以来中国写作教学领域开辟的新方向，经过十多年的发展探索，创意写作的教育理念、学科建设和实践成果，为中国创意文化产业和新文科建设提供了丰富的话题、资源和探索空间。盐城师范学院的创意写作教育，基于地方独特的历史地理文化，立足国家新文科建设和本校汉语言文学专业国家一流专业建设背景，以“创意写作班”“创意写作课”“创意写作中心”“江苏作家资源中心”等为基础，融创意、师范、地方文创人才培养为一体，推进创意写作综合平台建设，逐步探索适应地方师范院校的创意写作人才培养模式。

一、基于天赋论和养成论，筹建“创意写作班”

盐城师范学院是江苏省内较早探索创意写作教育的试点高校之一。学院所在地盐城，是新四军艺术摇篮——华中鲁艺所在地，也是“淮剧现代戏之乡”，在红色文艺、剧目创作、儿童文学创作领域具有深厚的创作根基和广泛影响力。以淮剧剧目为例，淮剧《小镇》获得过文化部文华大奖，《鸡毛蒜皮》《送你过江》《小镇》等剧目获得国家舞台艺术精品工程剧目、曹禺戏剧文学奖、国家艺术基金等国家类奖项。国际安徒生奖获得者——儿童文学作家曹文轩和茅盾文学奖得主李国文都是盐城籍作家。近年来，盐城

*　本文是2021年度江苏高校哲学社会科学研究重大项目“新媒体时代文艺价值观建构研究”（2021SJZDA101）阶段性成果。

**　王玉琴，文学博士，盐城师范学院文学院教授，硕士生导师，盐城师范学院文学院创意写作项目主要负责人。

作为长三角北翼城市,深度融入国家沿海开发和长三角一体化进程。作为盐城智库的盐城师范学院,其中文专业是国家级一流专业建设点和江苏省高校品牌专业,多年来密切关注上海大学葛红兵团队的创意写作教育及其学科建设事业,并将上海大学等高校开辟的创意写作探索成果融入创意写作人才培养实践中。

2014年,盐城师范学院试图通过双语课程建设,引进创意写作教学理念和教学方法,以丰富和拓展传统写作教学,但课程建设意图和教学方法,因与传统写作教学方案有别,未能通过相关部门审核而暂时搁浅。2015年,学校特邀小说家毕飞宇来校作创作讲座,再次提及创意写作及地方写作人才培养的瓶颈问题,毕飞宇动议盐城师范学院开启创意写作人才培养。2016年,著名作家曹文轩在盐城师范学院讲学期间积极肯定创意写作领域的探索。此后在校领导芮鸿岩、戴斌荣、方忠、薛家宝等的支持下,学校以盐城师范学院文学院为主导,持续开展创意写作教育探索和实践。

作为牵头部门,盐城师范文学院审时度势,联系本校"沿海、师范、老区"特色,结合文学院进行学情分析,认为在文学院全面开展创意写作教育有很大的难度,拟首先通过小班试点、逐渐推广方式探索创意写作教改。"没有调查就没有发言权",陈义海、岳峰、李尧三任文学院院长带领教研团队南下北上,奔赴上海大学、扬州大学、江苏师范大学、鲁东大学、长江师范学院、内蒙古师范大学等多所高校进行调研,并通过和江苏省写作学会协同召开"创意写作的学术探讨"高峰论坛等学术会议,探究地方师范高校开展创意写作教育的可能性。在充分调研和汲取各方经验基础上,文学院以天赋论和养成论思想为主导,以渐进式思维推进创意写作教改,创办"创意写作班",推进创意写作课程建设。

英语国家创意写作的根本理念,在于承认每个人都有进行创意写作的能力,反对天才论而提倡养成论,淡化了写作者的准入要求。在创意写作中国化过程中,"作家可以培养 写作人人可为"的写作理念深入人心。联系盐城师范学院师资及学情实际,认为难以大范围开展创意写作课程,遂决定以选拔组班形式,从全校尤其是文学院一、二年级学生中,通过报名、提交作品、笔试、面试等多渠道选拔热爱写作且具有一定语言表达和创意能力的学生,组成"创意写作班",配以具有写作特长的专职班主任和校内外指导老师,进行三年到四年的持续跟踪及年级滚动模式培养,开展创意阅读和工坊制写作训练,使学员获得较为全面的创意写作知识和技能,并力争使学员在创意类文章写作、创新创业项目研究、文案编辑、文学研究等方面有所突破。

强调选拔,是在一定程度上认可"天赋论",承认个体气质禀赋、写作基础和兴趣爱好的差异性,从而在有限的时间内因材施教。重视组班进行工坊指导,是重视"养成论",通过阅读、写作、修改、指导、编辑诸环节,进行沉浸式阅读和探究,累积学员创意思维能力和写作技艺。迄今为止,盐城师范学院文学院主管的创意写作班已经连续招收六届学员,学员们出版、发表的诗歌、小说、剧本、散文等作品有300多万字,获得"江苏省紫金文化艺术节大学生戏剧展演活动一等奖""江苏高校江南风诗歌征文比赛一等奖""首届全国大学生诗会年度诗人""第十届中融青年原创文学大赛大学生新人奖"等诸多文学类奖项，创意写作班学员除了成为专职编剧、编辑、新闻记者、文创人员之外，考研、考编成功率也远高于同批毕业生。

经过不断的探索、改进和调整，盐师创意写作教改团队制订了《创意写作中心工作方案》，实现工作制度化、活动常规化、管理有序化，提高创意写作中心师生的工作和创作积极性，建构创意写作班选、写、导、管全过程，创办了专门的文学刊物《青鸟》，分阶段培育年轻博士、讲师、副教授、教授的教师梯队，并就讲座、改稿会、《青鸟》编辑、学员创作及成果发表等方面，进行过程化管理和成果量化评定，建构考评奖励机制，积累教师队伍指导创意写作班学员的实践经验。

二、建构双导师制，强化“创造性阅读”

盐城师范学院创意写作班的提议和建设，起于现江苏作家协会主席、著名小说家毕飞宇等人的动议，从成立之初就带有重视文学写作的影子；推动首届创意写作班成立的前文学院院长陈义海本身就是一位具有影响力的双语诗人；首届创意写作班成立后，从事世界华文研究的方忠教授担任盐城师范学院院长。盐城师范学院还是盐城市文艺评论家协会的驻会单位，与地方文联作协有长期合作与交流，淮剧进校园也是常态化的文艺交流活动。基于文学的师资背景和独特的学缘结构，进一步助推了盐师创意写作的文学写作传统，文学写作由此成为盐城师范学院推进创意写作的主要方向。由于导师们较为明显的作家型学者或学者型作家特点，创意写作班重点关注的写作领域，主要为传统的诗歌、小说、散文、剧本文体的写作。

由于来校进行创作、讲学交流的世界华文作家众多，再加上盐城本土优秀剧作家、小说家的加盟，借助“中文讲堂”和“黄海论坛”等项目支持，创意写作班学员可以近距离感知文学的魅力和作家们的创作体验。校内校外导师、作家的共同参与和指导，逐渐形成了创意写作班的“双导师制”传统。

所谓“双导师制”，即为学员配备校内导师和校外导师，每一届创意写作班都会安排专职班主任和写作指导导师，主要负责日常管理、授课、组稿、编稿、编刊、采风等一般性的写作指导工作。校外导师主要由作家、编剧、编辑和评论家组成，他们通过讲座、视频会、改稿会等形式，重点引导学员感悟和提高文学写作技巧，推荐优秀稿件发表，等等。在校外导师和创意写作班学员交流过程中，创意写作班学员也常常以校外作家作品为论文研究对象，通过毕业论文、文学评论等方式，推进校外、海外作家作品研究。近年来，来创意写作班进行写作指导的校外作家有曹文轩、毕飞宇、卢新华、张晓风、汪政、贾梦玮、叶兆言、薛海翔、王威、老木、穆紫荆等。例如 2016 年，“毕飞宇工作室”进驻盐师，毕飞宇为创意写作班学员胡清彦小说《吴蓝花》专门主讲改稿会，对学员作品现场作条分缕析，使学员有醍醐灌顶之感。

知名作家进校园，开阔了创意写作班学员的创作视野，激发和提升了学员们文学创作和文艺研究的热忱，学员文创水平和文学研究能力显著提升，由创意写作班学员担当重任的“挑战杯”中国大学生创业计划竞赛获得国家级银奖,反映地方非物质文化遗产的微视频《暮续朝承》,获得全国第五届大学生艺术展演活动一等奖,创意写作班学员所作的《江苏当代小说中的故园母题研究》《论陈义海对学院派诗歌的开拓》等论文获得江苏省优秀本科毕业论文。创意写作班学员和作家面对面、零距离的正面交流和学习,不仅提升了学员们的创意阅读和写作能力,而且提升了这些具有师范生背景学员们的教学能力和研究能力。在江苏省师范生基本功大赛中,由创意写作班学员参加的比赛一等奖数和获奖率全省第一,教师资格证和教师编制考取率也高于其他班级。

创意和师范相融,产生奇妙的化合反应,极大地提升了创意写作班学员的综合能力。有鉴于此,学院将创意写作班的教改成果进行了整合、改造和推广,在所有师范班开设“创意写作”选修课,并将“创意写作”课程中的“创造性阅读”环节和内容进行强化,与师范生说课技能训练进行了融合。

“创造性阅读”,较早由爱默生提出的,与“创意写作”相辅相成,重在挖掘每一个阅读个体的阅读潜能激发大自然赋予的创造力。与接受性阅读不同,创造性阅读带着提出新见的目的去发现以前未曾有过的答案。后来的作家、学者不断丰富创造性阅读的内涵,将其作为阅读活动的最高形式。在阅读、涵泳中,读者对作品中的语言、形象、情感、思想以及写作奥秘进行丰富的想象和深入的思考,获得达到原文本或超出原文本的情感、想象与思想的多维满足,是一种创意思维的获得和再创造,无论是从事文学写作、语文教学还是文学研究,创造性阅读都是一项必备和重要的基本功。在师范班开设创意写作课,既可以推进师范生的语文教学能力,也可以丰富拓展学生的创意写作能力。在师生共同参与和助推创造性阅读教学活动中,经典作品成为当之无愧的首选文本。例如,在创意写作课程中开展创造性阅读训练时,在对歌德小说、诗歌作品进行创造性阅读时,发掘了歌德作品中的中国元素,任课老师和学生找到建设文学虚拟仿真实验课程的灵感,最终以“18 世纪歌德创作与中国元素”为主题,建设了一项带有新文科特点的国家一流本科课程。

盐城师范学院的“创意写作”课程,有近半课时安排了创意阅读、创意思维等方面的训练。在创意写作课堂中,班级学生都要选择至少一位经典作家的经典文本进行创作性阅读。正是在对经典名家文本的创造性阅读中,学生可以感知一个个带有专题性的写作奥秘和写作技艺,例如,如何开头、如何设置人物关系、如何安排伏笔和悬念、如何设置情节突转、如何进行主题升华等等,通过倒推式、还原式揣摩作家创造过程,学生可以渐进式感悟、模拟进入作家创作过程。创造性阅读环节结束之后,学生在其后的创作过程中可以再次复盘和运用自己感知到的写作技艺,通过一而再再而三的阅读、创作、修改、编辑、观剧等学习和训练,加强学生对各种文体既定写作成规的感知、运用和创新。

以小说创作和剧本创作为例,我们通过对鲁迅小说《祝福》、袁连成淮剧剧本《祥林嫂》进行创造性阅读,深入体味作为小说文体的《祝福》和作为剧本的《祥林嫂》各自的特点，比较、挖掘剧本对小说原著的改编，从每一个变化的细节中感知编剧对原作的创造性改编。这种阅读和训练成果后来在我校毕业生、青年编剧高新的剧本创作《药》《新台殇》中有较为明显的呈现。

创造性阅读的强化训练，在带领学生进入审美、唤起学生先天感悟力和思想力、培育写作技艺方面具有事半功倍的学习效果。在创造性阅读和创意写作相辅相成的教学实践中，盐城师范学院在全校层面开设“阅读与写作”课，并将这门课程建成江苏省高校在线开放课程和江苏省高等学校重点教材，从而与“创意写作”组成两门优质的写作课程。

三、立足新文科思维，推进“创意写作”综合平台建设

创意写作的实践性特征及其跨学科传统，让它天然地具有新文科属性。在如火如荼的新文科语境中，盐城师范学院文学院在经过一段时间探索之后，拟在创意写作班及创意写作课程基础上，以新文科融合思维推进创意写作综合平台建设。

首先，学院将“创意写作”课程列入线上线下混合式金课建设平台推进计划项目。按照金课建设“高阶性、创新性、有挑战度”的要求，盐城师范学院文学院重新定位课程建设目标，以培养具有深厚专业基础、较高人文素养、出色创意才华、高水平口语能力和写作能力的中文创意人才为宗旨，聚焦学生潜能激发，科学设定教学内容，构建多元教学资源，注重通过课堂、基地、社会的三重教学阵地，教师、作家、学者的三重介入，综合引导、激发学生的创意潜能，打开学生深藏的“想象—表达—写作—传播”的求知欲和价值实现能力。为此，学院要求校内指导教师必须具有“创研并重”的专业基础、学科素养和“下水”写作能力，课前须深度备课。学生课外需要进行阅读鉴赏实践、虚构写作和非虚构写作实践。课内师生需要准确报告课程学习和实践成果，品评、修改和完善创作成果。通过创意写作金课建设计划，课程聚焦创意写作的学科视野、理论基础和教学方法，回答中国为什么要发展创意写作和创意写作如何教的基础理论和方法问题。2019年，盐师创意写作课程获批中国高等教育学会的“金课”建设项目，目前正在持续推进和建设之中。

其次，学院和江苏省作家协会共建江苏作家资源中心、创意写作中心和江苏当代文学研究基地等，使之成为创意写作的资源中心、创作中心和研究中心，目前中心建成作家作品馆藏部、会议室和展厅各一，并与学院所属的江苏省文化传媒实验教学示范中心等，制作作家剧作家视频资源，推进创意写作的多媒体化和多媒体传播，并将创意写作融入汉语言文学专业的文化铸魂育人实践。作家资源中心等平台、展厅等实体基地和平台建设，有利于学生接受文学文化熏陶和创意写作实训，为学生提供了安静的创作空间和强有力的线上线下资源保障。

最后，推广融创课程，开辟校外文学创作采风和研学基地，推进教师、作家、社会和育人环境的多位共生，建构“多位互动协调”的创意写作机制。这种创意写作机制，充分

发挥学校所在地的历史地理背景和环境,也服务于地方文创人才的综合培养。为此,学院除了奔赴校外各类文学馆、作家故居等地采风学习之外,还在“野鹿荡”建设了文学创作采风基地,在著名作家曹文轩的家乡“草房子乐园”、江苏省淮剧团和盐城市淮剧团等共建了文学创作和研学基地。

以“野鹿荡”基地为例,“野鹿荡”与盐城作为海滨城市的地域特点密切相关。盐城作为江苏省海岸线最长的城市,拥有太平洋西岸和亚洲大陆边缘面积最大、生态保护最好的 77 万公顷海岸型湿地,是濒危物种最多、受威胁程度最高的“东亚—澳大利亚”候鸟迁徙路线的中心节点,栖息着近 1 200 种动物。盐城大丰“野鹿荡”是人口稠密、经济发达的长三角地区唯一一家世界级中华暗夜星空保护地。为了让学生理解和表达盐城“沿海+生态”的自然环境,找到自然与星空的写作灵感,学院多次带领学生赴“野鹿荡”和“暗夜星空”所在地采风,充盈学生“现实+想象”的灵感激发状态,训练学生进行生态湿地方面的题材写作。《挥向天空的翅膀》这部反映人与自然和谐共生的生态保护题材音乐剧,就是创意写作班校外指导老师徐向林、朱义刚等与师范学院学生共同创作的生态题材作品。

四、结语

在新的历史条件下,中国的高等教育紧紧围绕国家整体战略和世界发展形势,提出高等教育人才培养质量的系统工程。文科写作人才的培养,也应立足国际视野和中国写作教育的实际。盐城师范学院在创意写作方面的尝试和实践,期待通过建班、课程、平台等综合建设方式,将创意写作融合到师范生的培养和创意写作专业人才培养过程中,谋求“创中求变,创中求新,创中求进”,积极呼应新时代新文科发展需求,获得较好的人才培养效果。当然,在实际操作层面,囿于现有师资、理论储备或制度化支撑的不足,盐城师范学院创意写作在人才储备、课程理论建设、创意文化产业开拓与融合等方面,还需要持续深耕发展,加强多元化探索与深化研究。

高校课程中的写作人才培养
——以厦门大学嘉庚学院“文艺类写作课程”为例

钟永兴*

摘　要： 厦门大学嘉庚学院人文与传播学院的写作课程学科建设，呼应国家的新文科概念，并与学校的人才培养方案互为表里。人文与传播学院对写作类课程支持力度大，无论是在学院课程里或是中文专业里，写作课程都占据举足轻重的位置。文艺型写作课程在本校人文与传播学院内总计有三门，写作基础、文艺欣赏与写作、创意写作，各有各的特色与侧重点，但相同之处是竭力培养写作人才，厚植学生的文艺素养与写作技能。本文就学院的人才培养方案所扣紧的写作课程部分，以及文艺类写作课程的建设情况展开介绍与论述。

关键词： 写作课程；人才培养；厦门大学嘉庚学院；新文科

在当今高等教育环境竞争激烈、高校积极经营课程建设的氛围下，又因科技发展所仰赖的理科、工科课程建设和人才培养，实用主义与科技领域在教育环境中占有重要的位置。与之相应，商科、艺术类、人文学科，也必须观察思考自身的导向与定位，对自身学科价值予以肯定与再建设。专就人文领域的中文专业而言，教学内容通常涵盖知识素养、知识技能两大方向，而这两大方向也同时体现在课程建设之中，至于写作相关课程的安排与教学开展，往往有其不可或缺的重要性，写作课程既需要引导学生具备厚实的文学基础，此为文学素养方面，同时又必须培养学生的文艺书写能力，此为文艺技能方面。正因为写作课程涵盖面之广、重要性之高，高校对写作课程的构思及建设每每未敢轻忽，以下各节专就笔者任职单位厦门大学嘉庚学院人文与传播学院的写作课程建设、特色、发展概况等，作进一步的阐述。

一、厦门大学嘉庚学院人文与传播学院的人才培养方案

厦门大学嘉庚学院人文与传播学院因应高等教育中所肩负的人才培养任务，订定与课程建设高度相关的“人才培养方案”，进一步实体化落实在各专业的《专业修读指

* 钟永兴，厦门大学嘉庚学院人文与传播学院副教授。

南》当中，引导本科学生较深入地了解各门课程的开课目标、教学导向、教学特色等。若就本院的汉语言文学专业（简称“中文专业”）而言，便是将人才培养方案翔实地记载于《厦门大学嘉庚学院汉语言文学专业修读指南》（以下简称《中文专业修读指南》）里头，旨在以这本手册面向中文专业的本科学生，向学生们介绍中文专业的办学理念、教育特点、学科建设和课程说明等。旨在引导学生及早确认自己的修读理想与选课意向，为学生省去因不熟悉课程开设概况和教师授课特色而造成的如选错课、学非所用等修课或学习上的缺憾。

根据本院校《中文专业修读指南》所介绍的“写作基础”课程：“人文与传播学院按照基础化、现代化、模块化、对口化的原则，整合、优化课程体系，加强关系到教学对象培养规格和质量的主干课程建设，面向五个专业方向增设院一级平台课程组模块，建立为多个一级学科提供基础性、服务型和引导型知识体系建构的课程组合。”①人文与传播学院设置一级平台课程，足见对此类课程的重视，平台课程在人文与传播学院整体课程之中的重要性自当不容忽视。《中文专业修读指南》里头更进一步说明：“‘平台课程组’由写作基础、传播学概论、人文学科研究方法、美学原理、中国传统文化五门课程组成，每门课均为标准学时 32 课时，2 学分，面向中文、广电、新闻、广告、文管五个专业学生共同开设为低年级先修及必修课程。”②由此可知，本院所认定的包含“写作基础”在内的这几门课程，对本院学生而言，同时具备优越性与普遍性。优越性的表现上，规定此类学院平台课程为全院低年级学生所“必修”和“先修”；普遍性的表现上，规定此类学院平台课程，举凡就读本院的学生无论是中文、广电、新闻、广告、文管这五个专业中的哪个专业，都必须进行修读并且确实地取得学分。

《中文专业修读指南》里对“写作基础”课程在整个学院课程当中的定位，是如此阐述的：“‘写作基础’本门课程作为平台课程开设的教学目的是通过教学手段，使学生掌握通用写作原理、写作要领与写作技巧，获取必备的写作能力，整体提高写作水平，以适应专业学习、研究与社会工作的写作需要。”③其规划方向即是将“写作基础”课程的授课理论和书写实务相结合，既培养学生提升写作能力，也期许学生凭借写作这项素养与技能的完善厚实，呼应未来就业时的职场需求。人才培养方案拉近了学生就读大学期间的“学”与毕业求职阶段“用”的距离，是高等教育呼应学生毕业后职涯发展的重要规划，其“学用并进”的价值乃高校办学思路里头的重中之重。写作技能的养成更是文科生，尤其是中文专业学生就读大学时所不可或缺的环节。

---

① 厦门大学嘉庚学院.厦门大学嘉庚学院汉语言文学专业修读指南[Z].厦门大学嘉庚学院汉语言文学专业刊印，2019：1.

② 厦门大学嘉庚学院.厦门大学嘉庚学院汉语言文学专业修读指南[Z].厦门大学嘉庚学院汉语言文学专业刊印，2019：12.

③ 厦门大学嘉庚学院.厦门大学嘉庚学院汉语言文学专业修读指南[Z].厦门大学嘉庚学院汉语言文学专业刊印，2019：12.

二、文艺类写作课程的架构指标、课程师资与选用教材

厦门大学嘉庚学院人文与传播学院开设的写作型课程架构，涉及文艺写作领域的课程共计有三门课程，分别是“写作基础课程”“文艺欣赏与写作课程”“创意写作课程”。

（一）课程架构

首先就修课对象而言，“写作基础课程”开课对象范围最广，属于本校人文与传播学院中的院平台必修课程，涵盖中文（汉语言文学）、新闻、广电（广播电视学）、广告、文管（文化产业管理）五个专业，是就读这五个专业的大一学生所共同必须修读的写作型课程。“文艺欣赏与写作课程”为中文专业内的选修课程，选课对象为就读中文专业的大二、大三学生。“创意写作课程”为中文专业内的选修课程，选课对象为就读中文专业的大二、大三、大四学生，一般建议大二、大三学生修读。

就课程的难易度设定而言，“写作基础课程”定位为“基础”写作课程，授课目标与开课宗旨在于引导人文与传播学院五个专业的大一学生，从接触写作到认识写作和逐渐熟悉写作，从课程修读当中对文艺写作、实用写作的差异性进行理解，先学习文艺型写作中新诗、散文、小说、剧本各文类的特质和写作要素，其次再扩展至涉猎公文写作、学术论文写作、简历自传写作、新闻稿写作、广告文案写作等实用型写作。就授课所花费的课时与授课内容这两方面来看，“写作基础课程”的授课方向仍然较侧重于文艺型写作的教学。就教学顺序上，课程组教师大抵也是优先讲述新诗、散文、小说、剧本这几种文类。“文艺欣赏与写作课程”定位为“进阶”写作课程，属于进阶写作课程中的“文艺欣赏与写作”课程，其特点是重视对文学作品的赏读，对中外文学经典名著的养分汲取，以及重视文艺创作的实务练习和这几方面的并重开展，同时呼应我院校中文专业对学生写作能力的期许。《中文专业修读指南》里头阐述：“文学是大学本科生美育的重要内容，心灵的进化，才气的发扬，性情的疏导，皆离不开文学的熏陶滋养作用。对于偏重应用型中文的嘉庚学子来说，如果从事新闻写作、影视作品评论、语文教育等工作，也离不开优秀作品的学习，经典文学作品是典范语言的渊薮和样板，是大学生应当取法的对象。”①至于“创意写作课程”也是定位为“进阶”写作课程，这门课程特别重视且有意识地引导让学生对虚构写作与非虚构写作两类作出明确区分，进而能娴熟驾驭，在课程修习中逐渐加强虚构写作与非虚构写作的能力。

（二）课程指标

就课程教学的预期指标而言，每门文艺写作类型的课程都同时兼具“技能”和“素

---

① 厦门大学嘉庚学院.厦门大学嘉庚学院汉语言文学专业修读指南[Z].厦门大学嘉庚学院汉语言文学专业刊印，2019：1.

养”两个方面的预期指标。

写作基础课程的技能预期指标为：厚植学生的写作基本功底，提升用字遣词、构思成文的书写表达能力。激发学生的文艺才华和笔触倾向，引领其摸索与实践多元的写作方向，启发写作方面的专长。素养预期指标为：增进学生对文学作品审美的敏锐与素养，扩充文化深度与文学广度等人文素养。

文艺欣赏与写作课程的技能预期指标为：厚植学生赏读文学作品，深掘文学美感的能力。强化学生文艺写作的进阶能力，巩固文从字顺、流畅优美等书写功底。提升学生的文艺才华和引导其娴熟自身的笔触取向，从授课与随堂练习中细分新诗、散文、小说、剧本等的文体类别，为学生启发其较为擅长的创作领域。素养预期指标为：透过课程中的作品导读与赏析等学习内容，增进学生对文学作品的感受力与敏锐度，引领学生累积文学上的美感经验和养成析理思维的良好习惯，强化自身文艺鉴赏的高度素养。

创意写作课程的技能预期指标为：教导学生掌握叙事性虚构文学（小说）的写作技巧，教导学生掌握叙事性非虚构文学（纪实文学、散文、随笔、报告文学、传记文学）的写作技巧。素养预期指标为：通过循序渐进的写作训练，提升文学写作的创意思维。

（三）课程师资与选用教材

人文与传播学院开设的写作型课程，包含写作基础这门学院必修课程，以及文艺欣赏与写作、创意写作这两门中文专业的选修课程，都交由教学经验较丰富且教学评价优良的师资团队，来担任写作课的课程组教师，以上三门课也都有对应的实体教材，或是教学专用的课件和简报文件。写作基础课程因为必须要提供给人文与传播学院内中文（汉语言文学）、新闻、广电（广播电视学）、广告、文管（文化产业管理）五个专业全数的大一学生修读，所需要开设的班级数量与安排授课师资的人数都相对地多，共计有三名师资担任课程教师。中文、文管两个专业的学生所修读的写作基础班级，由钟永兴老师担任课程教师；新闻、广告两个专业的学生所修读的写作基础班级，由张期达老师担任课程教师；广电专业的学生所修读的写作基础班级，由吴秉勋老师担任课程教师。

写作基础所有课程班所选用的自编教材《大学写作基础教程》①，是由人文与传播学院院长苏新春担任主编，由写作课程组负责人钟永兴担任副主编，集结学院各个专业里多位学有专精的教师，组建稳健的编写团队，耗时一整学年共同撰写成的。《大学写作基础教程》一书共计九个章节，前两章是总论，第一章谈写作的功能，第二章谈主题与结构。第三章到第六章属于文艺写作范畴，也是写作基础课程授课的核心章节，所占课时的比例最高，各章内容分别是诗歌写作、散文写作、小说写作、剧本写作。第七章到第九章属于实用写作范畴，各章内容分别是新闻写作、学术论文写作、日常文书写作。上述

① 苏新春，钟永兴.大学写作基础教程[M].北京：清华大学出版社，2019.

各章，除了文艺写作的范畴，课程组希望授课教师可以通盘地向学生讲述外，其余各章内容，授课教师可根据进度和需求自行取舍。

文艺欣赏与写作课程，是专为中文专业大二、大三学生开设的文艺型写作课程，常态来说每学期开设一个课程班级，由钟永兴老师担任课程教师。课程教材未征订实体书籍，而是采用本门课程专属的课件和简报文件。这些课件和简报文件主要可分成新诗、散文、小说、剧本四个方面，以知名文学作品选文及导读解析的方式进行授课，并在课程中面向学生安排若干次随堂写作练习。

文艺欣赏与写作课程授课时所选用的名家作品，新诗方面，选读如徐志摩的《再别康桥》、林徽因的《你是人间的四月天》、海子的《面朝大海·春暖花开》、顾城的《我不知道怎样爱你》、戴望舒的《小病》、舒婷的《致橡树》、余光中的《乡愁》《伞盟》、郑愁予的《错误》、周梦蝶的《让》、席慕蓉的《一棵开花的树》等诗作。外国诗歌选读方面，如纪伯伦的《先知·孩子》《沙与沫》、雪莱的《咏死》、拜伦的《我看过你哭》《意大利的一个灿烂的黄昏》、艾略特的《大风夜狂想曲》《死者的葬礼》、博尔赫斯的《思念》《离别》等诗作。散文方面，摘录式选读如冰心的《山中杂感》、琦君的《小叔写春联》、老舍的《又是一年芳草绿》、巴金的《怀念萧珊》、郭沫若的《芭蕉花》、丰子恺的《渐》、余秋雨的《都江堰》、简媜的《月碑》《笔》、张晓风的《念你们的名字》等作品；外国散文如梭罗的《瓦尔登湖》、米兰·昆德拉的《被背叛的遗嘱》、罗兰·巴特的《恋人絮语》等作品。小说方面，摘录式选读如钱锺书的《围城》、莫言的《民间音乐》、刘慈欣的《流浪地球》；外国小说如马尔克斯的《百年孤独》、麦克福尔的《摆渡人》、三岛由纪夫的《金阁寺》、村上春树的《挪威的森林》等作品。剧本方面，采摘录式选读莎士比亚的《哈姆雷特》《罗密欧与朱丽叶》等剧本。

创意写作课程，是专为中文专业大二到大四学生开设的文艺型写作课程，常态来说每学期开设一到两个课程班级，由张期达老师担任课程教师。课程选用的教材为《故事技巧：叙事性非虚构文学写作指南》①，建议学生参考的书籍为《创意写作基本理论问题》②《创意写作：叙事与评论》③。创意写作课程的开展方式主要以"专题"进行讲述，将整学期的授课内容分成：故事、结构、视角、声音和风格、人物、场景、动作、对话、主题、报道、故事叙述、释义性叙事、其他（随笔、专栏、回忆录）等诸多方面的专题依序授课。

厦门大学嘉庚学院人文与传播学院"写作基础课程""文艺欣赏与写作课程""创意写作课程"这三门课的开课概况，如师资队伍、课型、修课对象、授课教材、学分、课时等情形，亦可如表1所示。

---

① 杰克·哈特.故事技巧：叙事性非虚构文学写作指南[M].叶青，等，译，北京：中国人民大学出版社，2012.

② 刘卫东：创意写作基本理论问题[M].上海：上海大学出版社，2019.

③ 陈邑华、郑榕玉：创意写作：叙事与评论[M].厦门：厦门大学出版社，2019.

表1 厦门大学嘉庚学院人文与传播学院部分写作课程开课情况

课程名	教师	课　　型	修课对象	授课教材	学分	课时
写作基础	钟永兴 张期达 吴秉勋	人文与传播学院平台必修课程 (基础课程)	中文、新闻、广电、广告、文管等专业大一学生	《大学写作基础教程》	2	32
文艺欣赏与写作	钟永兴	人文与传播学院中文专业选修课程 (进阶课程)	中文专业大二、大三学生	课程专属的课件和简报文件	2	32
创意写作	张期达	人文与传播学院中文专业选修课程 (进阶课程)	中文专业大二、大三、大四学生	《故事技巧：叙事性非虚构文学写作指南》	2	32

三、文艺类写作课程积累的成果与课后写作实践

写作是一项必须时时进行锻炼的专业能力。对中文专业的学生而言,更理想的情况是能将写作培养成一种日常生活中的习惯。因此,在学生修读写作课程的当下,或是将课程修读完毕取得学分之后,写作课程组的教师大多会安排些相对应的鼓励措施,激发与鼓励学生积极持续地进行写作,甚至是在中文专业的暑期实践周课程架构之中,也特别开辟了和学生写作能力培养具有高度相关性的活动内容。此类举措,如下所述:

(一)集结写作基础课程的学期作品集

写作基础课程,授课教师除了凭借《大学写作基础教程》这本教材进行讲述外,在整个学期当中同时会安排若干次课后作业,锻炼学生实际书写与创作的能力。写作课程组对不同班级的任课教师,并无硬性规定其布置作业的频次,大抵各个写作课程班的老师可根据自己所任课的班级情况,不同专业与不同班级学生素质或需求等差异因素,灵活调整作业练习的范畴与分量。课程组唯独建议各班级教师在布置写作练习的作业时,文艺写作的分量和比重最好可以高过其他类型的写作。

单就笔者所任教的写作基础课程班级来说,整学期面向学生布置了五阶段,涉及文艺与实用两大类别,并且涵盖六种文类的写作练习作业。第一阶段是新诗写作,第二阶段是散文写作,第三阶段是小说与剧本写作(学生可任选其中一种),第四阶段是新闻稿与文案写作(学生可任选其中一种),第五阶段是学生修课心得反馈与自我学习成效评估书写。学期结束之前,笔者会从学生缴交的作业当中,择优挑选出一些作品(只从前四个阶段的作业中挑选),以集结形成《文墨集》电子作品集。笔者同时会在自己授课的每个写作课程班当中征求两名学生志愿者,由他们担任此电子作品集的排版与美术编

辑的工作人员，协助完成写作课程电子作品集《文墨集》的编排工作。《文墨集》碍于印刷经费限制与读者群的局限等因素，现阶段不采取实体印刷刊行，而采取电子文件的方式留存，作品集用于班级内，或班级与班级之间交流分享。虽然《文墨集》不采取实体印行方式呈现，但制作排版上亦不草率马虎，封面、目录、作品的依序编排，字形的选用、字体大小的统一等，都经过志愿者和教师的讨论商议，力求电子文件在质量上的细致完善。各班级所集结出的《文墨集》电子文件，再由笔者择优保存下来，作为写作课程班级学生文艺创作成果的具体呈现。

（二）面向《南太武杂志》的投稿与奖励

《南太武杂志》是厦门大学嘉庚学院人文与传播学院中文专业创办的文艺刊物，常态化面向全校学生征稿，主要征求新诗、散文、小说、剧本等文类，涉及书评、评论等主题的稿件亦择优刊登。《南太武杂志》起名根据为厦门大学嘉庚学院校址斜对面的漳州开发区知名地标“南太武山”，“南”字呼应厦大体系高校素有“南方之强”的寄寓，“太武”取其刚健之期许。《南太武杂志》由人文与传播学院苏新春院长担任总编，中文专业主任李建明担任主编，写作基础课程组教师钟永兴、张期达、吴秉勋担任审稿委员。《南太武杂志》的排版、设计、收稿、联系作者等工作，从中文专业里招募具有服务热忱精神的在读学生担任志愿者，组建成一支由十来位学生组成的“南太武工作团队”，负责协助处理宣传、征稿、分稿、联系、排版、设计、送印等繁重的办刊工作。《南太武杂志》从2018年的第一期创刊号，至2022年的第五期，历经五个年度，为本校唯一专供学生发表文艺作品的刊物园地，深得对创作怀抱热情的学生们喜爱。至于写作基础、文艺欣赏与写作、创意写作这三门课程的授课教师，也都会鼓励正在修课的学生勤勉写作、勇于投稿，凡是成功投递创作稿件以及提供实际投稿证明的学生，课程班教师将适度替学生加高平时成绩分数，以资嘉勉，此举也是希望写作课程班学生的创作成果，不被限制在课程班里头，而是能进一步扩展到课程以外的文艺园地，为学生们的学习历程增添荣誉和光彩。

（三）实践周中文采风活动结合文艺创作

《中文专业修读指南》之中对课程实践环节作了如下介绍说明：“本专业强调实践环节的安排。我系学生的实践成绩在学分中占较大的比重……我系共安排了三次教学实践和一次毕业实习，根据不同年级的不同特点，我系采取了不同的实践策略，采取‘大一（下）文艺创作，大二（下）社会调查，大三（下）文献综述，大四（下）毕业实习’四步骤的战略，既立足校园，又要走出校园，逐步完成从校园到社会的过度，意在帮助学生真正学以致用，让知识转化为实实在在的能力，在实践中不断成熟。”①由此可见，中文专业安排给

① 厦门大学嘉庚学院.厦门大学嘉庚学院汉语言文学专业修读指南[Z].厦门大学嘉庚学院汉语言文学专业刊印，2019：11.

大一(下)学生进行的文艺创作实践活动,正是呼应大学生对写作能力的锻炼培养,这项实践活动的设置也和中文专业对写作课程的完整规划具有密不可分的关系。

在实践周课程开设和实践周学分取得的框架规范下,中文专业的采风活动是实践周课程内的一大特色,专门面向就读中文专业一年级准备升上二年级的学生举办,举办时间点为每学年下学期的暑期实践周,实践周一般是安排在每学年下学期的第十九周、第二十周,实践周的第一天是动员大会讲座活动,通常在动员大会的隔天就会举办采风活动。中文专业的头一次采风活动起始于 2017 年暑期,几乎逐年举办,延续至今,已实施了六年,是中文专业大一各班教师与学生偕行的指标性动态活动,而中文采风的行程安排与地点选择,则尽可能贴近"自然景致""人文雅韵""风土关怀"这几个方面。

2017 年暑期的中文专业采风活动,参加对象为中文专业 2016 级全体学生,前往地点漳州的云洞岩属于自然环境,呼应自然景致的面向。2018 年暑期的中文专业采风活动,参加对象为中文专业 2017 级全体学生,前往地点厦门集美的鳌园与陈嘉庚纪念馆属于人文景观,呼应人文雅韵的面向。2019 年暑期的中文专业采风活动,参加对象为中文专业 2018 级全体学生,前往地点是漳州的古城与中山公园,属于人文景观,呼应人文雅韵的面向。2020 年因为疫情缘故,取消该次的采风活动。2021 年暑期的中文专业采风活动,参加对象为中文专业 2020 级全体学生,前往地点是漳州的埭美古村,属于人文景观,呼应风土关怀的面向。2022 年暑期的中文专业采风活动,参加对象为中文专业 2021 级全体学生,前往地点漳州的林语堂纪念馆属于人文景观,呼应人文雅韵的面向。

中文专业一年级准备升二年级的学生,所必须完成的实践周任务即文艺创作,也是取得实践周课程学分的必要条件,学生必须在新诗、散文、小说、剧本这四种文艺类别的文体之中,任选两种进行文艺创作,而这两种里头至少有一种必须依据在采风活动之中所获得的实际体验,以文字创作描绘其所见所闻,呈现其所思所想,纵使是虚构性的小说或剧本,也必须以采风经验为基础,和采风的对象或主题具备关联性。所以,中文专业的采风活动与文艺创作任务,可视作中文专业大一学生在修读完"写作基础"课程后又一次的写作训练。每位学生在进行实践周文艺创作的期间,中文专业都会安排教师为学生指导,学生创作完毕之后,中文专业也会安排教师着手批阅及评点。中文专业的采风活动与文艺创作任务,可谓与文艺写作型课程互为表里、相得益彰。

四、结语

现当代的时代潮流与社会风气,对科技发展的需求迫切,因此,对理科、工科人才的重视和培育愈发刻不容缓。但在理工科发展一日千里的环境氛围下,大学教育对文学、文科的审视,对文科人才该如何适应时代社会、发挥自身价值的叩问,对文科生自我信心的树立,是所有就读文科的学生,以及在文组科系任职的教师,都该具备的切肤之感。长远来看,中华人民共和国教育部所发布的《教育部办公厅关于推荐新文科研究与改革实践项目的通知》[①]，即是正面肯定教育界对文科应该持有的自信与努力，文学学科应当塑造自身的发展理念、进行专业优化、厚实人才培养。写作课程在文科或中文专业的建设发展，属于不可轻视的环节，必须积极响应时代需求，与时俱进地耕耘一块块肥沃的写作园地，培育在未来能嘉惠国家社会之文科栋梁。

① 中华人民共和国教育部.教育部办公厅关于推荐新文科研究与改革实践项目的通知(教高厅函〔2021〕10号)[EB/OL](2021-03-02). http://www.moe.gov.cn/srcsite/A08/moe_741/202103/t20210317_520232.html.

新文科、新媒体与新方法：西南大学文学院写作课程的实践与探索*

李金凤**

摘　要：以“大学写作”“创意写作”课程为例，总结、归纳西南大学文学院写作课程建设思路与实践方式。首先，阅读教学形成“读—解—写—发”环节，实践过程性写作，教师引导学生创意阅读，在阅读经典作品中进行模仿、改编与写作。其次，教学理念注重写作思维训练，培养学生言语、图画、声音和词的创造思维，通过艺术跨界碰撞创意，将写作课程与音乐、美术、心理学、影视传媒等学科融合交叉。然后，教学活动方面丰富教学内容与形式，强化写作实践，设置工坊写作小组、采用特定的文体训练方法、注重过程性考核。接着，探索新媒体写作与网络短视频创作，运营特色鲜明的课程公众号“SWU 创意写作”，培育视觉化的短视频制作能力，建设“线上＋线下”混合课堂模式，构建数字时代的创意写作课堂。最后，在课程中真实培育师范生的写作教学技能，形成中小学写作教学的新方法。新文科、新媒体与新方法，既是西南大学文学院写作课程的实践与探索，也是未来的课程定位与教学目标。

关键词：西南大学；创意写作；教学实践；教学探索；新文科

针对汉语言文学师范与非师范专业，西南大学文学院分别开设大学写作、创意写作核心必修课。① 大学写作、创意写作的前身为基础写作，开设年限长。目前，“大学写作”已进入 2020 年西南大学专业核心课程建设项目，并联合“创意写作”课程成功入选 2021 年度重庆市一流本科课程。笔者致力于创意写作理论与方法的中国化和本土化，根据本院学情，探索适合汉语言文学专业的写作教学模式与方法。本文以核心课程“大学写

* 教育部首批新文科研究与改革实践项目“新文科视域下汉语言文学专业‘一基础三融合’改革及实践”(项目编号：2021050072)阶段性成果。

** 李金凤，西南大学文学院副教授，硕士生导师，写作与语文教育教研室主任。

① 汉语言文学专业选修类写作课程有公文写作、应用文写作、学术论文写作、新媒体写作、非虚构写作、故事理论与创作实践、作文教学专题研究等。针对汉语国际教育、戏剧影视文学专业，我院开设有创意写作、应用文写作、英语写作与翻译、故事理论与创作实践、剧本写作、媒体文案写作等课程。

作”“创意写作”为例，详细总结、归纳写作课程建设思路与实践方式。

一、教学过程：阅读形成“读—解—写—发”四大环节

创意写作重视过程性写作，把写作看作复杂、循环往复且富有创造性的行为，具有极为丰富的心理认知过程和语言交际过程。教师在阅读赏析课堂上较为简洁地实践过程性写作，阅读教学模式形成了“读—解—写—发”四大环节。

用阅读引领写作，课前发放经典系列作品供学生阅读，课堂设置“作品赏析”环节，启发学生多元思考、独立判断，对文本进行创意阅读、仿写和改编等。教师带领学生阅读经典作品时，会有意识地输出“创意阅读”的理念，从作家角度阅读文本，运用新批评“细读法”“多感官阅读”和“批评式阅读”，调动音乐、视频等因素加强对文本的理解与感受，最终形成更为细致的教学过程——“阅读—启发—分享—写作—点评—修改—发表”。

笔者以张枣的诗歌《镜中》为例谈谈阅读教学。在诗歌鉴赏前，教师在课堂上播放李亮辰、钟立风或周云蓬演唱的《镜中》，学生一边听音乐，一边思考《镜中》的表达内容。歌曲听完之后，经课堂举手统计，98%的学生自认为不能理解这首诗。笔者进一步询问，这首诗在哪个地方、哪些词句让人不能理解？学生多数告知：为什么“只要想起一生中后悔的事，梅花便落了下来”？为什么“羞惭。低下头，回答着皇帝”？为什么“让她坐到镜中常坐的地方”？“梅花”“皇帝”和“镜中”是什么意思？……无数疑问涌上学生心头。本首诗的解读就从疑问处开始，琢磨这些词句的魅力与张力。由“皇帝”一词，在课堂上进行曼陀罗法联想，学生比较容易联想到的一个词是“妃子”，接着就让学生套入《还珠格格》《甄嬛传》《步步惊心》等古装剧中经常出现的故事情节来理解这首诗，学生瞬间打开了话匣子，积极给这首诗编故事。当故事编得差不多了，笔者进一步追问这首诗中“皇帝”的寓意。“皇帝”难道仅仅指历史上的皇帝吗，有没有别的含义，有没有特殊的隐喻？学生继续思考，赋予“皇帝”更为丰富的内涵，更宽广的故事。借助诗歌中出现的关键词/意象，通过编故事、换词语、改意象等方式让学生充分理解这首诗的主题和特色。这是进行诗歌改编的基础工作，学生在课堂上头脑风暴式地解读这首诗，课后就更有写作的灵感与素材。

理解这首诗的多样化主题之后，教师带领学生深究这首诗的生成结构和艺术表达特质。这涉及这首诗的创作问题，从该诗的风格、轻重、人称、意象等问题依次探究。其中有一个环节，笔者展示张枣的原稿，原诗中有“比如看见雪片中更遥远的眼睛”，涂改为“比如看见雪片”，最后定稿为“比如登上一株松木梯子”。这三句表达，笔者追问学生更喜欢哪一句，让学生比较原稿诗句与定稿诗句的表达优劣。张枣这一改动，意味深长，属于写作修改的典型案例。笔者更偏向于定稿中的句子表达，至少能说出四层理由，但学生的喜好是两极分化的，笔者鼓励学生尊重内心的感受，勇于表达喜欢的理由。在这个表达乃至辩论的过程中，学生对诗歌写作的意象、意境、上下文、空间、色彩等方

面都有了全新的认知与理解。在这里,笔者仅举“意象”的运用为例,原诗中所用的意象是“雪片”,这个意象在诗歌表达中运用泛滥,联系上下文,“梅和雪”是经典的意象组合,但缺乏新意;这个看似轻盈的意象却能让人感到被雾气笼罩的沉重,与此处的情感指向不和谐;并且“比如看见雪片”是静态的,与上一句“游泳到河的另一岸”衔接不自然。“松木梯子”意象新颖、独特,画面呈现暖色调,符合此处的情感色彩,整句诗使人眼前一亮。《镜中》全诗共12句,笔者引导学生一句一句分析,一个词一个词体味,感受张枣高超的写作技巧与语言运用能力,但最终的目的是落脚到这首诗是如何生成,作家在创作这首诗时是如何构思、运用词句进行精雕细琢,达成目前所见的诗歌文本。这种做法,偏于新批评,注重诗歌的内部结构,对文本进行多重回溯性阅读,寻找句子、词语的隐微、丰富、动态的含义,品味词句中的言外之意和暗示、联想、象征之修辞。

这首诗师生合力建构的阅读与分析耗时3个课时,属于创意阅读的经典案例。最后,笔者要求学生根据这首诗进行自由写作,有意愿的学生可以依据这首诗改编故事,也可以重新创造故事。学生根据这首诗改编的故事可参看“SWU创意写作”公众号发布的推文《情落南山》。这篇文章五易其稿,修改主要集中在题目、情节和主题上。仅谈主题,在笔者指导下,这篇推文由一个传统的老套的爱情故事变为帝王无情、命运循环轮回的主题,最后再改成一个与痛苦和解、自我救赎的故事。修改的过程是艰辛的,发布的喜悦与成就感是真实的,该推文获得稿酬30元,读者赞赏约830元。至此,完成了教学过程中的“读—解—写—发”四大环节,实现读写一体化。

阅读与鉴赏,这是传统中文学科常用的授课方式,笔者以为中文系的学生理应有较高的审美鉴赏能力与细腻的文本阅读水平。与此不同的是,笔者试图在课堂教学中引导学生进行创意阅读,或许运用不那么成熟,但在教学实施过程中重视文本鉴赏和思维训练,在阅读经典作品中引导学生进行模仿、改编与写作。

二、教学理念:注重写作思维训练,尝试跨界艺术

新文科的特征是综合性、跨学科、融通性,强调与现代技术融合,与其他学科交叉融合,与相近的专业融合,最终推进综合、创新。作为一个以文学文体为主的写作课程,教师试图对传统文学写作课程进行升级创新,通过艺术跨界碰撞创意,将写作课程与新媒体、音乐、美术、心理学、广告、影视等学科融合交叉,丰富课程的活动内容与形式,打通文字与声音、图像的通道。在这个跨界的过程中,注重写作思维训练。教师主要在课堂上进行言语创造思维、图画创造思维、声音和词的创造思维训练。这种思维训练即创意的激发。

基于以上教学理念,我院在写作课堂上开展了多项写作思维训练活动,激发写作课堂的活力,挖掘学生自身创作潜能。写作课程既在思维开发活动中稳扎稳打,也在探索跨界艺术进入写作教学的可能。笔者指导工坊学生进行短视频的制作,就是跨界艺术的探索,联结文字、图片与视频,将写作教学与表演活动、网络视听进行整合。短视频的

选题、制作考验学生的综合思维能力。“图画写作”是目前尝试的跨界写作，打开右脑（图画脑）与左脑（文字脑）的联结，学会细致观察、精微描述，学会运用美术领域的色彩和构图的方式进行文字的描述。

以相对成熟的“音乐的立体体验”①为例，谈谈课堂的思维训练与跨界探索。

首先，笔者在课堂上播放一首音乐。第一遍，闭上眼睛冥想，放空自我，没有任何目的地听一段音乐。这段音乐没有歌词或由于语言障碍听不懂歌词，目的是通过音乐的旋律、节奏等声音元素传达无限丰富的内容。第二遍，拿起笔，学生在纸上适当做笔记，自由写下听音乐过程中想到的关键词。根据学生需要，还可以听第三遍或第四遍。倾听音乐的过程就是一个思维发散与联想的过程。接下来，学生以听觉、触觉、味觉、嗅觉、视觉等方式回答听这段音乐的感受。笔者以华语群星演唱的《烛光中的卡布奇诺》为例，制作了如下表格（见表1）。

表1　音乐的立体体验思维训练表

序号	教　师　提　问	训 练 目 的
1	你听到了什么声音/节奏？有没有什么变化？	听觉
2	这段音乐是松软的还是僵硬的，是婉转的还是圆润的？	触觉、听觉
3	这段音乐是什么味道？咖啡味还是苹果味？	味觉、嗅觉
4	你仿佛看到了什么？	视觉、想象
5	这段音乐让你想到了什么经历？比如某个雨天，某个咖啡店……	心灵写作 联想思维

接下来就是学生的自由发言。感兴趣的学生举手发言来描述他听到、闻到、看到、想到的词语与画面。学生在讲述的过程中，教师适时引导与启发。每位学生的发言与想象都很独特，尽管获取音乐信息的容量参差不齐。一般来说，写作能力良好的学生来回答表格上的问题时，思维跳跃又散漫，空间和场景不断变换，联想的事物层出不穷。多数学生都表现出令人惊叹的感受力与想象力，在听音乐的过程中任意驰骋，大脑进行了充分的联想与想象，这正是笔者所要达到的教学目标。

最后是课堂写作时间。想要发言的学生结束之后，笔者在课堂上腾出二十分钟左右，让学生用笔回答以上表格的问题，学生浸润在音乐的氛围中，进行思维集中地沉浸式写作。音乐写作的课后任务是，未完成的学生继续完善这五个问题，所有学生在课后

---

① 2018年笔者参加三亚创意写作师资培训，对高翔老师讲授的“音乐的立体体验”感兴趣，因此在课堂上进行试验、调整和革新。

综合整理变成一篇完整的文章,字数不限、文体不限。

由于学生喜欢的音乐风格各不相同,所接收的音乐信息也会有较大差异。教师一般在课堂上播放三首不同风格与情感内容的音乐让学生欣赏,学生可选择其中一首或自选一首最有感触的音乐进行写作,笔者简单称之为“音乐写作”。

多数大学生都喜欢音乐,通过音乐的方式来进行写作,应是愿意接受的方式。[①] 如果学生之前接触过音乐知识与技能训练,他们更容易捕捉音乐的信息。创意写作课程也有歌词写作,学生若能结合歌词的相关知识,例如旋律、曲调、乐段等来分析音乐,效果更佳。个别学生会明确描述音乐的结构,分析主歌、副歌、导歌、桥段、前奏、间奏、尾奏带给他们的新颖独特的感受。但音乐知识的多少并不影响学生对音乐的欣赏,训练目的并不是专业地描述音乐,而是通过音乐进行充分感觉化的体验与想象。

三、教学活动:丰富教学形式与手段,强化写作实践

每章节的文体授课形成了适合我院学生学情的教学模式和教学内容,授课中采用讲授式、讨论式和实践式三种模式,并突出实践式教学。教师团队在写作课堂上开展了一系列丰富多彩的教学活动。“经典作品赏析与仿写”“诗歌交换商店”“关键词写作训练”“非虚构作品读书会”[②]“每周一练”“习作互评互改”“文艺评论发言与讨论”“音乐写作”“图画写作”,等等。借助这些教学活动,建设活泼、讨论型课堂,激发学生的写作兴趣,强化学生的写作实践,希望每位学生都能创作出符合文体特征的作品。

本课程的教学活动与写作实践主要体现在以下两个方面。

(一) 设置工坊写作小组

由于我院本科生数量庞大,写作教师少,难以实现真正的工坊教学,对此我们进行灵活处理,将每个班级分为若干写作小组,充分发挥学生骨干的作用,辅助写作课教师进行工坊教学。工坊写作小组为学生们提供了一个思维碰撞、相互激发、合作探究、共同学习的环境。

教师将一个班级根据学生的兴趣爱好、报名情况分为诗歌工作坊、小说工作坊、散文/非虚构工作坊、评论工作坊、新媒体工作坊和短视频工作坊等。[③] 推选工坊小组长,随时与教师联络,汇报进度,教师在课中或课后进行辅导。每个工坊完成的作品应与工坊类型密切相关,学期结束要求提交一份集体作品和一份工坊运作报告,每位成员完成的作品、任务、心得、体会等应详略得当地呈现。工坊作品形式不限,可以是文集、杂志、图文、视频等。工坊的作品要呈现团体合作成果,体现作品之大、成果之创意,在作品命

---

① 参看“SWU 创意写作”公众号推文《“音乐写作”赵秉珠:菲比的五分钟》。赵秉珠在创作谈中表示“我甚至迫不及待地举手回答我看到的场景”,“实在喜欢这种方式的课堂和这种音乐上的体验”。

② 参看“SWU 创意写作”公众号推文《正是读书好时节》,2021 年 5 月 1 日发布。

③ 根据不同年级、班级、人数灵活调整工作坊类别,一个班级自行选择若干工作坊。

名、封面设计、文本格式、版式设计、视觉设计等方面养成出版规范意识、审美意识和读者意识。

教师根据班级的整体水平、执行能力等因素调整工坊类别和作品，有时会指导学生将若干工坊完成的作品进行汇总、整合，变成一本班级杂志。譬如，2020 级汉语言文学博雅班，在一个学期的工坊制教学实践中，五个工作坊总计产出短视频一个、运营课程公众号“SWU 创意写作”一个、各类作品数十篇，学生撷菁撷华于《宓语》杂志中。《宓语》是五个工作坊经过一个学期的编写、一个寒假的打磨合力完成的大作品。班级每人撰写了与《宓语》杂志有关的文案，在“SWU 创意写作”公众号择优刊登了五篇不同风格的文案。详情参看“SWU 创意写作”公众号相关文章：《新刊出炉丨春赏《宓语》，觅语纷纷》《新刊推荐丨《宓语》软文大公开！ 千万别错过！》《新刊推荐丨《宓语》创刊词》。

（二）特定的文体训练方法

创意写作、大学写作都是综合性基础写作课程，涵盖的文体较多。针对不同的文体，笔者采取针对性的教学手段和方法，争取找到适合每一种文体的思维训练方式或教育教学方法。采用这些教学手段和方法的目的是降低文体写作的难度，借助训练方式轻而易举地进行文体写作。名义上为中文系学生，但多数学生在上写作课之前都未有诗歌、小说、文案、评论等写作经验，写作最多的文体是散文。笔者以诗歌写作教学为例，谈谈如何采用多种教学手段和方式进行文体写作训练。

诗歌写作的教学目标是学生完成一组诗歌，一是剪裁的诗歌，二是关键词写作的诗歌，三是原创诗歌。这三篇诗歌的完成呈梯度性。

首先是剪裁诗歌。找一篇学生想要改造的杂志文章/新闻故事/广告/外文诗等，将喜欢的词语重新分行/拼接/剪裁/改写/翻译成一首诗，并同时附上原文和出处。笔者笼统地将这一行为称之为“剪裁诗歌”，在众多文本中选择适合的文章进行剪裁、重组、加工和构思形成一篇诗歌。这考验学生的选稿眼光、遣词造句、叙事能力等“剪裁艺术”，学生需从汪洋大海般的文本材料中找到适合剪裁的文本，通过修枝精简、词句变换、省略跳跃、诗化语言等过程变身成一首简约纯正的诗歌。语言技术处理能力越强，叙事的掌控权越强，就越容易剪裁成一首高质量的诗歌。在布置任务让学生进行诗歌剪裁前，笔者会将教师和往届学生剪裁的优秀诗歌进行展示，让学生更清楚地了解剪裁诗歌的形式、类型和效果。剪裁诗歌主要考虑多数学生并不擅长诗歌创作，所以给予其一个文本支点，借助这个支点创作一首诗歌。从提交的习作情况来看，多数学生对这一诗歌剪裁驾驭良好，能够裁剪出较为规范的诗歌，在剪裁游戏中感受到写诗的乐趣。有些剪裁的诗歌，经过作者的二次创作，已经看不出原文本，由剪裁诗歌变成了原创诗歌。笔者在课堂上提醒，“剪裁诗歌”只是作为习作训练的方式，除非百分百原创，才能将剪裁的诗歌拿去发表，否则容易引起版权纠纷。

接着是关键词写作。笔者拟出 1—3 组适合诗歌写作的关键词，学生根据这些关键词或者自拟关键词创作一首诗。剪裁诗歌和关键词写作诗歌都是为了给学生增添写作的素材与灵感。在诗歌训练的起步阶段,学生选择"剪裁"和"关键词"等写作工具完成诗歌的写作,但最终的目的是原创一首诗歌。如果学生能顺利完成一篇原创诗歌的创作,那就达到了诗歌写作教学的高级目标。学生在进行原创诗歌之前,教师根据黄梵作家归纳的四种诗句模式在课堂上进行诗句训练,加强诗句生成的规律总结,让学生更好地理解诗意的构成与缘由。

诗歌完成之后,在课堂或课外进行"诗歌交换商店"[①]表演活动。学生准备一首在4分钟内可以读完的诗,带这首诗的两份复印件来到课堂,可提前找好朗读这首诗的搭档。学生每两人一组,面对面站着或坐着交流。由A学生大声朗读B学生的诗歌,诗歌的作者安静地听着。读完之后,A、B学生各花5分钟时间,回答"诗歌表演反馈表"涉及的15个问题。之后,双方交换角色,重复这次活动。本次活动通过声音的方式检验诗歌作品的好坏,从标点、停顿、段落、意象等方面讨论诗歌的视听话题,为修改诗歌提供一个朗读者和读者的双重视角。

在授课过程中,诗歌工作坊的学生还为公众号"西南大学服务号"提供"问答之诗"推文,通过一问一答的方式将诗歌与学生关切的话题进行紧密结合,加强诗歌的现实运用价值,达到启迪心灵的写作疗愈作用。

四、教学探索:新媒体时代的公众号与短视频

在公众号、短视频、网剧、新媒体遍地开花的全媒体时代,创意写作课程应重视网络新媒体写作,建设全媒体写作教学平台,营造数字时代的创意写作课堂。笔者执教的创意写作课程十分关注新媒体写作,建设网络文化工作坊,实施线上线下混合式教学,将班级学生根据兴趣爱好自行加入新媒体工作坊和短视频工作坊。这两个工坊最重要的任务是运营公众号和制作短视频,沟通新媒体写作与网络创作。[②]

(一)线上写作实践平台:"SWU创意写作"公众号

"SWU创意写作"(微信号:xdwxy2021)是依托于西南大学文学院写作课程而开设的一个微信公众号。为了更好地锻炼学生的综合写作素养,拓展教学空间,线上线下配合本课程的写作教学活动,笔者开通了课程公众号,师生团队共同运营。选课学生在授课教师指导下负责运营公众号,线上展览学生课堂习作、原创作品,锻炼学生策划、编辑与写作能力。大学写作、创意写作等课程的师生作品、教学成果在"SWU创意写作"公众号上得到了充分展示,该号成为学生展现写作才华、熟悉新媒体工作流程的重要平

---

① 伊莱恩·沃尔克在《创意写作教学实用方法50例》一书中提到的诗歌练习方法,笔者借用并在课堂上实践诗歌表演活动。

② 教师鼓励其他写作工坊将工坊作业、成果展示在公众号、视频号等平台。工坊内部自行决定展示方式,教师不作统一要求,主要考虑学生的喜好、兴趣是分层、有差异的。

台。“SWU 创意写作”公众号的运营具有以下三个特点。

1. 授课师生全程参与了公众号的运营与建设

多数写作课程将公众号的运营全程交给选课学生，推文选稿、写稿、排版、编辑和发布等流程都交给学生负责。但本公众号的运营是师生共同参与并指导运营。团队教师严格把控推文的质量。本课程选上的文章，教师会提一些修改意见，要求学生完善文章质量，有时改稿达 1—3 次。在改稿过程中，学生更清楚如何将一篇文章修改得更理想，理清逻辑层次，优化语言表达，这对学生而言是宝贵的写作训练方式。教师带领学生在沉浸式实践中感悟新媒体的写作策略与技巧。

在编辑排版方面，公众号设置了统一的模板和流程，一篇推文原则上由首图、期数、编者按、作者简介、正文内容、落款、今日推荐、尾图等构成。本公众号的排版设计、风格配置以及排版字号、字间距、行间距、段落间距等都有统一的规定，保证每一篇推文的排版都能达到清晰、干净、大方、美观，充分考验学生的编辑、排版与审美能力。排版学生在教师的高标准与严格培训下，基本能驾驭大型公众号的排版，培养了学生的审稿、编稿、校对等编辑能力，产生了一批优秀的新媒体排版与运营学生，对今后的求职、工作大有裨益。

2. 商业化思维，注重创收和宣传

“SWU 创意写作”本质上是一个自媒体平台。自媒体的目的是赚钱，努力成为一个内容创造者，提供优质内容，然后获得流量，吸引广告商投放广告、赚取读者的“赞赏”，等等。本公众号已顺利开通“流量主”，实现广告微薄创收。“SWU 创意写作”为每篇原创推文都开通了“赞赏”功能，只要推出的内容优质、有创意，再加上作者自身魅力，就都有机会获得读者的赞赏。为奖励作者，本公众号将赞赏全部返回给作者。

除了注重创收，本公众号还特别注意宣传。教师将学生团队分为编辑、排版、宣传三大阵营，希望这三股力量可以形成合力，提高公众号的阅读量。鼓励学生团队积极转发推文到微信群、QQ 群、朋友圈、微博等公共媒体平台。

3. 面向全国读者，建设高校创意写作园地

为了更好地宣传和扩大影响力，本公众号发布的推文不局限于本院师生作品，也特别欢迎本校其他师生、全国高校师生、中小学师生、全国文学爱好者投稿。目前，公众号刊登了江苏省作家协会、四川大学、陕西师范大学、上海大学、浙江海洋大学、台湾中山大学、美国曼荷莲文理学院、重庆大学城第一中学、西南大学附属小学等十余所机构、高校、中小学师生的作品。知名评论家、高校学者、青年作家、文学编辑如汪政、刘萱、葛红兵、许道军、叶炜、张永禄、刘卫东、里所、荣维东、魏小娜、寇鹏程、董宪臣、王永祥、欧阳月姣、潘云贵、郭大章、李君威、信世杰、柳伟平、雷勇、高翔、兰喜喜、卞晓妍、魏巍、毕然、王若曦、丁菡、孙澜僖等皆热情赐稿，提高了本公众号的推文质量和社会影响力。

本公众号试图开辟一个高校创意写作园地，搭建高校写作交流、实践平台。成立“读者俱乐部”，运用互联网思维，建立“SWU 创意写作”读者微信群和 QQ 群，各高校师

生积极分享写作、文学与热点文章,营造了良好的交流、互动平台。将来条件成熟,拟举办线上线下读者活动。目前本号仍在探索新媒体社群运营的思路与方法。

(二)视觉化的综合实践:短视频

目前短视频风靡各个平台,笔者在创意写作课堂上寻找热爱短视频、愿意学习短视频制作与运营规则的学生组成"短视频工作坊"。学生需要捕捉热点,产生选题创意。短视频拍摄是相当耗费精力的工作,为了让短视频更有价值和意义,笔者会与工坊学生讨论拍摄的主题,之后学生根据主题撰写脚本和文案。讲授"短视频与脚本写作",提醒学生注意镜头景别、内容、台词、时长、运镜、道具、配乐的规范表达,提供一些脚本撰写范例供工坊学生参考,引导学生学习短视频的知识与技能。

短视频充分体现了视觉化的写作能力,其制作是学生综合素质的集中体现。短视频的完成需要有导演、编剧、演员、摄影、剪辑等各个领域的人才,每一个角色对大一、大二的中文系学生而言都是挑战。一个短视频的制作常常包含学生太多的"第一次","第一次当导演""第一次做演员""第一次做编剧""第一次拍视频""第一次独立剪辑"。镜头视角的切换、画面转场的设置、背景配乐的选择、片头片尾的设计,还有字幕以及结束语都需要学生独立完成。在剪辑过程中,需要给视频添加转场、滤镜、音效、动画等效果来达到视频内容的流畅和生动,最终将一小段一小段的素材变成一部完整而漂亮的影片。尽管存在制作经验缺乏、拍摄手法稚嫩、剪辑技术欠缺、思想深度不够等问题,但学生的沉浸体验、自豪与成就感是可以充分感知的。

视频制作完之后,笔者将短视频放在 B 站 UP 主"SWU 创意写作",并借助微信公众号"SWU 创意写作"进行视频宣传,短视频工作坊的学生撰写新媒体文案,介绍和推广该视频。一个视频的拍摄,会充分调动文学院各个年级/专业的学生参与,有高年级学长协助、指导工坊学生现场拍摄,有戏剧影视文学专业的学生提供和调试设备,最终变成了跨越文学院多个年级、多个班级共同参演短视频的拍摄活动。这既是学生共同的青春记忆,也是积极参与校园文化建设的证明。

上述方式都是创意写作的具体实践,也是创意文化产品的呈现。"在当代,不懂新科技的人,很难创作新文学,生产新的文化产品。"①目前,在"互联网+"的大潮流、新媒体的大变革中,文学发展的趋势越来越产业化、技术化与商业化,在写作课堂中让学生了解与体验文化创意、影视制作、文案策划等领域的写作显然势在必行。

五、教学方法:在课程中培育师范生的写作教学技能

西南大学是教育部隶属的六所师范大学之一,汉语言文学师范专业在我院占据重要地位,每年招生约 250 名师范生,2021 年获得教育部三级师范认证专业。这对教师的

---

① 金永兵.新文科与创意写作人才培养[J].中国大学教学,2021(Z1):26-29.

教学和师范生的质量都提出了更高的要求。培养合格、优秀的公费师范生涉及学生的就业和未来发展前景，这些师范生将来走向中小学语文教师岗位，必然会面对最艰难、最难教的写作教学。如何有效输入国内外写作学界前沿的写作理论与方法，如何扎实培养师范生的写作教学能力，成为师范院校的大学写作教师必须面对的一个紧要问题。当前，创意写作不断由高等教育向中小学教育下沉，学界也在设计面向中小学的创意写作课程，讨论中小学创意写作课程定位和教学目标。为了让公费师范生提前了解当前写作学界的现状以及掌握面对未来的写作教学，在课程中培育师范生的写作教学技能是本课程的重要教学目标。

本院公费师范生必选的选修课“作文教学专题研究”，由具有中小学一线教学经验的学科语文高校教师授课，讲授中小学写作要求与教学方法，介绍王栋生、余映潮、余党绪等名家的作文理论，指导学生设计作文教学案例，直接对接中小学语文写作教学。大学写作课程则主要介绍国内外高校写作前沿理论，将高校写作理论与方法有选择、灵活地运用于中小学写作教学，共同推动、有序促进师范生的写作教学能力。大学写作设置课堂实训环节，通过课堂内外作品的展示、汇报，训练学生的教学能力和课堂实践能力。由于课时有限，分小组派代表上台分享作品、讲解文章，学生评改、讨论作品。课程中抓住一切机会展示学生才华、锻炼上课能力。例如，笔者邀请我院在读师范生、作词达人岳琬清讲授“歌词写作”。她从“作品展示”“歌词入门”“歌曲制作全流程”“目前乐坛状况”四个方面分享歌词创作体会与技巧，介绍从作词作曲、匹配歌手、编曲录歌、混音制作到物料制作、发行推广的歌曲制作全流程，让学生了解音乐圈现状，知晓更多市场取向、歌手匹配、歌曲运作等行业细节。笔者课后反馈该师范生在教学上的注意事项和改进策略，这既锻炼了师范生的写作教学技能，也让授课学生大开眼界、受益匪浅，可谓一箭双雕。

本文讲述的前四个部分是为了让学生潜移默化地掌握写作教学方法与技能，达成中小学领域的写作技法创新，形成中小学写作教学的新方法。本课程的阅读环节采用过程写作的教学方法，着重培养师范生的阅读分析和文本鉴赏能力，将来才能更好地适应语文教材中名家名作的解读，并通过课文阅读识别写作的具体技巧。例如，统编版初中语文教材一个大单元一般分为“阅读”“写作”“综合性学习”“名著导读”等板块，但课文的“阅读”或“名著导读”其实也是为了本单元的“写作”服务。将“阅读”与“写作”整合，在阅读经典作品中进行模仿、改编与写作，形成读写一体化，这恰是学生可以掌握的写作教学技能。笔者在写作课堂上开展多项写作思维训练与教学活动，学生都可以根据中小学实际情况酌情采用。将学生根据兴趣爱好分为若干写作小组，团体合作交流，共同完成一项写作任务，这在中小学教学活动中也是可行的。教师也可以建设线上写作实践平台，将学生作品、教学成果在公众号、视频号等平台上进行展览，建设数字时代的创意写作课堂。

笔者在课堂上花费一个课时讲述“关键词写作”的五大要领，在诗歌、小说等文体教学中都采用过关键词写作方法进行写作训练。笔者在教学中探索的关键词写作方法①,目前已为部分学生在中小学课堂中实践,效果突出。

目前笔者正主编一本写作教材,编写理念就是“作为一种教育教学方法的创意写作”。笔者希望在大学课堂中探索出来的写作方法是可以通过师范生进行传承和运用的,更希望师范生在实践中创新写作教学技能,独创新的教学方法。如果一批批师范生能将中小学的写作教学开展好,就能顺利衔接高等学校的创意写作教学,大学课堂的写作教学才能更高效地落地生根。

六、结语

教学过程、教学理念、教学活动、教学探索与教学方法,这五个方面是彼此交叉、融合、互相促进的,并不存在严格的界限,总的教学思想简化而言就是“新文科、新媒体与新方法”。新文科、新媒体与新方法,既是我院写作课程的实践与探索,也是未来的课程定位与教学目标。

在这个教学思想引领下,本院的写作课程总结来说有以下四个特色:

(1) 注重写作思维训练和创意阅读文本,打破学科界限,尝试跨界艺术,加强学生跨学科与团队合作意识,打破课堂沉默、单一的状态,建设了活泼、创意型课堂。

(2) 积极建设网络文化工作坊,重视新媒体写作与运营,构建“线上+线下”混合课堂模式,营造数字时代的写作课堂。目前课程公众号已发布原创推文 242 篇,关注人数达 5 000 余人,来自美国、英国、葡萄牙、日本、泰国、新加坡、马来西亚等国家以及中国(含港澳台)近 250 个城市的人关注了该公众号。

(3) 扎实开展实践式教学,设置工坊写作小组,通过丰富多彩的写作活动和特定的文体训练方法,充分调动学生的积极性与参与度,提高学生写作水平和文学素养。学生参与各种征文比赛成果丰硕,从全国到地方的征文比赛,从一等奖到优秀奖,获奖人次较多。

(4) 基金和社团进一步拓展课程资源,搭建实践平台。本院设立的“吴宓基金”每年使用基金 5 万元左右奖励文学院学生发表的优秀文学(艺术)创作成果及学术成果,进一步激发学生的创作与发表动力。② 桃园文学社、晨曦文学社、阁楼话剧实践社等社团为学生的文学活动、创作才能提供舞台。

整体而言,我院的写作课程教学效果显著,但存在的问题也很明显。例如,优秀写作师资的短缺与庞大的学生群体的矛盾,课时紧张与写作实训的矛盾,学科定位模糊、课程边缘地位对写作课程设置与写作能力培养带来的矛盾,课外写作活动、产业化项目制写作、写作实践平台的开展与当前课堂制度、社会资源的矛盾,学生信息的广博、优质

---

① 李金凤.创意写作的“关键词”联想方法研究[J].写作,2019(6):50-56.

② 参看 SWU 创意写作公众号推文《“资讯”:文学院举行 2023 年吴宓基金颁奖仪式》。

课堂的期待对教师跨学科、信息技术、综合写作素质的挑战，等等。

我院写作课程教学仍处在不断探索和实践的动态发展过程中，今后将继续探究丰富、高效的课堂教学模式与写作教学方法，搭建“校内创意课堂、校外社会实践、线上网络媒体”三平台有机融合，切实提高学生的综合写作素养，争取打造国家级一流本科课程，为新文科建设输送“新中文”人才。

新文科建设背景下高校写作教学的现状问题与改革路径*

——以西南大学写作课程立体化革新为例

张纯静**

摘　要： 新文科建设重在构建中国特色高等文科人才培养体系，全面提高文科人才培养质量。写作课作为高校普遍开设的基础课程，从写作在现代经济社会的广泛应用来看，理应受到重视。然而，在高校的课程体系中，写作学科定位模糊，写作课长期处于边缘位置；课程设置不合理；写作师资严重匮乏；写作教材建设滞后，重理论，轻实践；写作教学模式单一、扁平。面对上述问题，急需树立写作的学科自信心，变知识传授为创新能力培养；进一步加强写作课程思政建设；推进写作教学改革，进行市场化写作的教学和培训；探索并建立系统、多样、有效的写作实践教学模式；实现课程内外的交流互融，打造开放互动的写作课程。在此背景下，西南大学写作课程通过在教学理念、教学模式、教学方法以及考评机制等方面的立体化革新与实践探索，形成了独具特色的写作教学改革之路，以此来回应新文科建设中对于培养高质量文科人才的要求，以期为高校中文教育改革提供有价值的参考思路。

关键词： 西南大学；高校写作教学；新文科建设；现状问题；改革路径

"新文科"概念的提出是建设高等教育强国的一种积极探索，重在构建中国特色高等文科人才培养体系，全面提高文科人才培养质量。写作课作为汉语言文学专业的一门重要课程，从写作在现代经济社会的广泛应用来看，理应受到相当程度的重视。然而，当前高校写作教学状况却给人们带来了很多困惑与迷茫。一方面，写作能力作为现代人综合素质的体现和基本能力，作为思维习惯和创新能力的逻辑起点，其重要性是人尽皆知的；而另一方面，在高校的课程体系中，写作课却长期处于边缘位置，依然存在教师难教、学生难学的尴尬处境。高校对写作课程的轻视，致使写作教学的优秀师资不断流失，现有的培养方式收效甚微，写作教学步履维艰，造成了中国写作人才的持续匮乏。

* 基金项目：本文是教育部首批新文科研究与改革实践项目"新文科视域下汉语言文学专业'一基础三融合'改革及实践"（项目编号：2021050072）的阶段性成果。

** 张纯静，西南大学文学院讲师，主要研究创意写作、非虚构写作，关注写作教育教学法。

因此，为了应对当前社会对写作人才的需求，如何改革传统中文学科人才培养的结构性弊端，拓展文学教育的边界，充实人文教育内涵，并能更科学、更有效地培养具有综合素养的写作人才，以适应新文科建设要求，这是当前高等院校人才培养亟须解决和研究的重要问题。

一、高校写作教学的现状与问题

当前，高校写作教学现状与面临的主要问题是“学科定位模糊，写作课处于边缘位置”①。

从学科建设的角度来说，写作学一直没能取得明确的学科定位。就目前来看，写作学依然不在教育部相关标准所规定的二级学科的范畴以内，它常常依附于文艺学、语言学及应用语言学、中国现当代文学，没有机会直接走到前台来，也因此没有机会获得学科建设的政策倾斜，这种模糊、边缘的学科定位使得写作学难以寻找发展出路。多年来，写作学甚至一直被称为“综合性学科”，主要就在于它与文学、美学、社会学、心理学、语言学、逻辑学等都有着明显的交叉和联系，这样的学科指认与身份模糊，使得写作在“综合”当中反而迷失了自己。另外，写作课是大学里最常见的基础课，文、理院校几乎都开设有不同类型的写作课程，那是因为写作能力是现代人生存和发展所必备的基本素养，但凡那些有写作特长的学生在就业时就有着明显的优势，一直供不应求。然而，让人困惑的是，至今为止仍有许多人认为写作不是教出来的，写作仅能依靠写作者个人的天赋与灵感，这样的狭隘认知使得写作课长期以来不被信任，一直处于边缘位置。其具体问题有以下几个方面。

（一）课程设置不合理，难以激发学生学习写作的兴趣

根据《教育部普通高等学校本科专业类教学质量国家标准·中国语言文学类教学质量国家标准》要求，“《大学写作》是专业基础（必修）课，但各高校可以根据自身办学层次、教育目标及办学条件自主设置课程体系”②。以西南大学为例，就全校范围来看，汉语言文学、国际汉语教育、戏剧影视文学、新闻与传媒等专业一般都开设有各种门类的写作课，而且这些专业也确实把写作能力作为学生的专业核心能力之一来进行培养，诸如《基础写作》《应用写作》《公文写作》《新闻采访与写作》《广告文案写作》《影视剧本写作》等。不同名称的写作课，教学任务不同，有各自的侧重点；但同时，这些课程相互之间也长期存在隔阂。除此以外，学校也面向非师范专业和理工科专业的学生开设了大学语文课，课程内容中也包含了重要的写作教学的部分。也就是说，从全校范围来看，参与写作学习的学生面宽，人数多。但现实情况是，写作课程分支多，课时少；写作教学

① 林超然，王清学，高方.大学写作课程建设存在的问题与对策[J].黑龙江高教研究，2008(10)：139－141.

② 教育部高等学校教学指导委员会.普通高等学校本科专业类教学质量国家标准(上)[M].北京：高等教育出版社，2018：86－87.

出力不讨好,形成一种长期无效的状态,学生对写作没有激情。这样的课程设置对于学生写作能力的培养和提升都处于一个放任自流的状态,显然是难以支撑"中文教学国家标准"对中文专业毕业生的"能力要求"的:"在母语和国家通用语的阅读理解、口语表达、文字表达方面体现出明显的优势"①。

(二) 写作师资严重匮乏

长期以来,受高校考评机制和科研任务压力影响,高校中文系教师更长于文学研究,往往进行学术论文的写作;或长于文章学的理论知识传授,而短于理论指导下的写作实践训练;即便一些从事写作教育和研究的教师,也因为自身的一些非学术型写作不能被当作科研成果而对写作教学缺少热情和兴趣,这直接影响着教学效果。因此,在高校中那种既有扎实的理论功底又有较强写作能力的大学写作教师并不多见,在高校中写作师资匮乏是普遍事实。

(三) 写作教材建设滞后,缺少创新

从目前市面上通行的写作教材来看,它们普遍存在着"重理论、轻实践"②的问题。这一问题涉及写作应用的方方面面,例如《基础写作教程》《文学写作教程》《新闻写作教程》《影视写作教程》《财经写作教程》《科技写作教程》《公文写作教程》《军事写作教程》《应用写作教程》等,可谓数量庞大,类型繁多。但仔细研读这些教材就会发现,一方面,这些教材都过于强调理论习得,观念老套陈旧。特别是当中的写作理念落后,已经不能适应新时代写作学科的进一步发展,有的传统写作学理念,例如"灵感论",甚至会阻碍学生创作激情的迸发、创新思维的开掘。而且这些传统写作教材往往重理论、轻实践,纸上谈兵,严重忽视了写作课程最本质的实践品格。另一方面,这些写作教材中的内容设置与《文艺理论》《文学概论》等教材存在重复,特别是文体论部分重复较多。甚至有些教材内容与中小学的写作理论衔接不好,在中小学已经讲过的内容依然在讲,而此前没有讲到的反而不提。文体过于追求周全,只考虑体系的严整,却忽视了有所侧重,胡子眉毛一把抓,致使每个部分理论和实际操练都语焉不详,它们可能好看却不好用,更适合做资料文本而非上课教学用本,内容设计与写作课时安排极不匹配,很难对照执行。所以将这些"写作教程"称之为"写作学理论"也许更合适,同时依托这样的教材进行的写作教学必然也是枯燥、无新意的。

(四) 教学模式单一、扁平

传统的写作课注重研究旧存的经典范文,解析其写作特点、经验及规律,以资借鉴;

---

① 教育部高等学校教学指导委员会.普通高等学校本科专业类教学质量国家标准(上)[M].北京:高等教育出版社,2018:86.

② 郭顺敏,李萍.高校写作教材建设应有新突破[J].昌潍师专学报,2001,20(3):76-77.

由写作课教师引领学生研读文章的写作过程，探讨写作者能力、思维运用等方面的因素，然后让学生对照执行。基本上施行的就是一种在课堂上教师主讲，学生倾听记笔记，课后完成相关写作练习的授课模式，这种扁平、单一的教学模式缺少一种开放姿态。写作实践从本质上来说是写作者生命活力的承载，是写作者在宇宙现实中漫长的精神旅行和对现实生活的真切描摹，是写作者对生命本相的连续探索与切实体验，它是鲜活的、动态的。依托传统的写作教学模式，将写作这样一种洋溢着探求勇气的精神行动，完全局限于书本内容，只把它安放到狭小的课堂里是非常不当的。尽管随着时代的发展、科技的进步，在写作课的教与学上可以利用的方式手段越来越多，例如在写作资料搜集上，可以充分利用互联网资源，检索和处理相关信息；可以充分利用多媒体进行写作教学，使写作课程内容向纵深发展；同时还可以让学生尝试新媒体写作等，可以说媒介技术、教学工具的发展对写作教学产生了巨大影响。但是，一本教材、几篇范文、教师命题学生作文，教学走不出课堂门槛的现象依然是当下高校写作课最常见的教学景观。

二、新文科建设背景下高校写作教学改革的具体路径

上述高校写作教学所面临的现实处境和诸多问题已经使其不能适应当前新文科建设的要求，尤其是越来越不能满足新经济、新科技发展对于写作人才的渴求。因此，我们急需树立写作的学科自信心，不断调整教学内容和教学手段，紧密围绕创新能力培养写作人才，在生动、鲜活的写作实践中大力强化学生的情感品质、问题意识、创造理念，打破作者与读者、课上与课下、理论学习和能力转换之间的阻隔，为写作学走出困境，寻找切实可行的改革路径。

（一）树立写作学科自信，变知识传授为创新能力培养

早在20世纪80年代，写作学科就已经完成了指导思想、研究对象、界线廓清、学术分野等有关建构独立学科的全部工作，也就是说现代写作学早已取得学科建设的合法性。然而，一般高校的写作课程大都还在“传授写作知识”“提升综合素质”和“增强教练技能”等理论的层面上打转，却几乎对“培养写作能力”避而不谈，这表明我们对写作课程目的缺乏本质上的了解，对写作课程取得实效缺乏自信。当前，依托新文科建设的总体要求，我们需要进一步树立写作学科自信，强化写作学科的勇气，从写作课程的顶层设计和实施层面出发去关注教师教学效果、学生学习成果，不能仅仅满足于学生可以把写作知识说得头头是道或是考试得高分，甚至也不能只满足于学生能够写出几篇像样的文章，而应该变知识传授为创新能力培养，切实提高学生的思维品质，尤其是创新思维品质，帮助学生形成语言表达特长，具备出色的创新能力，使其成为专门的具备综合素养的写作人才，这才是写作教学所要达成的最终目标。

(二)进一步加强写作课程思政建设

2020 年 5 月,教育部印发《高等学校课程思政建设指导纲要》①(以下简称《纲要》)。《纲要》中明确指出,全面推进课程思政建设是落实立德树人根本任务的战略举措,是全面提高人才培养质量的重要任务。各类课程应以隐性教育方式配合思政课的显性教育方式,彼此协同,帮助学生塑造正确的世界观、人生观、价值观,构建全员全程全方位育人的大格局,落实"立德树人"的根本任务。一方面,《纲要》的出台,为新文科视角下各门课程进行思政建设指明了方向,提供了明确的政策支撑。另一方面,写作能力的提升不仅关乎语言表达、写作的方法技巧,更关乎写作者的思想深度和情感深度。鉴于"筑牢思想根基、扎实的精神养成教育也是助推写作能力提升的有效手段"②,在写作教学实践的探索过程中,我们仍然需要深入思考如何将写作课程内容与思政建设紧密结合,摸索出一条写作课程思政建设之路:"由近及远、由表及里、引人入胜地引导学生去理解社会制度历史性变革和国家取得的历史性成就。力图在扎实的文献研究和社会调查的基础上把家国情怀自然渗透进课程的方方面面,实现润物细无声的效果"③,让写作教学成为弘扬正气、贬斥丑恶、传播正能量的窗口;让写作课堂成为引领学生精神成长、心灵丰厚、情感真醇的阵地;帮助学生砥砺思想、训练思维、涵养精神,形成宽广的文化视野和深厚的人文情怀;锻炼学生发现问题、分析问题、解决问题的能力,培养学生辩证思维能力和科学思维精神。

(三)持续推进写作教学改革,进行市场化写作的教学和培训

"新时代全国高等学校本科教育工作会议"明确强调,要牢固树立"学生中心、产出导向、持续改进"的教育质量观,这种教学理念为新时代高等教育教学改革提供了基本原则和理论指导。一方面,在高校写作课程教学目标设置上,就不能仅仅只考虑培养学生文学写作方面的能力,还应贴合时代特色、社会需求,培养学生的综合写作素养,提高学生在学术论文写作、非虚构写作、应用文写作、新媒体写作等方面的写作能力。另一方面,在教学方式、方法层面上,需要将传统的"以教师教学为中心"转变为"以学生学习为中心",围绕着激发学生学习的积极性、主动性、创新性来设计教学内容和教学模式;一切以学生成长成才为中心,以提高学生的创新思维能力、审美鉴赏能力、创意写作能力为中心,改变传统的教学形态。基于此,在写作教学实践探索中,应当以"贴合时代、对接市场、立足实训"为核心教学目标,以创新思维激发为主线、以案例教学法为重点、以写作实训为特色、以满足市场需求为指向,进行市场化写作的教学和培训。在教学实践中尽力让学生多去接触文化创意、影视制作、出版发行、印刷复制、广告策划、数字动

---

① 中华人民共和国教育部.高等学校课程思政建设指导纲要[R/OL].(2020-05-28)[2020-06-05]. http://www.moe.gov.cn/srcsite/A08/s7056/202006/t20200603_462437.html.

② 沈文慧.构建"五位一体"创意写作人才培养模式——基于信阳师范学院的实践探索[J].写作,2020(3):124-128.

③ 许涛.构建课程思政的育人大格局[N].光明日报,2019-10-18(15).

漫、游戏文本写作以及新媒体写作等不同领域，为学生提供专业性的写作指导，做到既有行业视野，又有专业高度，尽力去培养具有原创力的创造性人才，以适应新时代对写作人才的急剧需求。

（四）探索建立系统、多样、有效的写作实践教学模式

长期以来，我国高校传统中文学科教育中存在着结构性弊端，即“完全的知识化”，以培养研究型人才、基础性人才为目标，将文学教育当作一种与写作无关的知识活动，忽略了学生基本写作能力的培养，也未给具有写作兴趣的学生留出发展空间，中文专业的毕业生大多只是学到了有关文学、语言学方面的学理知识，却缺少实际操作文字进行写作的能力。然而，写作本身才是提高写作能力的不二法门，从根本上改变过去重理论知识传授、轻写作实践训练的教学弊端，重视写作课程的实践品格，在课堂上加强学生的实操训练，才是写作教学改革中的重中之重。鉴于此，在写作教学实践探索中，我们还需尝试建立起一套系统、多样、有效的写作实践教学模式。一方面，充分运用现代信息技术，构建全媒体写作教学平台，拓宽教学空间，丰富教学手段，提升教学效率，大力开展探究式、个性化、参与式教学，实施线上线下混合式、翻转课堂等新型教学模式，不断提升写作课堂教学的高阶性、创新性和挑战度。另一方面，尝试将创意写作的工坊制教学法、过程教学法以及主题式教学进一步实施于写作课堂，建立有效机制，让学生处于写作场域中，直接进场写作。通过写作来学习写作，在写作的过程中体会写作的乐趣，充分挖掘自我潜能，并进一步促成学生养成自主写作、终生写作的习惯。

（五）实现课程内外的交流互融，打造开放互动的写作课程

在写作教学实践过程中，不仅要对校内写作教学师资进行整合、培训，提升写作教师自身的写作水平，激发其教学热情；同时还需要组建校外的写作师资团队，广泛吸收本地优秀的作家、艺术家以及外校的语文老师来担任高校写作课程的兼职教师，参与到本校的写作课程教改活动中来，进行合作研究，为在校学生提供讲座、示范课，进行写作指导。另外，还需要与广电、编辑出版、旅游等文化产业领域的专家和企业家保持紧密联系，建立合作关系，随时掌握文化创意产业的前沿信息，及时了解文创产业领域对写作人才的需求，为学生提供更多的实践机会。总之，如何为学生提供与社会实际需求和发展趋势相适应的写作训练；解决学生写作成果的实际发表和价值实现问题，形成真正有效的反馈机制、实现机制和激励机制；如何将校内的写作课程打造成面向社会开放的互动课程，进一步促进写作课程体系与外部环境的沟通互融，构建动态的课程运行机制，这将是今后写作课程改革的关键性问题。

三、西南大学写作课程的立体化革新

基于新文科建设背景，为践行上述高校写作教学改革的具体路径，西南大学文学院

写作教学团队在写作课程教学上开展了系列探索和改革，形成了一些经验性的认识，在教学理念、教学模式、教学方法以及考评机制等方面都进行了立体化的革新。

(1) 在教学理念上，改变过去写作课堂单一的以教师为主导的“一言堂”的方式，积极转变教师角色，写作课教师由之前的“讲述者”转变为课堂的“主持人”和“引导者”。教学中，通过情景创设，设计真实的写作任务，为学生提供必要的学习支架，以“写作工坊”的形式组织学生进行合作探究，集体完成写作任务。这样以学生为主体的“翻转课堂”的形式更为丰富，更有生机和活力，可提高写作教学的效率。

(2) 在教学模式上，着力建构“线上＋线下”双课堂的混合教学模式。除了日常的线下课堂，在写作教学中还充分利用互联网平台及其多种交互形式，开展部分教学活动，辅助教学管理。例如，通过QQ空间、腾讯会议、微信、微博等平台和形式充分实现课程教学与其他关联系统以及外部环境的信息沟通与交流，教师和学生都可通过这些平台实现课上与课下的各种信息发布、交流互动、资源共享，完成在线讨论、发布、合作、修改等教学内容和训练任务，将实体课堂上的有限学时在网络数字空间进行延伸充实。

(3) 在教学方法上，为进一步激发学生的写作热情，创新教学思维，形成了一些富有特色的写作教育教学法。例如，在每周的写作课上，进行“每周一题”的限时写作训练。其中每周一题的“题目”由教师随机指定班上的某一位同学来出题，而后在每周上课前25分钟由全班同学围绕该题目进行自由写作，一般要求写满一张A4大小的打印纸，让学生在上课前提前进入写作氛围。

每周一题任务单：

“我走了很远的路，吃了很多的苦，才将这份博士学位论文送到你的面前。二十二载求学路，一路风雨泥泞，许多不容易……”近日，一篇博士论文的《致谢》部分内容在多个社交平台热传。有网友查询，该论文作者是2017年毕业于中国科学院大学的工学博士黄国平，他也曾是西南大学的校友。作者在文中回顾坎坷求学路，打动了许多人。请谈谈你对于“苦难”的理解。

要求：题目自拟，文体不限，不要套作，不得抄袭，字数不限，但至少写满一张A4大小的作业纸。

命题人：陈喆（2020级汉语言文学师范3班）

2021年4月25日

图1　每周一题任务单(1)

每周一题任务单：

播放视频：见视频文件

飞机，已经成为现代生活中重要的交通工具。而3月21日，东航客机MU5735在广西梧州藤县坠毁，此事件引发了社会的广泛关注。有资料显示，客机可能从8900米左右高空垂直坠向地面，经历了长达两分钟的垂直坠落，最终深入地下二十米。研究表明，当飞机发生空难，乘客会体会到瞬间的失重感，周围的时间仿佛变慢了，一切细节被放大，然后装入记忆中。并且，大部分人会在飞机坠毁前昏迷，在黑暗中归入死亡，甚至直接因为减压肢体皮肤撕裂。请设想，如果你是飞机上的乘客，并且你会清醒地度过下坠中的最后两分钟，你会想什么？做什么？回忆起哪件事让你潸然泪下，哪句没有说出口的话让你依依不舍。静下心来，拿起你的笔，写出你的心。

题目自拟，发挥想象，展开联想，字数不限（字数往上不封顶，但有底线，至少写满整整一页A4大小的作业纸），文体不限。

命题人：肖雯文（2021级汉语言文学师范2班）

2022年3月30日

图2　每周一题任务单(2)

类似于这样浸润式的自由写作，不仅能让学生进入真实的写作场域，沉浸于写作氛围中，引领学生聆听自己内心深处真实的声音，关注自我，反思自我；还能有效帮助学生养成自主写作、终生写作的习惯。

再比如用阅读来引领写作。从某种程度来说，写作正是阅读的“儿子”，写作所有的秘密都隐藏在作品中；阅读的意义因为写作而存在，而没有阅读的写作也将失去价值。鉴于此，引导学生多读书、读好书，从人类丰厚的精神文化遗产中获取精神资源和情感滋养，可以帮助学生进一步提高其思维判断力和思想穿透力。在课堂上，教师引领学生开展形式多样的读书会、阅读分享会。首先，由教师指定必读书目和选读书目，要求学生进行课外阅读；其次，由学生根据阅读主题自行进行活动策划，安排相关流程，并定期举行丰富的读书活动。学生在读书交流活动上积极活跃,与同学和老师能够充分交流和分享阅读体会,收获极大。

另外,充分利用新媒体构建读写新平台,创新“创意写作”实践训练方式。数字智能时代,人们文学阅读和写作的方式、文学成果发表和传播的方式都发生了极大的改变。在此背景下,积极开展新媒体写作的研究和实践,也是写作课程教学探索与改革的应有之义。在写作课程教学实践中,一方面,教师鼓励并指导学生创建个人的微信公众号、博客空间,并利用新媒体创作图文并茂的文学“超文本”,及时通过个人的微信、微博等手机终端发布学生在写作课程中的作业,以及个人自由创作的作品。这种文学阅读与写作形式上的改变,给写作课的教师和学生带来了教学与学习上的新鲜感和发表作品的满足感,进一步催发了师生教与学的创新动力。另一方面,在2021年3月,依托写作课程创建了“SWU创意写作”公众号,由文学院写作教研室的专任教师做指导,交由学生们自主运营,重点发布有关写作学的相关资讯和活动,以及学生和老师们的原创作品,包括学术论文、文艺批评以及文学作品等。依托该平台,学生写作课上的作品有了所谓“官方”发布渠道,对于树立学生在写作上的自信以及提升学生的写作能力都有极大的促进作用。

(4) 在考评机制上,写作课程以写作实训作为其重点教学内容,以创作能力培养作为其核心和主导。为达成这样的教学目标,写作课程建立了一套对应的课程考核评价机制:淡化终结性评价,而进一步强调过程性、形成性评价。对此,在教学进行过程中,改变过去教师的单一评价,而将教师评价、学生自评、同学互评有机结合起来。在考核形式方面,将课堂讨论、写作项目开发与研讨、个人作品的写作与发布、社会田间调查、创意策划等内容的测评结果都纳入学生学业成绩评定中来,并以此鼓励学生进行产学融合,通过自主学习和实践获得文学创作成果、学术研究成果、荣誉与奖励。利用这样一套综合评价机制,立足于将每一堂写作课都作为写作教学的“试验田”和“突破口”,反哺文学教育,助力新文科建设。

四、结语

从新文科建设视角出发,通过对高校写作教学现状与问题的梳理,西南大学写作教学团队积极转变教学理念,在写作课上,打破过去教师“一言堂”的课堂模式,通过设计实际的写作任务,创设真实的写作场景,打造以学生为中心的更有生机与活力的“翻转课堂”;积极探索并构建“线上+线下”双课堂的混合教学模式,充分融合“线上”“线下”课堂优势,将线下课堂的有限学时在网络数字空间进行了延伸充实;创新教学思维,采用多样且富有特色的写作教学法,例如自由写作、游戏、读书活动、课堂演讲等,丰富写作训练形式,帮助学生克服写作障碍,培养他们日常写作习惯,进一步拓展了创意写作空间;同时,在写作课程考核方面,淡化终结性评价,进一步强调过程性、形成性评价,建立起一套以写作实训为教学重点、以培养创作能力为核心与主导的课程考核评价机制,极大激发了学生写作的热情。

西南大学写作课程通过在教学理念、教学模式、教学方法以及考评机制等方面的立体化革新与实践探索，形成了独具特色的写作教学改革之路。在此过程中，一个明显的变化是，在写作课上，学生不再惧怕写作，逐渐放开自己，愿意通过写作来表达自己内心的情感，以及对周围世界的观点和看法。学生的写作兴趣被激活，创造性思维被激发，在学习过程中厌读厌写的状况得到了极大的改善。然而，由于缺少一些软、硬条件的支撑，相关理论资源运用不够充分，西南大学写作课程教学探索还存在某些问题研究不够深入、改革方向不明晰、实践方式不够具体的情况。例如校内校外“双导师”合作教学机制、写作教学小班授课模式、“项目制教学模式”的具体开展与实施等，而这些问题的存在也为下一步写作教学的深入研究与实践提供了改革思路。

新文科建设背景下高校写作教学改革之路并非坦途，任重而道远。在深化写作教学改革过程中，需要进一步总结相关经验，结合创意写作与不同专业需求，进行有针对性的写作教学和培训。一方面以创意写作课作为“试验田”和“突破口”，进一步促进高校中“基础写作”“应用写作”“大学写作”等写作课程群的转型，改变多年来高校写作教学无效无用的状态，提高教学效率；另一方面将创意写作的理念和内容融渗到写作教学中，创新教学形式和方法，重构写作课堂，优化学生的整体写作素养，提升学生的实际写作水平和能力，更好地适应新文科建设中对于培养高质量文科人才的要求，真正为高校中文教育改革提供有价值的参考思路。

网络文学研究*

* 编者按：网络文学研究向来以多元性、即时性以及贴近社会生活见长，在史料整理、网史分析、经典网评留存等方面有巨大的开拓空间。为促进网络文学史料研究，本刊网络文学研究栏目开辟“网史网事”小单元，欢迎网络文学史料整理、网络文学大事件时间线梳理、网络文学生产机制研究等方向来稿。鉴于栏目特殊性，为鼓励来稿，以尊重网络文学发展规律、尊重网络文学特殊介质为前提，适当接受非学术化写作稿件，以期为网络文学研究开辟合适空间。

网络文学创意写作的学科定位与教学探索现状

翟羽佳[*]　赵英乔[**]

摘　要： 诞生于北美的创意写作进入我国后，植根于国内文化土壤获得了巨大发展，并逐渐受到国内主流学科体系的认可。而与诞生于本土的世界级文化现象网络文学的交叉融合，则既为创意写作的发展注入了新的活力，又为网络文学的深化提供了新的思路。两者对作品的共同关注使得网络文学创意写作的学科定位为"教写"核心的独立学科，并在此基础上形成了网络文学创意写作独特的"教写"形式，如写作工坊、人工智能自然语言生成(NLG)等，网络文学创意写作的作品内容可囊括为分体写作模式，分为虚构类和非虚构类。国内高校网络文学创意写作的学科建设更是为网络文学创意写作的发展和研究提供了丰富的实践材料。

关键词： 网络文学；创意写作；高校学科建设；写作工坊

一、前言

1936 年，世界上第一个创意写作工作坊在爱荷华大学成立，美国的创意写作研究自此进入了一个系统化的时代，20 世纪 40 年代至 70 年代，创意写作的系统已发展到 50 多个，而到了 20 世纪 80 年代，全美有 150 多个大学开设创意写作文科硕士、艺术硕士和博士学位，创意写作由此成为二战后美国教育体制改革下发展的强势学科，并逐渐在世界上传播开来。2009 年是创意写作正式在我国"落地生根"的一年，标志性的事件有二，其一为复旦大学受教育部批准建立首个创意写作专业硕士学位(MFA)，其二为上海大学文学与创意写作研究中心的成立。到 2014 年，武汉大学成功获批国内第一个创意写作博士点(DA)，创意写作自此成为覆盖本科、硕士和博士三级学位的学科。而越来越多的学校开设创意写作专业，如北京大学、中国人民大学、北京师范大学、同济大学等，更是标志着创意写作受到了国内主流学科体系的认可，创意写作在短时间内获得了

[*] 翟羽佳，文艺学博士，山东理工大学文学与新闻传播学院院长助理，副教授，硕士生导师，主要研究方向网络文学与媒介研究。

[**] 赵英乔，中国海洋大学文艺学硕士研究生。

巨大的发展。按照“网生起源说”①,网络文学自 1991 年 4 月《华夏文摘》诞生以来已历经了三十余年的发展,它作为在中国本土诞生的却拥有世界级影响的文化现象,承载着讲好中国故事、书写中国形象的文化责任。因此,进一步深化网络文学发展,完善网络文学的创作机制、评价机制,推动网络文学产业发展成为当前网络文学研究者的关注要点。对作品的共同关注是网络文学与创意写作的共通之处,创意写作学科发展的学科经验能够为网络文学的推进提供新的发展思路,而网络文学在发展过程中也逐渐将创意写作融入学科发展的分支,两者相互渗透、在区别中更多的是表现为相互联系。因此,从学科接受以及学科发展的角度分析网络文学创意写作的研究将是必要的,在此基础上,本文主要从网络文学创意写作的学科定位、网络文学创意写作的“教写”形式、网络文学创意写作的分体写作以及国内高校创意网络文学创意写作建设四个方面来展开论述。

二、网络文学创意写作的学科定位——写作“祛魅”

一个学科在创立之初,似乎都会受到有关其学科地位的质疑。这样的关注简单来说分为以下几个方面:该学科建制的基本意义是什么,该学科内部的运行方式是怎样的,以及它与其他学科的学科界限在哪里。以上提到的这些方面恰恰是在哲学实践中所讨论的问题,因此,可以将以上问题简称为对某一学科哲学地位的思考。在创意写作(creative writing)作为一门独立学科创立并发展起来后,大部分研究者关注的重点都放在了学科内部的方法建构以及局部方法的拓展上,但是对于学科地位等基本哲学问题却关注较少。然而只有真正厘清创意写作的学科定位,才能从源头上发掘创意写作作为一门独立学科的创立意义,真正把握学科的发展方向,由此激发学科发展活力。乔丹·巴克(Jordan - Baker)在《创意写作的哲学》(*The Philosophy of Creative Writing*)中梳理了有关创意写作创立以来,对于学科归属的两种主流的看法,分别为融合主义(Integrationism)和君主主义(monarchism)。融合主义意在将创意写作融入广义的人文教育中,而君主主义则是试图将创意写作合法化为一个独立的学科。② 除此之外还有第三种主张,认为创意写作以“教写”为天职。下面就对三种主张分述之。

乔丹·巴克指出创意写作的融合主义者意在将创意写作与文学、音乐以及媒体等其他形式结合起来,这同万多尔所说的创意写作在“本质上的不完整性”是一致的,即对于创意写作的学科定位来说,并没有将其独立为一门“自治”的学科。而这一派的代表性学者有诺曼·福斯特、米歇琳·万多尔、凯瑟琳·哈克等,包括乔丹·巴克本人。20 世纪 20 年代到 30 年代,美国高校学院派内部的文学研究被语言学方法以及微观历史主义方法所“控制”,过去的人文主义传统在这种情况下被逐渐“吞噬”,一个文学院的研

① 欧阳友权.哪里才是中国网络文学的起点[N].文艺报,2021(02).

② BAKER J. The philosophy of creative writing[J]. New Writing, 2015, 12.2: 238 - 248.

究生会发现他不仅被要求学习盎格鲁·撒克逊语、中古英语、中古苏格兰等多种方言，甚至还需要学习古法语、哥特语以及其他深奥的语言。而对于想要从事文学研究的人来说，语言学知识的精通更是其步入学术生涯的唯一有效途径。

在这样的情况下，文学学者完全失去了与文学创作的联系。因此，尽管出发点不同，这种语言学历史主义的批评方法与文学本质主义将会导致同一种结果，即赋予文学创作"神圣"性。当面对一首诗时，人们不再会关注诗歌本身，而是转而研究诗歌写作的历史背景，所有的文学作品被看成是语言历史的一个分支，不再评价其本身的创作优劣，文学被认为是不可教的，这在极大程度上关闭了文学创作的大门。因此，"新批评主义"的声音在这种环境下应运而生，福斯特敏锐地把握到批评与创作的紧密联系，即文学新批评与文学创作所关注的都是文学本身。因此，在出任爱荷华大学文学院的院长时，他将创意写作纳入文学课程的计划。同时，作为一个人文主义者，福斯特认为作家"需要人文主义教育，给他们一种永久的文学传统感"①，因此，"所有的文学学术都作为他们的领域"或者他的同伴反复隐藏的"标准"。在爱荷华大学文学院，福斯特在新人文主义和新批评之间的共同基础上建立了一所研究生院。他同意"创造和批评是一体的"，但他的意思是一些具体的东西。因为两者都有其个性的来源，所以批评和创造都是一个人的表达；"在这方面，"他说，"创造和批评是一体的。"福斯特转向了文艺复兴时期的人文主义者——彼特拉克、波利齐亚诺、伊拉斯谟——他们把"所有的文学学术都作为他们的领域"，其目的是理解：创造性写作是在文学实践条件下进行批判性理解的努力。② 凯瑟琳·哈克也指出，自创意写作课程从 20 世纪初在美国被作为一种教育实验、从内部振兴文学研究以来，创意写作的学生在英语写作总数中所占的比例越来越大，尽管它仍然完全基于一系列古老的母题——叙事、语言、形式、美等。因此，将创造性写作解释为理想的位置，整合英语研究的所有线索，作为阅读和写作、文学及其重要实践的联系是切实可行的思考路径。

而与之相反的另一阵营乔丹·巴克将其称为"君主主义"者，他们要求创意写作应该是一门独立自治的学科，相较其他学科来说应当具有一系列跨越教学法、培训和研究的专业差异的标记。在他们看来，创意写作应该是"至高无上"的，尽管其不可避免地会受到其他文学主题、音乐或者媒体的影响，但保持这种等级制度确立了创意写作在其学科边界内的自主权。持这一观点的学者主要有黛安·唐纳利、帕特里克·比扎罗和凯利·里特。凯利·里特指出，创意写作博士学位在英语研究中是一个相对较新的现象，而与美国各大高校对历史上传统的人文学科博士的缩招趋势相反，创意写作博士却正在增加，对博士创造性写作研究的兴趣也愈发增加。因此，在这样的情况下凯利·里特认为创造性写作方面的博士项目应该被提出新的要求，为了该项目的发展，创意写作的

① MYERS D G. The elephants teach: creative writing since 1880[M]. Chicago: University of Chicago, 2006: 135.

② MYERS D G. The elephants teach: creative writing since 1880[M]. Chicago: University of Chicago, 2006: 133.

博士项目必须通过在候选人身上建立专业差异的标记来解释他们的身份。因此,创意写作的培养应更多地关注有关学科本身,正如威廉·迪克声称的那样,创意写作"应该是自主的,而不是英语系的一部分,它应该是由作家为作家而经营的"①。

以上两种看法主要基于本体论的角度思考创意写作的哲学定位问题,一众学者纷纷讨论,创意写作应当基于传统的英文写作研究,还是完全脱离出来,从而实现学科的独立自主化?然而从实践论的角度出发,有学者又提出了有关创意写作的另一种看法,即从创意写作的学科功能出发探讨创意写作的学科定位,认为创意写作的学科基础是以"教写"作为天职,写作不再只能由天才、作家掌握,写作的神秘性被逐渐揭开,写作被认为是可以通过训练而实现的过程。国外学者持此观点的有大卫·莫里,在他看来"创意写作这门学术科目的目的之一就是祛除写作的神秘性,而非伪造其复杂性","当创意写作的学生有一定的天赋并且以它为天职时,我认为创意写作可以被有效地教授,如果老师可以塑造其天赋并引导其使命,而且学生乐于被塑造和引导,那么我认为创意写作可以作为一种技艺被教授"。② 国内持这种观点的学者如葛红兵教授认为:"创意写作学科是研究创意写作本身的活动规律、创意写作教育教学规律、创意产业管理和运作规律的学科。"③除此之外,上海大学创意写作中心明确指出创意写作已经不止培养作家,还培养文化创意人士。创意写作的一个基本主张就是破除创作的天才论,认为人人都有写作的潜能,经过一定的训练都可以成为作家。

以上就是目前对于创意写作学科定位的三种主要观点,尽管以上三种主张似乎各自分立,但在理论层面上都有其可取之处,结合以上三种说法,我们主张将网络文学创意写作的学科定位为广义文化范围内的以"教写"为核心的独立学科。

三、网络文学创意写作的"教写"形式

基于以上对于网络文学创意写作学科定位的分析,我们将网络文学创意写作的学科本质定义为以"教写"为天职,受到文学、音乐等艺术形式影响的独立学科。创意写作以其鲜明的实践品格为网络文学的发展提供了鲜活的书写思路。其中包含工坊教学、人工智能自然语言生成(NLG)、创意写作社区等新型写作形式。

(一) 工坊教学

工坊教学是欧美创意写作的核心教学法。"工坊教学"④最早可以追溯到珍妮特·

---

① RITTER K. Professional writers/writing professionals: revamping teacher training in creative writing Ph. D. programs[J]. College English, 2001, 64 (2): 205-22.

② DAVID M. The cambridge introduction to creative writing[M]. Cambridge: Cambridge University Press, 2007: 8.

③ 葛红兵.创意写作学的学科定位[J].湘潭大学学报(哲学社会科学版),2011,5: 21.

④ ADAMS K H, ADAMS J L. The creative writing workshop and the writing center[J]. NCTE of Urbana, 1994: 19.

埃米格在写作过程中的应用及其对写作过程理论的发展，以及肯尼斯·布鲁特·费有关话语社区的讨论。它在19世纪末期英语系学生的写作小组中展开，讨论内容涉及文章的章节、结构、选词以及发表的可能性等。这类研讨会经过至今约一百年的发展后，演变成今天的工坊教学。当下的工坊教学并不局限于学生写作内容和形式的矫正，同时致力于创意写作教学法的推新，比如将导师的角色从一对一会议中的形象转变为非正式会议中的主持人等。"实操性"是工坊写作最重要的品格，从实践出发，不论是创作还是教写过程中，工坊教学都发挥着重要作用。工坊教学最初被引入中国时，多采用"驻校作家制度"，邀请知名作家作为工作坊的"范导者"，进行有关写作知识与技巧的讲解，并在此基础上引导学生进行具体作品的研讨和写作练习。如上海大学文学院创意写作工坊夏令营活动中就邀请了王若虚、竹林等知名作家作为工坊活动的"外援"，保证了工坊教学的讨论质量及实际效用。"驻校作家制度"一方面为具有写作兴趣的学生提供了专业的指导，解决了写作瓶颈的问题，另一方面也为从事诗歌、小说创作的艺术家们提供了面向市场、检验读者接受的机会。

网络文学历经三十余年发展到今天，诞生了一大批优秀的网络文学"大神"，网络平台的开放性以及自由度正在吸引更多的年轻群体加入网络文学创作的"大营"。一方面，青年群体的热情为网络文学的加速发展提供了新的势能；另一方面，互联网本身的复杂性和多面性使得网络文学作品泥沙俱下、良莠混杂，对规范网络文学的发展、正确引导青年作家的创作与思考造成一定的难度，创意写作工坊的出现则为该问题的规避提出了切实有效的见地。建立网络文学写作工坊，邀请经过市场以及主流文学评论检验过的网络文学"大神"作为网络文学工坊写作的"范导者"，为青年作家提供切身的创作经验，并通过作品展示、经验交流等环节具体引导学生进行作品的审视、修改，引导青年作家建立正确的写作观从而为网络文学今后的发展奠定坚实的后备力量。

（二）人工智能自然语言生成（NLG）

自然语言生成是人工智能研究的一个子领域，它意指从信息中产生可理解的人类语言文本的计算机系统，将NLG适用于特定的创造性文本生成过程，能够实现人类与计算机间的文本交互。这个过程的实现依托于预先植入的语言模型以及文本生成器两部分。当人们将一定的文本输入到程序中后，文本生成器会根据输入文本以及预先置入的语言模型生成特定的输出文本从而实现人机间的文本交互。举例来讲，当主体输入一个非完整的句子时，生成器可以完成该语句并输出完整文本；或者将叙述性故事的前几句输入该文本生成器时，生成器可以延续该故事并生成后续完本。总之，输出文本建立在输入文本的基础上并作相应改变。

目前已有将人工智能语言生成应用于创意写作的案例。如荷兰一家旨在提高图书和出版行业在整个荷兰社会中的知名度的信托公司所举办的全国范围内的"图书周"活动中，运用文本生成系统创作了艾萨克·阿西莫夫的著名科幻小说《机器人》(1966)的续本。续本由荷兰作家罗纳德·吉法特与智能机器共同创作。我们或许会自然地将这一过程中 NLG 的实际效用放在一个扮演辅助角色的位置,然而事实确是人机之间的有效交互将会有效地激发作者的创作潜能。对于计算机的输出文本,创作者需要对其作有效考察,梳理计算机的生成语言,合理化文本逻辑或者要求计算机生成新的输出文本。对此,葛红兵认为,这就要求创作者具有一定的专业素养,而非一味依赖于计算机,生成出"快餐式"写作。网络文学区别于传统文学的重要特点之一在于网络文学体量庞大,网络文学读者对于章节的更新速度要求较高,催生了"手速流"等一众日更数万字的网文创作"大神"。每日数万字的更新要求对于大多数作家来说都是一项挑战,作家们将面临灵感枯竭以及身体劳损等问题,NLG 的应用则能很好地解决这些问题。人工智能自然语言的应用并不意味着完全依赖于"机器生产",而是借助人机间的交互协作解决实际创作问题,人的主体性的精神活动仍在文本生产过程中扮演着重要角色,因此,正视以及合理利用人工智能在文学创作中扮演的角色应当是后人类时代网络文学创作的先行之举。

(三) 创意写作社区(交互性)

布莱斯·哈尔(Blythe Hal)在《写作社区：创意写作课堂的新模型》(The writing Community：A New Model for the Creative Writing Classroom)一文中指出:"社区写作这种方法有很多积极面。学生不仅可以向专家学习,而且可以以此接近他的榜样。有了这个规律,写作学生们可以更细微地从拥有证书的主治医师、木匠大师们身上挑他们想学的。不同领域的专家、作家们就可以相互认识,代理和编辑也可以相互认识,这样他们就可以给学生提供一个更即时的人际关系。"①与工坊写作相比,尽管都是在专家的指导下开展写作活动,但是社区更多注重于对现实实践经验的获取,社区写作鼓励学生们走出教室,获得更丰富的生活经验,从而在实践中获得写作灵感。与此相似,网络文学中"行业文"的发展受到较多现实经验的影响。网络平台以其开放性、自由性,吸引了广大社会群体中不同创作主体的参与,网络文学的作家群体不再像以往的严肃文学那样以知识分子和专业作家为主,网络提供了一个可以让各色人等抒写各色人生的平台,文学创作的主体可以是医生、律师、工程师、军人等,他们通过自己的眼界去书写他们眼中的当代生活。传统的写作道路从短篇到长篇、先报刊后出版的方式对于没有任何发表出版经验的非专业作家来说是不那么友好的,网络这一平台的巨大包容性成就了一批非职业作家的创作梦想。因此,各种类型的"行业文"很快成为网络文学创作中的重要分类,并迅速引领系列类型网文的创作。在此基础上,由各领域"专家"组织社区写作,是拓宽网络文学"行业文"创作的有效路径。

---

① Blythe H, Charlies S. "The writing community：A new model for the creative writing classroom"[J]. Pedagogy, 2008(8.2)：305-325.

四、网络文学创意写作的分体写作

创意写作在国际上兴起后，按照叙事类型，创意写作专业硕士(MFA)通常被分为虚构类写作和非虚构类写作。虚构类写作包含通常意义上的小说、诗歌、戏剧等创作类型，虚构似乎已成为文学叙事中司空见惯的手法，但创意写作中的"虚构性"具有新的表现形式，有学者在探讨创意写作虚构类小说的方法论时指出："虚构小说并非天马行空，若要保证虚构小说的创意，需要遵循一定的小说成规。在创作中，这种成规是一种创造性的成规，通过不同的序列和层次，衍生出无尽的可能性。虚构类小说叙事经过序列层、句型层、母题层三个通道的创意，可以实现类型成规的三种'创意'，从而实现类型成规的'创造性''生成性'特征，形成丰富多彩、千变万化的小说虚构叙事图景。"[①]与虚构类相对，非虚构类写作通常包含传记、新闻、回忆录等，如何界定非虚构类小说与虚构类小说的界限有各种说法。笔者采纳某学者说法，认为两者被界定的区别应取决于读者不同的阅读态度，非虚构类小说事实上在读者和作者之间签订了一种契约，作者被允许在记忆无法抵达之处用想象力来填补空白，但这一切都要基于作者过往的经验限制内进行，也就是说，想象力在非虚构类小说中受到作者经验的限制，而在虚构类小说中则受到读者经验的限制。[②] 在西方历来细化学科的诉求下，在各个大类之下又根据体裁的不同，划分为次一级的各个"子类"，通常意义上被称为创意写作的"分体写作"，包括历史小说写作、科幻小说写作、生活小说写作、悬疑小说写作等。这与网络文学类型小说的发展宛如一体两面。网络文学的发展具有类型化的倾向，按照目前主流网站类型小说的情况，大致可以划分为玄幻、历史、军事、仙侠、悬疑、科幻等诸多类型。因此，创意写作分体写作方法论的研究能够为网络文学类型小说的发展提供新的学科经验。

首先关于网络历史小说，对于大多数读者来说，历史类小说的阅读经验通常表现为对于"历史"的间接了解，而不是从直接的"历史"那里回到过去，从海登·怀特等对于历史和小说的界限的质疑——将历史学家和文学家对语言的运用相混合，将其目的共同指向为对于不可理解的、陌生事物的编织，借助的手段包括隐喻、转喻、提喻、反讽等，由此出发，创意写作历史小说分体写作的研究延伸到有关历史和小说关系的思考。事实上，对于历史著作来说，作者必须具有鲜明的观点判断，即对史实作历史和逻辑的双重梳理，如果历史学家没有遵从与文本叙述视角的这种联系，他的观点则不再可靠。然而对于历史小说的作者来说，作者可以安排一个人物代其叙事，这不仅让一段历史显得更为鲜活，激发读者更大的阅读想象，同时在结构上构成了一种隐喻，即将过去与现在相结合，引导读者去思考现在与过去的异同，兼具更多的生动性和直接性。这也解释了为何历史类网络小说融入穿越、重生、金手指等元素后仍然具有现实吸引力，在提前预知

① 陈鸣，刘艳莺.虚构与叙事——创意写作方法论问题[J].湘潭大学学报(哲学社会科学版)，2011，35(05).

② BARRINGTON J. Writing the memoir[M]. The Eighth Mountain Press, 2002.

的历史与小说叙述的逻辑范围内,读者在面对历史与现实的共生激发的巨大张力时能够获得最大的阅读体验及内心想象。因此,在历史小说的创作中,历史得以在现实中表现,现实也能够在历史中重演。

20世纪末,文化理论家哈桑(Ihab Hassan)提出了"后人类主义"的宣言,哈桑认为后人类主义思潮源起于普罗米修斯盗取火种这一行为,并通过神话的方式预示着人类与技术间永恒的枷锁。而这一切在宇宙科学、基因技术、人工智能的勃兴下愈演愈烈,在文化上则通过科幻类小说预示着未来人类的生活场景。在网络文学内部,科幻文学实现了井喷式发展,据阅文集团的数据显示,2021年科幻文学新增作品已跃升为全品类"TOP",科幻文学已成为网络文学五大品类之一。科幻类小说也是创意写作分体研究的重要领域之一,创意写作对于科幻小说的研究主要从作家的角度展开,对于科幻网络文学的写作者来说具有重要的指导意义。首先当对"科幻"小说这一品类进行理解时,我们或许会对"科幻"这个司空见惯的词产生新的思考,科学和幻想似乎是两条没有任何交集的平行线,科学直面的是宇宙、未来,而幻想似乎代表着目前不会发生的事,但事实上两者的交叉点在于通过想象来表达自己的观点,它们都集中于一种"思想实验",因此,对于科幻小说的创作者来说,科幻小说的创作意味着一场"思想实验",即通过新事物探索人类的思维,或者重新审视那些旧的、根深蒂固的、理所当然的东西。而这种思想实验无疑对于任何作家来说都是一场不可思议的冒险,尽管可能面临读者接受的巨大考验,但对于作者来说,这场博弈的收益在于开拓一个满足接受市场的原始资源。同时在实际创作中,科幻元素也正在深入其他类型小说的内部,产生了巨大的阅读效应,如罗伯特·海因莱因的《星船伞兵》开创了军事科幻小说,托尔金的《指环王》创造了史诗幻想小说。事实证明,多维科幻元素的有效运用将是提高网络文学创作者想象与才能的重要因素。

据2021年中国网络文学发展报告指出,现实题材以"小众"之姿、"黑马"之貌快速崛起,高速发展。现实题材在网络文学创作中的影响力持续扩大,各行各业涌现出众多优秀的创作者。网络文学作者队伍展现了知识结构、专业水平不俗和高学历的倾向,根据自己行业的实际经验,写出了更加多元、专业而立体的现实题材作品。① 现实类网络小说的创作要求更强的实践性,从创意写作的角度来看,作家的创作过程似乎与其他创造性实践的程序性工作有着巨大的相似,如同协奏的爵士乐、共演的舞台剧,作者所代表的不再是唯一创造者的角色,作家"天才式"的角色被重新定义,其所代表的不再是一个人的视野,而是模拟了他所参与的一个与众不同的世界。作家承担的是协奏的角色,所展现的是时代舞台下的一段痕迹,如同是每次合奏都能生发出不同的音乐作品,每次剧演能够展现出只属于此刻的舞台,作品同样承载着一个时代的底色,并在不同读者的

---

① 中国社会科学院. 2021中国网络文学发展研究报告[R/OL].(2022-04-07)[2022-04-08]. https://baijiahao.baidu.com/s?id=1729528791367147506&wfr=spider&for=pc.

接受下重现出独一无二的作品内涵。因此，对于网络文学的作者来说，现实性永远是作家创作、实践过程中最坚实的底色。

五、国内高校创意网络文学创意写作建设

创意写作在欧美作为新兴学科兴起后，最早由香港浸会大学引入中国内地。香港浸会大学的创意写作具有三大特色：一是课程设置形成体系，由中文系、语文中心、英文系、电影学院等共同设计承担，实现师资与教学资源的整合共享及不同学术领域的交流融合，拓展了学生学术视野，也为学生的写作实践提供了多样的角度与途径；二是中文系成立“国际作家写作坊”，每年定期邀请国际知名华文作家驻校讲课，开设诗歌、小说、戏剧等课程，精心为学生提供写作指导；三是重视与中学生的衔接与渗透，中文系每年都派出优秀教师与学生到香港的中学开设“中学写作坊”，扩大创意写作专业的影响力，也增加其在中学生群体中的知名度。

内地创意写作的发展也是从各个高校对于创意写作的关注开始的。复旦大学是国内首个开设创意写作专业的高校，由著名作家王安忆组织教学团队，于 2004 年开始于中国语言文学一级学科下招收文学写作方向的研究生。经过数年发展、获教育部批准后，复旦大学于 2009 年成功开设国内创意写作专业硕士 MFA 学位，此为国内创意写作发展的里程碑式事件。武汉大学于 2007 年初申报“写作理论与实践”专业硕士点并于当年底获教育部批准，为扩大教学规模，武汉大学向教育部申请写作学博士点并于 2014 年正式被审核批准，成为全国第一个写作学博士学位授予点。而创意写作在我国“落地生根”的另一个标志为上海大学中国创意写作中心的成立。该中心成立于 2009 年，是中国首家致力于创意写作理论研究并将之与创意写作教学、创意产业实践结合的科研单位。在中心多名学者的推动努力下，上海大学不仅开设了创意写作专业，并逐步构建起本、硕、博一体的创意写作教育教学体系。随着近年来创意写作的稳步发展，越来越多的学校开设了创意写作专业，如北京大学、中国人民大学、北京师范大学、同济大学、华东师范大学、江苏师范大学、上海政法学院、广东财经大学、广东外语外贸大学等，这标志着创意写作专业在全国高校范围内的发展进入了发荣滋长的新道途。

网络文学创意写作作为创意写作的分支，在伴随高校创意写作发展的同时表现出独具特色的发展路径以及结构策略。中国网络文学作为与美国大片、日本动漫、韩国电视剧等并置的世界级文化现象，是当代中国形象在世界范围内的输出，是中国化创意写作的鲜明体现。而如何将网络文学表现出的不逊于传统文学的发展势头真正转化为讲好中国故事的有效方式，是当前网络文学创意写作亟须思考的问题。在此基础上，有些高校开始探索网络文学创意写作的发展方法。比如，南京的三江学院开设网络文学编辑本科专业，上海视觉艺术学院则较早开始网络文学本科教育，华东师范大学设立了巨额的专项培养基金，着力于网络文学作家的培养。其中具有较强代表性的为浙江传媒学院与山东理工大学的网络文学创意写作建设。

浙江传媒学院是浙江省传媒类艺术院校的代表,其与浙江省作家协会联合成立了浙江网络文学院。浙江传媒学院此前已设有创意写作实验班,在积累了创意写作教学经验的基础上,浙江传媒学院进一步深化其教学范围,开启网络文学创意写作的本科生培养计划。同时利用传媒类院校的天然优势,开创了全国首家网络文学与创意写作方面的文科实验室,该实验室包含四个中心,即网络文学与创意写作 VR 虚拟体验中心、网络文学与创意写作文献和数据中心、网络文学与创意写作视听体验和教学中心、网络文学与创意写作成果孵化中心。“网络文学影视化创意与制作实验室适应了传统中文学科转型和新文科建设的迫切需要,实现了网络文学工坊教学和创意写作文科实验室的结合,为探索出一条崭新的网络文学与创意写作教学的实验室路径作出了有益尝试,这也是中国化创意写作工坊教学的成功探索。”①

除此之外,山东理工大学文学与新闻传播学院在 2022 年开办微专业“创新思维与创意写作”班,驻校作家包含传统文学作家宗利华、王玉珏、魏思孝,网络文学作者、研究者“高楼大厦”、吴长青以及编剧、导演海飞、吴峰。海飞作为受聘教师代表在发言中表示,创意写作尊重才华,但更注重方法,它的目标是让有才华的人写得更好,让普通人具备写作的能力。“写作是可以习得的”,天赋才华并不排斥技能训练,这是创意写作的重要理念,也是通过这门微专业要实现的最终目标。山东理工大学“创新思维与创意写作”微专业深刻贯彻创意写作实践性的品格,打通严肃文学与网络文学间新的发展路径,在继承传统文学严肃性、现实性的同时,利用网络文学的趣味性、天然的读者基础等,在各领域驻校作家的指导下,提高学生的写作兴趣与创作能力。而“网络文学创作营”的建立更是将创意写作工坊教学的具体实践,形成了教师担任指导、学生协助主持、在校各专业学生参与的工坊教学活动。学生群体不仅包含中文系学生,并且涵盖学校各个专业在校生,经由“网络文学创作营”的训练,学生们得以用更加细腻、深刻的笔触书写个体生活体验。而山东理工大学“爱读网”的创立更是为学生们提供了能够展示创作成果的有效平台。作者将创作成果上传到网站空间后,网站提供相关推送以及交流论坛。在此基础上,学生可以直接接触网站下的读者反馈,在作者—读者的双向互动中反思、修改自己的创作思路,从而做到真正了解当前的读者需求。网络文学与文化产业有着天然的联系,产业化在一定程度上意味着不再是以往作者的单向输出,市场需求被纳入网络文学的创作体系内,因此在一定程度上来说,网络文学作品是融合了作家智慧与读者期待的群体结晶。对于传统中文系专业学生来说,网络文学巨大市场价值的实现也是解决本专业学生就业市场的破冰口,而创意写作与网络文学的结合是推进当前网络文学发展的有效尝试,这将为推动网络文学产业化、网络文学创作深化发展带来新的势能。

① 叶炜.新文科背景下中国化创意写作路径思考[J].写作,2021(04):112-121.

六、结语

以上就是对网络文学创意写作学科建制、理论研究以及发展情况的概述。尽管目前有关网络文学创意写作的学科建设仍处于起步阶段，并且在发展过程中也面临着诸多问题，如教学过程难以量化，工坊教学的有效性无法做到精确保证，和相关专业人才的缺乏——表现为作家缺乏教学经验，研究者缺乏写作经验的弊端，以及分体写作的细化界限难以确定等问题。这些问题的解决都将有赖于未来有关网络文学创意写作的深化研究，而网络文学以及创意写作表现出的强劲的发展势头，使我们对网络文学创意写作今后的发展充满信心。

同人心理的迁移：网络文学 IP 改编的“情节还原”误区与“形象还原”新指向

王秋实*

摘　要：网络文学原著的“故事”属性给 IP 改编带来长久的“情节还原”误区。实际上，“形象”比之“情节”，是对改编更重要的一个还原落点。在“形象还原”的思路中，存在同人心理的迁移：IP 改编是一种暗含同人心理的“再创作”，在“形象还原”中昭显了原著读者在文本视觉化过程中的心理愿景，内蕴对自身想象力的弥补渴求，契合同人中“未尽”的欲望机制。本文以《鬼吹灯》三部改编网剧为影视剧等强叙事媒介的典型代表，以网络游戏和实体衍生品代表弱叙事媒介，用两者的案例分析，论证网络文学 IP 改编中存在的“情节还原”误区和“形象还原”的重要性。

关键词：网络文学；IP 改编；还原；形象；情节；鬼吹灯；网络游戏

2022 年是网络文学 IP 改编大年，从开年的爆款剧《开端》开始，到暑期档百花齐放的《星汉灿烂》《天才基本法》《苍兰诀》等，热搜、热播不断，为广大观众提供了餍足的精神盛宴。自 2014 年网络文学 IP 热潮开始显现至今，网络文学已成为文娱市场的重要内容源头。IP 市场的火热，使网络文学以影视剧、动漫、游戏等多种媒介面貌重新呈现，极大地拓展了受众面，一定程度上为网络文学“扬名”。而在媒介转换与受众群体扩大的过程中，诸多“改编法”问题随之出现，原著粉丝与改编受众间的观点摩擦也频繁发生。2022 年暑期，因热播剧《天才基本法》对长洱的同名原著进行了较大幅度的改动，网络文学 IP 剧“魔改”的话题在公众舆论中处于风口浪尖，网络文学 IP 改编的“还原”问题再度受到关注。因承载媒介全然不同，同样的“内容”表达方式势必不尽相同，根据尼尔·波兹曼“媒介即隐喻”的著名观点，媒介某种程度上即决定内容本身**，以不同媒介呈现出来的时刻，即发生了“内容”的改变。一部被赞誉“还原度高”的改编作品，亦不能做到对原著的“完全复刻”，那么它“还原”了原著的哪里而获得赞誉？反之，一部“魔改”

* 王秋实，中国作家协会网络文学中心助理研究员。

** “我们认识到的自然、智力、人类动机或思想，并不是它们的本来面目，而是它们在语言中的表现形式，我们的语言即媒介，我们的媒介即隐喻，我们的隐喻创造了我们的文化的内容。”见尼尔·波兹曼.娱乐至死[M].章艳，译.桂林：广西师范大学出版社，2011：15.

的改编作品，是不尊重原著的哪里而遭受骂名？再从影视剧说开去，在网络文学 IP 全产业链中，其改编“还原”的指向又倾于何方？

同样关注这一点的，除了原著粉丝和改编作品受众，还有版权方和原著作者。在网络文学改变下游文娱市场的同时，改编 IP 热潮也同时在改变着网络文学的面貌。一旦版权售出，改编作品热度走高，那么改编市场的广泛辐射、附加的增值收入、与对原作的反哺“引流”，可以使原著作者普遍在个人名声和经济利益上获得双丰收。网络文学作家的追求渐渐也从纯粹的订阅、稿费收入，转变为对版权售卖与改编作品“大爆”的期待。这种思路上的转变也相应带动网络文学创作倾向的改变。版权方青睐“好还原”“有爆款潜力”的网文 IP，作者则使自己的作品迎合这种“挑选眼光”，那么显影这种“还原”倾向则或可以为网络文学创作的新特点作一个解释。

在网络文学 IP 市场的此种境况下，本文尝试讨论“还原”的一种倾向，即“形象”。“形象”的凸显是与“还原”的往日主角“情节”比较而来的。目前的改编市场有一个较为有趣的现象：诸多致力于“还原情节”的改编作品口碑成绩不尽人意，而对情节进行巧妙“魔改”的作品反而获得“还原原著”的赞誉。本文尝试分析这一现象，用强叙事媒介如影视剧、弱叙事媒介如网络游戏的改编情况为案例分析，揭开“情节”的屏障，论证“形象”在改编还原中的重要性。

一、“情节还原”惯性与“形象还原”新思路：同人心理的介入

谈及“还原”，大部分原著读者或改编受众第一反应都是“情节”。“剧情是否尊重原著”是很多改编作品的第一个评价标准，这是一种很正常的思维惯性。改编是原内容的跨媒介呈现，虽然小说是时间的艺术，亦是空间的艺术，但从比例上看，空间性的“描写”比时间性的“叙事”普遍要小得多。小说的内容主体是一个“故事”，按惯常思维，一个“故事”的改编，往往是以“复述”而非“复现”的形式进行的。“复述”比之“复现”，是时间性的，其落点往往在“情节”上，因此，大量的改编作品着力在“情节”的还原，对原著的情节结构与节奏进行完全的“复述”。但相反的是，很多此类作品并未因此得到好评，虽未被冠以“魔改”的骂名，但也并不认为是还原原著“神韵”的改编。而有趣的是，很多对原著情节大刀阔斧进行“魔改”的作品，却意料之外地获得原著粉丝的认可，认为其做到了对原著的“还原”。此类现象并不鲜见，不禁引人深思，对“情节”的还原真的是改编还原的核心吗？

以“情节”作对照，本文讨论还原的另一个层面“形象”。“形象还原”指文学形象外部化过程的还原。文学形象具有间接性特征，语言文字作为它的物质材料，并不直接作用于读者的感官，需要想象力的加工，是一个抽象的“可感”过程。外在形象如对人物、环境的样貌描写，内在形象如对人物性格、环境气质的描摹，在“成像”的过程中均需要想象力的参与。从文学形象转至视觉形象，不光是外在形象，内在形象如性格、气质也一定程度上外部化，从一种想象力的“可感”化为视觉上的“可感”。“形象还原”指这个

过程的“还原”,包含内在与外在两个层面。

本文认为,“形象”比之“情节”,是对 IP 改编更重要的一个“还原”落点,在“形象还原”的思路中,存在“同人”心理的迁移,这是“形象”胜出的主要原因。“同人”在中国通常指有原作基础并基于原作角色进行的二次创作,形式多样,包括但不限于文学、漫画、动画、游戏等。同人创作有自发的圈层属性,也有基于圈层的评价标准:同人读者经常也会以“还原”为极高评价,去评价优秀的同人作品——这通常意味着同人作品符合原著世界观,角色不“OOC”(out of character,即脱离角色),做到同人的“二次消费”标准。在这一层面上,同人不是对原著的完全“复刻”,而是基于“形象还原”的一种“再演绎”。而在 IP 改编中,往往有类似的心理迁移机制。如上文所述,改编不能做到对原著的“完全复刻”,是一种有原著基础的跨媒介“再创作”,某种程度上与“同人创作”性质近似。在“再创作”或“同人”的期待视野中,“还原”不等于且做不到“完全一致”,读者往往在“还原”的基础上期待着一些符合“还原”方向的“增加”,这一“增加”暗含了对自身想象力的弥补渴求,也契合同人中“未尽”的欲望机制,是想象力与视觉化之间的跨度显像:视觉化的“形象”是否与内心的“形象”发生“共鸣”,其“再演绎”是否扩大了这种“共鸣”的幅度?这是一种与“同人”相近的改编思路,也往往是一些“魔改”获得好评的因由:相比追求“情节还原”的传统改编思路,这种追求“形象还原”的改编思路不关乎“情节”是否完全复刻,“情节”更多服务于“形象”的还原。

随着全版权运营的发展与 IP 市场的逐步扩大,此类“形象还原”的改编思路渐渐开始被尝试,且此类改编作品在 IP 市场中往往受到好评。诸多案例证明,与“情节”相比,“形象”也许更是 IP 价值的落点所在。下面以影视剧、网络游戏、实体衍生品等叙事能力依次下降的媒介改编案例为例,进一步论证这一观点。

二、强叙事媒介中的“形象还原”思路——以《鬼吹灯》三部改编网剧为例

以潘粤明版《鬼吹灯》的三部改编网剧作为影视剧媒介的案例分析,是因其较为突出的典型性。2022 年 10 月《昆仑神宫》收官,这是潘粤明版《鬼吹灯》系列剧的第四部作品,改编自天下霸唱《鬼吹灯》原著第四卷。在第二部《龙岭迷窟》获得爆炸式好评后,第三部《云南虫谷》却陷入恶评如潮的窘境,原著读者与系列剧观众都在期待《昆仑神宫》是否能够力挽狂澜,但结果似乎并不尽人意。《昆仑神宫》豆瓣评分 7.0 分,这是一个折中的分数,低于《龙岭迷窟》8.1 的高分,高于《云南虫谷》的 6.1 分①。三部《鬼吹灯》是一套系列剧,投资稳定,演员采用原班人马,每年出品一部,其拍摄风格和人物的外在形象均保持了相对的稳定,只因编剧团队变更,改编方法与侧重点有所不同,所获口碑便相差极大。因此是一个具有典型性的案例,在此略作分析。

---

① 截至 2022 年 11 月 16 日的豆瓣评分:https://movie.douban.com/subject/30488569/.

（一）《龙岭迷窟》——基于“形象还原”的成功“魔改”

《龙岭迷窟》是一部情节被“魔改”的改编剧。《龙岭迷窟》在《鬼吹灯》原著中是完整度相对较低的一部，体量也相对较小，主要功能是完成探险队人员的聚合（胡八一、王胖子、Shirley 杨、大金牙等）、前世代人员亮相（陈玉楼、鹧鸪哨等），并引出扎格拉玛族红斑诅咒的线索，使之成为后两部的主要叙事推动力，因此，这一部情节安排相对零碎，没有大规模的下墓探险历程，只是以小墓穴机关设计（如幽灵冢、悬魂梯）、大量的信息类介绍和一整段鹧鸪哨往事组成。而《龙岭迷窟》的改编剧则大规模改动了情节，完全变更了小说的情节结构，将组成单元顺序彻底调换，并大幅增加了书中配角马大胆、李春来等人的戏份，以其团伙诈骗挟持胡八一下墓为叙事推动力，凭空写出了一条“主线”，串起了零碎的原著剧情，并大胆删除了原著中如“幽灵冢”等不可谓不精彩的片段，对情节的改动不可谓不大，可以说是彻底的“魔改”。但《龙岭迷窟》却获得了全系列的最高口碑，豆瓣、网络视频平台评论区可以找到大量好评，原著读者普遍认可这种“魔改”，并不认为其“不尊重原著”。豆瓣短评区的前排高赞短评显示出一定的观众喜好倾向，具有参考性：“配角各自绚烂，不仅王胖子不错，大金牙和马大胆一帮尤其出彩。最惊艳的则是鹧鸪哨。”（艾小柯）“忠实于原著，但没有完全还原原著，鬼吹灯系列目前最佳！”（Marchban）①大量读者和观众的评价认可了这种情节的“魔改”，其中不可忽视的一个原因是，这样的改编可以更加凸显人物形象。

《龙岭迷窟》的改编剧最令人称道的一点就是配角的“再塑造”，使其人物形象大放异彩，而这种“形象”的凸显其实是有赖于情节的“魔改”的，编剧团队在对原著何种情节进行“魔改”而何种情节进行“保留”的选择上，昭示其明显的“形象还原”思路。

公认的“魔改”成功案例之一即“马大胆团体”与其全程的“在场”。马大胆在原著中只是一个用来在开头引出故事的、活在李春来口述中的人物，但由于情节线的改动，马大胆带领其一帮兄弟变成了剧中反派，成为主角团下墓的推动因素，并全程参与探险。这一情节改动对戏剧冲突与人物塑造都大有助益，在明晰主线的同时，将原著较为单薄的铁三角合作探险“组队过关”的单纯人物关系，变成两派团体时而合作时而戒备的复杂人物关系，将人物置于矛盾关系和相对极端的环境中，其选择方能更凸显人物性格。在形势诡谲、危机重重的墓中，马大胆和胡八一各自持有两个团体的“领袖”身份，两者的行为便形成了一对自然参照：马大胆的自私更能凸显胡八一的情义，胡八一的担当也使马大胆进入自省，提升了马大胆的人物复杂度。随着马大胆兄弟的接连死去，马大胆的“领袖”意识也渐渐觉醒，人物弧光也随即生成，从原著里的工具人，变成自私小恶却亦有情义的西北汉子，成为剧中一个极为出彩的人物。

同样的成功“魔改”方式见于陈瞎子（陈玉楼）的情节改动。前卸岭魁首陈玉楼的主要人物故事发生在原著第七部《怒晴湘西》，在第二部《龙岭迷窟》原著中他的故事并

---

① 以上评论见《龙岭迷窟》短评区：https://movie.douban.com/subject/30488569/comments?status=P.

无展开,只是作为一个江湖骗子简单亮相,提供了一些科普性信息,也并无明确指征"陈瞎子"即"陈玉楼"。而剧中他的提前出场给予了足够的人物展示空间,一改原著里"信息性"的"纸片人"形象,以其凄惨的现实境遇与豁达的心境变化,令故事性寓于人物形象中,并暗含盗墓者行当的沧桑际遇。编剧通过这一情节改动,仅在一部改编剧中便巧妙地还原了陈玉楼横跨多部原著近乎完整的人物形象——这原本是读完八本原著的读者才能拥有的体验,这是令很多原著粉丝大呼"还原"的一个成功"魔改"案例。

值得关注的是,剧方也并非对所有情节都进行此般"魔改",在他们的取舍选择上可见其"形象还原"的取向,一个特别突出的例子即"鹧鸪哨往事"这一节。它在原著中体量占比近三分之一,是 Shirley 杨提到扎格拉玛族红斑诅咒时所提及的一段关于前世代人物"最后一位搬山道人"鹧鸪哨的往事,作为一段回顾剧情,占比如此之大,与原著主线已有脱节之嫌。但这一段在原著中公认写得极为精彩,充满了义侠情怀,甚至有经典武侠遗风,鹧鸪哨更因此段故事一跃成为《鬼吹灯》前期最有魅力的人物之一。而如前文所述《龙岭迷窟》原著本就结构松散,加之鹧鸪哨的人物形象如此惊艳,这一"脱节"便被大多读者包容了。而在改编剧中,编剧团队居然也照搬了原著这一"脱节"方式,完全还原了"鹧鸪哨往事"的结构与情节,这就相对令人惊奇了。《龙岭迷窟》全剧仅 16 集,是以"快节奏"为卖点的短剧集,以主线串联,情节安排环环相扣,紧凑而工整。然而,剧方主创却在全剧渐入高潮的"中段"7—9 集安排了与主线内容完全"脱节"的"鹧鸪哨单元"。这种结构尝试对于短剧集来说是危险的,它造成了显见的情节断裂。且这一行为与剧方往常大胆的"魔改"风格形成了鲜明对比,在这种选择下,主创的"还原"意图就格外明显:"鹧鸪哨单元"是原著中"形象"描绘极其出彩的一部分,主创愿意为此保留这段描绘的完整度,以牺牲情节的流畅为代价,保证"鹧鸪哨"这个出色形象的完全还原。这是取悦原著粉丝而有可能伤害改编观众的一种"还原"方法。它确实取悦到了原著读者,这一大胆的"还原"尝试类同其"魔改"尝试,在原著读者群中同样备受好评,豆瓣短评区高赞评论有很多是单评 7—9 集"鹧鸪哨单元"的:"原著党看到九集之后惊呆,鹧鸪哨戏野猫盗敛衣,夜探西夏黑水城,对各种细节的把控简直是神还原,看得出来剧组用心了。"(拿骚的莫里斯)"那些非原著党真的特别让人反感,什么 7—9 集看不下去? 7—9 集神还原好嘛!"(咖啡多加糖)①评价"鹧鸪哨单元"的短评很有代表性,这种本不该还原的"还原",在评论中已见一定的排他性和圈层性,形成了一种具有"同人圈"性质的"粉丝狂欢"。作为 IP 影视剧,在"鹧鸪哨单元"中,《龙岭迷窟》的"IP"属性凸显而"影视剧"属性下降,在讨论 IP 价值时便具有一定的代表性,从中可见《龙岭迷窟》编剧团队侧重"形象还原"的一个改编思路,以及此案例对 IP 价值的启示。

---

① 以上评论见《龙岭迷窟》短评区:https://movie.douban.com/subject/30488569/comments?status=P.

(二)《云南虫谷》——双线“魔改”的灾难

改编剧第三部《云南虫谷》编剧团队变更，它延续了《龙岭迷窟》的“魔改”传统，但在改编思路上只得其形不得其神，最终口碑暴跌。《云南虫谷》原著是《鬼吹灯》中较为精彩的一部，一反《龙岭迷窟》的信息化和琐碎，《云南虫谷》情节完整度很高，整个故事就是三人组前往云南献王墓寻找消灭红斑诅咒的重要道具“雮尘珠”的探险历程，在献王墓“一墓到底”。相应地，整本小说的情节构成方式也相当游戏化，内容可以归为两类，一是“关卡设计”，二是“如何过关”。天下霸唱以非凡的想象力逼真地描绘了诸多险境、机关、怪物，其离奇纷繁可称系列之最，对读者来说是一场想象力的盛宴，这催生了原著粉丝对于改编还原的期待，但同时构成了改编的难度，因为“关卡设计”部分有大量描写性的文字，构成了相当的体量，在视觉化以后，这部分内容量便从文本的“长度”压缩成图像，大量“时间性”的内容蒸发了。因此《云南虫谷》的改编呼唤“魔改”，这是原著特点决定的。

《云南虫谷》的改编方式表面上很像《龙岭迷窟》，但改编思路完全不同，因此得到的评价迥异，原著粉丝普遍认为此作是不可接受的真“魔改”，主要诟病处有三：其一，群像面貌模糊，功能冗余；其二，主角团形象有失；其三，虫谷场景还原度低。其落点均在于对“形象”的不满。

此作的群像塑造是失败的。受到前作“马大胆团队”改编好评的鼓舞，在本作中，编剧同样大胆增加配角戏份，写出了“遮龙寨村民”剧情，然而“遮龙寨村民”和“马大胆团队”在功能和效果上完全不同，同样为敌对关系，“马大胆团队”参与和主角团的探险，其在叙事中的始终“在场”，一是加强情节的推动力和合理性，二是有助于加深双方人物形象的复杂度。而“遮龙寨村民”和主角团之间是“追击”关系，“追击”意味着“不同屏”，两个团队的故事势必多数是分线叙述，主角团和村民交替演出，两者的不同时在场大幅削弱了两者之间的冲突张力，使“遮龙寨村民”沦为功能性、“纸片性”的情节推动器。而由于两个小团队内部没有“反派”，其内部戏也失去了精彩的矛盾设置，尤其是村民方，大部分镜头都只是传达“在追击”的行为信息，村民的形象无法凸显，且没有原著光环加持，无法使观众共情。这是广大观众喜爱“马大胆”但不喜欢“遮龙寨村民”的主要原因。更糟糕的是，村民“追击”的顺畅无碍与主角团“过关”的艰难形成鲜明对比，消解了主角团铺垫的“关卡难度”，间接削弱了主角团的能力，伤害了主角团的形象。

配角的形象失败仅在其次，《云南虫谷》的改编失败更多着落在主角团的人物形象和“关卡设计”的视觉还原上，这是最令原著粉丝失望的一点。《云南虫谷》为了延续《龙岭迷窟》的幽默风格，也因为上文所言小团队内部的冲突缺失，大幅度添加了三人组的“逗嘴”台词以填补，主角团相关情节的结构大多变成了“走路—逗嘴—打怪兽”，其中原本勇猛细心的王胖子的形象矮化为“逗嘴”谐星，而胡八一与 Shirley 杨之间因“逗嘴”生出了一些原著没有的暧昧关系。这起到了反效果，并引起了原著粉丝的愤怒。而在人物形象之外，环境形象也被广为诟病，网友评论很多都剑指劣质的影视制作。正如前文所说,《云南虫谷》原著在系列中最大的优势是离奇繁盛的场景、机关、怪物想象,读者的期待也大多集中在这些幻想场景的视觉化上。而实际上改编剧由于制作难度等原因,总体还原度较差,普遍与读者想象中的场景差距较大。“水洞,大祭司缺斤少两,葫芦洞差强人意,凌云天宫浮夸虚假,进入献王地宫才有起色,为时已晚。”(德罗伊)①

以上种种可见,第三部《云南虫谷》应是总结了第二部《龙岭迷窟》“魔改”方法论的,然而只得其形不得其神——它并未做到对原著最关键的“形象”的尊重,对情节与形象均进行“魔改”,遭到如潮的差评。而第四部《昆仑神宫》则吸取教训,不敢再凭空增加人物和剧情线,尽可能地完全还原了原著情节结构,但仍然遭到不少差评——因“还原”而遭到差评,它还原了“情节”,但仍然丢失了“形象”,显得潦草而敷衍。

(三)《昆仑神宫》——如实的“情节”与层层缩水的“概念”

《昆仑神宫》是《鬼吹灯》上半部的收官之作,讲述主角团踏入魔国文明遗迹核心,进行“仪式”,消除红斑诅咒的历程。这是系列中以“宏大”著称的一部,西藏雪山圣地深处的秘密,魔国文明兴盛与衰亡的书写,历史与现实两个维度祭祀仪式的镜像对照,使这一部产生“恐怖”与“崇高”并行的阅读体验,甚至具有一点史诗气质,这一切有赖于原著对“仪式”强烈的氛围营造。而这一部情节相对完整,下墓过程原著中便自带反派“明叔团体”,矛盾冲突足够,因此开拍之前便有原著粉丝断言,按原著拍“必无翻车之理”。然而事实上,改编剧如实“还原”了原著,但仍然不尽如人意。

在《昆仑神宫》改编剧中,原著所有的情节环节基本都得以“还原”,然而原著所有的“形象”都缩水了,其中最大的问题是“概念”的不还原,使原著最核心的两种气质“恐怖”和“崇高”散逸。现而今,“概念设计”这一职位经常在前期介入影视剧的制作,且地位愈加重要。这是一个美术职位,在当下中国由于刚刚兴起,往往暂由场景与角色原画师充当。“概念设计”提供的是“理想的最终呈现效果”,它包含两种内涵:一是外在形象,二是内在气质。即在“概念设计”这一环节,会以美术原画的形式,事先完成文学形象(包括外在与内在)的“外部化”和“视觉化”。而在目前的影视工业管线中,“概念设计”环节敲定后,接下来的执行环节,即成为在多大程度上还原“概念设计”的努力,这有赖于制作工艺,尤其是特效美术的技术力。从想象中的文学形象,到“概念设计”,再到实际制作出来的成品,“形象”是经历层层折扣的,这是“形象还原”的障碍。这一点在《昆仑神宫》中尤为明显。本部中诸多亮眼的“魔物”,象征人力所不可抗的恐怖,如食罪巴鲁、雪弥勒等,由于制作执行的低劣,反而产生“滑稽”的观感,大幅消解了原著“恐怖”的维度。而如前文所述,这一部的亮点在于“仪式”,祭祀仪式内蕴着魔国文明兴盛和衰亡的因由,祭祀形式之诡异,手段之残忍,令人毛骨悚然。以挖眼后的黑暗映照魔国的深渊崇拜,用大量的生死堆砌出来一种诡异的、意义层面的“崇高”。这种“崇高”是诞生于“恐

① 该评论见《云南虫谷》短评区:https://movie.douban.com/subject/35042912/comments?status=P.

怖”的基底之上的。但这重要的“仪式”在剧中的还原可谓极度潦草，语焉不详。其规模、场面、概念气氛均不到位，形成一种浮夸的虚假感，同样诞生了一种“滑稽”，消解了“仪式”的意义，便消解了原著“崇高”这一维度。

原著两种核心气质消失后，改编剧的“看头”所剩无几。实际在人物形象上，《昆仑神宫》也并无突破。剧中以现代的装备、装扮破坏了原著的“年代感”滤镜，而重要角色韩淑娜等也以此增添“现代网红感”，这令大部分原著读者感到不适。而其余人物形象多面目平平，相比前两部并无出彩之处：原著中勇敢幽默的王胖子仍然沦为谐星，博学冷静的 Shirley 杨成为科普解说人，善良而谜团重重的“阴阳眼”阿香成为烘托悬疑气氛的工具人，显得十分冗余，这几位也是评论中普遍受到诟病的人物。两部系列剧在前，《昆仑神宫》面对的观众群体对于剧中人物已经熟悉，在外在形象的“还原”之外，大多抱有了“再演绎”的期待，然而《昆仑神宫》只做到了对人物外在的表层还原。因此，虽然编剧基本完全按照原著的情节进行改编，从尕则布清、喀拉米尔到九层妖塔、恶罗海城，环节一个不落，人物关系无增改，删改程度可称历代改编剧中最小，然而实际的观看体验像一个疲于赶路过关的游戏流程，并无精彩之处，只是匆忙过场，食之无味弃之可惜。“整一个动作片，打完狼打虫子，打完虫子打蜥蜴，没有什么解密感。康巴汉子都是工具人，其他配角更一言难尽。这部好难看。”(过香积兽)①

从《鬼吹灯》的三部改编剧中可见其改编法的思路演变，而其相应实践的成败则证明了“形象还原”相比“情节还原”，其思路更加契合受众心理。《鬼吹灯》的尝试与结论并非影视剧中的孤例，在 2022 年关于 IP 改编剧的讨论中，仍有诸多讨论相关“形象”与“情节”的取舍，如改编自祈祷君同名小说的《开端》对配角的相关情节进行大幅度“魔改”，反而丰富了卢笛、西瓜大叔等公交车上配角的形象，受到观众普遍的好评。而改编自长洱的《天才基本法》却因“魔改”情节，使主角裴之人物形象受损，引起舆论风波等。而若将视野从影视剧这种有较强叙事功能的媒介中跳出，扩展到那些叙事功能较弱的媒介上去，分析这些弱叙事媒介的“改编法”，这一结论则更加明晰。

三、弱叙事媒介中的“形象还原”——“同人式改编”的网络游戏

在强叙事的影视剧市场中，“形象还原”思路也许尚在探索期。但在叙事能力相对较弱的媒介，如网络游戏、衍生品 IP 市场中，“情节还原”与“形象还原”之争早已经过一轮实践检验，在经历“情节还原”的陷阱后，注重“形象”，甚至剥离“情节”只还原“形象”的“同人式改编”在网络游戏等媒介中早已不鲜见。

（一）网络游戏的“重复性”与“弱叙事”——“情节还原”证伪

网络游戏具有强烈的“重复性”特征。网络游戏通常指以服务器和客户端为处理终

① 该评论见《昆仑神宫》短评区：https://movie.douban.com/subject/35095038/.

端的多人联网在线游戏,在此探讨中,需将网络游戏与广义电子游戏的概念区分开来。以长期的增值付费或游玩时间付费盈利的网络游戏,与“一次性游玩”的买断制单机游戏不同①,通常不具备单机游戏的“线性演出”②机制,而是以“核心玩法”和“游戏系统”为游戏内容里层③,以“剧情”和“美术表现”为游戏内容表层,两者架构起网络游戏的基本样式。网络游戏是极度依赖“游戏类型”的一种“程式游戏”,与单机游戏的“一次性体验”思路相悖,网络游戏的盈利模式要求更长的“游戏时长”,因此,设计思路追求游玩的“重复性空间”,在“重复性”内容的基础上,以“养成”④的长目标感、“掉落”⑤的惊喜与“多人在线”的互动提供游戏新鲜感,以此来达成长期运营的目的。

网络游戏的这种“重复性”特征使其成为一种弱叙事媒介,作为 IP 的载体媒介时,其还原“情节”的能力十分羸弱。重复性意味着核心玩法的固定,无法根据原著的情节更改战斗类型,同一游戏类型势必会产生相当程度的“同质化”,也意味着高成本的“线性演出”很难在以“重复性”为核心的网络游戏中高频率出现,因此,剧情的还原大多只能以“任务文本”⑥的形式呈现,没有实际玩法的支撑,相对单薄且代入感差。另外,随着网络游戏的发展和不断试错,其“游戏系统”的商业方法论愈加固化,这伴随着游戏数值模型的成熟与稳定。游戏角色的成长曲线是相对固定且平滑的,挑战数值曲线很容易造成游戏经济与强度的崩盘,因此,游戏角色很难在实际数值层面复现原著的“逆袭”等桥段。如此种种原因造成网络游戏在还原“情节”上的无力。

实际上,在我国网络文学 IP 网游史上,诸多案例证明了网络游戏还原情节的不成功:页游时代诞生大量同质化网文 IP 游戏,无一留名。手游时代在 2014—2016 年经历的网文 IP 泡沫涌出和爆裂也证明其失败:大量 IP 网游上线亏本,更多项目胎死腹中,即使是头部游戏如《花千骨》《大主宰》等,也招来原著粉丝的一片骂声,认为其只是“换皮圈钱”⑦之作。而在 IP 泡沫破裂后,一些深耕 IP 改编的游戏厂商进入冷静期,或多或

---

① 分别对应网络游戏语境中的“道具收费”和“点卡收费”模式。网络游戏因盈利模式的不同,通常以“长期运营”为追求,区别于以“一次性”游戏体验为卖点的单机游戏追求“销售量”的盈利思路。

② 叙事性较强的单机游戏模式,如 RPG(Role-playing Game,即角色扮演游戏)等,由于追求相对完整的游戏剧情体验,通常会以动画、CG 等方式制作大量“剧情演出”,该类演出通常是一次性的,资源不能重复使用,因此单位成本较高。

③ “核心玩法”通常指其游戏类型玩法,如 FPS(First-person shooting game,即第一人称射击游戏)的核心玩法即第一人称射击战斗,“三消”的核心玩法即三连相同形状消除等等。“游戏系统”通常指以分配游戏内养成资源为目的,针对延长游戏时间或增加玩家活跃度而进行的相关系统模块设计,如“每日任务”等等。

④ “养成”通常在网络游戏中指玩家以游戏资源促成游戏角色或游戏账号成长(变强)的过程,通常是玩家在网络游戏中主要追求的目标之一。

⑤ “掉落”在网络游戏中通常指玩家在角色击败怪物后,怪物尸体所掉落的装备、宝物等战斗奖励,该奖励通常由胜者获得。

⑥ “任务文本”通常指任务过程中呈现的文字性描述,大段呈现,代入感较差,大量玩家略过不读。

⑦ “换皮”指中国网络游戏界一种普遍的游戏制作方式,即复用既有游戏的游戏系统与核心玩法设计,复用程序代码,只更换表层美术资源(场景、UI、角色模型等)和剧情文本。该类方法制作的游戏可以节省大量研发时间与开发成本,但过于同质化,通常只为快速上线以获得短线盈利,因此被玩家嘲讽为“圈钱”之作。

少地复盘论证过这一“情节还原”问题。一些厂商试图用更好的美术品质、更丰富的剧情手段再度挑战“情节还原”这一目标。如《诛仙青云志》模仿单机游戏，不惜制作大量成本高昂的剧情动画，在剧情关键节点力图用叙事能力较强的动画手段，还原原著的“高光时刻”，但是由于不能达成真正“线性演出”的连贯性，收效甚微。玩家普遍反映前期平滑的游戏流程无法让玩家酝酿情绪，“高燃”的动画反而显得突兀和尴尬。经过几次尝试和观望，此类“情节还原”的改编被论证不可行，业界因此对网文 IP 普遍失去信心，游戏版号停发之后，更是几无尝试机会。在上一节中已经论述过，在“还原情节”这一功能上，网络游戏确实不占优势，但除了“还原情节”之外，IP 网络游戏真的无路可走吗？或者说，“还原情节”真的是“IP 化”的重点吗？IP 价值的承载点到底在何处？

（二）IP 网络游戏的新形态——注重“形象还原”的“同人式改编”

在“情节还原”被 IP 网游的实践证伪之后，网络游戏界较早地关注起“形象”，这与卡牌游戏类型和二次元游戏题材 2016 年前后在中国的盛行呈正相关。此两者均源于日本游戏传统，是日本的 ACG 文化①的重要组成部分，它们的重点关注对象是游戏的“角色力”，即游戏中卡牌的“人物形象”。对角色的关注，加之在 ACG 文化中盛行的“粉丝社区文化”，大量有“圈层属性”的受众被吸引而来，形成同人心理的广泛迁移。因此，从对“角色力”（形象）的关注出发，国内的 IP 网游开始尝试“形象还原”的思路，渐渐形成“同人式改编”的方法论，早于影视剧等强叙事媒介。

因玩家代际更迭、网游版号停发、运营商普遍走海外路线等原因，中国网络文学 IP 在海外无受众基础，在网络游戏界普遍遇冷，少有成功尝试。由于网文改编游戏普遍未达预期，我们以国内近期成绩和口碑均佳的 IP 手游《哈利·波特·魔法觉醒》为例进行分析。《哈利·波特·魔法觉醒》是 2021 年国内最为火爆的 IP 手游，连续三个月站稳国内 IOS 端手游畅销榜第三名，海外成绩亦不俗，首月海外收入达 1.8 亿美元，空降 2021 年 9 月全球热门移动手游收入榜第四名。成绩之外，口碑亦佳，在对商业手游以评分苛刻闻名的国内知名手游测评平台 TapTap 上，其评分稳在 6.1②，已超越绝大多数商业手游，Sensor Tower 在其亚洲奖项中，也将其评为年度最佳 IP 手游。突出的成绩和较好的口碑，以及更重要的，它的长尾效应，证明了《哈利·波特·魔法觉醒》达到了国内 IP 手游从未到过的高度，它在改编技法上是有一定突破的。玩家普遍认为这部游戏做到了对原著一定程度上的“还原”，但有趣的是，这部游戏却从根源上切断了“还原情节”的路线——它根本没有讲述《哈利·波特》角色们发生在原著中的故事，它讲述的是“子世代”的故事，是“后哈利·波特时代”的原创故事。那么这么一部完全没有“还原情节”的网络游戏，又是如何唤起原著粉丝玩家的“共鸣”的呢？它众口称赞的“还原”又体

① “ACG”通常指动画（Animation）、漫画（Comic）、游戏（Game）合称的二次元文化，具有强烈的“宅文化”圈层属性。

② 截至 2022 年 11 月 16 日的 TapTap 评分：https://www.taptap.cn/app/177635.

现在哪里呢?

其“还原度”来自对“形象”的高度复现。玩家虽然没有扮演原著主角团,还原原著情节,但他们经历了与主角同样的“仪式形象”,进入了同样的“世界形象”,见到了符合粉丝认知的“角色形象”:通过“猫头鹰传信”收到“霍格沃茨录取通知书”、去“对角巷”购买“魔法用品”、通过“九又四分之三站台”前往“霍格沃茨”、经历“分院仪式”、见到已成为教授的“原著角色”。玩家从这些熟悉的“仪式”与高度还原的“世界形象”中,可以轻而易举地回想起原著第一部哈利·波特初见霍格沃茨的情节,并通过这种联想唤起共鸣,从而认可游戏的“世界观还原”。游戏确实以“世界观”的还原见长,但同样没有忽视对角色的还原,这一环节主要体现在游戏的核心玩法“回响”上。《哈利·波特·魔法觉醒》按核心玩法分类是 CCG 游戏(Collectible Card Game,即收集式卡牌游戏),核心策略是卡组构筑。而“回响”是决定卡组打法体系的“卡组核心”,这个“回响”均以原著角色担任,由此诞生以“烟花赫敏体系”“凯文斯内普体系”等原著角色命名的核心战斗策略,并在玩家群体间流传甚广。该“回响”从美术形象到战斗风格,都较为符合原著角色的人物特征,如赫敏回响的效果为“每使用三张咒语卡,手中所拥有消耗魔力最高的那张咒语卡魔力减半”,契合赫敏精通魔咒学的学霸形象。

剥离“情节”,只还原“形象”,在这个意义上,《哈利·波特· 魔法觉醒》更像一部“同人”游戏,它做到了“形象”的精准复现与衍生,从而使玩家产生如阅读同人一般“延伸原著并消费形象”的二次快乐。同人式的网游改编,所寻求的也是一种同人式的粉丝共鸣——它不去挑战对原著的“复刻”,只是延伸了原著的“空间”,在细节与形象上为原著粉丝提供一个狂欢式的“粉丝社区”,这同样是一种还原度很高的“复现”方式。这对于线性叙事能力相对羸弱、主打沉浸式虚拟世界和虚拟社交的网游来说,不失为一个讨巧的改编方式。事实上,“还原形象”的网游,比花极大成本还原“故事情节”的网游,从成绩上到口碑上都要成功许多。《哈利·波特·魔法觉醒》远非首个采用同人式改编的游戏,早在 1999 年,日本著名游戏公司任天堂就汇集其旗下游戏中的热门角色,制作了著名的格斗游戏《任天堂大乱斗》。它是同人式改编的典型,复现了任天堂热门游戏角色形象,并在其技能设计上精准地凸显了角色特征,深化了这些“形象”。它没有还原任何故事情节,但玩家在单纯的角色战斗中,通过这些“角色感”鲜明的格斗技,认同了这些角色和游戏世界的“还原感”,并形成粉丝狂欢。《任天堂大乱斗》自 1999 年起至今,已连续推出五部续作,彰显其商业生命力与受欢迎程度。任天堂公司也靠这些角色形成了自己的 IP 运营,诞生了“任天堂宇宙”,同样证明了“同人式改编”的成功。

注重“形象”的同人式游戏改编也许是一种相对较为新奇的改编思路。但如果我们从游戏改编拓宽视野,进入较为广泛的 IP 运营领域,在 IP 全链运营中就早已证明了“形象”之于 IP 的重要性。原著作品中的“形象能力”,也许早已成为衡量 IP 价值最重要的标准之一。

对于 IP 产业链来说,很多环节也许像游戏一样,拥有相对羸弱的线性叙事功能,如实体衍生品、潮玩等，这些环节甚至可以说缺少叙事功能，但却是验证 IP 价值量最重要的环节之一。实际上，就全球范围内大多数运营最为成功的 IP 来说，实体衍生品零售都是占比前三的收入类别。Wikipedia 数据显示，截至 2022 年 11 月，全球最高收入 IP “精灵宝可梦”，总营收 764 亿美元，其中衍生品收入为 692 亿美元，衍生品营收占比高达 90.6%。IP 收入榜第 2 名至第 5 名“米老鼠和它的朋友们”“星球大战”“维尼熊”“迪士尼公主”，衍生品收入占比分别为 98.9%、56.1%、99.5%、99.9%。故事性较强的全球知名 IP，如“哈利·波特”（IP 收入榜第 7 名）衍生品收入占比为 20.5%，仅次于电影票房（占比 28%）与图书销售（占比 23%），在其收入构成中占比第三①。实体衍生品零售作为变现最为直接的渠道，一直是 IP 产业的重中之重。而对于缺乏叙事能力的衍生品来说，显然原著的“形象”比“情节”要重要得多。而诸多样例证明，对于 IP 价值来说，其“形象能力”或许也比“情节能力”重要得多。

四、结语

文学原著的“故事”属性给 IP 改编带来了长久的“情节还原”误区。从强叙事功能的影视剧媒介，到弱叙事功能的网络游戏、实体衍生品等，上文诸多案例均证明，与“情节”相比，“形象”也许更是 IP 价值的落点所在。IP 改编是一种暗含“同人”心理的“再创作”，“形象”的还原引出了原著“粉丝社区”的狂欢，彰显了原著读者在文本视觉化过程中的心理愿景：视觉“形象”是否能与文本“形象”发生共鸣？在谈及 IP 价值的时候，这是一个极为重要的落点，它也许往往比“故事”的还原更加重要。

① 数据来源：List of highest-grossing media franchises-Wikipdia：https://en.m.wikipedia.org/wiki/List_of_highest-grossing_media_franchises.

传统与现代的交融：姞文《长干里》的中国文化形象建构*

温德朝** 毕金铭***

摘　要：当前，网络文学的现实化、主流化、经典化趋势日益明显，正经历着现实题材创作的审美转向。加拿大新移民作家姞文被誉为“南京的文化使者”，《长干里》是她创作的第五部“秦淮故事”系列小说，也是网络时代中华传统文化跨越时空的成功表达。姞文自觉将“故乡情结”转化为创作资源，《长干里》站在古今中西对照视域下审视改革开放40年来中国传统文化所经受的洗礼及其历久弥新的价值魅力，从中国现代化进程中的历史文化名城保护、秦淮花灯手工技艺传承创新、当代中国青年的责任担当精神等维度入手，构建了一个真实、立体、生动的中国文化形象，为中国形象的文学建构提供了一个可资借鉴的实践范例。

关键词：网络文学；传统与现代；《长干里》；中国文化形象

在“互联网＋”技术支撑下，三十多年来中国网络文学蓬勃发展，一定程度上改变了传统文学版图，已经成为一道靓丽的文化景观。当前，网络文学的现实化、主流化、经典化趋势日益明显，正经历着现实题材创作的审美转向。一批网络作家深入社会主义现代化建设现场，聚焦重要时间节点和重大时代主题进行创作，全方位记录新时代、书写新时代，多维度展现了新时代的中国形象。加拿大华裔作家姞文是江苏网络文学谷首位入驻作家，《长干里》是她创作的第五部“秦淮故事”系列小说，也是网络时代中华传统文化跨越时空的成功表达。特殊的海外生活阅历，深沉的思乡之情和故乡情结，让姞文不自觉地站在古今中西对照的视域下俯瞰中国文化，以文学的方式审视改革开放四十多年来中国传统文化所经受的洗礼及其历久弥新的价值魅力，努力讲好最南京、最中国的故事，着力构建真实、立体、生动的中国文化形象。

---

* 本文系2023年江苏高校“青蓝工程”优秀青年骨干教师培养对象项目、江苏省高等教育学会“十四五”高等教育科学研究规划课题“汉语言文学专业课程思政建设模式的构建与实践研究”（YB094）、首批江苏高校新文科研究与改革实践省级重点培育项目“汉文化助推乡村振兴的政产学研协同育人机制创新与实践研究”阶段性成果。

** 温德朝，男，河南南阳人，江苏师范大学文学院副教授，东南大学艺术学院博士后，主要从事网络文学研究。

*** 毕金铭，女，山东菏泽人，江苏师范大学文学院2020级本科生。

一、“中国情结”转化为作家的创作资源

中国网络文学、日本动漫、美国好莱坞电影、韩国电视剧，并称大众文化时代“世界四大文化现象”。在全球文化频繁交流进程中，优质网络文学的故事性和通俗性，广受海外读者欢迎，在海外“圈粉”无数。而网络文学海外传播主要依赖两条路径：一是大陆网络文学作家作品的海外译介传播；二是海外华文网络文学作家的创作。尽管后者在数量规模上不及前者，但后者更熟悉异域读者的文化心理、文化偏好和审美需求，更具有创作和传播的优势。自 2012 年起，加拿大新移民作家姑文漫步中西文化之间，长期从事网络文学创作。一方面，身处异国他乡，使她能以国际化视野密切关注中国社会现实，用中西对照的眼光重新发现和认识中国；另一方面，强烈的“中国情结”和桑梓情怀，让她的创作浸染了醇厚的“中国味道”，广泛吸引和影响了西方读者。恰如倪立秋所谓：“新移民作家及其创作活动，在某种程度上则成了中国与世界、中文与外文、中国文学与世界文学之间的桥梁，他们创作的作品则在中国文学走向世界这一领域扮演了急先锋和探路者的角色。”①

姑文的最初创作动力，源于异域他乡的思乡之情，以及深沉的故乡情结。她自小生长在南京明城墙下、秦淮河畔，全身上下都浸润着六朝古都文化的气息。她自然有责任也有义务将南京厚重典雅的历史文化、日新月异的科技创新，以及中华民族生生不息的民族精神，播撒至世界各个角落。“我的家乡，就是我写作灵感的源泉。南京各处随手拈来都是故事，我喜欢这些故事，喜欢加以想象和文学创作、以小说的形式讲述这些故事。”②姑文创作的 13 部作品中，“秦淮故事 Nanjing Stories”占了 10 部。怀着致敬故乡、礼赞故土的创作初衷，姑文先是推出了一系列历史故事小说，将明故宫、江南贡院、朝天宫、大报恩寺、秦淮河、瞻园、明城墙、白鹭洲等多处南京著名文化景点融入故事叙述中，构建了一个历史悠久、文化厚重的南京城市形象。后来，回国时注意到家乡的沧桑巨变，她遂产生了用文学作品做采样和留存的想法，于是开始尝试现实题材书写。《长干里》正是这样一部转型之作，作品时间跨度为从 20 世纪 80 年代改革开放之初到 2018 年，立体描绘了生活在南京老城南长干里的建筑师、副局长、记者、非遗传承人、开发商五种年轻人与城市共同成长的故事，同时聚焦明城墙保护的科学化和法制化进程、状元府古建筑为代表的文物保护与城市发展的错综关系、上元灯彩的非遗保护等情节内容，形成了一幅关于历史文化名城的历史、城墙史、老城保护史的恢宏长卷。此后，姑文又深入南京江北新区、新街口等地调研采风，创作了《新街口》《王谢堂前燕》等关注当代城市和人的生活的作品，构建了一个充满创新活力的现代南京城市形象。

姑文内心深处对故乡的挚爱，促使她在创作上自觉彰显更多的文化担当，躬身破除

① 倪立秋.新移民小说研究[M].上海：上海交通大学出版社，2009：2.

② 姑文：我在海外讲南京故事[EB/OL].[2019 - 12 - 27]. https://m.thepaper.cn/newsDetail_forward_5364738.

中西文化间的壁垒和障碍,推动扭转西方世界长期以来对中国文化的误解和误读。作为中国改革开放40年的亲历者和见证者,眼见中国各个领域发生的沧桑巨变,人们在改变、城市在改变、中国在改变,这改变极大而又深刻地影响了世界。她说:“我希望以系列小说传扬家乡的‘昨天’,更想让西方读者了解中国的‘今天’。”①在接受澎湃网采访时,又说:“我的小说从情节到人物,都是写光明、写崇高、写善良、写纯真的爱。”②在《琉璃世琉璃塔》中,她通过写中国和朝鲜几百年的友谊,塑造了中国和睦友好的大国形象;在《长干里》中,她借南京城的变化关照中国改革开放的进程,塑造了一个飞速发展、迈向现代化的强国形象……姞文无疑是成功的,目前她所创作的以江苏为背景的系列网络小说已有13部;先后斩获海内外文学奖项19项,入选“庆祝新中国成立70周年”主题网络文学作品评选暨2019年优秀网络文学原创作品;《歌鹿鸣》《长干里》等作品已率先实现IP化改编;多部作品在海外翻译发行,多次在美国、加拿大等地举办签售活动、文学讲座等。姞文对南京故事、中国故事不遗余力的讲述,使她荣获了“南京的文化使者”的美丽称号,为南京“世界文学之都”建设贡献了积极和温情的力量。2021年12月5日《纽约时报》刊载评论称:“想多了解中国?姞文的书籍可以帮忙。”③中国作协网络文学中心主任何弘也曾给予高度评价:“姞文的写作,是讲述中国故事的一个优秀范例”,“为中国文学走出去进行了卓有成效的具体实践。”④

二、中国现代化进程中的历史文化名城保护

城市是人类文明的凝结,是一个超级人口集聚区,为人们提供了一种便捷、理想的生活方式。美国学者刘易斯·芒福德说:“城市从其起源时代开始便是一种特殊的构造,它专门用来贮存并流传人类文明的成果;这种构造致密而紧凑,足以用最小的空间容纳最多的设施。”⑤近代工业革命以来,工具理性与价值理性的关系颠倒错位,工具理性以压倒性态势造成了“人的异化”和“单向度的人”,对城市古旧建筑及历史文物保护也产生了极大冲击。一方面,快节奏的生活使人们忙于工业生产,无暇顾及文化遗产保护;另一方面,现代主义建筑思潮排斥历史建筑,进一步造成了建筑文物的破坏。1949年中华人民共和国成立后,这种西方舶来的现代性观念在中国社会经济恢复发展中一度占据支配地位,人们普遍把经济成就作为考量国家现代化程度的最重要指标。与此同时,城市经济发展与历史文物保护之间的矛盾日益凸显,迫切需要妥善协调处理这一问题。《长干里》正是对城市建设与文化遗产保护这一重大现实题材的文学性观照,在

---

① 张甜甜.姞文:南京的文化使者,以系列小说致敬家乡[J].华人时刊,2022,2:17.

② 姞文:我在海外讲南京故事[EB/OL].[2019-12-27]. https://m.thepaper.cn/newsDetail_forward_5364738.

③ 张甜甜.姞文:南京的文化使者,以系列小说致敬家乡[J].华人时刊,2022,2:14.

④ 何弘.在枫树下讲中国故事——评姞文新作《新街口》[N].文艺报,2019-11-25(5).

⑤ 刘易斯·芒福德.城市发展史——起源、演变和前景[M].宋俊岭,倪文彦,译.北京:中国建筑工业出版社,2005:33.

“人城冲突”中讲述了一个人与城共同成长的故事。姑文说得好：“我们南京是美丽古都、创新名城，《长干里》这部作品也正是南京城市规划的小说版阐述，有着独特的意义和价值。”①具体来说，在这场有关现代化渴望与历史文化名城保护的冲突中，有两个问题值得重视：

（1）思想上：从“对立冲突”到“和谐守护”。晚清以前的漫长时期，我国对待古旧建筑及历史文物一贯秉持实用主义态度。1844年鸦片战争不啻一声惊雷，猛然震醒了弥漫朝野上下的虚幻的“天朝上国”美梦，少数觉醒的民族精英以西方文明为镜，开始反思中华文化传统。大约与之同步，西方文物保护观念和方法也经由海外留学生引入国内。但在积贫积弱、民族危亡的特殊社会历史文化语境下，这种源自西方的文物保护观念很长一段时间未能引起足够重视和在全国范围内普及。

直至20世纪50年代，一方面，国家层面主动构建了文物建筑保护理论与管理体系，出台了一系列配套法规政策；另一方面，国家层面的文保政策落地不深不实，普通市民对文物的概念所知寥寥，文物保护意识十分薄弱。《长干里》以文学形式再现了当年全国范围内大规模的拆城运动。人们普遍认为城墙倒塌危险还阻碍交通，只知道一块城砖一毛钱，却不知道什么是文物，文物为什么不能拆。新生的社会主义政权百废待兴，“老百姓生活要管、工业农业要管、城市建设要管，到处都需要钱！说钱就是庸俗？都说知识分子清高而天真，你们能不吃不喝看着文物就风雅过活了，老百姓不行、南都城更不行！”“文物文物，能当饭吃吗？能当衣穿吗？能当钱用吗？城墙本来就碍事，还危险，再砸到人怎么办？拆下来利用一举多得，多好！”②在现代化发展诉求与历史文化遗产保护面前，在工具理性和价值理性之间，人们毫不犹豫地选择了前者。随着改革开放步伐的不断加快和社会经济的高速发展，大规模的旧城改造使得保护与发展之间的矛盾愈发尖锐，全国各地借建设之名所造成的对文物古迹的破坏是惊人的。然而，文化是城市的灵魂，城市不能只有高楼大厦和水泥马路，更应该有历史建筑和文化艺术的辉映。在国家理性判断和及时纠偏下，很快明确“把恢复历史建筑和保护古城，视为重建民族精神的重要手段，借此增强人民的自尊和自信，提高民族的文化素质和凝聚力”③。

《长干里》的故事叙述中不乏艰难时刻傲然独立的文化觉醒者和文物守护者：首先是，朱伯商为保护文物奔走疾呼，从中华门城堡一跃而下，留下了以死明志的遗言“我没有罪，你们这样迫害我，将来历史会证明你们是错误的”；黄七襄步其后尘，以一己之躯告诫世人“南都是个有灵性的古城，谁敬重它爱护它、这个古城会回报他；谁不敬畏它毁坏它，这个城市也会回之以惩罚”；④紧接着，曹峻德对南都“三宝”——古城、大树与吾

① 仇惠栋：“秦淮故事”新声夺人，网络小说《长干里》荣获国家级殊荣[EB/OL]. http://www.xhby.net/nj/zx/201910/t20191012_6363880.shtml.

② 姑文.长干里[M].南京：南京出版社，2019：13.

③ 阮仪三.世界及中国历史文化遗产保护的历程[J].同济大学学报，1998(1)：3.

④ 姑文.长干里[M].南京：南京出版社，2019：74.

民,作了精辟的阐释;黄有桑和何粲星两大媒体公众人物围绕南都古城建筑的“保与拆”论辩几十年,从南大新闻系阶梯教室的唇枪舌剑,到专题电视节目的擂台较量,再到“有桑游南都”和“天使在人间”的暗地较劲,争论的焦点始终是“要地铁要城市现代化、还是要古迹要历史的根文化的魂?”黄有桑等人对状元巷、状元府、文皇楼的执着坚守,十万市民签名让我们充分感受到了市民日益增强的文物保护意识。再后来,南都市政府未经科学论证却匆忙开发红石矶,遭到了市民强烈反对,不得不停工搁置。量变必然引起质变,直到无数问题浮出水面,绰号“周一拆”的周翰飞等南都城市规划者们才恍然大悟“整体保护、有机更新、政府主导、慎用市场”十六字方针的内在精髓。“文物坚持保护第一,城市建设不能要文物让道更不能拆毁文物;以社会效益为最高准则,合理利用的前提下争取实现经济效益;历史街区以保护促民生、以民生推保护,坚持公益性优先,坚持惠民绝不能扰民。”①同时打造城墙风光带,城墙城门城河三位一体实行全体保护,以城墙为轴整理与其相关联的山林水体资源,形成一道有一定宽度、连续不断的绿色项链,并采用多种方式进行开发和利用,带动周边地区的城市建设与经济发展。历史辩证地看,地方政府城建开发计划的妥协退让,即意味着老百姓内心深处历史建筑和古城保护意识的壮大增强。当文物保护意识深入寻常百姓家,每一个人都自觉充任起文物守护者的角色时,“人与城”的关系也由对立冲突走向了和谐守护。

(2) 行动上:从“以开发带改造”到“政府主导,慎用市场”。按照我国现行文物保护法规定,历史文化遗产保护分为三个层次,即保护文物保护单位、历史文化街区、历史文化名城。这三个层次的保护范围是不断扩大的,由单个文物建筑的保护逐渐扩展到周围环境乃至整个城市的总体规划。

南都是国务院首批公布的24个国家级历史文化名城之一,然而保护历程却异常曲折。《长干里》回溯了南都城从1952年至2018年“在发展中保护,在保护中发展”的艰难历程。1986年提出的“历史文化保护区”理念没能落到实处,反而随着20世纪90年代城市建设规模的扩大和外资投入的扩大被进一步弱化。比如,港商投资开发的“维多利亚港”住宅小区,同时挤占了同泰寺和尚书台的生存空间,破坏了同泰山的整体风貌,时任领导盲目地视经济发展为第一指标,旧城区规划控制红线一再遭到突破和践踏。

另外,南都城市化进程促使商业资本加速向房地产市场聚拢,城市整体规划中漠视历史文化保护的正当诉求,虽然无数高楼拔地而起,但城市文化底蕴一再遭到蚕食和破坏。最典型的案例就是陈磊的石城设计公司,工大高材生陈磊不满钟山设计院按资排辈、抢占功劳的“大锅饭”机制,自立门户成立了石城设计公司。陈磊的初心原本是想让百姓们住上经济实惠的好房子,公司最初口碑也正是靠几个主打“舒适放心”的楼盘积累起来的。但是在市场唯利是图风气的影响下,在巨大的资本利润诱使下,在地产行业监管不到位的情况下,不知不觉中滑入了奸商、黑商之列。陈磊打着“以开发带改造”的

① 姞文.长干里[M].南京:南京出版社,2019:408.

旗号，野蛮地破坏白鹭灯彩厂施工现场挖到的南宋护城河遗迹；借东晓亮婚前请吃“暖房酒”，状元巷无人值守之机，调派挖掘机强拆状元府；为开发三弄境项目，违规破坏城墙墙基，粗暴砍伐连片香樟林，在黄有桑干预之下才不了了之；为金钱利润所驱使，将状元府邸楼盘房子中间加个隔板楼梯就宣称“买一层赠一层”，同时将高达 1.96 的容积率谎报为 1.15，无视人口过密导致的生活困难和交通隐患，以及对南都古城整体风貌的破坏。东晓亮对此斥责道：如果在长干里的城墙边建上十几幢不伦不类的高楼就是所谓开放的话，那不是很可笑吗？而这，并不只是个例，这是当年房地产行业的普遍情况。开发商一心求利，施政者急于求成，最终百姓们用辛劳了大半辈子的血汗钱买到的就是这种不能住的房子，不是很可悲吗？

在文保先驱们的接力呼吁下，在国内外破坏文物搞城建造成的惨痛教训面前，21 世纪以来南都城的主政者和规划者逐渐认识到了“以开发带改造”的弊端。他们及时调整方向，明确把“政府主导，慎用市场”的历史文化遗产保护原则挺在前面，整体发挥山、水、城、林交融一体的特色。“确实以开发商为主导、以开发项目来进行老城改造不是办法，他们要赚钱嘛，怎么划算怎么盖，根本没把城市规划和环境放在首位，结果就是开发商发了、城区改造得乱七八糟。”①他们充分认识到，古迹文物城墙大树是古都历史的形体，一代代长干里人生于斯长于斯，正是他们的喜怒悲欢才使得古都文化得以生动延续。当然也有相当一部分年轻人想现代化、想走出破败的老城，当年那么一锅端地全部拆除无疑是不得已的历史局限，可是毫无甄别地一窝蜂地留下也是对这部分向往现代化的百姓不负责任的。那么，如何既能满足渴望搬迁的普通百姓的现实生活，又能兼顾满足现状者的精神需求，更好留下古都历史文化的人文神韵呢？南都城市规划者们审时度势地推出了新的实践举措：“系统规划，尊重民意动态调整”，也就是把历史片区保护更新与棚户区改造按照不同的系类在城建计划中进行编排，两条原则就是“自愿搬迁”和“渐进保护”。跟居民们讲清楚可走、可留、可买、可租、可修、可换，尊重他们的意见、走与留都有方案，“卖最鼓励、换需吸引、留要善待、修则补贴”。总之，充分尊重原住居民的意愿、让愿意留下的人在保护修缮后的空间里继续繁衍生息，如此他们身上的传统文化元素与大的历史文化环境将相存相依地保留。② 经过黄有杨等人三年多时间的匠心打造，“长干里”有传统酒家，有白局戏坊，有老式澡堂，有大小茶馆，这里成了最具南都风貌的传统历史文化街区，承载着南都人内心美好回忆的吃住行游购娱一体的人文休闲之地。南都市在试错中寻求发展，从不保护到保护，从局部保护到整体保护，从简单保护到申报世界文化遗产保护，探索走出了一条适合自身的历史文化名城保护之路。

---

① 姞文.长干里[M].南京：南京出版社，2019：377.

② 姞文.长干里[M].南京：南京出版社，2019：381.

三、中国现代化进程中秦淮花灯技艺的传承创新

现代性用全新的社会状态把人类与旧有社会秩序相分离,“在外延方面,它们确立了跨越全球的社会联系方式;在内涵方面,它们正在改变我们日常生活中最熟悉和最带个人色彩的领域”①。作为一个后发现代性国家,中国现代化进程具有更加深广的变革意义,受到冲击的不仅有上述历史文化名城保护问题,还有传统手工技艺的传承问题。置身现代机器工业生产背景下,面对机制产品批量化、制作快、成本高、利润低等方面的冲击,以及青年消费群体审美需求多元化、个性化的趋势,作为非遗项目的传统手工技艺如何突出重围、传承创新呢?姞文《长干里》以周氏花灯为例,探讨了秦淮花灯的传承困境及其“产业化”转型之路。

(一)秦淮花灯的现代传承困境

秦淮花灯历史悠久,唐宋时期元宵赏灯已经成为南京市民重要的民俗活动,明清时期发展到顶峰,逐渐有了“秦淮灯火甲天下”的美誉。曹雪芹以南京为故事背景创作的《红楼梦》,详细描绘了甄士隐痛失爱女、贵妃省亲、贾府阖家聚宴三个元宵节场景,各种各样的元宵花灯也让读者大开眼界。花灯承载着人们辞旧迎新的美好祝福,烘托了红红火火的节日气氛,长久以来受到南京百姓的欢迎。然而,近些年来频频出现“秦淮灯会,外省花灯”的尴尬局面,秦淮花灯的传承与发展遭遇了前所未有的挑战。《长干里》从三个层面剖析了秦淮花灯技艺传承的困境。

一是,传统花灯艺人社会地位偏低。花灯艺人常被人轻蔑地称为扎灯的、卖灯的、小贩子,甚至灯花子……周万福曾带过不少徒弟,但几乎没有能坚持到最后的。“都说赚钱多少不是关键,实在说出去不好听、让人瞧不起、找对象女方一听说扎灯的就告吹!徒弟们诉苦抱怨,在作坊做不了多久就都走了。”②所以,当望子成龙的东卫国得知儿子东晓亮偷偷拜周万福为师学习扎灯时,竟不顾多年街坊邻居之情要跟他打架拼命。而随后听到周万福说区政府重开灯会三年,区文化局领导每年都来找他帮忙参谋,明年将带东晓亮前去接洽时,眼睛倏地亮了,继而软化了态度。

二是,“家庭作坊式”生产与“父子相传”思想的局限。传统花灯技艺的传承主要依赖父子相袭,匠人们祖祖辈辈、年复一年地钻研一门手艺,往往能将其发展得十分精巧。然而,个人创作灵感毕竟有限,花灯创作和制作如果仅靠为数不多的“传承人”,就势必会越走越窄,甚至面临失传的危险。这正是《长干里》中周氏花灯面临的窘况:新一代周翰飞渴望现代化,一心想要读大学,瞧不起传统花灯技艺,不愿固守父亲视若珍宝的传统花灯事业;老一代周万福既不愿祖传手艺在自己手里失传成为周家罪人,又不愿打破

---

① 安东尼·吉登斯.现代性的后果[M].田禾,译.南京:译林出版社,2000:4.

② 姞文.长干里[M].南京:南京出版社,2019:88.

“秘不外传”的祖训传给外人；父子俩的梁子就此结下，每次见面都势如水火。就是周万福收了爱徒东晓亮之后，依旧不时遗憾地絮叨“晓亮你啥都好，就是不姓周……”

三是，传统花灯艺人老龄化趋势明显，青年人才储备不足。传统花灯制作工序复杂，讲求精益求精，慢工出细活。周万福说：“我们做花灯的，人都以为只有过年前后忙一阵子，实际上整整一年不得歇！正月十八落灯闲不了几天，就要准备下一年的图样材料！慢工出细活，搭架切纸打磨黏合，全部手工制作！莲花灯看起来简单，劈、扎、糊、裱、剪、画、刻……六十二道工序缺一不可！顺的时候一天能扎几盏，可有的时候好几天也扎不成一个。”①繁琐的工艺增加了掌握这门手艺的难度，身处现代快节奏生活中的年轻人很难愿意静下心来，潜心学习掌握这项技能。同时，传统花灯制作投入大、产出小，即便一个熟练的花灯手艺人，一年从头忙到尾，获利也十分微薄。现实利益综合考量之下，传统花灯制作自然对青年群体就业丧失了吸引力。

（二）秦淮花灯产业化转型的实践探索

人类社会发展的车轮滚滚向前，筹谋规划任何事物都要应势而动、顺势而为，找准“非遗”传承与产业化发展之间的最大公约数，才是一条切实可行、行之有效的现实路径。

首先，坚持传承基础上发展产业。虽然传统花灯制作工序复杂，但并非每一道工序都必须手工进行，对于一些技术性不高的工序完全可以用机器代劳，这样既可以减轻制作者工作负担、提高生产效率，同时又保留、突出了花灯技艺中人文意蕴的创造性部分。周氏作坊承包白鹭灯彩厂后，有了相应的人力物力生产保障，陆续开始接受较大的订单。周万福和东晓亮师徒踌躇满志，从“开瓜结子”灯和“麒麟送子”灯做起，手把手对工人进行基础性工艺培训，期望把事业做强做大。来自六合乡的第一批订单圆满交货，远超以往的工资让工人们看到了产业新模式的无限可能。产业化充分调动了工人们的积极性，周氏花灯事业越做越大，一举成为行业翘楚，率先抢占了市场份额。但周氏师徒坚守初心，始终认为非物质文化遗产不是赚钱的工具，产业化是以保护、传承为前提的，获取经济效益是为了更好地传承创新花灯制作技艺。

其次，坚持传承基础上推动创新。传统手工花灯不好卖，除了产量低、销路少的原因外，最重要的原因还是花灯样式陈旧。常见品种不外乎红灯笼、莲花灯、双球灯、菠萝灯、兔子灯等，审美疲劳无法唤起消费者个性审美与文化认同的消费欲望。东晓亮是年轻一代花灯技艺传承人的典型代表，作为出生于新时代的年轻人，他充分了解年轻一代的审美趣味，也深刻意识到了创新的重要性。1992 年上元节灯会之际，在区政府的力邀之下，周氏作坊承担了贡院前的灯展布置任务。“师徒二人又喜又愁，日日想着怎么做得好看引人，怎么别出心裁，总之务必要技压全城。”最后选定了既怀古又新鲜的佛教主

① 姞文.长干里[M].南京：南京出版社，2019：87.

题。“东晓亮灵机一动,想着这几年信佛的人渐渐多了,即使不是信徒见到菩萨拜一拜求个平安的也是绝大多数,便和周万福商量了弄一组佛像,中间是最有人缘的观音菩萨,旁边龙女和善财童子陪衬着,然后莲花啊仙鹤啊飞龙啊等等环拱着,多神气好看!”①最终,经观众评选,当之无愧地获得了灯会中的“最佳创意奖”和“最佳制作奖”。

再次,坚持数量基础上的提升质量。传统花灯制作工艺“慢工出细活”的特点,注定了它不能和流水线生产的小型花灯在数量上比高低。其独特竞争力在于工艺的复杂性上,正因为无法轻易被模仿,也就有了不可替代性的价值。因此,可以扬长避短比拼工艺质量,专注大型花灯,走高端路线。“东晓亮接订单接到几年后,业务范围不仅是喜庆或过年的彩灯,大项目是灯展和背景装饰灯。”周万福师徒一开始就将产业竞争优势定位在了大型花灯、高端花灯的方向上,从承担南都地区部分灯展布置,到为山西煤场照壁设计“双龙戏珠”彩灯,再到远赴纽约与中美友好协会联合举办灯展,均获得了巨大成功。

四、中国现代化进程中青年创新担当精神的生动诠释

青年是国家的未来,民族的希望,青年强则国家强。姞文《长干里》充分认识到,中国现代化建设的生力军在青年,历史文化名城保护和非物质文化遗产传承创新的希望在青年,作品详细描绘了周翰飞、黄有桑、黄有杨、东晓亮等青年才俊的成长历程,塑造了一批“志存高远”“勇于担当”的当代中国青年形象。

姞文是一位讲故事的高手,她把黄有桑和周翰飞编排在对立冲突的故事情节中展开叙述。身为状元之后,黄有桑有着特殊的家学渊源,她的父亲黄七襄以保护文物为己任,最终因声援朱伯商保护明长城而付出了沉重的生命代价。黄有桑继承父亲遗志,立志做一个像父亲一样追求真理的人,自觉接续了父亲保护文物的使命和责任。为此,她选择成为一名记者,讲良知、说真话、办实事。周翰飞则从小立志成为一名城市规划师,梦想将南都建设成像北京一样的现代化国际大都市。两人的价值立场好比天平的两端,一端代表传统,一端代表现代,貌似水火不容。可姞文偏偏把这两人安排成一对恋人。他们都有各自的坚守,同样不肯退让半步,虽然小心翼翼地维持着来之不易的爱情,但截然相反的价值取向早已注定最后矛盾的集中爆发。直接促使两人决裂的诱因正是长干里状元巷的拆迁,即将喜结连理的黄有桑和周翰飞在婚房内发生了激烈争吵。黄有桑十分清楚状元府的历史价值:“我不是为我为我母亲为我黄家一己之私利,自1865年府邸建成迄今整整一百三十二年,你看看全国全世界,这样历史的老宅子有几个?先祖在不远处的江南贡院考的举人、然后进京中的状元,黄状元府与江南贡院遥相呼应,是科举这一历史制度的最好诠释。而科举制度,是‘至公之制’,是谈中华历史避不开的中国古代第五大发明!你今天拆了,以后拿什么还给子孙后代?恨你的不仅我

① 姞文.长干里[M].南京:南京出版社,2019:141.

黄家不仅南都城的百姓、更是全中国的历史学家和知识分子。”①黄有桑视保护文物为父亲生命和使命的延续，因此，她能像她父亲一样勇敢地站出来，四处奔走呼吁百姓支持，十万个市民签名背后所凝聚的正是黄有桑的责任担当意识。相比黄有桑，周翰飞没有那么沉重的历史责任感，他更重视南都城市现代化建设水平和人居环境的普遍提升。面对黄有桑的质问，他丝毫不愿退让，因此失去了爱情。但他并不后悔，在他看来拆除状元巷能够让人们从脏乱差的环境中解脱出来，住进干净整洁的楼房，老百姓获益了，他个人的一点得失毁誉又能算得上什么？黄有桑和周翰飞的矛盾，表面上看是价值观之争，本质上说出发点是一样的，都是为了建设一个更好的南都、更好的中国，都以实际行动诠释了当代中国青年的责任和担当。

再看新一代秦淮花灯传承人东晓亮，他实际上是一个木讷内向的人，小时候四个小伙伴聚在一起谈理想，只有他呆呆地说不出来。他对学习不感兴趣，高中勉强毕业，听不进别人的劝说，每天手上不停地摆弄些小玩意儿。在接触扎花灯手艺之后，东晓亮仿佛找到了人生归宿，显露出异乎寻常的天赋。仅仅学了一个多月而已，就可以 3 分钟扎出一个改良过的双耳长尾兔子灯，黄有桑不禁惊呼“神乎其技”。他的头脑里满是奇思妙想，似乎随时都可以掏出新想法、新样式，并很快付诸实践。以创制观音灯为例，那是一个暴雨如泻如注的夜晚，东晓亮独自待在一个废庙，“穿着老式的黑胶军用雨衣，双手悬空，举着根黑乎乎的东西在井边的观音像上比划着，仿佛不在意瓢泼大雨、或者根本不知道在下大雨”。后来被周翰飞找到拽走，他的反应竟是，“吃惊又意外，茫然地望着周翰飞”。② 这段典型的行为描写，既凸显了东晓亮性格中的痴狂劲儿，又凸显了他执着坚毅、废寝忘食的创新精神。前所未有的观音灯创造出来之后，东晓亮的事业越做越大，在创新的路上越走越远，承包白鹭彩灯厂将花灯技艺发扬光大，被授予国家级非物质文化遗产继承人荣誉称号；推动秦淮花灯艺术走出国门，成为饮誉全球的民间艺术大师……

统而论之，推动中华优秀文化海外传播，提升中国文化国际影响力，是当前我们面临的一个重大时代课题。20 世纪 90 年代，美国学者约瑟夫·奈提出了“软实力”的概念，意指一个国家的综合国力，不仅表现为经济、科技、军事等领域的“硬实力”，也表现为文化、意识形态等领域的“软实力”。他说：“……硬实力和软实力依然重要，但是在信息时代，软实力正变得比以往更为突出。”③互联网是人的延伸，进一步缩小了全球时空阻隔。基于“互联网+”技术的网络文学是中国文化海外传播的一个重要窗口，2021 年发布的《中国网络文学国际传播发展报告》称中国网络文学共向海外传播作品 10 000 余部，在提升国家文化软实力方面发挥了重要作用。加拿大新移民作家姑文作为“南京的

① 姑文.长干里[M].南京：南京出版社，2019：229.
② 姑文.长干里[M].南京：南京出版社，2019：141.
③ 约瑟夫·奈.美国定能领导世界吗[M].何小东，盖玉云，译.北京：军事译文出版社，1992：25.

文化使者”,有责任也有义务将中国文化播撒至世界各地。姞文在《长干里》中成功地将“故乡情结”转化为创作资源,作品采用地道中国味儿的话语方式,从南都历史文化名城保护过程中“人与城”的关系、秦淮花灯非物质文化遗产传承创新、当代中国青年的责任担当精神等维度入手,构建了一个真实、立体、生动的中国文化形象,也为中国形象的文学建构提供了一个可资借鉴的实践范例。

论“中国论坛第一帖”的源头性意义

——《大连金州没有眼泪》的网络文本诞生和文化影响

王金芝*

摘　要：网友老榕于1997年在四通利方体育沙龙发表的《大连金州没有眼泪》，经过互联网、报纸、杂志、电视等多媒介转载、传播，成为当时具有广泛影响的互联网文化事件，被誉为“中国论坛第一帖”。《大连金州没有眼泪》是中国网络文学具有源头性意义的重要网络散文文本，是中国论坛时代网络文学创作繁荣的先声，是论坛时代UGC模式(用户生产内容)下由网民生产的网络文本，是互联网新媒介开始介入日常生活的表现，是论坛开始显示惊人力量的先声。考察《大连金州没有眼泪》这一重要文本的诞生，探究这一重要互联网文化事件的影响，可以窥见我国早期网络和早期网络文学文本的概貌和生态，具有重要的文学史意义。

关键词：《大连金州没有眼泪》；“中国论坛第一帖”；源头性地位；论坛文化；文学史意义

1997年11月2日，网友老榕发在四通利方体育沙龙的一则帖子《大连金州没有眼泪》成为中国网络文学第一篇一夜之间火遍全网的足球博文，同时在无意中将中国网络文学和世界杯联系在一起。1998年世界杯预选赛期间，中国足球队失利，无缘世界杯。《大连金州没有眼泪》甫一发表，便在广大足球球迷中间激发了很大反响。该帖在互联网上被广泛转发，还很快从网络走向纸媒，被多家报纸、杂志转载，多家电视台以此为话题做谈话节目，在全国引发了广泛影响。因此，《大连金州没有眼泪》被誉为“全球最有影响的中文帖子”，成为中国互联网早期论坛时代第一篇出圈的网络散文，作为1997年影响深远的互联网文化事件，在中国互联网史上留下了浓墨重彩的一笔。①

自2020年以来，有关中国网络文学起源问题的研究不断被深入推进，然而这篇具

* 王金芝，中国文艺理论学会网络文学研究分会理事，中国文艺评论家协会会员，广东青年批评家，主要研究方向：网络文艺和媒介文化，现供职于广东省作家协会。

① 《中国互联网二十年 网络大事记篇》(国家互联网信息办公室、北京市互联网信息办公室编著，北京：电子工业出版社2014年版)、《沸腾十五年：中国互联网：1995—2009》(林军著，北京：中信出版社2009年版)等记录早期中国互联网史的书籍均将《大连金州没有眼泪》视作互联网早期重要事件。

有起源意义的帖子却鲜有人提及。这一重要文学文本已经被铭记在互联网史,却被中国网络文学史遗忘,实在是一件令人遗憾的事情。这一方面是因为计算机和互联网快速升级迭代,使得计算机设施、软件、应用过时速度较快,过时的软件、应用很快被新的大量的互联网信息淹没。我国早期互联网的很多应用及信息被淹没在更大的互联网大潮中。因此,打捞那些有过重大影响的有价值的中国网络文学重要应用及其文本刻不容缓。另一方面,现在中国网络文学的主潮是类型小说,散文、诗歌、短篇小说等体裁不可避免地被忽视,因此,多体裁为主的北美网络文学和早期中文互联网的一些重要文本未得到充分发掘。

随着互联网日新月异的发展,老榕这篇影响广泛的文章除了在百度百科上能看到(百度百科上该文的标题《大连金州不相信眼泪》和发生时间 1998 年皆有误),竟然再也难窥一二了,不可不谓是一件憾事。幸运的是,作者老榕于 2002 年出版了《多情应笑我:中国电子商务第一人》,将 1997 年底四通利方体育沙龙置顶这篇博文的编者按《一则让我们落泪的帖子》、《南方周末》读者对这篇文章的反应文章《足球不幸球迷幸——致老榕和他的孩子》、《南方周末》1997 年末特刊主编寄语及《南方周末》对老榕的网络采访《球迷老榕如是说》等均收录其中,为我们重温这一重要网络散文文本提供了重要依据。

一、"中国论坛第一帖"的诞生:《大连金州没有眼泪》的文学史意义

历经长时间的停滞,改革开放后中国足球开始复苏。国家队于 1982 年冲击世界杯决赛圈,虽然成绩不尽如人意,但是看电视直播、读足球报的中国足球球迷初具规模。1997 年,中国足球迎来了 1998 年世界杯预选赛(亚洲赛区)。这是中国足球职业化后的第一场世界赛事。在很多球迷看来,此时的中国足球可谓兵强马壮,有实力有机会挺进世界杯。中国队在第一轮顺利晋级十强赛后,于 1997 年 10 月 31 日在大连金州迎战卡塔尔队。这场有望胜利的主场赛事在当时非常引人注目。在福州的老榕及其幼子皆为中国足球球迷,不远千里飞到大连观看这场球赛。

> 我 9 岁的儿子是这样的痴迷足球,从不错过"十强赛"的每一场电视,对积分表倒背如流。他不知多少次要求去球场看一次"真的"足球。可怜他在福州,几年来只在福州看过一次香港歌星和福州企业家的"球赛",去年夏天在厦门看了一场"银城"。就连这样的球赛,他都记得每一个细节,念叨到今天。想想孩子实在可怜,一咬牙,10 月 29 日,我们一家三口登上了去大连的飞机。孩子都乐傻了。为了去大连,我们一家还专门备齐了御寒的大衣,儿子还专门要求在衣服上缝了一面小国旗。①

① 老榕.多情应笑我:中国电子商务第一人[M].北京:文化艺术出版社,2002:13-19.

老榕一家郑重其事乘兴而来，9 岁的小朋友对看球赛这件事简直是欢呼雀跃。大连人民对赛事非常关切，甚至盼望天气变冷，期待大连的寒冷天气能对中国队的比赛有所助益。

> 当时他对我儿子说了句，“明天比今天再冷点就好了，那卡塔尔队哪见过这天气。”我儿子竟然记住了这句话，回房立即找来《大连晚报》，一看直叫不好，“明天比今天高 5 度！”①

老榕以较多的笔墨渲染了大连金州人山车海的热烈气氛，极力凸显所有人对这场球赛的重视及对胜利的期待。没料到比赛最热闹最精彩的部分竟然是球迷自发表演的节目。

> 隔壁看台是正对主席台的“大连球迷协会”，显然有组织，还有一个军乐队，开赛前一个半小时就不断演奏，儿子高兴地随着他们又唱又叫。开赛前一个小时，场上就出现了火爆的场面。先是一个自称“小地主”的锦州球迷不知怎么溜进了把守严密的跑道，展开一幅巨大的“精忠报国”的条幅绕场一周；接着一群脸上涂着国旗的天津汉子展开了一面有一个看台那么巨大的国旗也绕场一周。②

随后老榕笔锋一转，直接跳过了比赛过程，而是以赛场观众席氛围的低迷和幼子兴致的依然高昂形成的对比来反衬中国队的惨败，渲染球迷对中国队爱之深、恨之切的情愫。

> 这时夜幕降临，温度很低，大家心里更凉，没法不冷静啊。全场的“中国队，加油！”变成了整齐的雷鸣般的“戚务生，下课！”这时，全场人，包括隔壁的“半官方球迷”，都在为卡塔尔的每一次进攻欢呼，为中国队乱七八糟的“进攻”而“冷静”！只有我可怜的儿子还不懂为什么这么多人突然不叫加油而改叫什么人下课，继续挥舞他手里的国旗嘶哑地叫着“中国队，加油”。我周围的东北汉子眼泪汪汪地看着他，好几个汉子红着眼眶上来劝我们“领孩子先走吧，别往下看了！”急得我儿子要和他们拼命。③

老榕并不是一个专业作家，而是一个父亲和一个球迷。他带着小球迷儿子观看了一场令全国广大球迷失望透顶的世界杯预选赛，并将观看球赛的百感交集写成了一篇不到三千字的质朴文章《大连金州没有眼泪》。

1997 年 11 月 2 日凌晨 2 点左右，老榕感于体育沙龙弥漫的失望、伤心和耻辱情绪，用电脑敲完了这篇文章，甚至都没来得及再看一遍，就发在了体育沙龙。这则帖子被版

① 老榕.多情应笑我：中国电子商务第一人[M].北京：文化艺术出版社，2002：13－19.
② 老榕.多情应笑我：中国电子商务第一人[M].北京：文化艺术出版社，2002：13－19.
③ 老榕.多情应笑我：中国电子商务第一人[M].北京：文化艺术出版社，2002：13－19.

主加了“编者按”置顶。

没想到在短短2天之内,这则帖子的点击量达2万余次,3天后点击量达3万余次。这些数字在现在看来或许并不惊人,可是在当时只有62万网民的1997年,这个数字可谓是震惊中文网络。老榕在接受《南方周末》采访的时候回顾了当时的情况:“第二天上网一看,回帖很多。这一天是我离开公司好几天后刚回来,待批的东西就堆了一桌子,折腾完了又是半夜,所以没细看。第三天上网一看,吓了一跳。版主登出推荐信说这个帖子两天里被阅读了2万多次,而且传遍了因特网。我连忙到我熟悉的一些站点转了转,发现这个帖子确实好像贴遍了因特网,而且还不仅在体育类的站点和BBS里面。看着数不清的回帖,我心里真是感动,为中国足球依然拥有这么多的爱国球迷感动!”①

《大连金州没有眼泪》仿佛一根导火索,首先引爆了足球球迷徘徊低迷的情绪;又仿佛是一道闸口,成为人们宣泄失望和悲伤情感的发泄出口,就像“编者按”的题目一样,《大连金州没有眼泪》是“一则让我们落泪的帖子”②。

《大连金州没有眼泪》的诞生及其广泛影响是偶然也是必然。其一,全国上下的“足球热”是该帖产生广泛影响的基础。1994—2003年我国足球赛事较多,同时出现了声势庞大的球迷现象和球迷文化氛围。1994年我国足球开始职业联赛,各省开始组织职业球队,国家队经常参加国际赛事。“从1994—2003年的十年甲A期间,中国足协共举办甲A、甲B职业联赛1 726场,总共到场球迷3 358.4万人,平均每场1.95万人,中超联赛第一年到场球迷人数144.76万人,平均每场1.1万人,收看现场直播的电视观众更是无法统计。”③可见足球拥有的球迷之多和足球球迷文化之深入人心。其二,互联网论坛为足球球迷讨论赛事、宣泄情感提供了新的赛博空间,而《足球》《中国足球报》《足球俱乐部》等专业报纸和杂志、《足球之夜》《天下足球》等电视栏目和“体育沙龙”等网络论坛的互动跟进促进了该文的传播。这则帖子在“体育沙龙”贴出后,迅速被《南方周末》持续关注,也被多家报纸杂志转载,老榕也因此受邀参加一些电视节目。老榕记下了该文受到关注的一些情况:“后来这个帖子飘出因特网的虚拟空间,登上读者更多的传统媒介,《南方周末》就是一个,得到了更多的回应。我为这个帖子能够唤起更多的人关注足球和因特网而高兴。”④这则帖子是“足球热”在虚拟空间的反响,也是更多社会日常生活和虚拟空间开始碰撞出火花的开始。

四通利方聚集的更多是计算机和网络专业技术人才,因为四通利方本身就是为了推广软件而设立的论坛。老榕之所以登录这个论坛,是因为他想获得电脑软件的相关信息和推广自己的电脑软件。不管怎样,这一事件成就了中文网络论坛第一帖和著名网友老榕,在新的媒介空间产生了巨大影响,显示了互联网新媒介对人们日常生活

① 老榕.多情应笑我:中国电子商务第一人[M].北京:文化艺术出版社,2002:28.

② 老榕.多情应笑我:中国电子商务第一人[M].北京:文化艺术出版社,2002:19.

③ 周驰.足球球迷现象形成的社会学分析[J].科技信息,2009(36).

④ 老榕.多情应笑我:中国电子商务第一人[M].北京:文化艺术出版社,2002:28.

的影响。

老榕本名王峻涛，他不仅是互联网行业的从业者，还是一个著名网民。1995 年他加盟连邦软件连锁组织特许经营，先后主导创立了电子商务网站 8848（该网站是中国第一个 B2C 电子商务网站）、MY8848、6688，被誉为中国电子商务第一人。他不仅是球迷，还是金庸迷，《南方周刊》的忠实读者，传统报纸电子化的早期实践者。据他说：“我个人很喜欢《南方周末》这份报纸。从它 1984 年创刊起，每期我都有，在家里收藏着，1999 年的时候，我们刚创立 8848，我就想要是把《南方周末》这些年的报纸都数码化，一定是件很有趣的事。而当时那份《南方周末》1984—1998 年电子版合订本就是我们做的。而且是原版原式，不仅仅是那种写字板式的内容，而是在电脑上显示的版面和你手拿这份报纸看到的效果是一样的。当时做得很费了一番周折，因为激光照排系统是 20 世纪 80 年代末才出现的，《南方周末》1984 年创刊时的那些报纸还都是用过去那种铅字排版，根本没有电子版。要做光盘，必须要把老报纸拿出来用现在的激光照排方式重新排一遍。不过从那以后，现在几乎所有的报纸都出了类似于这样式的电子版本。我觉得这是件很有意义的事。”①

《大连金州没有眼泪》用电脑创作，首发网络，以朴素真挚情感引发共鸣，是一篇优秀的网络散文；也是继《图雅的涂鸦》之后，发源于中国本土的第一篇被广泛传播的散文文本。我国第一个论坛水木清华和第一份电子刊物《神州学人》皆未能产生有影响的文本，反倒是成立稍晚的四通利方旗下的两个论坛（体育沙龙、金庸客栈）产生了很多具有广泛影响的网络文学文本。金庸客栈的源头性地位和价值已经被很多学者发掘。体育沙龙诞生了《大连金州没有眼泪》这样的论坛第一帖，其源头性地位和价值同样不容忽视。

二、显示网络论坛的力量：《大连金州没有眼泪》所激发的互联网文化现象

《大连金州没有眼泪》在中文互联网上所激发的惊涛骇浪还远未结束。我们在今天进行影响力回溯，可以根据其后互联网的发展趋势，明晰这一互联网偶发事件的两大意义：一是显示了互联网内容的价值，启发四通利方找到了新的互联网商业盈利模式；二是显示了网络论坛的巨大力量，预示着以网民为主导的互联网文化将产生深远影响。

《大连金州没有眼泪》其实只是老榕文章的副标题，主标题是《10.31：足球国耻日亲历记》（《中国互联网 20 年 网络大事记篇》将这篇帖子的发表视为 1997 年的互联网大事之一，将《大连金州没有眼泪》称为“中国论坛第一帖”，并附有当时这篇文章发表时的截图。截图显示有完整的标题和部分文字）。② 这篇寄托老榕个人强烈情感的帖子迅速在广大球迷甚至非球迷中广为流传。这显示了网络论坛的巨大力量。这篇文章仿佛是一

① 梁宏.数码江湖行 老榕数码经[J].多媒体世界，2004(04).

② 国家互联网信息办公室，北京市互联网信息办公室.中国互联网 20 年 网络大事记篇[M].北京：电子工业出版社，2014：40.

个导火索，引爆了人们对中国队比赛失利所产生的失望甚至耻辱情绪。1997 年 11 月 14 日，《南方周末》转载了这篇文章。据《南方周末》编辑李戎说，他们陆续收到了 60 多封要求转载这篇文章的电子邮件。但是为了不影响中国队的后续比赛，他们拖到中国队完成了所有赛事后才将这篇文章刊出。1997 年《南方周末》年终大盘点特刊《你们现在还好吗》提到了这篇轰动全网的文章：

> 深深打动这一群人的，是老榕的文章，那篇取自网络，感动过无数人的《大连金州没有眼泪》。当轮船靠岸，各自东西，少年们也许很快就会淡忘了这不期然而至的邂逅，但是，在甲板上触动他们沉思的东西不会湮没。①

《大连金州没有眼泪》为何能触动这么多人的心灵？或许只有经历了 1997 年 11 月的人才能回答。随后这篇文章陆续被多家期刊、报纸转载，网络上也有多个版本，甚至连标题在网络上就流传着两三个（“大连金州不相信眼泪”“大连金州没有眼泪”“金州没有眼泪”等）。老榕成为 1997 年《南方周末》年终盘点的轰动人物之一，1998 年还被《电脑报》评为年度十大网民。

以《大连金州没有眼泪》这一轰动性的论坛文化事件为节点往前看，我国网络史上能产生全国性影响的标志性事件寥寥无几。1995 年 4 月，清华大学学生朱令中毒，中毒原因不明。清华大学学生将不明病症翻译成英文，通过电子邮件向有关新闻组及 Bitnet 发出求救，收到了 1 635 封来自 18 个国家和地区的回信，实现了世界范围内的互联网询诊。1995 年 8 月，水木清华 BBS 站点成立，但是并未像 ACT 和《华夏文摘》一样产生较大影响，也没有“出圈”的帖子。1996 年《数字化生存》（尼古拉·尼葛洛庞帝著）在中国出版，掀起了互联网启蒙热潮。1997 年《大连金州没有眼泪》在论坛的发表，看似一个偶发事件，实际上是中国互联网从无到有、从象牙塔到十字街头然后到广场狂欢的标志。这是它被誉为“网络论坛第一帖”的原因。《大连金州没有眼泪》的主题和内容与世界杯相关，与中国足球相关，与庞大的中国足球球迷群体相关，与当时体育在网络活动中的重要性有关。早期网络文学“三驾马车”之一的“李寻欢”就说：“我觉得那时候的主要网络活动中，体育是特别重要的。四通利方的体育栏目是全国性的，但是各地还有一些‘诸侯’。有世界杯，有冲突的时候，我们就去新浪玩，平时就在‘网路茶苑’玩。”②这个帖子的背后，更是我国自 1994 年全功能接入国际互联网后，互联网新媒介逐渐深入人们日常生活的体现，是由网民主导的互联网文化逐渐形成的先声。

新媒介聚集用户的能力和力量蕴含着互联网经济的崛起和新商业模式的机遇。1995 年 5 月，女企业家张树新创立瀛海威，开始向大众提供网络接入服务。网络接入服

① 林军.沸腾十五年 中国互联网 1995—2009[M].北京：中信出版社，2009：74.

② 邵燕君，肖映萱.创始者说：网络文学网站创始人访谈录[M].北京：北京大学出版社，2020：37.

务是中国互联网最早出现的互联网商业模式。直到 1997 年,中国互联网的内容和服务都很少,四通利方是最先探索互联网内容服务商业模式的企业之一,而《大连金州没有眼泪》是四通利方探索新商业模式的契机。在 1997 年世界杯预选赛(亚洲区)十强赛期间,四通利方体育沙龙趁机推出了关于赛事的文字内容和视频直播,不过反响平平。直到《大连金州没有眼泪》的贴出,体育沙龙才认识到了自己的力量。1997 年 11 月底,四通利方顺势推出体育频道竞技风暴,随后又推出新闻频道。四通利方体育沙龙版主陈彤的网名 Gooooooal 和《大连金州没有眼泪》一起出现在了《南方周末》,随后陈彤成为四通利方的第一个编辑,再后来成为新浪网执行副总裁、总编辑,执掌新浪。随着互联网网络应用、内容的增多,网民持续快速增加,网络媒体的影响力日渐扩大,由网民主导的网络文化渐成声势。

20 世纪 90 年代初期,中国留学生在英文网络中“借船出海”,在北美利用电子邮件、电子邮件列表、新闻组等早期互联网应用,解决了汉字在英文网络中的输入、传输、显示等技术问题,以中文网络媒体为载体,最先尝试网络文学创作。中国全功能接入互联网之后,互联网这片“蓝海”被海归(从海外归来的创业者)、极客(本土技术人才)和商人等弄潮儿最先掀起波澜,电子邮件、论坛、网页等网络应用纷纷发展起来,互联网商业、文化、文学制度纷纷成形。《大连金州没有眼泪》在这样的背景下应运而生,在线上线下形成传播和讨论热潮。

《大连金州没有眼泪》是网络媒体在社会生活中发挥越来越大作用的先声,是网络论坛崛起的先声,是论坛时代中国网络文学繁荣的先声。网络论坛是网络大众化的起始,无数网民在论坛上留下精彩篇章,从此互联网 UGC(用户生产内容)模式开始发挥重要作用。随着互联网内容的繁荣,及中国互联网用户的持续快速发展,无数垂直细分的互联网内容开始发展,网络文学就是其中的重要组成部分。网络文学在网络论坛时代经历了充分发展,形成了网络文学的“广场形态”。①

武侠和体育是坊间最感兴趣的两个话题,以此为话题的金庸客栈和体育沙龙可谓有聚集人群和传播文本的先天优势,因此以世界杯预选赛为内容的《大连金州没有眼泪》的走红并非偶然。《大连金州没有眼泪》的生产和传播模式开启了论坛时代网络文学生产和传播模式的大幕,电脑写作、线上发表、网络传播、线下出版成为这一时期网络文学最具代表性的生产和传播模式。

在网络社会已经形成的今天,论坛时代早已落幕,网络文学在媒介、资本和产业的形塑下形成了长篇类型小说的大潮,并以 IP 商业运营为中心和路径,其类型、文本叙事中蕴含的文学趣味和文化范式逐渐影响影视等大众文化娱乐形式。可是世界杯仍在继续,人们对世界杯的热情仍在继续,叩问《大连金州没有眼泪》这一重要文本和文化现象,既能追思历史,又能着眼当下。

---

① 王金芝.网络机制视阈下网络文学的三副面孔[J].粤海风,2021(01).

理论争鸣

中国创意写作学科史料学初论

宋时磊*

摘　要：史料在各学科的发展中居于基础性地位，准确翔实的一手史料是学科研究的重要基石。创意写作是一门新兴且快速发展的学科，其史料和史料学的建设应提上议事日程，这就需要大力开展史料挖掘工作，进而为学科史的书写提供支撑。从概念、时间和空间等方面界定史料范围，明确史料的内容体系、类型和结构等，便于创意写作学科研究者从事史料的辨析和甄别、搜集和整理、研究和传播等工作。中国创意写作学科的史料建设和史料学研究尚处于起步阶段，需要在意识、方法、步骤等方面有科学理念和方法，不断积累、在发展中完善，促进学科和学者水平的双提升。

关键词：创意写作学科；史料学；史料

一、史料挖掘与创意写作学科史料

2017年，笔者接触创意写作学科时，就在思考怎样将自身的研究专长与其结合，探寻创意写作研究的新路。笔者博士期间所接受的教育是中国古典文献学，所研究的对象是专门史领域中的一个特定问题，在史料方面有了较为扎实的训练。在研读既有文献的基础上，我发现学者们集中关注复旦大学、上海大学等高校在中国大陆系统引入创意写作并开展学科教育的这一段历史，即大多从2009年谈起。因创意写作概念是个舶来品，怎样将其中国化并开展本土的中国创意写作学是学者们探讨的核心问题。在这个过程中，以上海大学葛红兵为代表的学者作出了基础性开拓的贡献，产生了一批有影响力的成果，集中体现在一系列论文，以及广西师范大学出版社、上海大学出版社出版的"上海大学创意写作丛书"等。

但在阅读文献的过程中，笔者发现两个问题：第一，研究者较少从历史维度或者学科史教育的角度观照创意写作学科的发展，这或许与创意写作本土化历程较为短暂有关；第二，研究者对2009年以前创意写作学科在中国发展的历程基本没有谈及，实际上

* 宋时磊，文学博士，武汉大学汉语写作研究所研究员，武汉大学文学院《写作》杂志社编辑部主任。

还是有一些史料可供查证的。于是笔者开始有意识地搜集2009年以前的史料,细致阅读并分门别类地整理、归类和阅读,一幅创意写作发展前史的图景逐渐勾勒出来:从20世纪70年代起Creative Writing在中国就被翻译为“创造性写作”,在各种翻译图书中对创意写作都有介绍,甚至创意写作的专业性图书也被早已翻译为中文;创意写作的教学和实践在港澳台等地区已经展开;美国爱荷华大学的创意写作项目影响了中国的当代文坛,余光中是第一个攻读创意写作硕士学位的中国人,20世纪80年代的“作家班”可视为创意写作教育的先声等。围绕这些话题,笔者用将近一年的时间,撰写了论文《创意写作在中国接受与传播的历史考析(1959—2009)》,将创意写作的中国接受和传播史往前拓展了五十余年。① 除此之外,笔者还开始做个案研究,分析余光中、叶维廉、白先勇、杨牧等作家接受创意写作学科教育的情况及其对他们产生的影响等。

在从事创意写作学科史研究的同时,笔者深切感受到一方面需要系统搜集和整理历史上已经形成的学科相关资料,另一方面需要有意识地保存当下创意写作学科教育正在生成的各种相关资料。这是因为一个学科的史料是其存在的基础和前提,也是其当前学术研究的重要媒介,还预示着其今后发展的方向。② “无史不立”,只有在坚实的史料基础上,学科才能成立:文学有文学史、哲学有哲学史、历史有史学史,等等,这些都是各门学科学习的重要内容;即便是数学、物理、化学等自然学科,看起来似乎并不看重历史,实际上从学科知识入门到初级再到高阶的学习过程,本身就是对其学科历史学习的过程。正是在这个意义上,梁启超说:“治玄学者与治神学者或无须资料,因其所致力者在冥想,在直觉,在信仰,不必以客观公认之事实为重也。治科学者,无论其为自然科学,为社会科学,罔不恃客观所能得之资料以为其研究对象。”③

一门学科成熟与否的标志,在于是否具有稳定的史料和文献基础。现如今,创意写作学科教学和实践容易施行,其学术研究却较难开展,研究的层次和维度还不够丰富,能够展开丰富诠释空间的学术议题还不够集中,表面上看缘于其还是一门新兴学科,发展历史还比较短暂,而根本上在于其史料积累和挖掘的力度不够,没能有效构建长时段的学科史脉络。中国现当代文学层面也面临着与创意写作类似的局面,与中国古代文学浩如烟海的丰富文献相比,其史料积累时间较短、且彼此充满话语歧义,曾经也受到过学科基础不够坚实的质疑;但随着各种文学大系、资料集成、文学选本、文学史等成果的不断推出,质疑之声逐渐淡出,现当代文学史料学成为热点学术话题。④⑤ 因此,中国创意写作学科的成立和发展,首先需要解决的就是史料问题,在史料的基础上进行构建和阐释,进而为学科发展提供有力支撑。

---

① 宋时磊.创意写作在中国接受与传播的历史考析(1959—2009)[J].写作,2018(08):57-68.

② 袁勇麟.世界华文文学史料学的回顾与展望[J].甘肃社会科学,2003(01):10-12.

③ 梁启超.中国历史研究法[M].北京:东方出版社,1996:43.

④ 谢泳.建立中国现代文学史料学的构想[J].文艺争鸣,2008(07):66-93.

⑤ 王尧.当代文学史研究中的史料问题[J].文艺争鸣,2016(08):16-17.

史料就是各类文献资料，就是“过去人类思想行事所留之痕迹，有证据传留至今日者也”[①]。史料的种类和类型非常丰富，所牵涉的内容也十分庞杂，这就需要对史料的源流、价值和运用方法展开研究，这就形成了史料学。而中国创意写作史料学就是从事创意写作史料的搜集、整理、编撰、考证和研究，将与中国创意写作学科相关的史料从纷繁芜杂的资料中辑录和甄别出来，运用这些史料针对具体问题展开分析和研究，进而构建学科发展脉络的文献基础。

二、史料和文献的概念和时空范围

史料固然重要，却不可漫无边际，需要有一定的边界和范围。框定史料范围，首先要从概念出发。如果只是从创意写作（Creative Writing）的字面意义出发理解这个概念，Creative Writing 还可更为简洁地翻译为“创作”，“创”带有“创意”和“创造性”的意思，“作”就是“写作”。实际上，在日本、新加坡等国家以及中国台湾地区就是这样翻译该词汇的。按此，创意写作史料就是与创作有关的史料，那么这个领域的史料则十分庞大了，时空范围非常广泛，因为自从人类诞生或者说有了文字记载后就有了创作，而创作的类型则是丰富和多元的，相应地，史料也就浩如烟海了。加之创作史料与文学史料的边界无法甄别和区分，创意写作史料的独立性也就成了问题。之所以出现这种问题，是因为我们不仅从创意写作的表象概念出发，更要从其内涵立足，去探寻创意写作史料的范围。正是在这个意义上，学者许道军认为，创意写作首先是个历史概念，谈“创意”“写作”都不谈历史的话，无疑是不及物之举。[②]

创意写作的史料，科学地说，指涉的是创意写作学科、创意写作教育的史料，这就从概念内涵上确定了史料的边界。创意写作学科化和教育化的历程并不长，目前学界较为认同的观点是，哈佛大学开设英语高级写作课程标志着创意写作学科的真正开端，时间可追溯至 1880 年，贡献者是巴雷特·温德尔（Barrett Wendell）。[③] 当初美国之所以开设创意写作的课程，是为了改革英文语文和作文教育僵化和模式化的局面，开创了一种新风气。美国创意写作研究者迈尔斯认为，学科和教育意义上的创意写作主要指涉两个方面的含义：其一，在全国高校内开设的小说、诗歌写作课程的校园计划；其二，招募诗人、小说家从事该学科教育教学的国家体系。因此，创意写作史料主要是指自相关课程设立以来，在逐渐学科化的过程中，形成和积累的与创意写作教育相关的文献资料。中国创意写作学科的史料，则是自国外创意写作教学和教育的理念引入中国后，中国各界接受创意写作概念并将之付诸实践后所形成的各种文献资料。

借助概念范畴确定边界后，则需要进一步确定中国创意写作学科史料空间范围与

---

① 梁启超.中国历史研究法[M].北京：东方出版社，1996：43.

② 许道军.创意写作研究的学术科目视野及中国经验[J].湘潭大学学报(哲学社会科学版)，2020，44(02)：144－149.

③ D. G. 迈尔斯.美国创意写作史[M].高尔雅，译.上海：上海大学出版社，2022：66.

时间范围。从表面看,中国创意写作学科史料空间范围自然是中国,但实际上中国大陆学者讨论创意写作时,往往忽视了港澳台地区的教育实践发展状况。前文所述,笔者之所以将中国创意写作史往前追溯,很大程度上就是将港澳台地区考虑进来,考证这些地理空间上接受创意写作教育的情形。经过史料发掘,我们发现在中国大陆实施改革开放政策以前,中国台湾和中国香港等地区因其对外交往的便利性,早已经有作家接受了系统的创意写作教育,并在这些地区开展了不少相关活动,有了阶段性的成果。更进一步看,当今中国和世界的联系极为紧密,国外的创意写作教育理念会影响中国,同时中国的创意写作学科教育状况也受到国外的关注,中外学者都会在国外发表与中国创意写作有关的论著。创意写作史料的地理范围,就不应该仅仅是国别史的,还应该是全球史的,国外影响中国创意写作的相关资料以及中国创意写作在国外传播的相关史料,都需要关注。另外,有些资料产生的空间是外国,但被译介到中国后有了较大范围再传播,对中国创意写作教育的发展起到了推动作用,也应列入史料范围,如葛红兵等翻译的马克·麦克格尔(Mark McGurl)著作《创意写作的兴起:战后美国文学的"系统时代"》[①]等。还有一些资料整体上属于国外创意写作史料,但其中不少史料是由中国人所参与生产的,这类中国创意写作相关人员在国外的史料也应属于中国史料的范畴,如爱荷华"国际写作计划"的档案室内有大量史料是中国作家萧乾、毕朔望、丁玲、茹志鹃、王安忆等与创意写作相关的史料。

时间是确定史料范围的第三个维度。中国创意写作史料时间范围的上限应该追溯至其发轫期,这是一个时段或时期,而不应该是一个时间点。马克思主义辩证法告诉我们,任何事物的发展都是从量变到质变的过程,创意写作在中国的译介和传播同样如此。前文提到,笔者的研究曾将中国创意写作学科史追溯至1959年,将余光中获得爱荷华大学创意写作硕士学位视为中国创意写作接受之肇始。实际上,这之前的几年余光中已经接触了创意写作教育理念,包括推荐余光中去攻读学位的梁实秋应该对此概念也有所了解。如果我们能够发现更早的史料,如梁实秋以及与国外接触较多的林语堂等人与创意写作的史料,则中国接受创意写作的时间还可进一步前推。目前学者多将中国创意写作教育的正式开展定为2008年或2009年,但复旦大学、上海大学等高校是基于怎样的机缘启动学科发展的背景性史料值得关注,如葛红兵的一篇回忆性文章提到,他在英国访学时就接触到创意写作,并在2006年与时任校长钱伟长就中文教育改革展开探讨。[②] 中国创意写作学科史料的时间下限,无疑可下探之今日如火如荼的实践,当下创意写作学科教育之开展所形成的资料,都是未来研究之史料。也就是说,中国创意写作学科的史料正处于不断生产和生成的过程中。

---

① 参见马克·麦克格尔.创意写作的兴起:战后美国文学的"系统时代"[M].葛红兵,等,译.桂林:广西师范大学出版社,2012.

② 葛红兵.钱伟长校长与上海大学创意写作的创办[C].方长安,萧映,宋时磊.当代写作学40年(1980—2020).北京:社会科学文献出版社,2021:111-113.

三、史料的类型、内容体系和结构

在界定了史料的范围后，则需要进一步明确文献的类型、内容等。中国创意写作学科的发展历史虽然相对短暂，但因去时不远且当今资料的生产形态多样、传播空前便捷，文献所涉及的内容层面众多，数量还是非常丰富的。就介质而言，创意史料的承载体有图书、报纸、期刊、广播电视、软件等。就表现形式而言，有文字、音视频、歌舞剧等，并有对应的电子或数字的形态；就类型而言，有创作作品、理论论著、译介成果、课程和教学实践、研讨会等，同样是非常多元的；从层面类型而言，可以区分为课程、学科和教育等，其所涉及的内容越来越广。

不同类型的成果，都是由各种创意写作的主体所生产的，故笔者根据主体的不同，提出史料的内容及其分类体系的结构。

第一，学校、地方及国家教育主管部门。为了倡导和鼓励创意写作开展，各个层级的教育部门会推出各种相关政策，如论证科学设置的可行性及学科评估，批准学位授予点及质量检查，设立创意写作相关课题，听课及督导课堂等。这是中国创意写作教育开展的宏观主体，这些主体所作出的各种决策，会极大地促进学科教育的发展。如教育部具有一级学科学位授予点的高校，在条件具备的情况下可自主设置二级学科，一些学校的创意写作学科即是这样设立的。

第二，创意写作教师，包括专兼职的驻校作家。教师在学校内从事创意写作的教学、科研等活动，都会生成史料。为了开展创意写作学科教育，教师首先需要起草和制订培养方案，填报相关申报表格；为了开展课堂教学，他们需要准备教学大纲、教案、课件和讲稿，还会组织各种创意写作的工作坊等；为了总结和分析，他们还要撰写论文、申报和完成课题、出版图书、组织学术研讨会等。这些都是创意写作学科的重要史料。在创意写作教师中，还有一类非常重要的群体，那便是驻校作家。延聘驻校作家的始末、受聘、到岗教学等情况等，驻校作家对于创意写作的观念和看法等，同样是创意写作的史料。当然，如果不是专门的创意写作教师、作家等，如果他们产出了与创意写作学科相关的成果，也应该纳入史料体系之中。

第三，创意写作学科的学生。这些学生从入学、培养到学位授予全过程中的学习、社会实践和采风，发表的各类成果，参加的征稿和获奖作品，举办作品研讨会、改稿会、创意写作讲座等，都是创意写作学科的史料。学生基于在校期间参加各种创意写作活动所形成的各类文本，是这类史料中非常重要的构成内容。其中，一些学校的创意写作学科坚持每年将学生的作品汇集出版，形成了书系，产生了一定影响，陈思和与王安忆主编了复旦大学 MFA“创意写作”书系，已经出版了 8 卷，分别是《有诗的好日子》(第 1 卷，2013)、《不一样的爱情故事》(第 2 卷，2015)、《22 岁，莲花盛开》(第 3 卷，2015)、《一次擦肩而过的相逢》(第 4 卷，2016)、《一双会魔法的手》(第 5 卷，2017)、《辛安里少年往事》(第 6 卷，2019)、《我的街光辉灿烂》(第 7 卷，2020)、《篮子里的猫》(第 8 卷，2021)。

这些图书所收录的学生作品,所体现的写作主题和教与学的情况,以及主编所撰写的前言等副文本,是创意写作学科研究的难得资料,特别是如果从纵向时间分析或可得出有价值的结论。

第四,社会团体及社会教育机构。创意写作相关的社会团体是史料生产不可或缺的机构,如 2014 年成立的世界华文创意写作协会由上海大学等高校发起,从 2015 年起每年举办一次学术年会,到 2022 年已举办七届,产生了众多研讨成果,此外中国写作学会举办的历年学术年会也将创意写作列为重要议题。这些研讨会的会议通知、会议手册、新闻稿、论文集、专家演讲、各类评选、课题资助等,以及社团本身运行所产生的各种资料,都可纳入创意写作学科的史料。社会上从事创意写作教育的各类机构,也应纳入创意写作的学科视野。这些机构的教育虽然不如学校系统、全面,但往往在某一方面有专长,能吸引相关人员参加相关项目并产出成果,如上海昱盛奥文信息咨询有限公司在创意写作在中学、小学群体中的拓展方面有一定贡献。

第五,杂志社、出版社等各类发表/出版平台及各类新媒体平台。创意写作师生的成果主要发表在各类平台上,如各类读物、文学期刊、学术期刊等。这些平台上发表的各种成果,可以纳入教师、学生群体的史料范畴,也可汇编史料,如武汉大学写作杂志社已经着手将在其平台上发表的作家访谈和创作谈结集出版,其中不少涉及创意写作的内容。与这些显性的创意写作成果相比,发表/出版平台上还有一些史料容易被忽视,如编辑部门与创意写作师生在成果发表/出版过程中的沟通信息,发表/出版平台策划专题、专栏和书系的各种文献资料等。这类资料往往能够说明作品发表/出版的前因后果,具有较高的史料价值。如路遥在《平凡世界》出版过程中,与编辑李金玉有大量的信件,通过研究这些资料可以还原图书出版的始末。① 同样,创意写作师生与平台沟通作品发表/出版的相关资料,也要纳入创意写作学科史料的视野。还需要指出的是,在传统的发表/出版平台外,当前创意写作学科师生在阅文集团、掌阅科技、中文在线等网文机构,以及新媒体平台上发表的作品等,也值得收集和关注。这些平台资助创意写作活动所取得的成果和史料要统筹考虑进来,如 2018 年华东师范大学成立中国创意写作研究院时,获得分众传媒的 1 000 万元的资助,双方共同启动"分众"中国未来网络文学家项目,这成为当年创意写作学科的轰动性事件。

四、史料运用的层面、方法和路径

在确定了史料内容和分类体系后,还需要探究创意写作学科史料的源流、利用方法和文献价值等开展研究,形成创意写作学科的史料学。具体来说,可以从史料的辨析和甄别、搜集和整理、研究和传播等方面展开。

虽然前文分析了史料的范围,但有些史料是否纳入创意写作学科的史料还要仔细

① 程文.《平凡的世界》是怎样问世的[J].名作欣赏,2022(07):106-116.

辨析和甄别。譬如,2017 年毕飞宇在人民文学出版社出版了《小说课》一书,多次重印,产生了很大的影响。这部作品能否纳入创意写作的史料范围?表面上看,这部书更多探讨《促织》《红楼梦》《故乡》《受戒》等文本的阅读问题,似乎与创意写作关系不大。但从作品的内容来源看,多是毕飞宇在南京大学、北京大学、清华大学等高校讲授小说的讲稿;毕飞宇 2013 年入职南京大学中文系,2014 年开始准备讲稿,2015 年在《钟山》以专栏形式刊出,2017 年结集出版。① 该书是为教授学生从事小说创作而写作的,也是在毕飞宇担任驻校作家期间完成的,自然应该将其纳入创意写作的史料范畴。还有些史料比较复杂,更需要仔细甄别。创意写作学科在校生的创作成果自然是史料的有机构成部分,但学生毕业后如果继续走上创作道路,其产出的各种文本是否仍是创意写作的史料;这些学生创作所取得的成就,与创意写作学科的关联度如何,是否可以天然地都认为这是创意写作培养的结果,等等。回答这些问题并不是特别容易,需要认真研讨和辨别。

创意写作学科史料的搜集和整理。创意写作史料的类型和内容是比较丰富的,从事史料生产的主体也是多元的,故史料的搜集和整理可以分门别类地开展。可以从创意写作学科的某一方面来开展,整理全国各个学校所开设的创意写作工作坊、驻校作家制度实施情况,形成对应的史料集合,如"华语创意写作云端工坊"自 2019 年 11 月开始举办到 2023 年 6 月已经举办 25 场,整理出来的史料会比较完整;可以从创意写作成果译介等角度展开,如目前中国人民大学出版社的"创意写作书系"已经出版了 70 多部,多数为译介著作,具有了史料价值;可以从创意写作的实施主体来整理,如已经具备一定基础的高校和社会团体可以将其史料出版。当前此领域工作的重要性尚未提上议事日程,如各学校在校学生的创意写作成果大多散见于各文学期刊或者是各自学校出版的学生作品集中,并没有形成统一而完整的史料大系。如果每年组织出版创意写作学生作品精选集,长期积累,会具备较高的史料价值;或者是全国各个设有创意写作专业的高校联合,每年推出数十本学生作品集,同样会成为未来的重要史料。

创意写作学科史料还需要研究和传播。在开展创意写作史料学的建设时,不能为了史料而史料,更重要的是在史料解读上有所发凡,使用史料研究和阐释特定的问题,讲清楚史料的价值。在多元途径的史料整理积累到一定程度后,相关机构可据此制作、形成创意写作学科的数据库,供检索和研究使用,这会大大促进研究和传播。在运用创意写作学科的档案和史料展开研究较有代表性的学者是邓如冰,她关注中国作家在美国与创意写作的互动关系,使用爱荷华大学国际写作项目档案资料及国内作家的各类资料,从 2011 年起撰写了《世界格局下的汉语写作——以爱荷华"国际写作计划"中的"中国声音"为例》《聂华苓与"爱荷华国际写作计划"》《爱荷华"中国周末"始末》《王安忆的"美国体验"及对其创作的影响》等多篇史论论文。笔者也正在利用各种资料研究余

① 黄平.创意写作与毕飞宇的《小说课》[J].青春,2019(06):90-92.

光中、白先勇等人与创意写作学科教育的情况。运用史料研究可展开的层面较多,既可以是一个事件、一个时间点的考证,也可以是在长时段内观察和分析某项事物的变化和发展。

在构建创意写作史料学时,可以参考中国和国外成熟的文献和史料学方法。在对中国当代文学史料学进行考察时,吴俊曾提出要"以古为师"①。创意写作史料学同样需要如此,中国传统考证学中一整套关于版本、目录、校勘、辑佚的成熟方法,我们可以将这些方法运用到创意写作史料学的建设中去,如每年可以纂集创意写作学科教育的史料目录,形成文献索引。其一,可以将其分门别类,撰写年度进展和综述,目前学界已经发表《2018 年度中国创意写作发展报告》②《2019 年中国创意写作研究年度观察》③《2020 年中国创意写作研究年度观察》④《中国创意写作研究现状与趋势的文献计量分析》⑤等文,这种年度综述或纵向分析的文章将会是创意写作学科的珍贵史料。其二,创意写作还可学习中国古代文学、现代文学、当代文学等邻近学科史料学建设的方法,近二三十年来这些学科的史料学建设问题已有不少学者探讨并已经做了不少工作。其三,国外在史料方面可供创意写作史料学建设借鉴学习的是兰克实证主义的史料批判思想,以及法国年鉴学派的整体观、长时段、跨学科、问题史等方面的思想。

五、余论

中国创意写作学科目前正处于快速成长期,其未来发展有广阔的前景。史料是创意写作学科发展的结果,也是其立足和前行的基础。正因如此,首先在意识上需要重视学科史料学的建设,从资料范围的界定、内容体系、结构类型等方面作出规划和分析,开展史料的辨析和甄别、搜集和整理、研究和传播等工作,进而为学科的发展奠定坚实的史料学基础。其次在方法上,既要有史料的整体观,不割裂史料、让史料碎片化,在史料的基础上找到整体阐释学科历史的方法,又要保持史料的开放性,不故步自封、作茧自缚,不断更新和完善已有的史料内容和体系。再次在步骤上,要循序渐进,不能贪大求快,要确保史料的完整性和准确性,在史料质量上下足功夫,又要讲求层次配合和分工协作,譬如不同的创意写作学科主体可以通过年鉴、大事记、年度综述等多种形式呈现年度学科动态,逐年积累,形成史料的集成和大系。不断挖掘、日益丰富、逐渐完善的史料,为其解读、诠释和研究等提供了基础。唯有如此,创意写作学科发展史才能做到"论从史出,史论结合",成为一门具有实证基础的研究领域,不断拓展创意写作的研究问题,提升学科的整体研究水平,进而实现学科和学者的双成长。

---

① 吴俊.当代文学史料问题的多维视野考察[J].文学评论,2020(06):5-15.

② 信世杰.2018 年度中国创意写作发展报告[J].写作,2019(02):118-128.

③ 刘卫东,张永禄.2019 年中国创意写作研究年度观察[J].中国图书评论,2020(03):61-70.

④ 刘卫东,张永禄.2020 年中国创意写作研究年度观察[J].写作,2021,41(03):111-119.

⑤ 高小娟.中国创意写作研究现状与趋势的文献计量分析[J].写作,2021,41(06):116-128.

作为“创意”的“模仿”如何可能？*

——塔尔德《模仿律》的启示

陈至远**

摘　要："模仿"是西方文学理论中的核心概念之一，对于创意写作研究和教学有着直接而深远的影响。在简要梳理模仿的概念史之后，结合塔尔德《模仿律》的社会传播学视野，探究了模仿与创造性和创意写作的关系，指出模仿是有规律可循的，模仿是激发创造性的重要来源，也是创意写作教学中的重要手段。创意写作学需要在积极吸纳《模仿律》思想的基础上深入思考、诚心借鉴，在创作理念上理解模仿与创造性的关系，在创作教学中遵循模仿与传统回归的规律，并加大社会接触以便促进多样模仿的产生。

关键词：《模仿律》；模仿；模仿理论；创意写作

“模仿”是西方文艺思想的源头，也是西方文艺史论争的焦点之一，“广泛地定义了我们对艺术、文学和再现的思考方式”①。法国社会学家加布里埃尔·塔尔德(Gabriel Tarde)是19世纪后期最重要的模仿心理学、社会学理论家，在其著作《模仿律》②中，从社会传播学的角度，将社会发展的现象归纳总结为物理、生物和社会生活的三种“普遍重复”形式，认为社会发展的动力机制就在于“模仿”。本文首先简要评述“模仿”的定义和相关概念，并结合《模仿律》的观点，论述模仿与创意的本质关联和社会规律式的结合关系，并以作为创意写作教学法的“模仿”为例，在创意写作的视域中说明模仿与创意的相互配合，指出创意写作学重视模仿理论和模仿策略研究、推动模仿形式改善创意写作教学的必要性。

---

* 基金项目：国家社会科学基金项目“网络小说类型学批评方法研究”(编号：20BZW041)。

** 陈至远，上海大学中国创意写作研究院硕士研究生，主要研究方向为文学理论、创意写作基础理论及网络文学批评等。

① POTOLSKY M. Mimesis[M]. New York：Routledge，2006：1.

② [法] 加布里埃尔·塔尔德.模仿律[M].何道宽，译.北京：中信出版社，2020.

一、“模仿”的概念回顾

在西方文论史上,古希腊哲学家很早就用“模仿”一词来描述他们所观察和思索的世界。创意写作提倡的模仿论理论基础与方法已不是古希腊、古罗马时代的“模仿说”和“模仿法”,但不能排除它们对今天创意写作的模仿理论建设仍具有重要意义,如当代美国著名创意写作研究学者黛安娜·唐纳利(Dianne Donnelly)就认为:“摹仿论或模仿理论的教育学设计以‘艺术模仿表象世界’的概念为前提条件。”[①]但不加区分地把古典模仿说作为创意写作的理论基础也是不恰当的。本文并非旨在给“模仿”下定义,而是试图重新考察古典模仿说三种面向,以期厘定创意写作中模仿与创新的关系。

(一)“模仿”的“社会性”面向

从词源学上考察,“模仿”一词的希腊语是 μίμησις ,有“模仿品,模仿者,模仿的、模仿行为”等多种含义,它派生自古希腊“拟剧”(μῖμος)一词。“拟剧”是“一种用多里斯方言以散文对话形式描写西西里希腊人日常生活的短小作品……通常围绕具有谐剧色彩的底层人物角色和日常生活场面”[②]。因此,从一开始,“模仿”有带有社会性的面向,强调“原本”与“摹本”之间的相似关系。前苏格拉底哲学家德谟克利特就以“模仿”来解释人类社会与自然界的相似性:“在许多重要的事情上,我们是摹仿禽兽,作禽兽的小学生的。从蜘蛛我们学会了织布和缝补;从燕子学会了造房子;从天鹅和黄莺等歌唱的鸟学会了唱歌。”[③]而到了苏格拉底,则更加关注“人事”,首次将“模仿”应用到对文艺现象的解释中。在《理想国》中,对于能够在诗篇中表现万事万物的诗人,苏格拉底则讥讽他们为模仿者而非创造者,诗歌中的“影像”则被他称为“自然地和王者或真实隔着两层”[④]。亚里士多德继承了柏拉图的模仿说,指出“史诗的编制,悲剧、喜剧、狄苏朗勃斯的编写以及绝大部分供阿洛斯和竖琴演奏的音乐,这一切总的说来都是摹仿”[⑤],并且“模仿”这种行为与人的天性相关,“从孩提时候起人就有摹仿的本能。人和动物的一个区别就在于人最善摹仿,并通过摹仿获得了最初的知识。其次,每个人都能从摹仿的成果中得到快感”[⑥]。

塔尔德也敏锐地关注到了“模仿”的社会面向。如果说 20 世纪的模仿理论以众多的方式暗示,各种各样看似自主的行为和选择实际上是模仿的形式,那么《模仿律》无疑是这些理论的重要前奏。塔尔德在庞杂的社会和人类历史中注意到了海量的规律性和

---

① [美] 黛安娜·唐纳利.作为学术科目的创意写作研究[M].许道军,汪雨萌.译.上海:上海大学出版社,2019:54.

② 陈明珠.《诗术》译笺与通绎[M].北京:华夏出版社,2020:139.

③ 古希腊罗马哲学[M].北京大学哲学系外国哲学史教研室,编译.北京:商务印书馆,1982:112.

④ [古希腊] 柏拉图.理想国[M].郭斌和,张竹明,译.北京:商务印书馆,1986:392.

⑤ [古希腊] 亚里士多德.诗学[M].陈中梅,译注.北京:商务印书馆,1996:27.

⑥ [古希腊] 亚里士多德.诗学[M].陈中梅,译注.北京:商务印书馆,1996:47.

相似性,将模仿认为是一种基本的生命力,指出一切相似性的原因都是“重复”。塔尔德将模仿定义为“一个头脑对隔着一段距离的另一个头脑的作用,一个大脑上的表象在另一个感光灵敏的大脑皮层上产生的类似照相的复写……类似于心际之间的照相术”①,模仿实际上就是社会信息的传播。而“记忆和习惯实际上就是自我模仿”②。也就是说,塔尔德认为模仿首先发生在心灵与心灵之间,之后才通过外在的行动表现出来。“模仿既可能是模糊的也可能是准确的……模仿可能是自觉或不自觉、有意或自发、自愿或无意的。”③此外,模仿还与社会的诞生密切相关。塔尔德认为,模仿对于社会的重要性不可或缺:“一个社会必须握有无数盲目的程式和盲从的模仿,否则它就难以存在或变化,就难以前进一步——这些程式和模仿是世世代代不断积累起来的。”④社会就开始于一个人模仿另一个人之时,“一切历史事实都可以追溯到不同的模仿潮流。历史事实就是这些潮流的交点,这些交点本身注定要受到或多或少的模仿”⑤。因此,在社会中,模仿是必然的。

(二)“模仿”的“真实性”面向

柏拉图笔下的苏格拉底之所以鄙弃诗人,正是因为他认为“模仿”是在迎合人的天性中较低的部分,会用虚假的幻象诱惑人们追求假象而背离真理。如今看来,苏格拉底的指责无疑是无凭无据的。因为我们可以发现,“诗的政治功用无论好坏,都与其对仿造物的复制——或说得更概括一点——与对事物影像忠实或不忠实的生产不相干”⑥,也就是说,苏格拉底从政治来批评诗的模仿性,从而驱逐诗歌,两者之间没有必然的关系。有研究者指出,柏拉图拒绝诗人乃是为了拒绝智者。“哲人的真正敌人不是诗人,而是智者:智者未必是诗人,虽然他有时会伪装成诗人;他自称是哲人,但与真正的哲人貌合神离,无非是似是而非的伪哲人;与诗人相比,他才是真正的‘美德的影像的模仿者’,甚至是更下一等的‘诗人’,即‘存在的幻象的制造者’。尽管如此,或者说正因如此,柏拉图对‘诗人’更加谴责(这时他说的‘诗人’已与‘智者’合而为一)。”⑦苏格拉底在《理想国》中以叙述方式(模仿)为由驱逐诗人,而在《伊安篇》中则以创作之本质为由拒绝诗人。他指出,优秀的诗人并不知道如何写诗,他们不是凭借自己的雕虫小技来写诗的,而是“缪斯首先使某些人受到激励,然后通过这些受到激励的人吸引其他热衷艺术的人,形成一条长链……他们受到激励,充满了灵感,这就是他们能够说出所有这些美

---

① [法]加布里埃尔·塔尔德.模仿律[M].《第二版序》.何道宽,译.北京:中信出版社,2020:25.
② [法]加布里埃尔·塔尔德.模仿律[M].何道宽,译.北京:中信出版社,2020:116.
③ [法]加布里埃尔·塔尔德.模仿律[M].何道宽,译.北京:中信出版社,2020:211-213.
④ [法]加布里埃尔·塔尔德.模仿律[M].何道宽,译.北京:中信出版社,2020:108.
⑤ [法]加布里埃尔·塔尔德.模仿律[M].何道宽,译.北京:中信出版社,2020:46.
⑥ [美]罗森.诗与哲学之争[M].张辉,译.北京:华夏出版社,2004:16.
⑦ 张沛.亚里士多德《诗学》“卡塔西斯”概念寻绎[J].国外文学,2021(02):1-9+159.

妙诗句的原因”①。易言之,诗人写诗时处于迷狂状态(灵魂处于激情的统治之下),因此,诗歌并非诗人所掌握的一个主题,而是神的馈赠。

亚里士多德也认同模仿,但认为“摹本”与“原本”的不同,正是艺术超越现实的可能性所在。模仿作为获知和超越的手段,是有一定的积极意义的。尤其有价值的地方在于,亚里士多德认为诗艺的产生来源于模仿的本能,这一认识是对柏拉图文艺观念的发展,它把文学创作活动归结为人类先天具有的禀赋,从发生学的角度肯定了艺术创造是人类个体都具有的能力。模仿既然是一种先天的创造能力,就不再是一种偶然的自然行为(德谟克利特),也不是复制自然对象的机械行为(柏拉图),而是一种积极的创造活动,是人类知识(而不是与真理隔了两层的“影像”)的来源和文明的开端,这就给创意写作“人人都是艺术家”提供了明确的理论支持。在此意义上,亚里士多德的模仿说是平民化的艺术哲学,诗人(即便最优秀的诗人)也不再是柏拉图所认为的被缪斯赋予灵感的人,而是生性特别敏锐的人,这就把艺术的创作从神界拉回了人间。由此,艺术创作是人人都具有的潜力,虽然潜力大小各个不同,但一种普遍的、本性的表达权经由“模仿”被给予了每一个人。某种程度上可以说,创意写作全民化自亚里士多德肇始的。

(三)“模仿”的“原创性”面向

模仿的“真实性”是在“说明文学或其他艺术形式的性质”,而“原创性”(originality)则是在“表示一部文学作品和它所仿照的另一部作品之间的关系”②。雷蒙德·威廉斯指出,“在艺术作品的例子里,original 从追溯源头的意涵(指原初的作品而非仿制品)转移到‘新颖’的意涵(指不像其他作品)。这种改变主要是从 17 世纪开始”③。尤其在版权意识觉醒之后,“原创性”直接成了作家尊严和作品合法性的立身之本,而“模仿”则时或成为“剽窃”的代名词。

塔尔德的《模仿律》并没有专门说明模仿的“真实性”(或者他认为这是不言自明的),但他着重强调了模仿的“原创性”。他指出:

> 我们的思想与我们从他人的思想那里获得的知识是非常吻合的,他人的思想又是由其他一些人的思想被确认的。我们的思想也可能是靠各种感观的印象获得的,这些印象又是通过更新的科学经验或观察获得的。我们更新知识,就是靠模仿获得这些经验的人。就这样,模仿和发明一样,是一个接一个串连在一起的,或自我依靠,或互相依靠。如果追溯模仿形成的这一根链条,我们必将遵循一定的逻辑

---

① [古希腊]柏拉图.柏拉图全集(增订版)·上卷[M].王晓朝,译.北京:人民出版社,2018:277-278.

② [美]M. H. 艾布拉姆斯.文学术语词典(第7版)(中英对照)[M].吴松江,等.编译.北京:北京大学出版社,2009:247.

③ [英]威廉斯.关键词:文化与社会的词汇[M].刘建基,译.北京:生活·读书·新知三联书店,2005:343.

> 回到一种仿佛是自我启动的模仿中,必将回到原始人的精神状态,他们像儿童一样,模仿是为了追求模仿的乐趣。这个动机决定了他们大多数行为。实际上,他们所有的行为都是社会生活的行为。[①]

塔尔德用“发明”(invention)一词“描绘个人的一切首创(initiatives)”[②]。“一个民族的发明和发现越多,它的创造力就越旺盛;新发现越多,它就越热心于探索新的发现。这种高尚的欲望使高尚的头脑达到欲罢不能的境地,所以模仿同样是通过模仿机制完成的”[③]。塔尔德区分了“问题的模仿性传播和答案的模仿性传播,一个答案在一个地方被传播,另一个答案在另一个地方被传播,但是这并不妨碍同一个问题在这两个地方同时被传播”[④]。这种传播而产生的模仿性的相似性,作为一个“强加在他们头上”的问题,常常分散人们的注意力,让他们不能从事“发明”。然而,塔尔德又指出,“发明兴起于两种现象的交叉:一是个人的天才、偶尔且典型的种族产物、一连串幸福婚姻成熟的果实;二是模仿的潮流与辐射”[⑤]。这就是说,创造性和模仿性并不是截然二分的,毋宁说,创造性来源于模仿性,发明根源于模仿。“一切发明和发现的构造成分都是初始的模仿,因为这些模仿的复合体本身也受到了模仿,并最终成为更大复合体的构造成分,所以就形成了由这些相继的成功的首创行为组成的一棵谱系树,所以这些复合体看上去是不可逆转的。”[⑥]由于社会模仿的普遍性,因此“就社会性质而言,一切东西都是发明或模仿”[⑦],或者广而言之,“重复为变异而存在……一般对个别的关系正是重复对变异的关系”[⑧]。

二、“模仿”与“创造性”

上文简要回顾了“模仿”定义中的三个面向,我们认为其中最重要的是“模仿”的“原创性”,它直接与创意写作学的“创造性”概念密切相关。大体而言,西方文论史上“模仿”与创造性的关系,无非是古典主义式的压制创造,或浪漫主义式的贬抑模仿。而塔尔德在《模仿律》中,对于文学艺术也有着敏锐的洞见,并从社会学视角提出了第三种关系:社会规律式的结合关系,意即,“模仿”与“创造性”是相互配合的,并且是有规律可循的。

---

① [法]加布里埃尔·塔尔德.模仿律[M].何道宽,译.北京:中信出版社,2020:124-125.
② [法]加布里埃尔·塔尔德.模仿律[M].《第二版序》.何道宽,译.北京:中信出版社,2020:25.
③ [法]加布里埃尔·塔尔德.模仿律[M].何道宽,译.北京:中信出版社,2020:175-176.
④ [法]加布里埃尔·塔尔德.模仿律[M].《第二版序》.何道宽,译.北京:中信出版社,2020:28.
⑤ [法]加布里埃尔·塔尔德.模仿律[M].《第二版序》.何道宽,译.北京:中信出版社,2020:31.
⑥ [法]加布里埃尔·塔尔德.模仿律[M].何道宽,译.北京:中信出版社,2020:78.
⑦ [法]加布里埃尔·塔尔德.模仿律[M].何道宽,译.北京:中信出版社,2020:39.
⑧ [法]加布里埃尔·塔尔德.模仿律[M].何道宽,译.北京:中信出版社,2020:42-43.

(一)塔尔德《模仿律》中的艺术观

在《自私的基因》(*The Selfish Gene*)中,理查德·道金斯(Richard Dawkins)提出了“模因”(meme)的概念(或翻译为“觅母”),“表达作为一种文化传播单位或模仿单位的概念……觅母通常从广义上说可以称为模仿的过程从一个大脑转移到另一个大脑,从而在觅母库中进行繁殖”①。而作为模仿理论的老前辈,塔尔德则主要是从社会学研究的视角,重视“社会统计学”的数据普适性和规律性,将社会文化的模仿现象与生物的生成现象和物理的波动现象联系起来,用诸多实例证明了模仿的普遍性。然而,由于当时的研究条件和社会学视野,塔尔德虽然涉及文化方面,却并没有像模因论那样将生物遗传单位(基因)与文化心理模仿单位(模因)分而论之。塔尔德从社会学的角度,将文学视作对其理想中的道德的反映,认为“文学艺术的流派和作品对社会的用处,只不过是阐明并加强它典型的理想”②。虽然塔尔德并未充分尊重艺术的独特价值属性,却敏锐地注意到了文学艺术中具有广义的社会成分,文学艺术流派的产生、繁盛、衰落与消亡的历史受到不同社会环境中对不同事物的模仿的影响:“在过去的时代里,风俗在艺术和道德领域占据了主导地位……如今,许多情况却与此相反……以 10 年为单位看——姑且不说以年为单位看,画家、音乐家和诗人的风格和流派都在随着公众的爱好而变化”③。塔尔德指出,“艺术这个课题有两点值得注意。第一点是,在风俗的时代里,在没有大量艺术引进的情况下,它是自发产生的,是从手工艺中出现的……第二点值得注意的是,在同一个时代,艺术作品满足的不是对新知识的需要,了解新知识仅仅是时尚时代的需要。在时尚时代,外来的刺激引发了人们的好奇心。与此相反,艺术品满足的是再次目睹已知东西的爱好”④。他实际上由此区分了古代“风俗时代”中占据主流的“再现”(representation)艺术,以及现代“时尚时代”中占据主流的“表现”(expression)艺术。此外,他还注意到了艺术的产业化:“传统时代的艺术不是产业的艺术,而是专业的艺术,因为这样的艺术是审美机制缓慢积累传承的,不是父子沿着实用的道路传承的。”⑤因此,他总结道:“艺术不甘心被囚禁在一个公式里,因为即使这个公式存在,它有时也不一定适用,有的时候它似乎根本就不适用,而且这一点在行家的心目中,正是它最富有表现力的最深刻的特征。”⑥

(二)“模仿”是普遍的,有其规律性可供创意人把握

在论述“模仿”的普遍性时,塔尔德提出了两个相关概念:“反模仿”与“非模仿”。

---

① [英] 理查德·道金斯.自私的基因[M].卢允中,等,译.北京:中信出版社,2012:217-218.

② [法] 加布里埃尔·塔尔德.模仿律[M].何道宽,译.北京:中信出版社,2020:203.

③ [法] 加布里埃尔·塔尔德.模仿律[M].何道宽,译.北京:中信出版社,2020:342.

④ [法] 加布里埃尔·塔尔德.模仿律[M].何道宽,译.北京:中信出版社,2020:347.

⑤ [法] 加布里埃尔·塔尔德.模仿律[M].何道宽,译.北京:中信出版社,2020:348.

⑥ [法] 加布里埃尔·塔尔德.模仿律[M].何道宽,译.北京:中信出版社,2020:90.

“反模仿”,顾名思义,是对模仿反其道而行之,肯定模仿对象所否定的那一面,本质上也是一种模仿:“反模仿是矛盾在感觉上源头相同的见证,逆流是由潮流引起的。”[①]“非模仿”是因为没有社会接触而不可能产生模仿,包括横向地域文化的非模仿与纵向父子关系的非模仿。可见,通常所谓的对传统思想或异域文化的“逆反”,本质上是一种“反模仿”,即模仿的一种表现形式。而“非模仿”在联系高度密切现代社会则几乎不会发生,因此,模仿是普遍存在的,有接触就有模仿。塔尔德由此提出了模仿的普遍性规律:折射律、逻辑模仿律、超逻辑模仿律、模仿律派生的规律。

“模仿从一个种族或民族传递到另一个种族或民族时,会受到修正,就像振动或生物类型从一种环境进入另一种环境会发生变化一样”[②],这就是模仿的折射律,这是因为,模仿与模仿之间会像波浪相遇一般产生干扰,“或者是它们的动力增加,或者是它们的动力被中和,这是因为它们的运动方向或者凑巧一致,或者截然相反”[③]。外来的模仿潮流由于进入了不断模仿自身传统的另一个环境之中,于是发生了模仿与模仿之间的冲突,产生了折射。

塔尔德认为,“影响革新和模仿的社会原因分两种:逻辑的原因和非逻辑的原因。这样的区分极其重要。一个人喜欢某一种革新而不喜欢其他革新,那是因为他认为,这一革新比其他革新更加有用,就是说,这个革新更加符合业已在他的脑中占有一席之地的目的或原理(当然是通过模仿学到的)——在这个时候,逻辑原因就在起作用”[④]。因此,模仿有其内在逻辑的规律,也有超逻辑的规律。逻辑模仿律是逻辑决斗与逻辑联合的结果。“像个人进步一样的社会进步靠两种办法来实现:一是替代,一是积累。有些发现和发明只能用于替代,其他的可以用于积累,由此产生逻辑的争斗和逻辑的结盟。”[⑤]“社会逻辑决斗的结局会以三种不同的形式出现:(1)一个对立面纯粹由于对手的自然延伸而受到压抑……(2)于是,第二种形式随即产生,如果人们已经强烈地感觉到有解决争端的需要,武力就会随之恢复。于是,一个对立面受到强烈的压抑,另一方随即取得胜利……(3)对立面看上去达成了一致,或者其中一个对立面由于一个新发现、新发明的干预而明智地自愿退场。”[⑥]“靠逻辑决斗取代之前的积累是一回事,取代之后的积累又是另一回事。第一种积累里的聚合是弱聚合,成分之间的主要纽带不互相矛盾。第二种积累里的各个成分都很强,它们不仅互相对立,大多数还彼此肯定。这种积累是强有力的,因为它会不断增加对强大而全面的信念的需求。”[⑦]

模仿的超逻辑规律则包括从内向外和从高向低两种趋势。“逻辑不起作用的模仿

① [法]加布里埃尔·塔尔德.模仿律[M].《第二版序》.何道宽,译.北京:中信出版社,2020:27.
② [法]加布里埃尔·塔尔德.模仿律[M].何道宽,译.北京:中信出版社,2020:58.
③ [法]加布里埃尔·塔尔德.模仿律[M].何道宽,译.北京:中信出版社,2020:59.
④ [法]加布里埃尔·塔尔德.模仿律[M].何道宽,译.北京:中信出版社,2020:168.
⑤ [法]加布里埃尔·塔尔德.模仿律[M].何道宽,译.北京:中信出版社,2020:174.
⑥ [法]加布里埃尔·塔尔德.模仿律[M].何道宽,译.北京:中信出版社,2020:190-191.
⑦ [法]加布里埃尔·塔尔德.模仿律[M].何道宽,译.北京:中信出版社,2020:197.

分为两大类：轻信和顺从，也就是对信念的模仿和对欲望的模仿”[①]，在这两种情况下，模仿明显受到外在的超逻辑规律的调控。从内向外的趋势，指“模仿在人身上的表现是从内心走向外表的”[②]，也就是说，模仿先是心灵上或精神上的折服，心灵上已经认同了对方，然后才会模仿折服对象的外在一切。“模仿的走向是从里到外的，是从模仿的对象走向模仿对象的抽象符号。到某一时刻，被复制的东西不再是范本内在的一面，不是言行中潜隐的信念或欲望，而是范本外在的一面。”[③]从高向低的趋势则揭示出“一个人最可能模仿的人或阶级往往是他最恭恭敬敬服从的那些人或阶级。普通人总是倾向于模仿国王、朝臣和上层阶级，模仿的程度由他们归顺的程度决定”[④]。“地位最高、距离最近的人最容易成为被模仿的对象，这里所谓的距离是社会距离。”[⑤]

模仿律派生的规律包括：模仿无限增长的趋势，从单向模仿过渡到双向模仿，模仿的结果不可逆。塔尔德认为，“每一个社会事物即每一项发明或发现都要在自己的社会环境中扩张。我可以再加一句话：这种环境往往会自我扩张，因为它基本上是由相似的事物组成的，所有这些事物都具有无限增长的趋势”[⑥]。其次，虽然单向模仿走在双向模仿之前，但“模仿的作用不仅是拓展自己的范围，而且是走向双向的互动。现在看来，模仿不仅对自身产生影响，而且对人与人之间的其他关系产生影响。其终极结果是，它会把一切单向的关系转变为双向关系”[⑦]。最后，社会的发展具有不可逆性，模仿的结果是不可逆的：“这个必然的、不可逆转的过渡，从垄断到商业自由，从奴隶制到互相服务的过渡，等等，是模仿律的必然结果。现在看来，这些模仿律可以不再起作用，部分或全部不再起作用——在这样的情况下，社会就会部分死亡或完全死亡。然而即使这样，模仿律也是不能逆转的。”[⑧]

三、“模仿”与创意写作教学

既然现代社会中，模仿是普遍的、有规律可循的，那么创意写作就可以利用规律、推进教学。模仿不仅是重复性和相似性的原因，更是复多性的温床，是孕育“发明”的母体。模仿并非对创造性的抹杀，相反，发明和创造性与模仿息息相关。强调“创意”却忽视模仿是有失偏颇的。由此可见，“模仿”理论无疑对创意写作教学有着重大意义。我们认为，《模仿律》至少在以下三个方面能对创意写作研究提供启示。

---

① ［法］加布里埃尔·塔尔德.模仿律［M］.何道宽，译.北京：中信出版社，2020：218.
② ［法］加布里埃尔·塔尔德.模仿律［M］.何道宽，译.北京：中信出版社，2020：219.
③ ［法］加布里埃尔·塔尔德.模仿律［M］.何道宽，译.北京：中信出版社，2020：228.
④ ［法］加布里埃尔·塔尔德.模仿律［M］.何道宽，译.北京：中信出版社，2020：219.
⑤ ［法］加布里埃尔·塔尔德.模仿律［M］.何道宽，译.北京：中信出版社，2020：238.
⑥ ［法］加布里埃尔·塔尔德.模仿律［M］.何道宽，译.北京：中信出版社，2020：53.
⑦ ［法］加布里埃尔·塔尔德.模仿律［M］.何道宽，译.北京：中信出版社，2020：362.
⑧ ［法］加布里埃尔·塔尔德.模仿律［M］.何道宽，译.北京：中信出版社，2020：369.

（一）在创作理念上，创意写作的创造性离不开模仿，独特的个人风格是从模仿的重复性和相似性开始的

数字营销公司 TrackMaven 的创始人、创意理论研究者艾伦·甘尼特（Allen Gannett）指出，“我们既受到新颖性的激励，同时也害怕不熟悉的事物”①。这意味着，追求创造力的最佳效力既非追求新颖，也非追求熟悉，而是追求新颖性和熟悉度的最佳张力区域。在他看来，“模仿”正是为了调和创意作品的“新颖性”和“熟悉度”的配比，从而可以帮助创意人为自己的作品“增加程度恰好的新颖性”②。更有研究者从词源学的角度指出，汉字“教”和“学”本身都带有“效仿”的意思，都指向一种“后觉者”对“先觉者”的“模仿活动”，说明“中文语境中的模仿多侧重教育和学习过程中个体的感悟，视模仿为自我觉悟模仿对象的教育和学习过程”，而外文语境中的模仿则“是人的一种求知活动和洞察他者的意图”③。总之，“模仿”、“教育”与“学习”是彼此缠绕的。

创意写作向来重视小说类型学的价值，致力于总结和发现类型成规。“小说类型是一组具有一定历史、形成一定规模，通常呈现出较为独特的审美风貌并能够产生某种相对稳定的阅读期待和审美反应的小说集合体；在一定小说系统中，它一方面包含了对自身某种传统的认同，也包含了对其他作品集合体相异性的确认。”④而与此相关的“类型成规”，既是为后来者提供的快速入门的规范与模板，又是实际的阅读经验的凝定，更是民族文化心理定式在叙事形态之中的折射。它为初学者提供一定的依托，是一切创造性的出发点。我们常常没有意识到自己在模仿，“社会的文明程度越高，其模仿性就越强烈，人们意识到自己在模仿的程度就越低”⑤。然而，塔尔德有力地证明了，创造性根源于模仿，欲求创新势必先模仿。例如，面对抖音商业现象，有研究者指出，抖音短视频平台提供了一种“弹性介质”，能够允许用户“先接触了短视频内容，才萌生了模仿的想法而后进行模仿，而后借助网络模仿性地介入音乐短视频进行表达，从欣赏性转向参与性，从目的性转向过程性”⑥。当然，墨守成规也会束缚创作者个人风格的发展，造成作品粗糙化、同质化，这时就需要批判性的思维以及“反模仿”的尝试。与成规的“传统”相比，全新的生活经验与生命体验会带来“时尚”的模仿新潮流，而在模仿与模仿之间的冲突中，作家需要运用批判性思维，让新的发明在模仿与敏锐的头脑的交叉点上爆发出来。

（二）在创意写作教学中，模仿的规律性解释了对经典文本的模仿、旧的风格的回归有其社会规律性

从古希腊时代以降的模仿教学实践来看，演讲教师的角色就是学生仿效的对象。

---

① ［美］艾伦·甘尼特.创造力曲线［M］.张子源，译.北京：中信出版社，2020：102.
② ［美］艾伦·甘尼特.创造力曲线［M］.张子源，译.北京：中信出版社，2020：165.
③ 艾诗根.“模仿”观念的教育基础与学习意蕴：基于词源学的比较分析［J］.基础教育，2018(01)：15－22.
④ 葛红兵.小说类型学的基本理论问题［M］.上海：上海大学出版社，2012：31－32.
⑤ ［法］加布里埃尔·塔尔德.模仿律［M］.何道宽，译.北京：中信出版社，2020：112.
⑥ 任蒙蒙.模仿与创新：抖音用户的去个性化表达［J］.青年记者，2018(26)：109－110.

这个模仿的榜样,应该具备好公民、好老师和智者这三位一体的身份。首先,作为道德楷模,这些演说家或教师身上无不洋溢着古希腊罗马文化中的精神气质,是真理、诚实、正义等的化身。因此,这些智者作为“模特”,是学生学习的榜样。其次,这些演讲教师是知识渊博、才华横溢的作家和演说家,他们或作示范性演讲,或将他们亲自写就的演说稿提供给学生模仿。其三,是有着人性化的教学方法,作为道德楷模的教授或演说家不仅身体力行宣扬他们的世界观和政见等,还深谙演说等技巧,并通过言传身教等方式将这些技能传达给他人。通过这种教学法,优秀的教师可以让学生们习惯于最好的演说家的最佳作品,让他们掌握大量优美的词汇和短语,以便记忆中总会有一些他们可以模仿的东西,并且会无意识地复制他们脑海中印象深刻的风格模式。这本质上就是一种面向经典作品的模仿教学,它让初学者能够迅速掌握经典作品的创作思路和技巧,便于学生练习以及开创自己的风格。

模仿与创新并不矛盾,模仿经典正是为了创新。塔尔德提出的模仿规律性,可以解释对经典文本进行模仿写作的必然性,也可以为创新者提供借鉴。首先,模仿可以远距离进行,受时空束缚较小。塔尔德一开始就区分了波动、生成和模仿这三种普遍的重复形式:“波动是连成一片的,既同步又比邻。相反,生物体是有距离的、分离的,其寿命长短差别很大。越是处在进化阶梯的高位,生命体就越是独立。生殖是一种波动,其波纹本身就是独立的世界。模仿的生命力更强,其影响力不仅跨越了很长的距离,而且跨越了长时间的中断。模仿在发明者和模仿者之间架设起了孕育的关系,哪怕两者相隔数千年。”①其次,对经典的模仿符合从高向低的模仿律,即经典作品更容易成为模仿的对象,乃至融入民族精神,成为一种社会“风俗”,与“时尚”相对抗。文学艺术界的“模仿—反模仿—模仿—反模仿”的循环,实际上是“时尚艺术”与“风俗艺术”逻辑决斗与逻辑联合的结果。塔尔德论述道:“在古风(antiquity)的威望占优势的时代和社会里,‘古风’这个词除了它本来的意思,还有心爱对象(beloved object)的意思……与此相反,在新奇事物的威望占优势的时代和社会里,广为人知的一句话是:一切新东西都值得钦佩。然而,我想再次指出,传统的和习惯的成分总是在社会生活中占优势。唯独最激进的革新才能得到广泛的传播,这就有力地揭示了传统和习惯的优势……人只能部分逃脱风俗的枷锁,而且免不了再一次掉进它的束缚之中。”②传统的因素常常以“遗产”或“资源宝库”的名义重回模仿的斗兽场,造成了文学艺术创作和鉴赏中的“尚古”与“求新”之间的张力。

(三)模仿要求创意写作扩大社会接触,重视媒介之间的相互模仿,延长创意产业链

创意写作向来强调“创造力的民主化”,这意味着要重视创意人的社会接触面,用创

① [法]加布里埃尔·塔尔德.模仿律[M].何道宽,译.北京:中信出版社,2020:69.

② [法]加布里埃尔·塔尔德.模仿律[M].何道宽,译.北京:中信出版社,2020:259-260.

意激发创意,用模仿促进创新。“创意写作课的研究对象,无论是已出版的文学作品还是学生手稿,都是从创作过程的角度来审视的,而不是作为文学作品。也就是说,区别不在于学生生产什么,而在于他们学习什么:文本是过程,而不是产品。”①强调过程,就是要将模仿教学延展到文本之外、课堂之外。塔尔德通过“非模仿”的概念指出,没有社会接触就不可能有对外的模仿,而没有对外的模仿就只能不断复制自身,陷入习惯与记忆的循环,无法发展和进步。“就其涉及记忆而言,每一个感知行为总是一个记忆行为,总是隐含着一种习惯,一种不自觉的自我模仿。显然,感知里没有社会性问题。然而,神经系统兴奋到启动一套肌肉时,确切地说,习惯就表现出来了。这就是另一种非社会的自我模仿,或者更加确切地说,这是一种前社会或亚社会的模仿。”②闭门造车,没有广泛的社会接触,就无法在不同的模仿中获得求新求变的机遇,因为模仿是社会的起源,模仿必然需要社会接触作为前提条件:“一个社会总是要有不同程度上的交往,交往对社会性和模仿性(imitativeness)的关系就像组织对生命力的关系,或者像分子结构对以太弹性的关系。”③脱离了社会接触,则谈何模仿,又谈何“创意”呢?

创意写作还重视媒介之间的相互模仿、改编。“任何叙事作品都必须用一种或多种媒介去叙述一个或多个外在于该媒介的事件,所以叙事作品无非是一种通过媒介去模仿外在事件的艺术”,而媒介材料的限制性会引发作品的“出位之思”,即“一种媒介欲超越其自身的表现性能而进入另一种媒介擅长表现的状态”④,这种冲动常常带来某种艺术类型打破常规、走向新奇的创意效果。“任何一种媒介在叙事、抒情、说理方面都各有所长和所短”⑤,尤其是社会文化“视觉转向”后,文字媒介与图像媒介常常彼此借鉴乃至交融。因此,传统媒介与新媒介之间的模仿、改编,在文化生产力高度发展的当代并非稀奇之事。事实上,可以发现在文化创意产业中,媒介之间的相互模仿是普遍的。例如,有研究者指出,近年来中国的“网剧出海”之路就面临着诸多模仿:“情节上对 IP 的模仿,播出上对美剧等海外剧的模仿,运营上对 Netflix 等海外视频网站运营方式的模仿等。”⑥

四、结论:作为“创意”的“模仿”

塔尔德的《模仿律》高屋建瓴,指出了模仿与创意的本质关联及其规律性,为创意写作学展现了模仿理论高度的认识论意义与方法论价值。目前在火热建设中的创意写作实践的重要方法之一,就是以“选择模仿对象—初步阅读模型—仔细分析模型—对模型

---

① DAWSON P. Creative writing and the new humanities[M]. New York: Routledge, 2005: 38.

② [法] 加布里埃尔·塔尔德.模仿律[M].何道宽,译.北京:中信出版社,2020:107-108.

③ [法] 加布里埃尔·塔尔德.模仿律[M].何道宽,译.北京:中信出版社,2020:103.

④ 龙迪勇.模仿律与跨媒介叙事——试论图像叙事对语词叙事的模仿[J].学术论坛,2017(02):13-27.

⑤ 龙迪勇.图像与文字的符号特性及其在叙事活动中的相互模仿[J].江西社会科学,2010(11):24-34.

⑥ 金霄.塔尔德模仿律下的网剧出海——谈网络自制剧海外输出之路[J].南京艺术学院学报(音乐与表演),2019(04):128-131.

的模仿"为路径的"模仿写作"①,这无疑是从《模仿律》带来的启示出发,在尊重模仿的普遍性和规律性的基础上所作出的初步构画。当然,不得不指出,作为一部 19 世纪后期出版的社会学理论著作,《模仿律》受制于其历史视野。塔尔德所提出的理论如何适应于当下更新的社会现象,例如跨界写作、协同写作、人工智能写作等,还有待于研究者进一步的学习与再阐释。

① 作者按:此处观点来自 2023 年 4 月 13 日下午于华东师范大学第一附属中学举办的虹口区李支舜语文学科培训基地第三次研习活动上张永禄的专家讲座《价值与方法:作为新通识教育的创意写作》。

先秦至南朝文学创作机制理论简说*

王万洪**

摘　要：先秦至南朝时期的古代文论有一个突出的贡献，即深入阐释了文学创作的生成机制问题。论文在简述先秦道家、儒家有关文艺生成机制理论的基础上，延及南朝，以《文心雕龙》与《诗品》为主要对象，探究了"物感说"与"原道说"这两种中国文学的主要创作机制理论。

关键词：先秦；南朝；文艺理论；文学创作；生成机制

中国古代文艺理论有一个非常重要的贡献，即阐释了文学艺术何以被创造出来的理论机制问题，这些关于文学艺术何以创生的机制论述的理论成果，集中体现在关于山水、自然题材的文学作品创作过程与创作思维理论之中。通观整个中国文学理论史，南朝是对山水、自然题材文论成果最多的时期，也是中国文学理论关于文学作品何以创生、写作何以从思维实现到文字这一复杂现象论述最集中、理论成就最高的时期，在此之前与之后，这方面的理论探究，都比不上这一时期。

关于文学艺术作品怎样被创造出来的原理性探究，在文艺理论史上有两种不同的思维路径和方法路径，一是道家老庄为代表的"有无论""虚静说"与"心物论"，二是儒家从音乐艺术入手提倡的"观乐论"与"政教说"，在魏晋南北朝玄学思想兴起、儒道两者汇通之后，形成了新的文学创生机制论——"物感说"，以及比"物感说"更进一步上推哲学依据的"原道说"。整体来看，"物感说"是其中最主要、也最被公认的文学（最直接的是山水文学）生成机制。整个中国文学理论史上，《文心雕龙》兼"物感说"与"原道说"而有之，且论述深刻，具有很高的理论地位。

一、先秦道家的创作机制论

中国古代文学艺术理论在涉及作品生成的规律或机制的时候，主要体现为两种不同的"心-物"观念，一种是以道家老子、庄子为代表的"心-物"观，一种是以儒家孔子以

* 基金项目：国家社科基金重大项目"《文心雕龙》汇释及百年'龙学'学案"（项目批准号：17ZDA253）；教育部人文社科规划基金项目"写作学理论视野下的《文心雕龙》及其当代价值研究"（项目编号：17YJA751027）。

** 王万洪，西华大学文新学院教授、硕导，研究方向：中国文论与文化、创意写作学。

及汉代音乐艺术理论为代表的“心-物”观。道家文艺思想由老子发端,列子、庄子等进一步吸收神仙家等其他思想流派的文艺思想,在继承的基础上予以新变并发扬光大,其中以庄子为代表。

(一) 老子“从无到有”的创作思维论

老子的文艺思想主要体现在他的代表作品《道德经》之中。老子认为,事物产生的规律是一个从无到有再到无的过程,比如一个人,出生之前是无,存世期间为有,去世之后又归于无。“无”是世间万物存在的主要方式,我们能够感知到的各类事物,都是事物运行的规律从“无”当中创生出来的,所以他在《道德经》开篇第一章中就说:“无名,天地之始;有名,万物之母。”①世界万物本身没有名字,这是它们的原初状态,当我们对一个具体的事物进行了命名之后,它才有了名字,这样的有名字的事物,是从“无”当中创生出来的。在远古神话故事中,世界一片混沌,盘古开天辟地,才上有具体的天、下有具体的地,这样,人就有了生存发展的空间和可能,清晰的有形世界就从混沌的无形世界基础上发展出来了。《文心雕龙》专列《原道》一篇,作为“文之枢纽”的第一篇,阐述文学作品怎样创生的问题。刘勰说:

> 人文之元,肇自太极,幽赞神明,《易》象惟先。庖牺画其始,仲尼翼其终。而《乾》《坤》两位,独制《文言》。言之文也,天地之心哉!若乃《河图》孕乎八卦,《洛书》韫乎九畴,玉版金镂之实,丹文绿牒之华,谁其尸之?亦神理而已。②

从上古蒙昧时期一直到了伏羲时代,才由伏羲发现通过仰观天象、俯察地理等方式,逐渐摸索、认识、掌握了天地运行的规律,于是创生了八卦这一图像文学的最初形式,《易》作为有形的作品,被从“无”中创造出来;又经过三皇五帝、夏商历代圣人(作家)的不断增补,发展到周文王时代,才由他将伏羲创造的先天八卦拓展为后天六十四卦,《易》的内容增加、深化了;西周晚期,孔子又接踵增补,创作了《文言》等篇章,不断拓展《易》的内容,终于使《易》经传兼备③,这是之前没有过的伟大壮举,孔子成为《易》学史上的著名大家。

由上述简单举例可知:文学作品以及万事万物,实际上都是从“无”当中被作家(人)创造出来的,从而成为“有”(图像文学、文字文学)的一个部分。在老子之前,世上没有《道德经》,是老子以其卓越的智慧和创造力,首创性地为中国文学史、哲学史、思想史贡献了这部名著。魏晋南北朝山水文学作品及其之前、之后的所有文学作品,实际上也都

---

① 李聃.道德经[M].赵炜,编译.西安:三秦出版社,2018:2.

② 杨明照.文心雕龙校注[M].北京:中华书局,2000:1.

③ 这里采用通行的说法。笔者认为《易传》的创作并非孔子一人之功,比如郭沫若先生就认为《易传》最终形成于荀子。

遵循着这一“从无到有”的创生、创造规律。这是万物运行的规律，老子把它叫作“道”；刘勰站在齐梁相交的历史时期，接受儒释道结合而新出的玄学思想，以“原道”作为文学作品生成的终极理论，除了老庄、玄学的影响，也与他自觉探究文学原理的深邃思想有关。具体论述见后文。

（二）老子“虚静作物”的创作思维论

老子《道德经》第十六章说：“致虚极，守静笃，万物并作，吾以观复。夫物芸芸，各复归其根。归根曰静，是谓复命。复命曰常，知常曰明。”后来的理论家将这一部分文字的核心思想归纳为“虚静”说，并认为“虚静”思想是道家哲学思想、文艺思想的核心范畴。仅从字面上看，“虚静”含义有二：第一是虚，意指空虚，这个空虚指的是人内心不要堆满情绪和想法，要空，只有空，才能装得下更多的东西；第二是静，静与躁相对，一个作家，一个写作者，不能急躁，不能烦躁，要能静得下来，才能使读书、思考、写作活动处于一个良性循环的状态。

“虚静说”首先适用于个人的性格修养。司马迁《史记》中记载了老子教导孔子的两个故事，很能说明“虚静”论的智慧价值。在《孔子世家》中，司马迁这样说道：

> 鲁南宫敬叔言鲁君曰：“请与孔子适周。”鲁君与之一乘车，两马，一竖子俱，适周问礼，盖见老子云。辞去，而老子送之曰：“吾闻富贵者送人以财，仁人者送人以言。吾不能富贵，窃仁人之号，送子以言，曰：‘聪明深察而近于死者，好议人者也。博辩广大危其身者，发人之恶者也。为人子者毋以有己，为人臣者毋以有己。’”孔子自周反于鲁，弟子稍益进焉。①

老子以“聪明深察而近于死者，好议人者也。博辩广大危其身者，发人之恶者也。为人子者毋以有己，为人臣者毋以有己”的智慧语言告诫孔子：一个人如果天分高超、才情过人，就更需要懂得修养和慎言的重要性，特别是要“虚位”，不要把自己看得很高很重要，要懂得让位给他人，才能获得自己的生存发展空间。而在《老子列传》中，对这个故事的记载更为细化：

> 孔子适周，将问礼于老子。老子曰：“子所言者，其人与骨皆已朽矣，独其言在耳。且君子得其时则驾，不得其时则蓬累而行。吾闻之，良贾深藏若虚，君子盛德容貌若愚。去子之骄气与多欲，态色与淫志，是皆无益于子之身。吾所以告子，若是而已。”②

① 司马迁.史记(影印本)[M].北京：中华书局，1997：1909.

② 司马迁.史记(影印本)[M].北京：中华书局，1997：2140.

在这一段记载中,老子直接指出了孔子的很多弱点,建议“去子之骄气与多欲,态色与淫志,是皆无益于子之身”,《论语》的记载和历史事实证明:除了老子这里讲的骄傲自满、欲望众多、喜怒形于色以及个人想法太多,孔子还有性格急躁、好臧否人物等问题,执掌国家权力的一段时间,对内对外连续杀了好几个人,其中就包括他在教学上、政治上的竞争对手少正卯。二十多岁前往老子处访问学习“礼”这一学科的孔子,当时还没有“虚静”之能,老子对他的缺点看得很准。后来,孔子将老子的教导融入言行修养之中,逐渐克服了一些修养弊端,为他成为伟大的儒学思想家和教育家打下了基础。

转用于文学写作,金庸先生《射雕英雄传》中有一段阐述武学哲学的话,特别能说明“虚静”的创造性功能。在该书的第十七回中,因郭靖救了被毒蛇咬伤的周伯通,老顽童于是将自创的“空明拳”传给郭靖:

> 周伯通道:“老子《道德经》里有句话道:‘埏埴以为器,当其无,有器之用。凿户牖以为室,当其无,有室之用。’这几句话你懂么?”郭靖也不知那几句话是怎么写,自然不懂,笑着摇头。周伯通顺手拿起刚才盛过饭的饭碗,说道:“这只碗只因为中间是空的,才有盛饭的功用,倘若它是实心的一块瓷土,还能装什么饭?”郭靖点点头,心想:“这道理说来很浅,只是我从未想到过。”周伯通又道:“建造房屋,开设门窗,只因为有了四壁中间的空隙,房子才能住人。倘若房屋是实心的,倘若门窗不是有空,砖头木材四四方方的砌上这么一大堆,那就一点用处也没有了。”郭靖又点头,心中若有所悟。周伯通道:“我这全真派最上乘的武功,要旨就在‘空、柔’二字,那就是所谓‘大成若缺,其用不弊。大盈若冲,其用不穷’。”跟着将这四句话的意思解释了一遍。郭靖听了默默思索。……但周伯通在洞中十五年悟出来的七十二手“空明拳”,却也尽数传了给他。①

老顽童自创的拳法叫作“空明拳”,先空,后明;他的解释,则是先空虚思想与身体,才能装得下东西,才能创造出新的武学。文学写作与之类似,“虚静”论是作家构思、专心写作的心理前提,是能够写出高质量作品的重要心理基础和生理基础。在道家文艺思想这里,不能虚静,则不能空明,则不能有好的创造。其后《西京杂记》记载司马相如如何写作辞赋时说:“司马相如为《上林》《子虚》赋,意思萧散,不复与外事相关,控引天地,错综古今,忽然如睡,焕然而兴,几百日而后成。”就是虚静生创造、作辞赋的典型代表。

(三)庄子“以心创物”的创作机制论

在列子吸收神仙家思想,将原始道家代表人物老子的思想新变为仙道结合的思想之后,庄子又在老子、列子等道家思想家的基础上进一步新变思想,这些思想比较集中

① 金庸.射雕英雄传(全四册)[M].广州:广州出版社,2015:637-638.

地记载于《庄子》书中。一般认为,《庄子》内七篇是庄子的作品,其中的著名篇章《逍遥游》《养生主》等与文学艺术关系比较密切。《庄子》提出的巨大鲲鹏和梦中之蝶,实际上并非真实的物象,而是庄子根据自己内心的理想或预设创造出来的外在幻象,也就是说,是由作家主体创作出来的虚构物象,以《逍遥游》为例,开篇就说:

> 北冥有鱼,其名为鲲。鲲之大,不知其几千里也;化而为鸟,其名为鹏。鹏之背,不知其几千里也;怒而飞,其翼若垂天之云。是鸟也,海运则将徙于南冥。南冥者,天池也。《齐谐》者,志怪者也。《谐》之言曰:"鹏之徙于南冥也,水击三千里,抟扶摇而上者九万里,去以六月息者也。"①

在这个鲲鹏变化、直飞九万里之高的神话般的故事里,"北冥有鱼,其名为鲲。鲲之大,不知其几千里也",北冥之鲲作为一种鱼类,巨大无比,大到不知几千里也。世界上怎么可能有这么大的鱼类呢?原来,这是庄子的艺术夸张,无比巨大的鱼倏忽间异化为鸟,由鲲到鹏的变化之后,"鹏之背,不知其几千里也;怒而飞,其翼若垂天之云",无比硕大的鱼变成无比硕大的鸟,所以,当大鹏迁徙,从北冥去往南冥的时候,会"水击三千里",展翅高飞,会达到无比惊人的"扶摇而上者九万里",如同飓风,甚至是龙卷风。在整个中国文学史上,使用夸张手法创造的物象,以及从夸张的艺术结果来看,没有任何文学家能超越庄子的"直上九万里"的夸张程度,屈原的一百七十多个"天问"达不到,李白惊人的"四万八千丈"也达不到。

其实,世上并无鲲鹏,这种宏大的夸张艺术手法下创造的异化物象,以及庄子在梦中创造的不断追寻的翩翩蝴蝶,表现的是中国文学创作的一种生成机制:由心到物的预设性生成机制。这一机制将作家主体(人)置于核心位置,通过人心(思维)的冥想、创构,将自己想要的东西,想写的东西以题材、对象(物)的方式呈现出来,外物的形象是虚构的,是作家主体心理创设出来的。这种虚拟式、想象式的创构生成方式,为后代的文学艺术提供了无穷无尽的想象空间,破除了作家目力所见、学识所限的主观局限,从而达到了无限自由、创意写作的全新境界。

二、儒家"由物到心"的创作机制论

与道家老子提出的"有无论""虚静说"创造原理和庄子"以心创物"的创造想象不同,儒家文艺思想对于作品的生成机制有另外一种描述,这种描述概括起来的基本特点是"由物到心",与庄子的描述在前后关系或者说因果关系上恰恰相反。

儒家重视礼乐,讲究"成人以礼"的培养制度,其中,音乐艺术是"成人以礼"的重要内容。在《诗经》的第一篇作品《关雎》中,喜欢窈窕淑女的翩翩君子,起先得不到淑女的

① 庄子[M].贾云,编译.西安:三秦出版社,2018:1.

喜欢,甚至到了“辗转反侧,寤寐思服”的地步。后来,这位君子运用自身才艺,通过音乐艺术的媒介,逐渐“琴瑟友之”,终于达到“钟鼓乐之”的仪式感满满的美好过程,暗示着有情人终成眷属的大结局。《关雎》后来被解读为“后妃之德”,但实际上同样体现了礼乐教化对一个贵族青年婚恋的巨大帮助。

早在儒家著作《尚书·舜典》之中,就记载了舜帝命令夔掌管音乐、借此培养品质高尚的贵族子弟的故事,其中,对受教的贵族子弟的要求准则是:“直而温,宽而栗,刚而无虐,简而无傲。”①即通过音乐教育的手段,来培养具有这些品质的合格的接班人。从这个角度看,《关雎》中君子对音乐的运用,正是学习礼乐“成人”之后的正常才艺展示,也表明其文质彬彬的个人修养,确实是值得赞美的。

不仅如此,儒家在个人修养之外,特别重视并宣扬“以乐观政”的社会政治实践活动,其表现主要有二:

一是赞美功德伟大的儒家先圣,认为圣人的时代才会出现与之匹配的前代音乐。据说孔子在向蜀人苌弘请教完《韶》乐的内涵与特征之后,曾在齐国欣赏《韶》乐,甚而至于达到“三月不知肉味”的专注程度,从心底发出“不图为乐之至于斯也”(《论语·述而》)的感慨。《孔子家语》等文献记载他曾向师襄学习演奏《文王操》,通过不断地演奏、聆听、感悟,孔子居然能够通过对音乐节奏、旋律的理解进行不断深入和意境的升华,他感慨于音乐中这位伟大的圣人,面色凝重而深沉,长得怎么样,品质如何好,德政多么美——这就是文王啊!由此,音乐不仅具有教化、成人的功能,还具有了观政教、察盛衰、彰美德的功能。

二是通过先秦两汉儒家学者与著作的不断推进与引导,儒家音乐特别是以《诗经》为代表的音乐②,完全成为政教与治理的载体。这一转化最著名的案例是《左传》中记载的“季札观乐”故事,季札能通过观看乐舞,准确地进行特点评价,并推断出是哪一首音乐。顺着这一思路往下发展,汉代出现的《毛诗序》说:“情发于声,声成文谓之音。治世之音安以乐,其政和;乱世之音怨以怒,其政乖;亡国之音哀以思,其民困。故正得失,动天地,感鬼神,莫近于诗。先王以是经夫妇,成孝敬,厚人伦,美教化,移风俗。”③这一段文字不仅提出了“情—声—音”的由内到外、内外相符的音乐生成机制,还进一步将音乐的特点直接与国家治理、国政兴衰联系并等同起来,表明了音乐艺术巨大的社会、政治承载功能。

在上述代表性人物、案例和理论铺垫之下,汉代产生的《礼记·乐记》在继承的基础上,最终归纳出了“由物到心”的音乐(诗歌)生成机制:

> 凡音之起,由人心生也。人心之动,物使之然也。感于物而动,故形于声。声相应,故生变;变成方,谓之音;比音而乐之,及干戚羽旄,谓之乐。乐者,音之所由

① 孔子.尚书[M].周秉钧,注译.长沙:岳麓书社,2001:12.

② 在这一特定语境下,这里的音乐就是配乐演唱的诗歌,诗歌就是音乐。特作说明。

③ 蒋鹏翔.阮刻毛诗注疏[M].杭州:西泠印社,2013:61.

生也;其本在人心之感于物也。是故其哀心感者,其声噍以杀。其乐心感者,其声啴以缓。其喜心感者,其声发以散。其怒心感者,其声粗以厉。其敬心感者,其声直以廉。其爱心感者,其声和以柔。六者,非性也,感于物而后动。①

本段论述的核心理论是“乐者,音之所由生也;其本在人心之感于物也”一句,本句在《毛诗大序》提出的“情发于声,声成文谓之音”的“双重转化”②的基础上更进一步,阐明了“乐者,音之所由生也”的从“双重转化”到“三重转化”的递进关系,我们可以梳理其递进关系于下:

情—声—音(《毛诗大序》)
情—声—音—乐(《礼记·乐记》)

通过声与音的三层转化与递进,人情最终转化为音乐(诗歌),由此,《乐记》提出了“其本在人心之感于物也”这一具有普适性特点的音乐(诗歌)生成机制。在儒家音乐文献的范围内,我们通过上述分析与《乐记》开篇直接所说“凡音之起,由人心生也。人心之动,物使之然也。感于物而动,故形于声。声相应,故生变;变成方,谓之音;比音而乐之,及干戚羽旄,谓之乐”的话,还可以将这一由情到乐的生成机制反推回去:

声变成音—音由心生—心因物动

所以,音乐产生的根本原因(或机制),其实是外物,这些外物可以是自然事物,也可以是社会现象,还可以是政治治理状况,因此,“物”是一个广义的概念。

这一机制,一般被称为“物感说”,其本质是“由物到心”“物感心动”的递变过程。在这一过程中,外物是音乐(诗歌)产生的直接起因,音乐(诗歌)是外物触动人心的最终产品和结果,这是通过声、音等中介,展示因果关系的一种文学艺术生成机制。

由此可知,道家“心物论”是以心(理想、情感、志趣等)为因,以物(故事、文学、思想结晶等)为果的一种体现“以心创物”的文学艺术生成机制,而儒家“心物论”则是以物(自然、人情、社会现象等)为外在起因,而以心(体察外在事物后的情感、音乐、诗歌等)为最终结果的“物感动心”的文学艺术生成机制。可以简要表示于下:

心(因)—物(果)—道家心物论
物(因)—心(果)—儒家物感说

① 陈澔注,金晓东校点.礼记[M].上海:上海古籍出版社,2016:424.

② “双重转化”说是现代写作学理论中关于“写作过程论”的一个理论结晶,20世纪80年代,由写作学研究者根据陆机《文赋》所述归纳提出。

以上两种因果关系不同的文学艺术生成机制,都是文艺创作、艺术结晶的普适性规律,可以广泛地适用于多样的文艺种类与不同体裁的创造之中。在魏晋南北朝文学作品中,既有体现道家心物论关系的作品,也有体现儒家物感说的作品。

三、南朝文论中的“物感说”

文学艺术作品的生成机制中的“物感说”,在魏晋南北朝文学理论中得到了进一步的发展,其理论成就之高,处于中国古代文论的巅峰位置。刘勰在《文心雕龙》的《明诗》篇指出:

> 大舜云:“诗言志,歌永言。”圣谟所析,义已明矣。是以“在心为志,发言为诗”;舒文载实,其在兹乎?诗者,持也,持人情性。人禀七情,应物斯感;感物吟志,莫非自然。①

《明诗》篇继承了儒家音乐“物感说”的内容,从《舜典》诗歌、音乐、舞蹈三合一的“诗言志”功能说开始讲起,核心在于“在心为志,发言为诗”的观点,心是诗人情感的皈依之所,诗人具有七情,所以,一定会“应物斯感”,且“感物吟志”,创作出诗歌来。这是相对于《乐记》更为简化版的“物感说”。

刘勰不仅在诗歌创作上主张“物感说”,在辞赋创作上同样如此,《文心雕龙》的《诠赋》篇指出:“原夫登高之旨,盖睹物兴情。情以物兴,故义必明雅;物以情观,故辞必巧丽。”②所谓的“登高之旨”,在这里指的是辞赋作品,其创作规律是“睹物兴情”,也就是感物生情,创作作品。因为“情以物兴”,且“物以情观”之故,两者相互融合,成为当代现象学意义上的主体与客体,因此,刘勰不仅对创作机制进行阐述,还提出了辞赋思想必须“明雅”的主张和辞赋语言必须“巧丽”的主张,这比《明诗》所论更加清晰化、操作化。于是,集中论述“物感说”观点的《物色》篇顺应而出。刘勰指出:

> 春秋代序,阴阳惨舒,物色之动,心亦摇焉。盖阳气萌而玄驹步,阴律凝而丹鸟羞,微虫犹或入感,四时之动物深矣。若夫珪璋挺其惠心,英华秀其清气,物色相召,人谁获安?是以献岁发春,悦豫之情畅;滔滔孟夏,郁陶之心凝;天高气清,阴沉之志远;霰雪无垠,矜肃之虑深。岁有其物,物有其容;情以物迁,辞以情发。一叶且或迎意,虫声有足引心,况清风与明月同夜,白日与春林共朝哉!③

这段描写文字优美,内容丰富,体现了刘勰对自然事物与自然美景的由衷赞美。自然景物气、形、声、色的变化会使人们的心情产生变化,“物色相召,人谁获安”,之所以如此,是因为人与自然同禀七情,能够互相感应。人“睹物兴情”,看到“物”而兴发情感,自然

① 杨明照.增订文心雕龙校注[M].北京:中华书局,2000:65.
② 杨明照.增订文心雕龙校注[M].北京:中华书局,2000:97.
③ 杨明照.增订文心雕龙校注[M].北京:中华书局,2000:566.

景致因为融入了人的情感而得到表现。于是，“岁有其物，物有其容；情以物迁，辞以情发”，写景状物类的文学作品由此可以创造出来，可以写作出来。《物色》篇举出《诗经》和《楚辞》中描写景物、山水、自然的大量例证，占据了本篇篇幅的百分之五十以上，从若干方面详细举例论证了“物色动心”的因果关系和如何描写的方法。接着指出：

自近代以来，文贵形似，窥情风景之上，钻貌草木之中。吟咏所发，志惟深远，体物为妙，功在密附。故巧言切状，如印之印泥，不加雕削，而曲写毫芥。①

显然，这是在对山水诗歌、山水文学进行整体评价，山水文学作品的大量出现以及“文贵形似”的特点，在文学作品的思想内容方面有所不足，但其描写与技法，“窥情风景，钻貌草木”，“体物为妙”而能“巧言切状”，是对“物色”的精彩描绘，有可观之处。

在钟嵘的《诗品序》中，他毫不掩饰自己对自然物象激发诗人情志从而创作诗歌这一规律的直白表达，《诗品序》说：

气之动物，物之感人，故摇荡性情，形诸舞咏。照烛三才，晖丽万有，灵祇待之以致飨，幽微藉之以昭告。动天地，感鬼神，莫近于诗。②

在中国哲学、美学中，“气”是一个具有生命感和运动性的范畴，许多思想家都把“气”作为化生万物的本体。钟嵘把“气”引入诗歌写作的物感理论之中，使物与我一气贯之，充满了氤氲化生的生命感。钟嵘在儒家传统“物感说”的物、情、乐（诗）三要素之外，增加了气这一要素，他的“物感说”可以概括为：

气—物—人—情—形

舞咏作为最终的结晶，是诗歌、音乐、舞蹈三合一的原始儒家文论《舜典》的再现，诗歌因为外界事物的运动变化被人感知而生成，并具有“动天地，感鬼神”的巨大功能。进一步，钟嵘将“物”的内涵范围扩大，并将“物感”“摇荡”的含义扩大，他说：

若乃春风春鸟，秋月秋蝉，夏云暑雨，冬月祁寒，斯四候之感诸诗者也。嘉会寄诗以亲，离群托诗以怨。至于楚臣去境，汉妾辞宫。或骨横朔野，或魂逐飞蓬。或负戈外戍，杀气雄边。塞客衣单，孀闺泪尽。或士有解佩出朝，一去忘返。女有扬蛾入宠，再盼倾国。凡斯种种，感荡心灵，非陈诗何以展其义？非长歌何以骋其情？

① 杨明照.增订文心雕龙校注[M].北京：中华书局，2000：567.

② 严可均辑.全上古三代秦汉三国六朝文・全梁文[M].北京：中华书局，1965：3275.

故曰:"诗可以群,可以怨。"使穷贱易安,幽居靡闷,莫尚于诗矣。①

本段在继续论述自然物色感召心灵、激荡情感、创生诗歌的同时,还将"物"的内涵从自然景物扩大到了社会事务、政治事件、个人生活事件,实现了自然与人生、物色与社会相结合的整体性观照,将"物感说"扩大化,认为一切事物都有感动诗人、创作作品的可能,"凡斯种种,感荡心灵",因此,"非陈诗何以展其义?非长歌何以骋其情",诗歌不得不被创作出来——也许只有诗歌,才是表达上述感情的最佳载体。山水诗歌、山水文学同样遵循这一扩大化的"物感说"机制,谢灵运将愤懑转移到山水文学的创作中,就不仅是在"感物吟志",而且还是对内心情感不满的抒发,对现实处境不满的表达,这些书写是委婉而变异化的,山水文学为他提供了一个托身立命的安居之所——尽管最后他还是逃不开政治斗争的牵连。例证繁多,此不赘述。

在刘勰、钟嵘之后,南朝文论继续主张"物感说",较有代表性的论述是南朝陈后主在《与江总书悼陆瑜》中论述的创作意见:

每清风朗月,美景良辰,对群山之参差,望巨波之滉瀁,或玩新花,时观落叶,既听春鸟,又聆秋雁,未尝不促膝举觞,连情发藻,且代琢磨,间以嘲谑,俱怡耳目,并留情致。自谓百年为速,朝露可伤,岂谓玉折兰摧,遽从短运,为悲为恨,常复何言。遗迹馀文,触目增泫,绝弦投笔,恒有酸恨。以卿同志,聊复叙怀,涕之无从,言不写意。②

在这一段文字中,陈后主既继承了古已有之、南朝为盛的"物感说"理论,描述了从观察自然、物象激发到"连情发藻,且代琢磨"的写作全过程,还特别提出了山水文学、写景文学作品"并留情致,俱怡耳目"的文学功能,这一功能是纯粹的、审美的、抒情的,不再是教化的、伦理的、思想化的。此外,他还谈到山水文学创作"言不写意"的思维问题和措辞问题,虽然这是对文学写作的感性描述,但仍然体现出了较强的理论色彩,可以看作刘勰、钟嵘高峰阶段之后的余续。

南朝另外一位著名的文学家、理论家徐陵,是历经梁、陈两朝的著名大臣,在《与李那书》中也曾简要论述到近似"物感说"的山水文学创作理论,他说:"籍甚清徽,常怀虚眷,山川缅邈,河渭像于经星,顾望风流,长安远于期日,青要戒节,白露为霜,君子为宜。"③表明自己向往的、追求的生活内容和生活情趣之所在,是寄情山水的"君子为宜"。对于山水文学的创作,则是"山泽晻霭,松竹参差,若见三峻之峰,依然四皓之庙,甘泉卤簿,尽在清文,扶风辇路,悉陈华简"④的过程与状态,这一论述是典型的"物感说"理论。

① 严可均辑.全上古三代秦汉三国六朝文·全梁文[M].北京:中华书局,1965:3275.
② 严可均辑.全上古三代秦汉三国六朝文·全陈文[M].北京:中华书局,1965:3423.
③ 严可均辑.全上古三代秦汉三国六朝文·全陈文[M].北京:中华书局,1965:3423.
④ 严可均辑.全上古三代秦汉三国六朝文·全陈文[M].北京:中华书局,1965:3423.

由此可见魏晋南北朝的“物感说”理论，在经过刘勰、钟嵘等齐梁文论家推向顶峰之后，在陈代仍然有相似的理论阐述出现，但其理论高度已经远不如齐梁时期，影响力也弱了很多。

迄今为止，“物感说”仍然是中国古代文学理论史和现当代文学理论史上关于作品生成规律最有理论色彩的成果。直到 20 世纪 80 年代现代写作学理论建构过程中，还在对这一古代文论、写作学理论进行营养吸收和现代转化运用，而当代最有影响的创意写作学学科建设与理论建构的过程中，都还没有提出接近这一理论高度的成果。但是“物感说”本身作为粗线条的、描述性质的文学作品生成理论，在原理上、规律上来说，确实是正确的，有其理论贡献，并确实起到了很大的作用；但是，“物感说”并不是万能的，它不能解释文学作品的全部生成、创作问题，实际上也不能解释道家庄子的“心物”论机制，更不能解释写作过程中出现的非线性（“物感说”主要是一种线性的、按照“意在笔先”建构起来的创作论成果）、非稳态写作过程，以及灵感思维的出现和其他引发写作动机的原因。所以说，以儒家“乐感说”为基础建构起来的魏晋南北朝“物感说”理论，有其合理的一面和可操作性的一面，但也有其局限性，我们要正确看待这一理论的功能，正确理解并运用之，而不是无限崇拜并将其绝对化。

四、南朝文论中的“原道说”

在“物感说”这一普遍被接受、被多样阐释过的文学作品生成机制之外，六朝文论中还有一种文学生成的原理性机制，这一机制比“物感说”更有哲学理论意味，这就是来自《文心雕龙·原道》篇中的文学“原道说”。

《原道》是《文心雕龙》自述的“文之枢纽”的第一篇，专门论述文学何以产生、有何特点、有何功能等原理性的问题。文章一开篇，刘勰指出：

> 文之为德也大矣，与天地并生者。何哉？夫玄黄色杂，方圆体分，日月叠璧，以垂丽天之象；山川焕绮，以铺理地之形：此盖道之文也。仰观吐曜，俯察含章，高卑定位，故两仪既生矣。惟人参之，性灵所钟，是谓三才。为五行之秀，实天地之心，心生而言立，言立而文明，自然之道也。①

刘勰指出，“自然之道”是文学的根本来源，这在“物感说”的基础上更进一步，将文学的来源上升到天地自然及其运行的规律，带有更强的普适性和哲理性。在刘勰看来，文学作品不仅是感受外物激发创作的结果，更是“与天地并生”的——是永恒存在的——与日月、山川、地理一样。这就把文学一下子拔高到了无以复加的地步，是“为德也大”的具有永久的宏大功能的载体——中国文学史上，还没有其他理论家将文学拔高到这个

① 杨明照.增订文心雕龙校注[M].北京：中华书局，2000：1.

地位！在天地日月永恒存在的基础上，作为五行之秀、天地之心的人——写作主体，处于天地之间，与天地成为天、地、人的三才——人是天地之心，人有语言，运用语言描述这样壮丽的天地日月，文学就产生了——这是自然而然的规律，叫作“自然之道”。

那么，文学产生之后，它的本质特点是什么样的呢？刘勰接着论述道：

> 傍及万品，动植皆文：龙凤以藻绘呈瑞，虎豹以炳蔚凝姿；云霞雕色，有逾画工之妙；草木贲华，无待锦匠之奇。夫岂外饰，盖自然耳。至于林籁结响，调如竽瑟；泉石激韵，和若球锽：故形立则章成矣，声发则文生矣。夫以无识之物，郁然有采，有心之器，其无文欤？①

按照刘勰的说法，世界上所有的动物和植物，都具有华丽的文采，是非常美丽的。他举出龙凤、虎豹等大型动物，举出云霞、草木等自然景观，认为它们天然地具有华美的文采——这是自然界赋予它们的啊！这一类大自然的“有形之文”，华美异常。接着，刘勰又指出，除了这些“有形之文”，大自然还同样赋予那些“有声之文”以好听的声音，也就是华美的文采——声文。由此推导可知：作家将天地自然各类事物及其华美文采吸收并创生出文学作品之后，文学作品同样具有华美的文采！

这就是《原道》篇主张的文学作品本质特点——文学尚美，也尚丽！刘勰说：“无识之物，郁然有采，有心之器，其无文欤？”自然界的山水等静态景物，以及天籁等动态事物，即形文、声文都是华美的，文学作品还是作家主体从更高更远的天地日月中观察、创造出来的，怎么会没有文采呢？

六朝文学作品注重辞藻的运用、文采的创造、多样技法的尝试，并具有新变的时风和数量众多的成果，特别是南朝文学，尚美尚丽，这是文学史、理论史、批评史、思想史一致认定的基本特点。《原道》篇创作于南朝齐梁年间，刘勰为什么要这么说？除了将文学地位拔高之外，最主要的目的，就是为南朝文学创作及其华美时风寻找理论依据。

而他寻找的内容依据、哲学理论和分类的三种文学形态，无一不是观照山水自然的直接结果——也就是说，《原道》篇将山水文学放在全部文学作品的最高位置，《原道》篇论述文学产生及其本质特点(还有“鼓动天下”的功能)，都是在重视山水景物、深度阐述山水景物及其特点的基础上写作出来的。这里面当然有魏晋玄学、道家哲学等思想流派的影响，但是，《原道》选择山水景物为例——而不是其他自然事物或社会、生活事物为例，证明了山水文学在本期的特殊地位，居于文学写作及其理论建构的核心位置。

在整体上提出“文学原道”的“枢纽”性理论之后，《文心雕龙》在全书很多地方都继续阐述着这一原理，比如，在全书下半部分的创作技法论中，就随处可见“原道”思想的细化或局部运用情况。《丽辞》篇说：“造化赋形，支体必双，神理为用，事不孤立。夫心

---

① 杨明照.增订文心雕龙校注[M].北京：中华书局，2000：1.

生文辞，运裁百虑，高下相须，自然成对。”[①]声律理论本是南朝文论的重要成果与收获，但是刘勰认为声律源自自然之道，是天然就具有的，自然事物本就如此，源自自然事物的文学作品，当然具有这一属性——这就为声律说找到了最高的哲学依据，南朝其他论述声律，乃至批评声律的理论家（比如钟嵘），就都比不上刘勰的看法深刻。《夸饰》篇说："夫形而上者谓之道，形而下者谓之器。神道难摹，精言不能追其极；形器易写，壮辞可得喻其真；才非短长，理自难易耳。故自天地以降，豫入声貌，文辞所被，夸饰恒存。”[②]与声律论一样，文学写作中的夸饰手法同样是源自天地自然的，是自然赋予文学作品的基本属性，所以，各类作品中出现不同程度的夸饰，那不是很正常的吗？如此等等，不再赘述。

除了《文心雕龙》，文学原道的思想还出现在南朝不同文论家的不同文学理论著作之中，这些理论著作有的成体系，有的是零星论述，但“原道说”广有市场，则是南朝文论不争的事实。比如，汉末建安年间的文学家、理论家应玚的《文质论》指出："盖皇穹肇载，阴阳初分，日月运其光，列宿曜于文，百谷丽于土，芳华茂于春。是以圣人合德天地，禀气淳灵，仰观象于玄表，俯察式于群形，穷神知化，万物是经。故否泰易趋，道无攸一，二政代官，有文有质。”[③]萧统《文选序》指出："伏羲氏之王天下也，始画八卦，造书契，以代结绳之政，由是文籍生焉。《易》曰：观乎天文，以察时变，观乎人文，以化成天下。”[④]将文学原道的第一作者身份归于神话传说时代的伏羲及其创制八卦的图像文学成就——这与《文心雕龙》的论述一致，也与南朝、隋唐写成的众多史书在《文学传》序言、赞语中的主张一致。无论哪一家文论主张，都一致认同文学原道的对象是山水自然。

五、结语

从先秦道家老子主张的“有无说”“虚静说”到庄子提出的“逍遥神游”，是中国古代文艺思想关于作品生成“由心到物”的代表理论，其特征主要是探究了创作思维问题，与稍晚出现的儒家“由物到心”论之思维过程相反而能相辅相成。至南朝，随着“文学自觉”运动的成熟，以“物感说”和“原道说”为代表的中国文学创作机制论正式成熟，不仅深入探究了文学创作的思维，还具有相当程度的可操作性，代表了这方面理论探索的最高成就。在南朝，王羲之曾提出过“意在笔先”的观点，但主要应用于创作过程的储备与构思；至北宋，苏轼曾提出过“随物赋形”与“胸有成竹”观点，前者建立在个人天赋上，后者与王羲之“意在笔先”说大体一致，主要体现的是创作过程中的思维储备问题，尚不具有生成机制的理论高度。由此可以认为，迄今为止，中国文艺理论史上再没有出现过“物感说”和“原道说”这样理论性、操作性兼备且具有重大影响的创作机制理论成果。

---

① 杨明照.增订文心雕龙校注[M].北京：中华书局，2000：447.

② 杨明照.增订文心雕龙校注[M].北京：中华书局，2000：465.

③ 穆克宏.魏晋南北朝文论全编[M].上海：远东出版社，2012：4.

④ 穆克宏.魏晋南北朝文论全编[M].上海：远东出版社，2012：451.

论中国当代奇幻文学叙事之“法”*

赵　臻**

摘　要： 中国当代奇幻文学是一种特殊、崭新的当代文类，在当代荧幕中的表现较为引人注目。从现代性的视域观察，中国当代奇幻文学在叙事技巧方面，具有脱域性、拼贴性、再生性、戏仿性、反讽性等特性，形成了独特的叙事技巧与写作方法。探究中国当代奇幻文学的叙事特点，总结其潜在的方法和规律，将有助于推进对此文类的理解和研究。

关键词： 奇幻；叙事；特性；现代性；文学类型

中国当代奇幻文学是一种特殊的文学类型，它在当代影视屏幕上凸显而出，具有后现代主义性质。① 正如詹姆逊指出的那样，后现代是对现代主义特定、局部的“反动”②，后现代具有影像盛行特性。③ 本文拟以中国当代奇幻文学的代表即中国当代 19 部奇幻影视文学作品（电影 12 部：《青蛇》《大话西游》《蜀山传》《情癫大圣》《画皮》《画皮Ⅱ》《功夫之王》《白蛇传说》《新倩女幽魂》《画壁》《西游・降魔篇》《悟空传》；电视连续剧 7 部：《仙剑奇侠传》《宝莲灯》《欢天喜地七仙女》《仙剑奇侠传 3》《花千骨》《青云志》《三生三世十里桃花》）为样本，探讨中国当代奇幻文学叙事之技巧。作为具有独特叙事特征的中国当代奇幻文学，它的独特的气质和特性，主要通过脱域性、拼贴性、再生性、戏仿性、反讽性五种叙事方法将自身呈现出来。这是一个待思之域，对它的探索将有助于我们深化对中国当代奇幻文学影视的理解，推进中国当代奇幻文学类型的深入研究。

一、脱域性

脱域性的“脱域”一词来源于英国社会学家吉登斯在《现代性的后果》中提出的“脱域”问题。吉登斯认为“所谓脱域，我指的是社会关系从彼此互动的地域性关联中，从通

---

* 本文系遵义师范学院博士科研基金“中国当代奇幻文学研究”（项目编号：BS[2018]20 号）阶段性成果。

** 赵臻，文学博士，遵义师范学院教师教育学院教授，主要从事文艺美学研究。

① 赵臻.现代性视域下的中国当代奇幻文学研究[D].厦门：厦门大学博士论文，2018：66－76.

② 弗雷德里克・詹姆逊.文化转向[M].胡亚敏，译.北京：中国人民大学出版社，2018：1－2.

③ 弗雷德里克・詹姆逊.文化转向[M].胡亚敏，译.北京：中国人民大学出版社，2018：114.

过对不确定的时间的无限穿越而被重构的关联中‘脱离出来’”①。吉登斯是从现代性的社会系统角度来谈“脱域”问题的，笔者认为在中国当代奇幻文学中也存在着“脱域性”问题，所不同的是我们是从文学的角度来谈论的。

无论是吉登斯的社会系统的“脱域”，还是中国当代奇幻文学中的“脱域性”，本质皆同，均为现代性发展的必然逻辑，根基在于现代性所铸造的“我思”，笛卡尔“我思故我在”开启了西方近代哲学，也开启了近现代的自我的主体，这个主体的唯一本质就是“我思”，即思想自我反思的能力，正如海德格尔指出的那样，“康德步笛卡尔之后尘，在《纯粹理性批判》中揭示出，一切思想本质上是以及如何是一种我思……一切在每一种思想中被表象的东西本身都回过头来被联系于‘我思’，更确切地讲，一切被表象的东西都预先被蒙上了这种与‘我思’的关联”②。这“我思”本身就是一个自我抽象的主体，对此贝尔一针见血地指出：“在现代意识中，没有一个共同的存在，只有一个自我，而对这自我的关注是关心它的个人真实性，它那独特的、不可削减的、不受设计和传统约束的性格，以及社会给自我带上的伪善面具和对自我的扭曲。”③

正是现代性所锻造的“我思”本身就有一种能力将自我从事物中抽离出来，这种抽离就是我们所言的“脱域性”，它在审美方面更是如此，对此瓦蒂莫指出：“20 世纪文化中的体验以及狄尔泰本人的体验都是这样一种经验，其意义在整体上是主体性的，是没有任何本体论合法性的：无论在一首诗，一片风景，还是在某个音乐曲调中，这种至高无上的主体都以某种完全独断的方式提炼意义的总体，剥离了它与其现存的和历史的情境或它置身于其中的‘现实’之间的任何有机联系。”④

可见，现代性发展就内在逻辑而言，必会由现代性自我所孕育“我思”的特质，产生“脱域性”。它一方面产生了吉登斯所言的脱域性社会关系，另一方面也会在后现代文化上造成文化与价值的丧失。中国当代奇幻文学与网络游戏、网络文学本身具有“亲缘性”，在某种程度上，说明其具有“脱域性”，即在网络游戏、网络文学或者中国当代奇幻文学影视作品中，虽形式不同，但表征后现代自我则是相同的。换言之，现代性所锻造的自我即“我思”，可以将自我从所有的事物之中抽离出来，它可以脱离一切而独立存在。这就是中国当代奇幻文学呈现网络游戏、网络文学、影视文学等互相之间随意转化的原因。

二、拼贴性

“拼贴”是后现代主要的特征之一，就其词源上而言，它来源于英文的“collage”，其

---

① 安东尼·吉登斯.现代性的后果[M].田禾译，译.上海：译林出版社，2016：18.

② 马丁·海德格尔.同一与差异[M].孙周兴，陈小文，等译.北京：商务印书馆，2011：129.

③ 丹尼尔·贝尔.资本主义文化矛盾[M].严蓓雯，译.南京：江苏人民出版社，2012：18.

④ 詹尼·瓦蒂莫.现代性的终结：虚无主义与后现代文化诠释学[M].李建盛，译.北京：商务印书馆，2013：172.

义为“不同的材料混合在一起的艺术形式”[①]。法国学者帕特里斯·帕维斯则从绘画艺术角度对拼贴进行了解释:“绘画术语,首先由立体派画家引入,接着未来主义派和超现实主义派相继采用,其目的是把某种艺术实践系统化:即把两种元素或不合常规的材料,或者把艺术品和现实物品拼贴在一起。”[②]英国学者罗斯则将“拼贴”的来源和意义讲得清清楚楚,他指出:“用于今日艺术的术语拼贴来源于意大利语‘pasticcio’,意思是几部作品的混合(‘pasticcio’意为‘肉馅饼’或‘派’,包含了几种不同的成分,这个词也用于某种绘画)。《牛津英语大辞典》也给出了类似的定义,‘拼贴’被描述为源自意大利语‘pasticcio’,后者意为‘不同成分的混合;杂烩,混杂,混杂’。辞典中‘pasticcio’的用法包含了拼贴,前者的用法讲得更为具体:‘a. 原意是包含了各种成分的派,其中通心粉和肉是主要材料。b. 来自不同作家或来源的歌剧、声乐套曲或其他作品,集锦。c. 由碎片拼在一起的图画或设计,这些碎片从原作中提取或经过改装,或明显模仿另一位艺术家的风格;也可以是另一幅画的风格,等等。’大辞典中关于‘pasticcio’的例子包括1706年一段关于绘画艺术的陈述:‘那些既非原创又不是抄袭的绘画,意大利人称之为pastici……因为肉馅饼虽由不同成分组成,最后却只有一种味道,因此构成pastici的不同伪造品最后也倾向于表述一种真理。’”[③]

可见,“拼贴”本身指的是一种将不同性质、主题、元素等并置在一起的艺术风格,由于并置在一起的材料的性质、主题等不同,它们之间会形成互相之间的解构、反讽、幽默、嘲弄、滑稽等艺术效果,就后现代主义而言,它通常会充分使用“拼贴”这种艺术手段,在营造艺术幻觉的之时,将其打破,将艺术与现实并置起来,使得其呈现出更高意义上的真实。

就中国当代奇幻文学而言,“拼贴性”在中国当代奇幻文学作品中亦经常性显现,值得注意的是,在中国当代奇幻文学中主要出现了两种类型的“拼贴”:

第一种类型是“中西拼贴”类型,由于中国当代奇幻文学是在西方现代奇幻文学尤其是好莱坞奇幻影视文学《魔戒》《哈利·波特》等的冲击下产生的,所以其不可避免地出现了对西方奇幻影视文学的借鉴,同时毋庸讳言,由于中国当代奇幻文学本身尚未实现对西方文化和中国传统文化较深入的把握和理解,致使中国当代奇幻文学中出现了将西方奇幻文学中人物类型的强行置入,形成了“不中不西”的状况,中国当代奇幻文学中的妖魔鬼怪的形象大多呈现出含有西方文化的形象,甚至出现了西方文化中的妖魔鬼怪形象出现在以中国传统文化为题材的中国当代奇幻文学之中。笔者认为这种情况其实是一种自觉或不自觉的“拼贴”。

第二种类型是“古今拼贴”,即将现代性的器物拼贴于古代之中,这方面的典型代表

---

① 牛津大学出版社.牛津袖珍英语词典[M].北京:外语教育与研究出版社,1999:160.

② 帕特里斯·帕维斯.戏剧艺术辞典[M].宫宝荣,傅秋敏,译.上海:上海书店出版社,2014:50.

③ 玛格丽特·A.罗斯.戏仿:古代、现代与后现代[M].王海萌,译.南京:南京大学出版社,2013:72-73.

如《情癫大圣》中出现的现代性的武器和飞行器等，《青云志》中出现的“神药”即“胃泰”，据说是偶遇“医仙三九真人”所得，这其实就是日常生活中的“三九胃泰”，这种情形在《青云志》中出现不少，为古今式拼贴的一种。

无论是“中西式拼贴”，还是“古今式拼贴”，其实都是后现代性自我的一种游戏方式，它通过这两种拼贴方式所呈现出的现代性与自我的优越性，是现代性对传统的戏弄、游戏，也是对现代性所塑造的自我的一种游戏，它在这种拼贴中将古今中外的“碎片”拼贴起来，其背后正是后现代自我的“一无所有”，对此正如鲍德里亚所言：“世界已经毁掉了自身。它解构了它所有的一切，剩下的全都是一些支离破碎的东西。人们所能做的只是玩弄这些碎片。玩弄碎片，这就是后现代。”①后现代就是玩弄碎片，就是通过“碎片”的“拼贴”来表征自我，后现代自我的虚空性和“一无所有”决定了中国当代奇幻文学的“拼贴性”，它是了解后现代自我的一个维度，通过这个维度，后现代自我有效地表征着自己。

三、再生性

作为中国当代奇幻文学创作中使用的创作方法，再生性是在继承中国传统文化的神圣秩序结构之时，将现代精神灌注其中，使之呈现出古典精神在现代的“再生”，这种再生是建立在继承中国传统文化神圣秩序的基础上，对中国传统文化中的神圣秩序的现代演绎和改写。

需要申明的是，中国传统文化中神圣秩序是建立在“(神)仙凡之别”基础上的，笔者认为这种仙凡之别的根源在于中国传统文化中对人与仙的理解，对应有限与无限。在中国传统文化中认为人之有限、人之速朽在于人有七情六欲，它们使人无法获得长生，对此刘小枫指出：“在道家精神那里出现了一场彻底的价值颠倒，本来无价值的东西被赋予了价值，本来有价值的东西被剥夺了价值。人的本然生命(恬然鼓腹、从欲为欢)被翻转为最高的价值，是非、善恶、爱憎则被当作非价值形态加以否定。”②这一价值的翻转和颠倒其目的正如列夫·舍斯托夫所言的“愉快的、平静的、安定的生存折磨着人的一切人性东西，把它们回归于植物生长，把一种神秘力量借以从中取得的一切虚无投入植物生长的怀抱”③。

中国传统文化中对“仙凡之别”的理解在于抛弃人的七情六欲，将人复归于自然物，认为如此方能与“天地同寿，与日月同庚”。中国传统文化尤其是道家文化认为只有泯灭自我，才能“齐物我”，达到“物我同一”。因此，道家理解的“仙性”是以对“人性”的摒弃为基础，有“仙性”即无“人性”，仙人的“超凡脱俗”是以泯灭“人性”为代价的。“仙凡之别”“仙界与人间”的基础就在于对人性尤其是对人七情六欲的摒弃，通过对“人性”的

① 凯尔纳，贝斯特.后现代理论：批判性的质疑[M].张志斌，译.北京：中央编译出版社，2011：142.

② 刘小枫.拯救与逍遥[M].上海：上海三联书店，2001：174.

③ 列夫·舍斯托夫.在约伯的天平上[M].董友，徐荣庆，等译.北京：生活·读书·新知三联书店，1992：168.

摒弃获得“仙性”，通过对“人性”速朽的东西的抛弃，自然获得了无限，这就使得仙界与凡间之别演变为无限与有限的对立。对此，龚鹏程先生指出：“偶一动情，即须遭谴，是文学中常见的天庭律则。称为‘凡心’，足证爱与情欲都不属仙乡的事业，而是人间的缠系。若要证道，先得‘无情’。”①

应该看到，中国当代奇幻文学在继承了中国传统神圣秩序对“天条”的设定之时，也对其进行了再生，它主要体现在对“天条”的四种类型：“怀疑”型、“兼容”型、“推翻”型和“抛弃”型。

“怀疑”型主要以《青蛇》《白蛇传说》为代表，在《青蛇》中这种对“天条”的“怀疑”表现在法海自身的动摇，他从一开始执着地相信白素贞为妖孽，到得知白素贞产子后的懊恼：“她真的修炼成人了，不可能，白素贞不是人，你们骗我，你们骗我……不会的，不会的，原来一直跟我斗法的是个人。”在白素贞产子后，法海自觉地从镇压者转为援助者，救下了白蛇之子，在随后与青蛇的对话中，他说，“连我自己都是先功后过”，悬搁了自己以往神圣秩序象征者、审判者的身份。《白蛇传说》中则表现为法海在将白蛇收入雷峰塔后，秉持佛祖的寓示将雷峰塔抬起，让许仙与白素贞见了最后一面。

“兼容”型主要以《情癫大圣》《西游·降魔篇》为代表，在《情癫大圣》中不仅表现为唐僧在沙上写的两句诗：“世间安得双全法，不负如来不负卿。”更体现在佛祖开示唐僧时所说的：“你有没有想过，爱一个人不一定要有结果，不追求结果就不会有尽头的一天。”在如来看来不求结果的爱才是无限的爱，唐僧应持这种无限之爱。《西游·降魔篇》中的玄奘师傅对玄奘说爱没有差别：“大爱小爱都是爱，男女之爱也包含在所谓的大爱之内。众生之爱皆是爱，没有大小之分，有过痛苦，才知道众生真正的痛苦；有过执着，才能放下执着；有过牵挂，才能了无牵挂。”

“推翻”型主要表现在《宝莲灯》《欢天喜地七仙女》《画壁》中，《宝莲灯》里沉香、二郎神、斗战胜佛等一大批神仙结成了同盟，一起反对天条，通过对旧天条的废除和新天条的推出，实现了“人性”对“仙性”的胜利，使得神仙与凡人可以自由结合，实现了“人性”与“仙性”的融合。《欢天喜地七仙女》中则通过王母的凡间历程，致使其对天条进行了修订，正如剧中王母所言：“如果没有了感情就算做了神仙，也不是一个好神仙。”这是一种基于人性之上的对仙性的认识，导致了天界的颠覆性转变：“凡是尘缘未了的神仙，都可以到月老那登名造册、再续前缘。”《画壁》中则以统领仙界“万花林”的“姑姑”见到了以前的恋人后，改变了自己对“爱情”的看法，将反抗她、被她毁灭的仙女们重新复活过来后，追寻自己的幸福而去了。

“抛弃”型主要体现在《花千骨》《三生三世十里桃花》中，《花千骨》中最后结局时，白子画上仙幡然醒悟，他说：“我心系长留，心系天下，心系众生，可是我从来没有为她做过些什么。我不负长留，不负天下，不负众生，可是到最后，我始终是负了她，也负了我自

① 龚鹏程.中国小说史论[M].北京：北京大学出版社，2008：93.

己。”最后，白子画与花千骨相伴游历天下，将所谓的“天条”抛之脑后。在《三生三世十里桃花》中，太子夜华与白浅经过三生三世，早已经将所谓的天条抛弃，天界对其也是如此。

这四种类型的对中国传统文化中神圣秩序之基——“天条”的态度，使得中国传统文化中的神圣秩序发生了巨大的改变，其中最为重要的是“人性”对“仙性”的胜出，也是对中国传统文化中“仙性”与“人性”互相对立状态的更新。

四、戏仿性

“戏仿”是一个具有悠久历史的词汇。当代英国理论家玛格丽特·A. 罗斯详细考证了“戏仿”这一概念在古代、现代和后现代的流变，指出“戏仿”即“源自故作严肃的歌曲或古希腊戏剧中合唱队登场时唱的歌，进而过渡到亚里士多德用名词‘相对之歌’(parodia)来形容赫格蒙故作严肃的小品剧，接着阿里斯托芬的注释者和其他人使用‘parodia’及动词‘parodeo’来涵盖所有种类的滑稽引用和文本的再组织”①。

对于“戏仿”这一概念，其从古代、现代到后现代经历了这样的历程：

> 古代戏仿的概念与用法既具有元小说性又很滑稽，由于没有20世纪发展的元小说和互文性理论解释和扩展这种功能，现代戏仿理论将戏仿简化为戏谑，这样，虽然戏仿的元小说用法在继续，却在很大程度上没有被认作戏仿。晚期现代戏仿理论继续了早期现代戏仿理论做法，将滑稽或戏谑的戏仿与元小说或总体戏仿分离，从20世纪60年代开始晚期现代戏仿理论倾向于强调戏仿滑稽的、元小说的或互文层面的无力或虚无特点，但并未将滑稽同时看成是积极的成分并具有元小说性或互文性。本书称为后—现代的戏仿理论(如布雷德伯里、洛奇、埃科、詹克斯的理论)至少回到了戏仿所具有的幽默和元小说的复杂性，这与现代戏仿理论将元小说戏仿与滑稽相分离的做法相反。②

就戏仿机制而言，罗斯认为：

> 幽默的本质在于引发对X的期待，却给出Y或不完全是X的其他东西的这句格言，其实也非常适用于描述戏仿的机制，这时一个文本被引用，而这种引用接下来却扭曲或变成了其他事物，尽管这时常常会通过仔细而非随便地选择要素造成滑稽反差。(简单的区分或差异，或对此的理解——比如理解一个故事里的差异——当然无需是戏仿性的或滑稽的。)戏仿中形成的滑稽的不调和可以通过滑稽

① 玛格丽特·A. 罗斯.戏仿：古代、现代和后现代[M].王海萌，译.南京：南京大学出版社，2013：18－19.

② 玛格丽特·A. 罗斯.戏仿：古代、现代与后现代[M].王海萌，译.南京：南京大学出版社，2013：278.

地对比严肃与荒诞、'高级'与'低俗'、古代与现代、虔诚与不敬等,将原文与新形式或上下文进行对照。也可以玩弄读者对文本的期待,对读者和那些期待作出直接或间接的评论。而且在戏仿中,不止一种元素可以成为读者期待的对象。①

无论是"戏仿"之源,还是流变,笔者认为核心在于戏仿机制,它在某种程度上决定了上述"戏仿"的理解和不同的界定,应该看到对戏仿的不同理解和界定主要是在其"双重编码"以及所引发的效果之上。

"戏仿"生成机制是确定的,不同诠释只在对"双重编码"及所产生效果的解读上(如在戏仿机制上加上幽默、讽刺、滑稽等)。就"戏仿"生成机制而言,笔者认为"戏仿"至少具有"双重编码"或"双重文本",即在对文本X的模仿中呈现出与X不同的Y,Y是X的扭曲,在"戏仿"中X与Y同时呈现出"双声结构",这种结构中具有巴赫金所言的新旧两种世界、秩序的对比和对僵死的世界的嘲笑,虽然正如罗斯对巴赫金的批评而言,他准确地看到了巴赫金将"戏仿"等于"戏谑":"在某种程度上,尽管巴赫金声称狂欢节的笑对目标更有价值的方面没有破坏,这种认为狂欢节将高级变得低级的说法仍然基于将戏仿当作戏谑的观念,这种观念是从将戏仿简化为戏谑的现代做法发展而来的。"②

然而,笔者认为"戏仿"这一概念本身就兼容了巴赫金对其的贡献,"戏仿"本身就具有了巴赫金所言"狂欢化"的内容。同时,后现代将"戏仿"理解为"元小说性"或"互文性"③加上滑稽或幽默,其实只是再次确认了戏仿机制。

中国当代奇幻文学其实就是这种"戏仿"的存在物,中国当代奇幻文学本身来源于中国传统文化中的"神女传说"④,其文学化为"仙凡恋"的民间传说如"七仙女""白蛇传""劈山救母"等,其原型都是"神女传说",都是以"仙凡恋"的方式出现的,在此值得注意的是《西游记》虽然具有佛教色彩,但是就《西游记》中女性妖魔鬼怪对唐僧的渴求都符合"神女传说"这一母题,也符合"仙凡恋"("非常"态的爱恋)这一方式,对《西游记》原著进行改编而成的中国当代奇幻文学如《情癫大圣》《西游·降魔篇》等都是在以不同的方式重复这一母题。如果说"神女传说"构成了中国原有的"非常"的爱情,那么其在中国传统文化中就转变为《天仙配》《白蛇传》《聊斋志异》等民间传说或民间文学,成了中国当代奇幻文学模仿的"原本"。

值得注意,中国当代奇幻文学是一种"戏仿"的存在,这种存在在于决定其存在的原有文学摹本被更深层的文化原型所决定。所以,就中国当代奇幻文学的戏仿而言,其戏仿机制不是如上文所言的期待X却得到Y的机制,而是作为其源生文化结构或文化原型的C决定了X成为X,只有对X的戏仿中,期待X却得到Y时才是戏仿,就中国当代

① 玛格丽特·A. 罗斯.戏仿:古代、现代与后现代[M].王海萌,译.南京:南京大学出版社,2013:32-33.

② 玛格丽特·A. 罗斯.戏仿:古代、现代与后现代[M].王海萌,译.南京:南京大学出版社,2013:163-164.

③ 玛格丽特·A. 罗斯.戏仿:古代、现代与后现代[M].王海萌,译.南京:南京大学出版社,2013:289.

④ 赵臻.现代性视域下的中国当代奇幻文学研究[D].厦门:厦门大学博士论文,2018:90-92.

奇幻文学而言，其结构就变成了C—X—Y，即对“神女神话”(C)的发展演变成为中国奇幻文学的古典形态（如莫宜佳所言的中国异文学）即《天仙配》《白蛇传》《聊斋志异》等民间传说或民间文学(X)，对其进行的“戏仿”则是中国当代奇幻文学(Y)。

因此，中国当代奇幻文学具有“互文性”，即存在着两个或者两个以上的文本即X与Y文本之间的对比。此外，中国当代奇幻文学中还存在着多个对X的“戏仿”文本，比如对民间文学《白蛇传》(X)就存在着多个当代奇幻文学的版本(Y)，由于其精神结构尚未发生本质的变化，所以我们将其作为一个当代的“仿本”(Y)。

值得注意，在“戏仿”的机制中由于有了两个或两个以上的结构，就会产生双重或多重的声音，它们之间后互相解构、互相比较等就由此形成相应的滑稽、讽刺、幽默等风格，然而就其机制的产生而言其本质在于通过这种“戏仿”来达到对过去的更新，对此正如姚斯对戏仿的认识：“戏仿在否定读者期待前会建立对他们期待视野的召唤，这种方式承认存在一种过程，戏仿可以利用此过程在自身中对读者再现被戏仿的文本。姚斯接下来又指出对期待的召唤意味着可以利用滑稽主人公建立某种有意识的模式，这种模式可以被取笑或显得有问题，这样戏仿就能作为脱离其他权威的一种释放，或是对权威的抗议，并成为建立新模式的方式以对抗老模式。”①

“戏仿”之所以借助过去更新现在，究其原因除了中国传统文化特有的历史传播结构、中国现代性的未完成性等原因外，还在于文化的演变本身有一个过程，该过程的本质在于：“任何一个新的时代，都必须从先前时代中获得资源，加以利用，去粗取精，并实现内容上的转化（只有父权制世界才是一个从虚无中创造出来的东西）。正是在旧世界秩序的缝隙中，新时代的种子才得以生根发芽。”②

中国当代奇幻文学出现的背后正是中国现代性深化的结果，其结果在于将过去按照自我的意志和欲望进行改造，它采取的正是将旧有的“仙凡恋”基础的中国奇幻文学资源，戏仿为中国当代奇幻文学，这种戏仿的背后在于对中国传统文化中的“神女神话”以及相关的神圣秩序的更新，以现代性尤其是后现代性所锻造的自我来重新改写原有的神圣秩序，以达到对无限的自我欲望的满足。更值得注意的是，中国当代奇幻文学将原有“神女神话”中“神女”最终以某种方式离开来保证世界秩序由“非常”转向“常”，使得世界秩序得到维护，转变为将“神女”留在人间，歌颂的是个人对“畸形之恋”的向往与渴望，从以前的“非常”转变为当下的“正常”，所反映出的是后现代个体的孤独与冰冷，更反映了后现代个人在转型期个人文化的失序感和重建文化秩序的渴望。

因此，中国当代奇幻文学通过对中国传统奇幻文学资源的戏仿，实现了自身的存在，这种存在在于力求“返本开新”。但是，其在返还中国传统文化之时，对原有神圣秩序以及相关的文化作了相应的改变，是一种新旧交替之时的状况，通过“继承”而“背叛”

① 玛格丽特·A. 罗斯.戏仿：古代、现代与后现代[M].王海萌，译.南京：南京大学出版社，2013：172-173.

② 大卫·雷·格里芬.后现代精神[M].王成兵，译.北京：中央编译出版社，2011：118.

传统。也许中国当代奇幻文学中“戏仿”的存在一如兼具生死之喻的垂死老妪腹中新生婴儿一般。

五、反讽性

反讽是中国当代奇幻文学中经常使用的创作方法之一。反讽就其概念而言,是指:“艺术创作中故意使表述出来的东西与所要表达的意思互相对立,以表面言语层次与内在意义层次的强烈对抗来强化内在意思,达到一种正面讽刺所达不到的审美效果。该词来源于希腊文,原来用以指戏剧中的一种角色,这种角色在自以为高明的对手面前装作无知,常说傻话,而后来事实却证明这种傻话都句句中的,犹如箴言。”①

英国学者罗斯对“反讽”定义如下:“术语反讽一般而言描述的是对一位模棱两可的人物的陈述,这种陈述包括一个代码,其中至少又包含两个信息,一个是反讽者对‘入门的’读者隐藏起来的信息,另一个更容易被理解,但是‘含义反讽’的编码信息……更常见的反讽定义是将它描述为‘言说的并非本意’,或‘意思与言说有别’,反讽陈述或代码中的双重信息被破解时,就很容易理解这样的定义了。”②换而言之,“反讽”本身有双重编码,即表层编码和深层编码,当其表达出表层编码时其意为深层编码,深层编码会对表层编码形成解构,从而形成了对表层编码的嘲弄和讽刺。这种“反讽”主要表现在语言上。

就“反讽”的语言表现来说,它突出地表现在中国当代奇幻文学作品《大话西游》《情癫大圣》《西游·降魔篇》《白蛇传说》中。首先就《大话西游》来说,其中“反讽”的语言代表是那段经典的台词:“曾经有一份真诚的爱情摆在我面前,我没有珍惜。等到失去之后,才后悔莫及。尘世间最痛苦的事莫过于此,如果上天可以给我一个机会再来一次的话,我会跟那个女孩说,我爱你。如果非要在这份爱上加上一个期限,我希望是一万年。”当至尊宝第一次在紫霞仙子面前念这段话时,其本身就是一种“反讽”。它表面的信息传达的是对爱情的忠贞与执着,深层信息则是至尊宝不在乎这份情感,只是在为了活命而说的谎。这是至尊宝第一次说这段话时其表层编码是痴情,深层编码是无情。当至尊宝决定戴上金箍,要变成从此绝情的齐天大圣时,他最后再念了一遍这段台词,其表层信息是绝情,深层的信息是深情。这是一种双重的反讽,所表示的是至尊宝与紫霞仙子的感情历程。

《情癫大圣》也有这样的反讽性语言,其明显地呈现为如来佛祖在开示唐僧后,问唐僧所求的是什么?唐僧说所求只希望与岳美艳在一起。最后如来佛祖让唐僧与美艳在一起,不过是让唐僧重新上西天取经,岳美艳变身白龙马与唐僧一起上西天取经。在此,如来实现了唐僧的愿望,却是以“反讽”的方式实现的。而且,如来对岳美艳说对她

① 朱立元.美学大辞典(修订本)[M].上海:上海辞书出版社,2014:671.

② 玛格丽特·A.罗斯.戏仿:古代、现代与后现代[M].王海萌,译.南京:南京大学出版社,2013:86.

的惩罚是“死罪可免，活罪难逃”，这本身也是一种“反讽”。而《西游·降魔篇》中的语言的“反讽”则主要表现在陈玄奘师傅对玄奘说他只是“差了一点点，就这么一点”，这是一种“反讽”，其表层的信息是玄奘的能力差了一点点，其深层的信息在于明白“小爱”与“大爱”都是“爱”，明白如上面所说的“爱无差等”，从“小我”之爱变成“大我”之爱，同时这也是一种反向的讽刺即玄奘师傅比出的如指甲的“一点点”却是“普渡众生”。此外，《白蛇传说》中许仙对白素贞的爱情宣言也具有一定的“反讽”性。许仙在前后两次说出了这段爱情宣言：“能和你相遇，我不知道交上什么好运，只因为你的一个吻，我相信万世的轮回，只为那一瞬间，一瞬间尝尽甜蜜与幸福，以后的每分每一刻，我都会，守护在你身边，让你幸福一辈子。”第一次说出时表面上是分离，实际上是相聚，第二次说这段话时是在白蛇被压在雷峰塔的瞬间，其表面上是相聚，实际上却是分离。

综上所述，中国当代奇幻文学在表现自身时，以内容与形式之间互相渗透、融合，形成脱域性、拼贴性、再生性、戏仿性、反讽性——“五位一体”的叙事之“法”，通过此呈现出与众不同的奇幻之“风”与叙事之“巧”。

创意写作学术观察

一部推陈出新之作

——评《大学创意写作》

葛红兵[*]

创意写作学在中国已经历了十多年的本土化建设，逐步完成了从理念的引进到中国话语建设、从合法性的论证到体系化发展的转变，实现了学术话语的自觉。在这个背景下，教育教学的研究与实践无疑是其中最靓丽的部分。

广东财经大学是其中的佼佼者，自 2010 年起组建创意写作团队，十余年来踔厉奋发、笃行不怠，在学术研究、教材研发、人才培养等方面取得相当建树，摸索出一条“立足本科，注重实训，开门办学，错位竞争”的专业发展之路。

由许峰、王雷雷两位青年学者主编的《大学创意写作》，已经是广东财经大学团队的第三部创意写作教材成果，也是一本面向通识教育，可供不同背景、不同专业学生共同使用的通用教材，填补了目前国内同类教材的空白。

就教材本身而言，我认为它有以下特点：

编著者对创意写作研究的基本问题有深刻的认识，对前沿动态非常熟悉。教材中始终贯彻着创意激发理念，以过程教学法为基础，全程使用创意训练工具，写作技巧教学过程与创意引导过程并行。

教材对“创意”与“写作”之间关系的认识非常深刻，既教写作，更教创意。在每个类型的写作实训中，都可以看到明晰的创意思维训练、写作能力训练两条基本线索，教材紧紧扣住“创意激发”“写作技巧训练”这两个核心动作来进行“实训”，让“创意思维”在实训中得到提升，让“写作技巧”在实训中得到验证，是这部教材的重要特点之一。

与此同时，教材也不忘记理论提升，教材的理论视野非常开阔，教材的理论讲授方面，不是拘泥于一家之言，而是博采众长，重权威也取前沿，是一部具有学科理论自觉意识的教材。

教材还体现了强烈的时代针对性，切合当代文化创意产业发展的实际需求。教材在写作类型的选择上，包容度很高，不仅包括了常见的共识性文类，还包括一些当代文创产业急需、应用性强的新兴文类，如纪录片脚本写作、新媒体写作、文案策划等。该教

* 葛红兵，上海大学中国创意写作中心教授、博士生导师。

材对于文类的选择,显然不是过去那种大家所熟知的“安全”标准,而是依据文创产业发展的前沿需求,以“是否有用”为活的标准,体现出创意写作作为应用型学科的时代性特点。

总体上,无论是对于老师还是学生来说,这本教材都是极易上手的,非常适合作为通识课的教材。许峰、王雷雷等学者近十年来不断地在创意写作学领域辛勤耕耘,在教学研究和实践上获得了很大的成果,为创意写作学奉献了一部在观念上新颖实用、内容上深入浅出、方法上切实可行的优秀教材。

高教版《大学创意写作》编写的若干思考

许　峰*

创意写作在 20 世纪 30 年代诞生于美国爱荷华大学，作为一门应用型特征显著的学科，创意写作所培养的不仅仅是专业作家，更着力于为文化创意、影视制作、出版发行、印刷复制、广告、演艺娱乐、文化会展、数字内容和动漫等所有文化产业提供具有原创力的文学创作者和创造性文案的撰写者。目前在欧美，创意写作已经是包含近 20 个子类，设有学士、硕士、博士培养层次的大学科。它的诞生和发展，为欧美国家文化创意产业的繁荣、国家的强盛奠定了学科基础。

"创意写作"作为一门学科整体进入中国大约在 2009 年前后，主要标志有三个：一是复旦大学由著名作家王安忆和王宏图教授等专家领衔设置国内首个创意写作硕士点(MFA)；二是上海大学由葛红兵教授团队牵头，成立国内第一个创意写作研究机构"上海大学文学与创意写作研究中心"①；三是中国人民大学出版社"创意写作书系"的连续出版。创意写作在中国就此实质性地迈出一大步。体制的力量为复旦大学设立首个创意写作专业硕士学位和上海大学成立文学与创意写作研究中心提供了有力的支撑，但经验的缺失仍然是学科发展最大的障碍，因此在创意写作本土化初期，需要以西方既有经验为学习参照。中国人民大学出版社对国外创意写作指导书的译介发挥了相当重要的作用。在中国人民大学"创意写作书系"的带动下，中国本土关于创意写作的著作、教材陆续出现。

一、创意写作与"创意写作中国化"

2009 年至今，创意写作进入我国已整整十年有余。总体而言，在此期间相关研究主要集中在北京、上海、广州等经济发达地区的知名大学，所开展的工作一方面是向国内

---

* 许峰，博士，广东财经大学人文与传播学院中文系主任，副教授，研究方向：创意写作、都市文学、都市文化。

① 上海大学文学与创意写作研究中心是中国首家致力于创意写作理论研究并将之与创意写作教育教学、创意产业实践结合的科研教学单位，该中心以创建中国化现代创意写作学科为目标，改革传统中文教育教学机制，致力于欧美现代创意写作学科的整体引进和中国传统写作学的现代化改造，建立了一套完备的中文创意写作教学系统，努力建构现代创意产业视野，培养具有完备的创意写作学知识基础，能够从事创意写作理论研究的专业研究人才、教学人才及文化创意产业从业人员。

介绍和传播国外创意写作学科的基本理论,另一方面,是以西方为参照系提出"创意写作中国化"的主张并实践。"创意写作中国化(本土化)"这是自创意写作传入中国之日起就产生的一个根本性问题,即如何实现创意写作领域的"洋为中用"。十多年来,以复旦大学、上海大学、中国人民大学为代表的高校,为探索创意写作中国化的道路进行卓有成效的探索,成为学界的旗帜。2014 年 12 月,上海大学创意写作计划外二级学科正式获教育部批准设置,我国首个创意写作博士点花落上海大学。这是一个标志性的事件。作为一门新兴学科,创意写作能在短时间内获批设置博士学位授权点,不仅对于上海大学,甚至对于全国都有标志性意义。在上述名校的引领下,创意写作在中国迅猛发展,不仅越来越多的高校设置创意写作专业(方向),如中国人民大学、西北大学、华东师范大学、华东政法大学、广东外语外贸大学、广东财经大学、温州大学、江苏师范大学、上海政法学院、浙江传媒学院、玉林师范学院、信阳师范学院等在本科或研究生层面开设了创意写作方向,另有三亚学院、重庆移通学院等一批学校开设了创意写作相关的专业课或通识课;而且教育部高等学校教学指导委员会在《普通高等学校本科专业类教学质量国家标准》(2018 年版)中,已明确把创意写作列入汉语言文学专业的专业(选修)课程的名录①,标志着创意写作在教育界认可度不断提升。在经历了向西方学习的初始阶段后,中国本土的创意写作很快自觉地走向自身的成长与发展。从地域上看,创意写作在中国,已从少数名校的探索和引领,逐渐扩展到众多高校和教育机构的广泛参与。不难看出,中国创意写作学科的发展,一方面正在构建自己的原创理论、课程系统、训练体系和人才培养机制,另一方面正从"北上广"中心城市向内地推广,从名校向地方院校普及。创意写作中国化的过程,实际也是创意写作地方化、普及化的过程;实现了地方化和普及化,创意写作才真正谈得上中国化。

从"概念""课程"到"学科系统""学术系统",创意写作在中国经历了一个本土化发展的过程。从点到面、从平面到立体、从内涵到外延,中国的创意写作学科逐渐形成了自有的系统性框架。一是教育教学板块,包括:高校学科制度建设、教育教学理念研究、写作训练方法研究、中小学语文教育中的创意写作教学实践、民间创意写作活动。二是创意写作的自体理论建设板块,包括创意思维研究、中西方创意写作学科史研究、文论资料来源研究、类型学与类型写作成规研究。三是基于"创意"动态的外延研究板块,包括:文化服务研究、创意城市研究、创意社区研究、面向文创产业的创意写作系统建设。这三个板块涵盖指向不同,但共有一个核心理念,这个核心理念就是创意写作学对"创意"作出的时代性定义。创意写作强调人的原生创意能力,强调创意对于产业发展的重要作用。

就未来发展趋势而言,中国创意写作学科有三个方向:一是继续地方化,二是向新

① 教育部高等学校教学指导委员会:中国语言文学类教学质量国家标准[M]//普通高等学校本科专业类教学质量国家标准(上),北京:高等教育出版社,2018:87.

文科迈进，三是向通识教育延伸。尤其是发展作为通识教育的创意写作，是创意写作中国化进程的重要部分。创造性思维和写作能力不应只为中文系学生所专美，中国当代大学生，不论专业，都应该具备良好的写作能力和创造性思维。所以本教材的编写，以实训为重点，同时兼顾专业教育和通识教育的使用需要。

二、本教材的编写与使用

创意写作学科乃是文化创意产业的发动机，在当今中国，渐有星火燎原之势。广东财经大学以“经管法”为立身之本，关注文化创意产业进而发展创意写作学科是必然的。作为国内第一批开设汉语言文学（创意写作）方向的学校之一①，广东财经大学自 2010 年启动汉语言文学专业改革转型以来，深感要建立中国特色的创意写作教学模式并不是一件容易的事，教材的匮乏是作为教师首先面对的难题。市面上以“创意”冠名的写作教材尽管不少，但多数依然停留在写作技巧的传授上，离创意的激发、创意的习得还有很大的距离，有的甚至只是在蹭创意写作的风口借此抢夺创意写作类图书出版市场的份额。正因如此，广东财经大学以自身十年的学科建设和课堂教学经验为基础，针对教学实际状况和传统写作教学模式中的弊端，针对部分人对“创意写作”概念的滥用，从创意写作的本体论出发，独立研发了现在这本《大学创意写作》。编委会成员均为相关领域有长期教学、研究与实践经验的一线教师，绝大部分还是国内第一代进入创意写作领域的青年学者，其中两位主编都是上海大学葛红兵教授直接负责指导的博士。许峰在葛红兵教授的带领下，参加了 2009 年上海大学文学与创意写作研究中心的创建工作，见证了创意写作筚路蓝缕，在一片此起彼伏的质疑、批评声中顽强生长，突围而出。王雷雷则是上海大学获批全国第一个创意写作学科博士点后毕业的首届博士（2015）。首届创意写作方向的文学博士仅两人，另一位是叶炜（刘业伟）。

在本书编著者看来，写作的显性形式是文字表达，隐性形式则是思维训练。因此，在本教材中，对文字表达能力的训练与对创意思维的训练紧密结合。本教材既讲述写作技巧，更重视创意的激发与习得，重视“从 0 到 1”的构思过程。2015 年，笔者曾翻译美国作家珍妮特·布洛威的《创意写作教程——写作技艺的元素》（第 4 版）②。这本名为 *Imaginative Writing: The Elements of Craft* 的教材如果说按照字面意思直译，应该叫作想象性写作或带有想象力的写作，但里面的内容依然还是关于创意写作的。顾名思义，创意与写作，两者兼备，而在创意与写作两者之间，创意写作更重视的是创意，

---

① 创意写作于 2009 年前后正式引入中国，广东财经大学在 2010 年便同步启动创意写作学科的建设。经过五年的前期论证和充分准备，于 2015 年正式开办汉语言文学（创意写作）本科专业。经过十年的不懈努力，广东财经大学的创意写作已初步摸索出一条“立足本科，注重实训，开门办学，错位竞争”的专业发展之路。2020 年，广东财经大学与上海政法学院正式签订汉语言文学专业高素质人才培养协议，联手建立起国内第一个专门面向汉语言文学（创意写作）本科专业的交换生项目，现已正式实施。

② BURROWAY J. Imaginative writing: the elements of craft (fourth edition)[M]. London: Pearson Education, 2014.

而不在于单纯地讲写作技巧。所谓“创意”,可以更加具体化,实际上就是想象力——作为写作者,怎么样能想出一个在此之前,别人没有想到过或者说忽略的点子(故事),并且以声音、文字、图像、视频等的方式向外界系统直观地呈现出来,这就是对创意写作最通俗的理解。如果单纯聚焦于介绍各种文体的基本知识与写作技巧,比如说小说怎么写、戏剧怎么写、诗歌散文等到底应该怎么写……在本教材出炉之前,相关的教材早已汗牛充栋,相关的研究专著早已是洋洋大观。而且坦率地讲,相当多教材和专著的作者,理论修养与实践经验还远远在本教材的编著者之上,但我们之所以还要竭尽所能去编写这本《大学创意写作》,初心就是希望通过一系列行之有效的写作训练,激发学生的想象力;启发和引导学生学会如何有效地切入,如何寻找创意的来源来推动写作活动的完成,让学生真正爱上写作,乐于写作。这一点是之前的写作教材里面比较少涉及的。

所以,本教材既教写作,更教创意,重点在于通过创意写作实训的方法让同学们在实践中掌握创意能力、写作与表达能力。本书的所有章节均以某一个具体写作法为类型,以案例的创意阅读为基础,以类型成规的解析为前提,以创意思维激发为重要原则,来制定具体的写作实训方法,让同学们熟悉创意写作的方法、熟悉当下常见的写作类型。针对每一种具体的写作类型,教材既陈述文类特征与创作要点,又展示具体的实训方法,理论阐述和作品赏析相结合,深入浅出,以避免对教材使用者专业背景造成限制。同时,写作实训部分具有较强的指导性和示范性,社会上各类写作爱好者也可自学。门槛低、质量高、易上手、覆盖面广、适用性强,这是我们在编写教材时一直努力的方向。

编写原创性的创意写作教材,对广东财经大学来说并不是第一次。从2016—2017年开始,广东财经大学就开始着手策划、编撰原创教材。其中一本是田忠辉、李淑霞主编的《创意写作实训教程》(湖南师范大学出版社,2017年版),另外一本是由江冰、黄健云倡议,由广东财经大学联合玉林师范学院、湖南理工学院、三亚学院,一共四所学校的一线教师编写的《大学创意写作实训教程》(暨南大学出版社,2017年版)。在此之前,广东财经大学还接受了中国人民大学出版社的委托,在2015年一次性翻译出版美国原版创意写作教程四本。[①] 正是有参与中国人民大学“创意写作书系”的翻译经验,本书的编著者对创意写作中国化进程有更加直观的体会,对编写本土原创教材的重要性和迫切性有更加深刻的认识。正因如此,广东财经大学在先后编写《创意写作实训教程》和《大学创意写作实训教程》这两本原创教材之后,在本校创意写作学科创办十周年之际,继续推出这本带有“中国风”的《大学创意写作》。

《创意写作实训教程》和《大学创意写作实训教程》是本书的前期积累,是多位一线教师长期从事创意写作教学工作的经验总结。这两本教材主要是从实训的角度切入,

---

① 弗雷.弗雷的小说写作坊——劲爆小说秘境游走[M].许峰,译.北京:中国人民大学出版社,2015;弗雷.弗雷的小说写作坊——让劲爆小说飞起来[M].田忠辉,译.北京:中国人民大学出版社,2015;梅杰斯.写作是什么——给爱写作的你[M].代智敏,译.北京:中国人民大学出版社,2015;罗伯·托宾.好剧本如何讲故事[M].李子,译.北京:中国人民大学出版社,2015.

“注重实训”是广东财经大学创意写作学科建设和人才培养一以贯之的特色。与过往两部实训教材相比，现在这本《大学创意写作》已从原来单纯的实训方法展示，增加了相关创作成规的理论支持，努力建设富于创意的写作实训系统。一方面尽量清晰地介绍每一个创意原理、每一项创意工具和每一条写作成规，另一方面在方法上更加聚焦于创意激发、写作引导。本教材完全由广东财经大学团队成员独立研发，在体例和编写思路等方面都比之前更为贴近当下人才培养的需求：不仅按照欣赏类文本、工具类文本的分类，有针对性地对各种写作类型进行取舍，而且与时俱进，新增“纪录片脚本写作”“新媒体写作”“辩论文本写作”等单元，这些是目前的创意写作教材里面较少讲授的。

此书分为“欣赏类文本写作”“工具类文本写作”上下两篇。上篇“欣赏类文本写作”主要讲授诗歌、散文、故事、戏剧、非虚构写作等欣赏类文本的写作。下篇“工具类文本写作”主要围绕纪录片、新媒体、策划案、辩论文本的写作而展开，贴近文化创意市场实际需求。绪论部分则提纲挈领，系统阐述作为方法论的创意写作实训路径。每一章均分为“概述”“文类特征与写作要点”“写作实训”三个部分展开论述，每章开头均明确“学习目标”，结尾处均设有“本章小结”和“练习题”，构成一个完整的学习体系。

在上篇“欣赏类文本写作”中，对于诗歌、散文、故事、戏剧这些常见欣赏类文本的讲授，本书在方法上推陈出新，紧紧抓住创意激发这一牛鼻子，同时以实训方法实现写作引导，展示了在创意写作视阈下的欣赏类文本，到底应该怎样写、怎么教。其中，“诗歌写作”以诗歌摹写、创作来诱导学生对于诗性语言的感知与创造；“散文写作”以“乡愁”这一共同文化心理为创意诱发点来展示散文写作教学的一个方法；“故事写作”以“故事模型”为思维工具来引导故事写作；“戏剧写作”面向表演需求展示了戏剧故事创作的综合性、多维性；“非虚构写作”以家族人物传记为例，展示了非虚构写作的创作规律及其作用于写作教学的过程。

创意写作认为，在技巧层面，写作能力属于应用型能力，创意写作具有应用型学科的特质，并服务于文化创意产业。为适应这一特点，本教材在编写过程中特别加大了下篇“工具类文本写作”的力度。下篇主要围绕辩论文本写作、纪录片脚本写作、文案策划、新媒体写作而展开，贴近文化创意产业的市场需求。“创意策划与写作”在文创产业的视野中展示了创意从“观点”到“文本作品”的创作过程，并强化训练了脚本写作；“新媒体写作”扩大了创意写作类型的边界。为真正写好“辩论文本”“纪录片脚本”这两个章节，专门邀请了先后五次带队在大赛夺冠的校辩论队主教练蔡静诚和曾在英国广播公司（BBC）工作多年的资深媒体人邹蔚苓来担纲。

本教材每一章都设置“写作实训”单元，这部分系统呈现了编著者团队十余年来所积累的教学方法案例、写作实训案例，相当有看点。使用本教材的师生通过阅读“写作实训”，就能对创意写作课堂的教与学有一个直观而清晰的认识，通过训练，就能对学生大致能达到的学习效果有基本的了解。课堂上是怎么教的，教材里就怎么写；教材内容完完全全是十多年来教学经验的总结升华，是来自一线最真实的教学经验。

总体上,编著者希望达到以下目标:

第一,学生通过系统学习,掌握诗歌、散文、故事、戏剧、非虚构等各种常见欣赏类文体,以及新媒体推文、纪录片、辩论文本、策划方案等常用工具类文本的写作知识和写作技巧,并且能运用所学理论指导自己的创作实践,为其写作能力的进一步提升打下良好基础。

第二,教师在使用本教材的同时获得创意写作教学的直接经验。教师在传授各种文体写作知识和技巧的过程中,伴随着对学生想象力和创造力的培养,建立一套以“写作技能拓展”为基础,以“创意潜能激发”为核心理念,以“实训”为特色的新型写作教学体系,让多数学生能爱上写作,不再视写作为畏途。

第三,学生能在教师的引导下,立足基层,观察生活,在挖掘身边写作素材的同时,孕育家国情怀和民族自豪感。

编写本教材的计划诞生于第五届世界华文创意写作大会暨2019年创意写作社会化高峰论坛。全书由许峰、王雷雷提出编写计划、设计章节并进行统稿、修订。在编写过程中,由广东财经大学汉语言文学、新闻学、社会学专业的九位博士和一位硕士共同组成的编委会,克服新冠疫情造成的重重困难,在完成繁忙的日常教学任务之外,合力完成书稿的撰写。当然这也直接得益于司马晓雯、江冰、田忠辉三位中文系的教授、前辈为开创广东财经大学创意写作学科所打下的基业。同时,葛红兵教授多年来不遗余力的指导也是本书能够顺利完成的重要原因。

一花独放不是春,百花齐放春满园。中国高校众多,层次不一,创意写作学科的建构需要分层次、分方向、分梯度来进行。因此,在具体推广和普及的过程中,各地区、各层次、各类型的高校应结合自身办学定位和人才培养目标,在以爱荷华大学为代表的美国模式和以上海大学、复旦大学为代表的双一流大学模式之外,探索出一套更加符合自身校情的创意写作教学模式和学科构建路径,让广大学生在教师指导下,切实提高写作能力,并对“创意”和“创意的习得途径”有一个比较清晰的认识。让创意写作能走出双一流大学的象牙塔,让更多的学生能受惠,中国创意写作学科才算真正具备了生命力。在“创意写作中国化”的探索进程中,不应该也不可能只有唯一的发展模式。创意写作的多层次性,实际为各地区、各层次、各类型的高校都预留下广阔的发展空间。十年来,广东财经大学从自身办学定位出发,着眼于应用型人才培养,以“实训”为方法和特色,以教学研究具体地指导教学实践;同时面向时代和地方,不断地吸纳多学科的资源,不断调整内部课程群,寻求更有利于学生素质提升的人才培养方案。这本《大学创意写作》就是其中的缩影。尽管各地的学校在发展过程中不可避免会面临瓶颈和困难,但只要因地制宜,就依然能为中国创意写作学科的建构作出自己应有的贡献,发出属于自己的声音。

中国创意写作教育教学实践探索的多元图景

——首届泰山·中国创意写作教育教学实践峰会述要*

李　孟**

摘　要： 2021年6月，由泰山科技学院、高等教育出版社联合主办的首届泰山·中国创意写作教育教学实践峰会在山东泰安举行。本次会议主要围绕创意写作中国化的前沿问题、创意写作教育教学实践展开讨论，议题涵盖了创意写作的中国话语体系、创意写作工坊教学、项目制写作、社团建设、青少年创意写作五方面。会议呈现了中国创意写作教育教学的多元经验，集中展现了众多院校的探索与成果，对创意写作教育教学交流和创意写作研究都有启发意义。

关键词： 创意写作；写作工坊；教学法；项目制写作；社团培养

2021年6月，为了进一步深入探讨创意写作教育教学，促进中国创意写作教学研究，探索创意写作社会化教学实践的方法，推进创意写作中国化、本土化进程，由泰山科技学院、高等教育出版社联合主办，泰山科技学院创意写作学院承办的首届泰山·中国创意写作教育教学实践峰会在泰安举行，来自复旦大学、上海大学、中国人民大学、山东大学等41所高校、出版社、体育教育局的90多位专家学者齐聚一堂。泰山科技学院校长耿献文、世界华文创意写作协会会长葛红兵、中国人民大学教授刁克利、复旦大学教授王宏图、河北省作协副主席李浩、山东省写作学会副会长谢锡文、岭南师范学院教授刘海涛、高等教育出版社文科出版事业部副主任于建航、中国新商科大学集团三校创意写作教育主管丁伯慧等人出席了会议。大会期间来自全国高校的学者、作家们聚焦中国创意写作教育教学的实践与理念，就创意写作中国化经验、创意写作工坊教学、项目制写作、文学类社团建设以及青少年创意写作教学的探索与实践进行了探讨。

一、创意写作中国化的前沿话题

本次大会采用专题报告的形式聚焦创意写作中国化的经验，多位专家分别从创意

* 基金项目：2021年重庆市高等教育教学改革研究重点项目“新文科背景下作为通识教育的创意写作教育教学实践与探索”（项目编号：212160）。

** 李孟，泰山科技学院创意写作学院院长。

写作学的中国话语体系构建、创意写作教学训练的新方法、文学创意写作课程设计等方面发言,呈现了中国创意写作教学与研究的最新议题。

第一,对创意写作学的话语体系、中国特色的创意写作课程设计方法进行探讨是本次会议的重要内容。从学科和理论话语构建的层面出发,葛红兵的主题报告《创意写作学中国话语体系建构》回顾了中国创意写作学科的发展历程,指出创意写作学发展面临的四个“敌人”,认为“传统写作学观念的影响,对西方理论的过度迷信,创意写作学内部在理论研究上的不思进取,创意写作学内部对实践性的过分执迷”是创意写作发展的主要障碍,另外需要注意的还包括“长期忽视理论,导致创意写作学学科基础理论薄弱,执迷于实践,一股脑地全盘而上,缺乏系统性的总结”。① 在分析了创意写作学发展面临的问题之后,葛红兵还总结了未来创意写作实践研究的七个焦点,提出将创意潜能激发研究、创意潜能评估研究、创意写作活动研究、创意写作国别史及传播研究、创意写作学科建设的中国经验研究、创意国家建设的世界经验研究、创意写作的公共文化服务问题研究作为创意写作中国话语构建的重点,为后续的创意写作学研究指明了方向。

第二,与葛红兵在创意写作学的话语建构层面的探索相对应,王宏图立足于创意写作的本土教学实践经验提出了从摹仿到创造的教学训练方法,为“写作可以教”提供了生动示例。王宏图在《从摹仿到创造:创意写作教学训练的一条途径》中强调,任何创造过程离不开摹仿,摹仿是群体动物的基本特征,是社会构成的基本要素。王宏图认为,古人说的“书读百遍,其义自现”就是指人在大脑中进行的一种摹仿和学习,摹仿是人类社会文化生产活动中的常见现象,也是文学积累和文化传递的重要方式。借助韦勒克、英伽登的理论,王宏图结合复旦大学创意写作教学的探索经验,以帕慕克、福克纳等人的作品为例,从不同层面阐述了文学经典作品的摹仿训练方法。王宏图通过对这些案例的分析,展示了摹仿的可行性与在具体创作训练中的可操作性,强调文学创作有过程的复杂性、综合性特点,因而创意写作课程教学应向学生提供丰富的文学资源,展示其叙述方式、叙述视角、叙述结构、语言风格(节奏、语词、句式、文体风格)等方面,作为多方面、多层次摹仿的范本。

第三,在创意写作的作者研究方面,以刁克利为代表的学者也展开了新的探索,具有突出的原创性和理论性。刁克利在《写作者的角色》主题发言中强调,在写作前作者应弄清楚自己承担的角色。写作者需要明白,与从事其他领域工作的人相比,自己的本质角色是什么。② 刁克利指出,对荷马而言,作者是灵感神授者,作者是孤独的漂泊者、辩护者、时间的剪裁者,写出伟大作品的作者是不朽者;但丁是一位自我生成和自我经典化的诗人,他在作品中塑造了自己的诗人形象。莎士比亚是演员、编剧、股东、乡绅四种角色合为一身。这种多重身份造就了他独一无二的特质。刁克利认为这些作家除了

① 葛红兵.创意写作学中国话语体系建构[R].首届泰山·中国创意写作教育教学实践峰会.2021.6.

② 刁克利.写作者的角色[R].首届泰山·中国创意写作教育教学实践峰会.2021.6.

各自的个性，都有一个共同点，即写作者的最基本角色：孤独的漂泊者。刁克利还阐述了“孤独者”的三方面意涵。第一是指孤独者的现实角色。第二是指一种日常独处的状态。第三则是指一种独立者的精神姿态。① 刁克利强调了只有深刻理解自身角色，写作者才能够自己确立规则，寻找自己的写作领域，形成自身独特的个性和素材优势。

第四，创意写作的教学模式、课程改革的问题探讨则主要由刘海涛、丁伯慧展开，他们对创意写作课程的设计理念与教学思路都展开了专门论述。刘海涛在《“文学创意写作”线上线下的混合式教改》中指出创意写作教学中的三大痛点，分别是学生本身的写作能力短板、传统写作课重理论而忽视实践、教学内容缺少相应的深度和挑战性。② 刘海涛以国家一流本科课程“文学创意”为例阐述了线上线下混合式教改的基本理念。刘海涛指出，这三条学情现状就是当前写作教育要实现课程教学目标必须要解决的三大痛点，这也是我们写作课程必须改革、必须创新发展的基本背景和出发点。丁伯慧则在《普通人的创意写作：培养模式和培养路径》中介绍了重庆移通学院的创意写作教学实践经验，强调“培养普通人的创意写作就要从写作思维的核心入手，培养学生的创造力和基础写作能力，使之可以运用于各个门类的写作之中”③。丁伯慧用三个关键词总结了重庆移通学院创意写作培养模式和培养路径：激活、重构和共建。激活的关键是要对学生传统的作文写作思维模式进行纠偏，改变他们框架式、范文式的写作思维；重构是对写作本身进行庖丁解牛式的重新解剖，将写作规律特点具体化、系统化；共建则是主张创意写作通过师生组建的课堂及课外团队相互激发，共同来写作，并通过项目制写作、工坊写作等，在写作的过程中理解写作。

另外，山东大学丛新强在《莫言文学精神对青少年创意写作的启示》中还论述了莫言创作所具有的包容性、宏阔性。谢锡文还介绍了山东大学文学生活馆的实践经验，阐述了创意写作与文学生活、新媒体和文学素养的密切关系。河北师范大学李浩则从自己的创作经验出发，对作家的文学经验进行了新的阐述。这些探索共同构成了创意写作的中国经验，表明本土教学、研究人员已经能够在借鉴的基础上尝试走出中国特色的发展之路，展现中国的创意写作教学、创作经验。

二、创意写作工坊探索与实践

自从 2009 年以来，创意写作的工坊教学探索一直是该学科的重点、难点，本次大会在梳理和探讨创意写作中国化经验的基础上特设创意写作工坊研讨专题单元，希望能进一步呈现当前工坊教学和研究的基本理念、方法，寻求进一步的对话、突破。

关于工坊形式与特点方面的探讨成为分论坛焦点之一，与创意写作基本理论、教学法研究均有交叉。王宏图在《写作工坊的价值和限度》中肯定了创意写作的巨大潜力：

① 刁克利.写作者的角色[R].首届泰山·中国创意写作教育教学实践峰会.2021.6.

② 刘海涛.“文学创意写作”线上线下的混合式教改[R].首届泰山·中国创意写作教育教学实践峰会.2021.6.

③ 丁伯慧.普通人的创意写作：培养模式和培养路径[R].首届泰山·中国创意写作教育教学实践峰会.2021.6.

“首先能满足众多文学爱好者学习写作技能、提高写作水平的愿望,帮助他们圆作家梦。其次可以拓展文学教育的疆域,除了研究、批评,还有创作;再次,可以充实人文教育的内涵,提高自我表达的能力;最后,可以激发人们潜在的创造力。”①谈到写作工坊的具体价值与限度,王宏图则指出,工坊教学的局限在于“无法复制富于艺术气质的创造主体,只能输入外部元素;难于培养创造的内驱力,无法创造一种诗意的生活;只能在工坊这样有益于创作的小环境中,最大限度激发创造力,无法生成强大的创作驱动力”②。

创意写作工坊教学法、教学模式、跨艺术类型工坊教学研究也是本次会议的重要话题。高翔在《创意哲学、当代艺术和产业思维——创意写作工坊训练方法论》中认为“创意写作工作坊是创意写作学科的雏形,也是最典型的学科标志,类似于田野调查之于人类学,考古发掘之于考古学,文献研究之于历史学”③。高翔总结了创意写作工坊模式的核心,他谈道:“第一个关键词是创意哲学。创意写作工坊价值目标在培养作家,但最终培养的是创意人。基于此,创意是工坊的核心内容,着重培养创意思维、激发创意潜能激发、最终生成创意。第二个关键词是当代艺术。从结果看,创意写作重新定义了作家,不是培养一般意义的作家,而是‘艺术家作家’,从教学方式看,创意写作应采取跨艺术的教学方法,把写作当作艺术学科,综合运用心理学游戏、音乐、绘画、电影、舞蹈等跨艺术方式教学,唤起艺术感受力,有利于创意的生成实现。第三个关键词是产业思维。从过程看,创意写作的训练方法设计,要紧扣产业的最新动态、最新技术、最新理念。从结果看,创意写作的培养模式、训练模式要具有产业思维。”④高翔的创意写作工坊教学与跨艺术类型、产业思维的关系阐述清晰,层次分明,表明教学人员在该方面已经有相对深入的理论思考。

在工坊教学为基础的创意写作课程教学设计方面,教学人员也分别阐述了自己的理念、方法和目标。杨小慈在《创意写作教育教学实践能力路径研究》中指出工坊的独特性在于,相对于“传统文学创作教育是以知识传授为主,工坊制教学模式不直接传授知识,重要特征在于能够以学生活动为中心,最大限度地训练个体思维的灵敏度和创造性,更强调创意激发,包括写作障碍的克服、生活经验的发掘、创意潜能的激发和创意思维的拓展,让学生调动内在知识经验,感受到知识的不足,去主动获取知识,自觉加强资料采集和调研”⑤。杨小慈一方面指出了工坊教学相对于传统的文学知识讲授的区别,另一方面也强调了工坊教学自身的核心定位及其对学生写作训练的独特意义。苏瓷瓷

---

① 王宏图.写作工坊的价值和限度[R].首届泰山·中国创意写作教育教学实践峰会分论坛报告.2021.6.

② 王宏图.写作工坊的价值和限度[R].首届泰山·中国创意写作教育教学实践峰会分论坛报告.2021.6.

③ 高翔.创意哲学、当代艺术和产业思维——创意写作工坊训练方法论[R].首届泰山·中国创意写作教育教学实践峰会分论坛报告.2021.6.

④ 高翔.创意哲学、当代艺术和产业思维——创意写作工坊训练方法论[R].首届泰山·中国创意写作教育教学实践峰会分论坛报告.2021.6.

⑤ 杨小慈.创意写作教育教学实践能力路径研究[R].首届泰山·中国创意写作教育教学实践峰会分论坛报告.2021.6.

还分享了重庆移通学院创意写作学院作家班的特色，认为作家班是理论学习平台也是优质出版平台。关于作家班的教学模式，苏瓷瓷则归纳为“知识讲授＋互动研讨＋潜能激发＋写作实践”四大步骤，展现了工坊教学的基本设计与课程结构。苏瓷瓷还分别介绍了创意写作学院开发了五门工坊课：严肃小说工坊、诗歌工坊、戏剧工坊、非虚构工坊、类型小说工坊，以及创意写作思维训练、创意阅读、故事写作、创意实践写作等特色课程，课程均为作家教师自主研发。而作家班则重视写作知识学习，强调学生的写作实践能力，结合巴渝地方文化特色，与全国知名出版社合作打造“钓鱼城文丛”图书项目，完整地呈现了工坊教学的运行理念及教学法。

三、项目制写作探索与实践

项目制写作是中国创意写作教育教学人员在融汇本土的采风活动、课外实践与项目制管理等多方面的知识、教学经验基础上提出的具有特色的写作实践方法，以个案为基础的经验总结、路径探索和模式分析是本次会议的对谈、交流话题焦点之一。项目制写作的提出和实践是教育教学人员灵活结合各校特点，融合本土写作活动、写作资源和多学科知识进行探索的产物。例如，毕然在《项目制实践写作如何与地方文化接轨》中指出：“创意写作是舶来品，需要与中国本土文化相结合，需要与中国文学的实际情况相结合。项目制写作是创意写作学院开拓的一条新路——以‘钓鱼城文丛’图书项目写作实践为核心的创意写作发展之路。”[①]毕然谈到项目制写作的特点在于，整个项目都由学生们组织参与完成，学生们必须实地采风创作，并在作家老师的指导下完成一整套书的创作和出版。整个过程中，学生是主角，老师们在幕后。毕然认为，在参与项目制写作的过程中，学生不仅学习了如何写，还学习了如何搜集资料，如何做田野调查，如何和人打交道，如何编辑修改作品，对学生的培养是全方位的。[②]

玉林师范学院的项目制写作设计与实践也提供了新的个案。郑立峰在《项目“包产”、课程“包产”、教师“包产”》中指出，玉林师范学院文学与传媒学院于2015年开办卓越写作班，注重以激发学生写作潜能为目标，以作品产出为导向，推动传统文科的更新升级，从学科导向转向以需求为导向，从适应服务转向支撑引领。卓越写作班实行“包产”制度，涵盖五个层面：一是项目包产，二是课程包产，三是教师包产，四是导师包产，五是校外作家包产。[③] 在“包产制度”的引领下，卓越写作班进一步建设了“包产项目制写作”模式，该模式共有五类项目：第一是工坊式项目，师生签约以订单式创作小说、剧

① 毕然.项目制实践写作如何与地方文化接轨[R].首届泰山·中国创意写作教育教学实践峰会分论坛报告.2021.6.

② 毕然.项目制实践写作如何与地方文化接轨[R].首届泰山·中国创意写作教育教学实践峰会分论坛报告.2021.6.

③ 郑立峰.项目“包产”、课程“包产”、教师“包产”[R].首届泰山·中国创意写作教育教学实践峰会分论坛报告.2021.6.

本等作品;第二是采风式项目,每学期安排学生采风并完成相关作品创作;第三是课程式项目,开设小说、诗歌、散文、戏剧、实用公文等课程,课程以作品为考核方式;第四是推进驻校作家项目:驻校作家通过挂名负责,利用作家身份开展讲座、作品修改会、读书会等活动,为学生创作提供指导;第五是地方服务专项,学生以多种体裁、类型的文学原创参与抗疫、扶贫、建党、新农村建设、乡村振兴等社会实践。①

项目制写作如何与文化产业对接也是本论坛的焦点话题。杨小慈在《创意写作实践教学模式探索》中介绍了西安翻译学院创意写作工坊,对相关的项目制写作探索经验进行了介绍,该院"创意写作工坊成立于 2018 年 3 月,写作工坊是为了培养更多不拘泥于传统写作、解放固有写作思维模式的学生,凝聚思想灵魂、写作灵感,让有独特想法和大胆创意意识的学生开启一场头脑风暴"②。杨小慈总结了依托于创意写作工坊开设的三个写作实践项目:"晟睿教育依托创意写作工坊进行教育咨询服务,进行创意写作的推广,以及校内创意写作的平台建立,并与校外企业达成共识进行商业活动,依托网络资源做到线上和线下同步进行。什锦文化工作室协助创意写作工坊举办日常活动及大型活动,做到线上线下稳步发展。凝结平面设计工作室对创意写作工坊中所产出的影像、音频进行处理。对外进行广告咨询,平面设计服务,同时搭建校内大型影像音频资源交流平台,为学生创建良好的交流环境。"③

另外,关于项目制的模式和理念方面的比较研究也是本次会议的主要内容。刘卫东在《项目制写作的基本模式与理念透视》中指出:"项目制写作以学生为中心,写作为媒介,作品为导向,是学习方法、教育思想不断与创意写作实践结合的产物,也是四个重要理念的融合、发展的产物,是基于过程的写作,基于产业,实践为导向的写作,基于问题的写作。"④刘卫东在观察前述项目制写作的基础上,提出了这类实践的特点是注重学生的自主性、建构性探索、目标设定和协作、沟通,以及在实践中的反思、学习。刘卫东注意到,在写作工坊研究和工坊教学机制尚未有足够深入的情况下,项目制写作发展迅速成为国内多个院校普遍认同的探索模式,对项目制写作的接受和改造非常快,形成了实践领先理论的现象。另外,刘卫东还以重庆移通学院等院校为例,对项目制写作的基本理念与模式进行了总结,认为"项目制写作作为一种创意、社会实践,基本理念是重过程、重实践、重作品产出、重实际体验、重产学结合,形成了采风制度、田野调查、文化遗产、项目管理、实习管理、社会实践为一体的基本模式,通过写作深入学习,通过实践进

① 郑立峰.项目"包产"、课程"包产"、教师"包产"[R].首届泰山·中国创意写作教育教学实践峰会分论坛报告.2021.6.

② 杨小慈.创意写作实践教学模式探索[R].首届泰山·中国创意写作教育教学实践峰会分论坛报告.2021.6.

③ 杨小慈.创意写作实践教学模式探索[R].首届泰山·中国创意写作教育教学实践峰会分论坛报告.2021.6.

④ 刘卫东."项目制写作"的基本模式与理念透视[R].首届泰山·中国创意写作教育教学实践峰会分论坛报告.2021.6.

行思考，通过原创成就自我”①。刘卫东认为，项目制写作是中国创意写作教学不断消化英语国家创写并不断探索中国化的产物，以项目制写作为枢纽，有利于整合传统、现代与国外写作教育积累的资源。同时，项目制写作还是推动创意写作跨学科发展的有效形式，蕴含着文学教育由课堂转向校园、产业和社会的三维空间。②

四、社团培养探索与实践

高校文学社团是大学生的文艺聚集地，是兴趣的集合，属于同人性质组织，具有共同文学理想和思想旨趣的学生借助社团的形式聚合而成的群体，是创意写作教育的重要阵地。与创意写作前沿话题、教学法、项目制实践等方面的探讨相应，社团运营和人才培养也是本次会议分论坛的主要议题之一。

首先，当前高校社团的转型、定位问题是该方面探索的难点。西南大学李金凤在《新文科视野下高校社团的转型与建设》中指出：“高校文学社团可以营造良好的文学氛围，借助部分学生群体参与各种写作活动，这对于学生的组织协调能力、编辑排版能力、审美能力都具有较大的帮助。”③李金凤还介绍了西南大学桃园文学社秉承“擎前人爝火，传墨毓文脉”的宗旨，以“繁荣校园文化、锻炼写作能力、提高文学素养”为己任，组织并开展一大批富有创新精神、活跃大学生课余生活的文艺活动，如迎新晚会、名师讲堂、情书大赛；公文写作培训、干部培训；社团文化艺术展、电影交流会、书友会；各类征文大赛、各类文学沙龙等活动，在各领域皆取得了卓越的文学成绩，受到校内师生和社会各界的高度认可。苏瓷瓷则在《创意写作工坊制教学模式的探索与实践》中介绍了重庆移通学院创意写作学院成立的创意写作团、《九月》杂志社、双子湖诗社、创意写作志愿团、三江文学社、创意写作研究会等文学社团。这些社团都能充分利用学校的书院场地开展各类活动，通过文化沙龙、读书会、写作比赛等方式，建设学生文化交流的园地，提升并营造全校的良好文学氛围。④

其次，校园文学类社团如何形成自己的特色模式，也是本论坛的重要话题。庄鸿文在《平台建设与学生写作能力培养》中介绍了铜仁学院写作研究院的社团培养模式——“两刊一社育人共同体”：校园文学刊物《晨光》、学生学术刊物《梵净学刊》，以及晨光文学社。据介绍，两本期刊的稿件、编辑、版面设计等环节均为教师与学生共同完成。而晨光文学社从成立至今也已经走过了 40 年的历程，培养了一些在贵州，乃至在全国都

---

① 刘卫东.“项目制写作”的基本模式与理念透视[R].首届泰山·中国创意写作教育教学实践峰会分论坛报告.2021.6.

② 刘卫东.“项目制写作”的基本模式与理念透视[R].首届泰山·中国创意写作教育教学实践峰会分论坛报告.2021.6.

③ 李金凤.新文科视野下高校社团的转型与建设[R].首届泰山·中国创意写作教育教学实践峰会分论坛报告.2021.6.

④ 苏瓷瓷.创意写作工坊制教学模式的探索与实践[R].首届泰山·中国创意写作教育教学实践峰会分论坛报告.2021.6.

有一定知名度的作家、诗人和专家学者,是贵州省最为活跃的学生社团之一。在文学社团运营、实践方面,晨光文学社主要由老师带领,深入基层,灵活开展包括脱贫攻坚主题创作等采风活动。庄鸿文指出,通过基层调研可以锻炼同学们书写社会底层故事的能力,并形成开阔的社会视野。另外,依托刊物与社团,铜仁学院还举办有一年一度的晨光文学年度文学奖,以《晨光》刊物上已发表的作品(包括其他高校的学生作品)为遴选对象,评选出最佳作品、优秀作品等。①

五、青少年创意写作教学探索与实践

近年来,随着国内创意写作基本理论研究和教学法的推进,青少年创意写作教学在此基础上有了新的运用和发展,本次会议分论坛也特设了该方面的研讨单元,论题主要围绕创意写作与作文写作、青少年创意写作的基本方法等方面展开。

考虑到当前义务教育阶段作文写作占据较大的比重,冯汝常在《青少年创意写作的文学基础》的论题中表示,当前青少年创意写作教育与既有作文教学的衔接问题,认为青少年创意写作还是以作文写作为主,文学创作为辅,教育方式上仍以课堂教学为主,而工坊式则可以作为辅助。另外,在写作内容上还应注重青少年的表达素养、创意能力和心智成长的均衡。② 冯汝常认为,青少年创意写作文学基础有两层内涵:一是语言文字的识别、理解,表达;二是非语言文字如图像(符号)、声音、景观、情状等识别、理解与表达。冯汝常强调:"青少年与成年人的创意写作具有共同点,即是创作加创意,不同的是青少年在人生经历、内外认知、情绪控制等心智方面存在差异,因而需要在创意写作教育的方式方法有所区分。"③

对于目前国内青少年创意写作教学中存在的问题剖析也是本次分论坛的重要议题。李艳葳在《K12 创意写作教学法探析》中也指出当下青少年创意写作在教学中存在的问题:"一是以应试为目的的综合性写作,二是旨在发表作品、参加大赛这类目的性比较强的写作。在这些情况下,校内写作教学时间紧,任务重,校外写作教学则以结果为导向。写作教学出现了专门为了拿分而教学的现象,而不是真正地传授写作能力、写作思维和写作方法。另外就是模式化的写作教学,因功利化的评价机制而诞生了模式化写作,青少年往往采取固定的模式、模板和套路,再套入具体内容就可以完成写作。写作教学的倒退,湮灭了青少年的创造力、思维力与真实情感,与真正的创意写作南辕北辙。"④针对这些问题,李艳葳认为应该以创意写作为方法,加强学生的思维培养、情感激发和感受力培养等多个方面。李艳葳认为,创造性思维、逻辑思维、发散思维等多种思维模式都是学生成长,乃至一生中都会用得到的基本素养。情感激发则主要体现在以

---

① 庄鸿文.平台建设与学生写作能力培养[R].首届泰山·中国创意写作教育教学实践峰会分论坛报告.2021.6.

② 冯汝常.青少年创意写作的文学基础[R].首届泰山·中国创意写作教育教学实践峰会分论坛报告.2021.6.

③ 冯汝常.青少年创意写作的文学基础[R].首届泰山·中国创意写作教育教学实践峰会分论坛报告.2021.6.

④ 李艳葳.K12 创意写作教学法探析[R].首届泰山·中国创意写作教育教学实践峰会分论坛报告.2021.6.

创意写作为中介，引导学生加深对情感的了解、把握、丰富、运用。李艳葳还强调了，情感激发应遵从情感唤起—情感引导—情感体验—情感激发的规律。①

针对青少年创意写作教学实践，多位专家给出了解决问题的思路。玉林师范学院黄健云在《青少年写作的困境及应对策略》中指出："传统文学观念的束缚、对'文学的唯一源泉是社会生活'的误解、对'模仿说'的偏狭理解及应试教育的影响是束缚青少年写作的重要因素，要使青少年摆脱写作困境，加大对语文教师培训的力度，彻底改变教师的文学观念，出版具有创新特性的教材，改变当前的课堂教学模式，举行多种形式的作文大赛。"②黄健云认为，目前的写作教育，中国青少年受到的束缚已久，但是归根到底是教师受到了束缚，因此要打破僵局，教师需要率先作出调整。而创意写作教育则可以作为解除这些束缚的方法，做到这些才能有新的教材、新的课堂模式、新的机制层面的实际探索。③

在青少年写作思维研究和教学法层面，与会专家有不同的侧重。宁波财经学院李建荣认为，写作教学要强化实践意识："写作课程需要从现当代文学、文学理论、古代文论等课程那里拿回自己的一些东西；需要吸收社会学、人类学、民俗学的一些东西，尽量保证自己的优势。写作教学要强化的最主要的是教师和学生的人生实践意识，写作本身再重要，都不能和人的生命本身相比。"④随后李建荣归纳了写作教学的九个侧重点，分别是强调写作课程的文体向着重随感、日记、书信的写作倾斜；加强叙述描绘性强的小品文、故事联系、自然写作训练；注重生命体验的融入，开展思想随笔写作；主张将写作课堂扩展到田野作业，着重于田野调查、访谈、对话的采写；另外还要求写作与师范教育的衔接，抓好教育叙事、儿童文学、童年题材；扩展创意写作，着重于调查报告、创意策划、图文结合；同时强调读写结合，灵活通过书评、读书笔记写作增强写作能力；还有在此基础上融入审美教育提升，加大成长文学、诗歌创作方面的尝试；最后，李建荣还指出，写作课程应向传记形态整合，重视自传类文体的写作。⑤

六、结语

目前，创意写作学科引入中国已有十多年的历程。回顾创意写作的发展，梳理发展过程中面临的困难与问题，研究未来发展的方向，首届泰山·中国创意写作教育教学实践峰会的举办可谓恰逢其时。在创意写作教育教学实践方面，大会有探索也有争论，基本上达成了应坚持创意写作理论研究与实践并行的学科共识，理论指导实践，实践又反

---

① 李艳葳.K12创意写作教学法探析[R].首届泰山·中国创意写作教育教学实践峰会分论坛报告.2021.6.

② 黄健云.青少年写作的困境及应对策略[R].首届泰山·中国创意写作教育教学实践峰会分论坛报告.2021.6.

③ 黄健云.青少年写作的困境及应对策略[R].首届泰山·中国创意写作教育教学实践峰会分论坛报告.2021.6.

④ 李建荣.拨亮心灯——我的文学教育与创意写作历程之反思[R].首届泰山·中国创意写作教育教学实践峰会分论坛报告.2021.6.

⑤ 李建荣.拨亮心灯——我的文学教育与创意写作历程之反思[R].首届泰山·中国创意写作教育教学实践峰会分论坛报告.2021.6.

哺理论研究。大会取得了可喜的收获,在创意写作教学、研究的中国经验层面给出了重要的探索。尤其是,在青少年创意写作实践中主张强化实践意识,激活学生的创新意识,在创意写作教学上基本确立了以工坊为核心的教学模式,在创意写作实践操作上,项目制写作与社团培养双线共进,这些都是本次大会的重要议题和重要共识的凸显点。当前,创意写作实践已从早期的一拥而上阶段转变为齐心协力、攻坚克难阶段,如何让普通大学生接受创意写作理念,并积极参与到创意写作实践中来,创意写作教学、研究如何同舟共济,不断开拓教学和研究的新空间,将是关系到创意写作未来发展的重要课题。

编后记

易永谊

该是设立创意写作学科的时候了。

机遇与挑战 对于创意写作发展而言，本年有两个重要的且可能对未来影响深远的学术事件。一是本年 4 月 8 日，“中国大学创意写作联盟”由北京大学、北京师范大学、复旦大学、华东师范大学、南京大学、清华大学、上海交通大学、同济大学、中国人民大学九所高校的创意写作机构发起倡议、联合成立；二是上海大学中国创意写作研究院揭牌仪式暨“2023 · 中国创意写作再出发”高峰论坛召开，并发表《中国创意写作白皮书》，对过去十几年间中国创意写作学科的建设进行一次全面客观的总结，在总结国内经验的基础上又对接世界前沿。这两个事件充分说明，创意写作在中国的发展已经达到一个新的阶段，中央高校与地方高校的双向探索，正如葛红兵教授所言“在这个时代氛围中，创意写作被认作是一种有价值的文化活动，是一种促进创作进步、学术发展的力量，这是创意写作的幸运”。

同时，中国的创意写作发展也面临新旧两重的挑战。传统的挑战依然是创意写作与中国旧有的写作学传统如何融合，创意写作能否培养出文学作家；而随着数字媒体时代的民间短视频创作的井喷现象，创意写作需要回应能否培养出“具备一定的文学素养、审美能力和批判思维”的创作者，如何应对中文学科应用型人才的培养，如何助力其他学科的写作素养提升，如何应对人工智能写作的挑战，这些都是我们当下迫切需要思考的问题。

名与实 当前，中国的创意写作学科依旧属于自设学科，处于一种无名状态，其合法性仍然没有脱去“问号”。在追寻创意写作的学术合法性的路途上，对于创意写作的名与实的追问，有助于廓清作为学科本身应有的疆域。许道军认为完整的创意写作，不但已经走出了“文学写作”中心，衍生出或渗透进多种写作形态；同时它以培养创意能力和创意作家为主要目标，形成了包含课程体系、教学法、学位等在内的学科制度，已经奠定创意写作学科确立应有的基础；它在学术层面已经拥有自己独特的研究领域、使用新研究范式等在内的知识系统，形成中国创意写作学。

同时，为了进一步学习国外创意写作的最新研究成果，本期继续译介了三篇国外学者的佳作。一是澳大利亚学者珍 · 韦伯与莫妮卡 · 卡罗尔的《诗人的沸腾：创造性和社会性》,通过对诗人的访谈以及对创造性文献的研究,分析了诗人的生活状态如何影响诗歌创作的创造性与诗学特质。二是珍·韦伯与米拉·阿特金森的《文学桥梁:创意写作、创伤和证言》主要探讨在创意写作中如何实现对创伤、恢复力和幸福的阐释。三是美国学者贾奈尔·阿德西特的《作家和写作元知识:创意写作中的阈值概念》提出了12个创意写作的阈值概念,强调审美感受力、文本多样性、技艺传统的历史知识以及写作过程的复杂性,对关于创意写作课程的意义和旨在实现的内容的一种补充。阈值概念在教学中的应用可使创意写作这门学科的实践之路变得清晰,并探究一门学科尚未被发现的可能性。

探索与再出发 正如高小娟老师在《中国创意写作研究现状与趋势的文献计量分析》(2021)提道:"(2015年)之后,学者们逐渐开始将关注的目光从'创意'转移至'写作',研究热点转变为'写作训练'与'写作课',并探讨创意写作对中文系或中文系教育的改革。"创意写作在中国的发展,首先就是各个高校在创意写作教育教学上的不懈探索与反思。

李君威《为核心的故事理论模型的一次尝试》试图建构一个以情境为核心的故事理论模型,并将以情境为中心的故事理论的分析与实践体系运用于创意写作中,是一种较好结合写作教学实践的理论尝试。冯汝常《论创意阅读的价值功能与课程建设》指出,基于培育创意人才对阅读创造力与创意写作表达等方面的需求,很有必要在开设创意写作课程的同时增设创意阅读课程。严晓驰《新形态高校通识写作课程深化改革路径研究——以浙江农林大学"大学写作"课程创新实践为例》分享了他们团队在教学中多种创新方法与训练模式,例如以"前阅读"加"后阅读"的训练模式,并配合小班制和"一对一"面批的新型模式,强调鼓励式和陪伴式教学。姚全兴《语文审美化教学和写作创意激发研究》主张通过实现语文教学的审美化,可以挖掘培育学生作文的创意能力,从而达到创意写作和作文创新的目的。谢海泉《创意教育教学的"知"与"行"》以创意教育叙事的形式介绍其教学方法的创新探索。以上作者都是基于一线教学进行教育教学方法与模式的探索,并提出值得借鉴的理论思考与模式建构。

学科化与模式化 本次"创意写作在中国"栏目的五篇稿件呈现出系列化、学科化的创意写作教学与研究,"人才培养"也逐渐成为新的学科热点。戴瑶琴《理工科综合性大学"创意写作"课程特色探索及实践——以大连理工大学"创意写作"为例》回应了如何在理工科综合性大学发展创意写作的挑战,分享了立足学情基础与跨学科视域的探索经验,强调从科幻文学创作和网络文学创作两个维度建立创意写作课程辨识度。王玉琴《创意写作的"盐师模式"》介绍了盐城师范学院建设"创意写作班"的探索性成果,将"创造性阅读"与师范生技能说课融合,打造一种创意与师范相融的"盐师模式"。钟永兴《高校课程中的写作人才培养——以厦门大学嘉庚学院"文艺类写作课程"为例》介绍了台湾博士写作师资团队打造系列化的"文艺型写作课程",通过写作基础、文艺欣赏与写作、创意写作的交叉融合,厚植学生的文艺素养与写作技能。李金凤《新文科、新媒体与新方法：西南大学文学院写作课程的实践与探索》介绍了“读—解—写—发”教学环节和学科融合交叉的理念，探索创意写作教学与师范生的写作教学技能培育相结合的创新实践。张纯静《新文科建设背景下高校写作教学的现状问题与改革路径——以西南大学写作课程立体化革新为例》从总体角度分享了西南大学写作课程通过在教学理念、教学模式、教学方法以及考评机制等方面的立体化革新与实践探索经验。以上论文呈现中国创意写作实践本土化进入深水区的探索成果，四所学校均深耕出融合自身人才培养与学科优势的创意写作教育新模式。

创意写作学科与网络文学 创意写作与网络文学两者之间是何种关系？对此有过系统阐述的有吴长青的《创意写作学科体系建设视域中的网络文学》。该文提出网络文学在逻辑上可以对应创意写作学科中“生产类创意文本写作”的二级学科，并应主动顺应创意写作学科体系建设的发展要求，主动融入创意学科体系。本栏目“网络文学研究”的四篇文章均由吴长青教授推荐。翟羽佳、赵英乔《网络文学创意写作的学科定位与教学探索现状》提出创意写作与网络文学的交叉融合，既为创意写作的发展注入了新的活力，又为网络文学写作教育找到了学科定位。王秋实《同人心理的迁移：网络文学IP改编的“情节还原”误区与“形象还原”新指向》以《鬼吹灯》三部改编的案例分析，论证了网络文学IP改编中存在的“情节还原”误区和“形象还原”的重要性。温德朝、毕金铭《传统与现代的交融：姞文〈长干里〉的中国文化形象建构》探讨了加拿大新移民作家姞文《长干里》，如何在网络时代建构一个真实、立体、生动的中国文化形象。王金芝《论“中国论坛第一帖”的源头性意义——〈大连金州没有眼泪〉的网络文本诞生和文化影响》真实再现了一个网络文学的历史事件，即网友老榕于1997年在四通利方体育沙龙发表的《大连金州没有眼泪》，经过互联网、报纸、杂志、电视等多媒介转载、传播，成为当时具有广泛影响的互联网文化事件，被誉为“中国论坛第一帖”。这些文章既回应了网络文学的学科归属问题，同时也探讨网络文学文本的生产、传播与IP改编等，介入了创意写作在网络时代的跨媒介实践与学科历史建构。

理论争鸣与学术观察 中国创意写作学科的建立，不但要回应中国当代文学发展的诸多问题，而且要与中国古代文学创作机制对话，同时也要重视学科史料的挖掘与梳理。当不少人还在质疑创意写作学科的学术合法性的时候，宋时磊《中国创意写作学科史料学初论》已经走上了创意写作学科史料学的构建之路，并指出有必要强化中国创意写作学科的史料建设和史料学研究。陈至远《作为“创意”的“模仿”如何可能？——塔尔德〈模仿律〉的启示》指出模仿是有规律可循的，模仿是激发创造性的重要来源，也是创意写作教学中的重要手段。王万洪《先秦至南朝文学创作机制理论简说》以《文心雕龙》与《诗品》为主要对象，探究了“物感说”与“原道说”这两种中国文学的主要创作机制理论。葛红兵《一部推陈出新之作——评〈大学创意写作〉》专门关注到2022年9月出版许峰、王雷雷两位青年学者主编的《大学创意写作》，盛赞“这是一部具有学科理论自觉意识的教材”。该书为广东财经大学团队的第三部创意写作教材成果。许峰《高教版

〈大学创意写作〉编写的若干思考》提出中国创意写作学科未来发展的三个方向：一是继续地方化，二是向新文科迈进，二是向通识教育延伸，强调该教材以实训为重点，同时兼顾专业教育和通识教育的使用需要。李孟《中国创意写作教育教学实践探索的多元图景》分享了首届泰山·中国创意写作教育教学实践峰会的交流成果，涵盖了创意写作的中国话语体系、创意写作工坊教学、项目制写作、社团建设、青少年创意写作等五方面。以上各位老师所在的团队都在为中国创意写作学科发展提供坚实的实践根基与理论探索，这些都是我们创意写作学科新征程的起跳板。

本辑聚合温州大学创意写作团队的微薄之力，关注国内外创意写作的学术理论探索与各学校本土化实践，期待继续参与创意写作在中国的教育推广和学科建构。